L'ENFANCE PERDUE

suivi de

LE JOURNAL D'OLIVIER

Marie-Paul Armand

L'ENFANCE PERDUE

suivi de

LE JOURNAL D'OLIVIER

ÉDITIONS FRANCE LOISIRS

Édition du Club France Loisirs
avec l'autorisation des Presses de la Cité

Éditions France Loisirs,
123, boulevard de Grenelle, Paris
www.franceloisirs.com

ISBN : 2.7441.3455.4

L’Enfance perdue

PREMIÈRE PARTIE

Récit de Berthe
(1914-1915)

1

L'automne s'installait dans une splendeur dorée. Autour de notre village, les bosquets avaient pris une somptueuse teinte pourprée, et les arbres de notre jardin nous offraient leur flamboyance comme un dernier adieu avant de s'éteindre. Les hirondelles nous avaient quittés et, chaque jour, en voyant la nature s'étioler un peu plus, je soupirais.

Je soupirais de tristesse, mais aussi de crainte et d'appréhension. En ce mois d'octobre 1914, la guerre, qui durait depuis bientôt trois mois, avait enlevé de nos villages les hommes et les jeunes gens. Meurtrière, elle avait déjà supprimé des vies et installé le désespoir dans le cœur des femmes.

Pour la première fois depuis que j'avais épousé Norbert, j'étais soulagée de ne pas avoir de fils. Dieu sait si nous en avions désiré un, pourtant ! Un été, j'étais même allée jusqu'à Bollezeele, afin de supplier Notre-Dame de la Visitation de m'accorder cet enfant qui manquait à notre foyer. Mais mes prières n'avaient pas été entendues. Pendant longtemps, je m'étais désolée. Maintenant, je commençais à me dire que c'était aussi bien ainsi.

Cette absence d'un enfant fut le seul regret que m'apporta mon mariage avec Norbert. J'étais tombée amoureuse de lui dès que je l'avais vu. C'était l'année de mes vingt ans. Norbert venait de s'installer dans notre village pour remplacer notre vieux médecin qui avait pris sa retraite. Cet hiver-là, mon père fit une bronchite, et comme sa toux ne guérissait pas, il finit par se décider à appeler ce nouveau docteur dont les gens commençaient à dire du bien.

Norbert vint donc chez nous, et, après sa visite, je le reconduisis jusqu'à la porte. Lorsqu'il plongea ses yeux dans les miens, inexplicablement je sus que l'attrait que je ressentais pour lui était réciproque. De ce jour, je m'arrangeai pour le croiser dans la rue lorsque je me rendais chez la modiste ou à l'épicerie, et un échange de regards, un sourire, illuminaient ma journée.

Il fit les choses dans les règles. Il vint demander à mes parents l'autorisation de me fréquenter, et ils la lui donnèrent volontiers, flattés que le prétendant de leur fille fût le jeune médecin du village.

Pour ma part, cette profession me laissait indifférente. J'aurais aimé Norbert quel que fût son métier. Et je devais découvrir, tout au long de nos années de mariage, qu'être la femme d'un médecin de campagne n'était pas facile. J'appris à attendre les rentrées tardives, le soir, lorsqu'il pleuvait ou qu'il gelait à pierre fendre ; j'appris à garder les repas au chaud sans qu'ils fussent carbonisés. Je m'habituai aux réveils brutaux, en pleine nuit, lorsque quelqu'un venait cogner à notre porte pour une urgence ou pour un accouchement. Et j'acceptai de ne jamais avoir mon mari pour moi seule, même le dimanche ou les jours de fête. Ses malades attendaient de lui, comme un fait établi, qu'il fût toujours disponible pour eux, à tout moment.

L'amour qui nous unissait me permit de surmonter ces difficultés. Et si je n'eus pas d'enfant à chérir, je me consolai en reportant cette tendresse sur notre nièce Yolande.

Norbert avait un frère, Célestin, qui exerçait dans un autre village le métier de notaire. Yolande était sa fille. Sa naissance avait coûté la vie à sa mère, et Célestin ne s'était pas remarié. Lorsque je rencontrai Yolande pour la première fois, elle n'avait que quatre ans. Et bientôt, une immense affection nous unit, cette petite fille qui n'avait plus de mère et moi qui étais privée d'un enfant.

Célestin se montrait toujours froid envers sa fille et l'élevait avec sévérité. Un jour où, devant moi, il lui avait refusé le sucre d'orge qu'elle réclamait, je ne pus m'empêcher de protester. Tandis que l'enfant s'en allait pleurer dans sa chambre, je demandai :

— Pourquoi êtes-vous toujours si dur avec elle, Célestin ?

Son visage se ferma, et je crus qu'il n'allait pas me répondre. Puis il baissa la tête et avoua :

— Je ne peux pas m'empêcher de lui en vouloir. À cause d'elle, de sa venue au monde, la femme que j'aimais est morte. Je sais bien que Yolande n'y peut rien et qu'il est injuste de réagir comme je le fais, mais c'est plus fort que moi. Chaque fois que je la regarde, c'est toujours cette pensée qui me vient à l'esprit.

Indignée, j'essayai de le raisonner, mais mes paroles n'eurent sur lui aucun effet. Je rapportai cette conversation à Norbert, qui soupira et essaya de trouver des excuses au comportement de son frère. Sa réaction ne m'étonna pas. Norbert avait pour Célestin, son aîné de cinq ans, une admiration éperdue, due au fait que celui-ci lui avait un jour sauvé la vie. Ils se promenaient dans le marais audomarois, près de Saint-Omer où ils habitaient, lorsque Norbert, alors âgé de treize ans, était tombé à l'eau. Contrairement à Célestin, il ne savait pas nager. Plus d'une fois, il m'avait raconté comment son grand frère, sans hésiter, s'était jeté à l'eau pour le sauver. Norbert avait fait, ce jour-là, une promesse à Célestin :

— Ma vie t'appartient. J'ai une dette envers toi. Quoi que tu puisses me demander un jour, je le ferai.

Célestin ne lui avait jamais rien demandé, et Norbert répétait encore, de temps à autre, que sa promesse restait valable. De façon imprévue, la guerre allait lui donner l'occasion de payer cette dette qu'il estimait toujours devoir à son frère.

Je venais d'avoir quarante-cinq ans et je n'avais pas connu de guerre. Lors de celle de 1870, je n'avais qu'un an et n'en avais gardé aucun souvenir. Mes parents m'avaient appris ce qui s'était passé, et ils répétaient que, heureusement, les Prussiens avaient été stoppés avant de parvenir jusqu'à notre région.

Maintenant, la même chose se reproduisait, mais les Allemands étaient beaucoup plus proches. Le front n'était pas très éloigné, et, lorsque le vent venait de l'est, il nous apportait l'écho du canon. Des soldats anglais étaient arrivés, afin d'aider nos propres soldats à repousser l'envahisseur. Et déjà, de nombreux blessés remplissaient les hôpitaux.

Une autre différence était que cette guerre se prolongeait. « Ça ne durera pas longtemps : quelques semaines tout au plus », avaient dit les hommes lorsqu'ils étaient partis, au début du mois d'août. Les semaines étaient devenues des mois, et la même situation s'éternisait. Les batailles avaient fait de nombreux tués, et nous avions appris la mort de deux des jeunes gens de notre village.

L'un d'eux, Martial, était le fils de nos voisins. Il avait été tué à Fontenoy, le 22 août. Lorsque je voyais le visage ravagé de Justine, sa mère, je me disais que je préférais mon sort au sien. Pourtant, j'avais envié Justine à la naissance de son bébé, je l'avais jalousée, ensuite, lorsque je l'avais vue promener dans les rues, avec amour et fierté, son petit garçon. J'avais souffert de ne pas avoir d'enfant, mais mettre au monde un fils, l'élever et l'aimer pendant vingt ans, pour le voir partir à la guerre et apprendre sa mort me paraissait bien plus atroce.

Au prix de tant de sang déjà versé, les Allemands avaient été arrêtés avant Béthune. Norbert répétait avec assurance :

— Ils ne viendront pas jusqu'ici.

Je me sentais soulagée. Je me souvenais des récits que faisaient les réfugiés belges qui, dès le mois d'août, étaient passés dans notre village pour fuir les Allemands qui avaient envahi leur pays. Ils racontaient des atrocités qui m'avaient fait frémir. Les envahisseurs, affirmaient-ils, tuaient les civils, violaient les femmes, achevaient des soldats prisonniers blessés, brûlaient les maisons avec leurs habitants à l'intérieur. L'une des femmes, qui venait de Tamines, racontait en sanglotant que tous les hommes de son village — plusieurs centaines — avaient été massacrés. Elle avait ainsi perdu son mari et son fils âgé de quinze ans. Une autre avait vu, attaché à un arbre, le corps d'un officier français qui, blessé, avait été écartelé.

— Les Allemands avaient lié chacune de ses jambes à un cheval, qu'ils ont fouetté. Ce sont des barbares ! Partez, nous répétait-elle, partez avant qu'ils n'arrivent !

De Dinant, d'Andenne, de Louvain, de Termonde et d'autres villes encore, ils avaient fui, ayant tout perdu. L'horreur les faisait bégayer et hantait leurs regards. Leurs récits parlaient de blessés enterrés vivants, de uhlans qui éventraient de leur lance des femmes, qui coupaient les mains des enfants, de soldats qui incendiaient et pillaient. C'était tellement épouvantable que j'avais supplié Norbert de partir. Mais il avait refusé :

— Dans ce cas, qui soignerait les malades et ces pauvres gens épuisés ?

Nous étions donc restés et nous avions essayé d'aider, dans la mesure de nos moyens, les réfugiés qui continuaient de traverser notre village avant de fuir encore plus loin.

Le dimanche qui suivit la Toussaint, Célestin et Yolande vinrent partager notre repas. Je serrai contre moi la jeune fille avec tendresse. J'étais toujours heureuse de la voir. À vingt ans, elle était ravissante, et elle représentait pour moi l'enfant que je n'avais pas eu.

— As-tu eu des nouvelles de Flavien ? lui demandai-je.

Flavien était le clerc qui travaillait à l'étude avec Célestin. À trente ans, avec un visage long et maigre, des yeux pâles, des cheveux rares et plats, il n'était pas séduisant. Mais son physique ingrat cachait une grande bonté. Il était amoureux de Yolande, et Célestin avait décidé qu'ils se marieraient, afin que son gendre puisse reprendre l'étude par la suite. Yolande avait essayé de protester, mais Célestin était demeuré intraitable et avait prévu le mariage pour l'année suivante. La guerre avait suspendu ce projet.

Flavien, comme tous les hommes, avait été mobilisé et était parti.

— Flavien ? dit Yolande en faisant la moue. Oui, il a écrit. Il est dans l'Aisne, du côté de Chavonne.

— Il va bien ? Il ne te manque pas trop ?

— Oui, il va bien. Et non, il ne me manque pas du tout.

— Oh, Yolande ! dis-je d'un ton de reproche.

Elle lança un regard à son père, qui discutait avec Norbert, et elle avoua à mi-voix :

— Voyons, ma tante, vous savez très bien que Flavien ne m'a jamais intéressée.

— C'est un jeune homme doux et bon. Il t'aime. Il te rendra heureuse.

— Mais je ne l'aime pas. Auriez-vous accepté d'épouser quelqu'un sans l'aimer ? C'est père qui le veut. Mais moi...

Son regard se fit rêveur, et elle n'ajouta rien. Au cours du repas, je la surpris souvent les yeux dans le vide, un léger sourire aux lèvres. Célestin discourait selon son habitude, parlait de la guerre et de l'officier anglais qu'il logeait.

— Avec nos amis britanniques, affirmait-il, nous gagnerons la guerre.

* *
*

L'hiver arriva, mais la guerre n'était toujours pas terminée. C'était maintenant une guerre de position, et les soldats ennemis, face à face, s'étaient installés dans des tranchées. Lors des affrontements, les Français essayaient de repousser les Allemands, et, inversement, ceux-ci tentaient de gagner du terrain. Le résultat de ces attaques était un nombre impressionnant de morts et de blessés, sans que la situation générale en fût changée.

Dans le village ne restaient que les vieux, les femmes et les enfants. Norbert soignait des rhumes, des bronchites, des rhumatismes. Il pouvait soulager les souffrances du corps, mais il était impuissant à guérir le désespoir de Justine et des femmes qui avaient appris le décès d'un mari ou d'un fils.

— C'était mon seul enfant, me disait Justine dans une plainte. Ils me l'ont tué. Je n'ai plus le goût de vivre.

Elle se traînait lamentablement, ne s'intéressant plus à rien. Son regard contenait tant de souffrance que les paroles de consolation ne parvenaient pas à franchir mes lèvres.

À Noël, nous fîmes un repas de famille, avec Célestin et Yolande. Je trouvai la jeune fille changée. Elle avait perdu sa vivacité coutumière. Pâle, le regard triste, elle demeura silencieuse pendant tout le repas. Son père, par contre, parla une fois de plus de la guerre, des ballons captifs — les « saucisses » — qui permettaient d'espionner les Allemands, et du nouveau canon capable de tirer vingt coups à la minute.

— Avez-vous des nouvelles de Flavien ? demandai-je.

Il me répondit que son clerc se trouvait maintenant en Champagne.

— Les armées bougent beaucoup. C'est la même chose pour les Anglais. John-Philip, l'officier qui logeait chez nous, nous a quittés la semaine dernière.

Alors qu'il prononçait ces paroles, je vis les yeux de Yolande se remplir de larmes. Surprenant mon regard, elle détourna la tête. Je ne dis rien et, malgré mon désir de l'interroger, je la laissai repartir sans lui poser de question. Mais je m'inquiétai. Le départ de John-Philip semblait lui faire de la peine, et je me demandai ce que représentait le jeune homme pour elle.

Je ne m'attendais pourtant pas à la scène qui se produisit la deuxième semaine de janvier. C'était un soir. La nuit était tombée, une nuit d'hiver étoilée et froide. Norbert venait de rentrer et je m'apprêtais à servir le souper. Soudain, nous entendîmes du bruit dehors, et je crus que l'on venait chercher Norbert pour un malade. Je me dirigeais vers la porte lorsque celle-ci s'ouvrit à toute volée. Stupéfaite, je vis Célestin qui, le visage contracté, poussait devant lui Yolande en larmes. Je m'affolai :

— Mon Dieu ! Que se passe-t-il ?

Pâle, les paupières rougies, la jeune fille semblait prête à s'évanouir. Norbert, qui m'avait suivie, s'interposa :

— Yolande, qu'as-tu ? Tu es malade ?

Célestin la poussa de nouveau avec brutalité, disant d'une voix froide de colère :

— C'est pis que ça, bien pis ! Je ne veux plus la voir. Berthe, conduisez-la dans sa chambre. Je vous expliquerai tout ensuite.

Je m'approchai de ma nièce, émue par son petit visage tiré. Le regard qu'elle me lança ressemblait à un appel à l'aide.

— Viens, dis-je avec douceur.

Je l'emmenai dans la chambre qu'elle occupait lorsque, enfant, elle venait passer quelques jours chez nous. Je me souvenais des journées ensoleillées et des longues soirées d'été au cours desquelles sa présence et son rire faisaient vivre notre maison trop silencieuse. Je la soutins jusqu'au lit, je lui ôtai son chapeau, son manteau. Les yeux pleins de larmes, elle ne réagissait pas. Soudain, elle pâlit davantage et se laissa tomber sur le lit.

— Allonge-toi, conseillai-je. Je vais chercher un peu d'eau.

Elle se coucha et ferma les yeux. Je pris le broc posé sur la commode, allai dans la cuisine le remplir d'eau, revins rapidement. Du bureau de Norbert parvenaient des éclats de voix. C'était celle de Célestin, gonflée de colère.

Dans la chambre, je tamponnai le front et les tempes de ma nièce avec un linge mouillé. En même temps, je lui parlai doucement :

— Ne t'inquiète pas. Tu pourras rester ici tout le temps que tu voudras. Pour le moment, repose-toi. Essaie de dormir un peu. Tiens, bois ça.

Je lui tendis un verre d'eau dans lequel j'avais versé quelques gouttes de fleur d'oranger. Elle but docilement, se recoucha. Elle paraissait épuisée. Je demeurai près d'elle. Peu à peu, elle se détendit. Lorsque je vis qu'elle sommeillait, je la recouvris de la courtepointe et sortis de la chambre sans bruit, regardant avec pitié son petit visage livide.

Je me dirigeais vers la cuisine lorsque la porte du bureau de Norbert s'ouvrit. Celui-ci, le visage grave, me fixa :

— Viens, Berthe. Célestin veut te parler.

J'entrai. Mon beau-frère, assis près de la cheminée, semblait un peu plus calme. Norbert lui avait versé un verre de vin, qu'il tournait et retournait entre ses doigts. Il s'adressa à moi d'un ton abrupt :

— Yolande vous a-t-elle dit quelque chose ?

— Non, dis-je avec sincérité. Pauvre petite, elle n'en a même pas eu le courage. Elle semble à bout de forces. Que s'est-il passé ?

Célestin posa son verre sur le guéridon et me regarda bien en face :

— Pour la première fois de ma vie, je lui ai administré une correction. Je l'ai battue.

Je poussai un cri d'horreur. Célestin leva la main :

— Elle le méritait.

Effarée, je jetai un coup d'œil à Norbert, mais il se tint immobile et je ne pus rien lire sur son visage.

— Elle le méritait, reprit Célestin, car elle s'est très mal conduite. Elle a bafoué son honneur, le mien, et oublié Flavien, qu'elle doit épouser.

Incompréhensive, je balbutiai :

— Mais... mais... que ?...

Célestin se cala dans son fauteuil, et son expression se fit dure :

— Yolande attend un enfant.

Je sursautai, poussai une exclamation incrédule. Mon beau-frère expliqua brièvement :

— J'ai exigé de connaître le nom du père. Elle me l'a avoué. C'est cet officier anglais, ce John-Philip. S'il n'était pas parti à la guerre, je vous assure qu'il passerait un mauvais quart d'heure ! Voilà comment il me récompense de l'avoir hébergé !

— Mon Dieu ! soufflai-je, atterrée par cette révélation.

— C'est inadmissible ! gronda Célestin. Absolument

inadmissible ! Je ne tolérerai pas une situation pareille. J'ai réfléchi, et j'ai trouvé une solution. Avant tout, il ne faut pas qu'on sache. J'y perdrais mon honneur, et une bonne partie de ma clientèle. J'ai exposé mon plan à Norbert. Il est d'accord. Il faut que vous l'acceptiez, vous aussi, car nous avons besoin de votre aide.

Abasourdie, je ne parvenais pas à réagir. Néanmoins, une pensée me traversa l'esprit, et j'eus un sursaut d'affolement :

— Vous ne voulez pas que... que... ?

Il comprit ma question inachevée.

— Non, rassurez-vous. J'y avais pensé, je l'avoue, mais la conscience de Norbert réprouve l'avortement. Il ne voudrait pas agir ainsi, et je le comprends. Mon plan est autre, et simple à réaliser.

Il se pencha en avant, plongea son regard dans le mien, comme pour me convaincre à l'avance :

— Tout le temps de sa grossesse, Yolande restera ici. Je tiens à ce que personne ne la voie. Nul ne devra savoir qu'elle se trouve chez vous.

Je m'agitai, contrariée :

— Mais... comment est-ce possible ? Il faudra bien qu'elle sorte...

Célestin fit un geste catégorique :

— Non. Elle ne sortira pas de cette maison. Elle y restera pour cacher sa honte. Elle y sera séquestrée, et ce sera la punition de sa conduite inadmissible. Et quand le moment sera venu, l'accouchement devra rester secret. Ce sera Norbert qui mettra l'enfant au monde.

Il s'arrêta, but une gorgée de vin. Lorsqu'il reposa le verre sur le guéridon, je remarquai que sa main tremblait, et, pendant un bref instant, j'eus pitié de lui. Mais il reprit froidement :

— C'est là que j'ai besoin de votre aide, Berthe, et de votre promesse de ne jamais rien révéler. Ce que j'ai prévu pour nous sortir de cette situation ne devra être connu de personne, et surtout pas de Yolande. J'en ai parlé à Norbert, et il m'a donné son accord.

J'interrogeai mon mari du regard. Il déclara sans hésiter :

— Ce service que tu me demandes, Célestin, je ne peux pas te le refuser. Ne serait-ce qu'en remerciement du jour où tu m'as sauvé la vie.

Je me tournai vers mon beau-frère :

— Pour promettre, je dois d'abord savoir de quoi il s'agit.

— Cet enfant qu'attend Yolande, c'est l'enfant du péché, et il est hors de question qu'il vienne perturber notre vie. Dès sa naissance, Norbert ira le déposer à l'orphelinat.

Je ne pus retenir une exclamation, de surprise et d'effarement mêlés. Célestin continua :

— J'ai bien réfléchi. C'est la seule solution. J'avais d'abord pensé à mettre Yolande hors de chez moi et à la bannir de mon existence. Mais je ne veux pas que son état soit connu. Avec ce plan, j'ai tout prévu. Après la naissance, elle reprendra sa place dans ma maison, et lorsque Flavien reviendra de la guerre, elle l'épousera. Je saurai la convaincre de ne rien lui dire.

— Mais... objectai-je faiblement, ce John-Philip, sait-il que... ?

— Non, il ne sait pas que Yolande attend un enfant. Elle-même ne s'en est aperçue que récemment. Bien entendu, au cas où elle envisagerait de lui écrire la nouvelle, il faudra le lui interdire. De mon côté, je surveillerai le courrier qui arrivera pour elle, et je le détruirai.

Un sursaut d'honnêteté me poussa à interroger :

— Mais, Célestin, cet officier a le droit d'être prévenu, puisqu'il s'agit de son enfant... S'il aime sincèrement Yolande, il acceptera de l'épouser...

Sourcils froncés, Célestin, du plat de la main, frappa le guéridon :

— Elle épousera Flavien, comme je l'ai décidé. Il doit reprendre l'étude. Et si elle ne s'était pas conduite comme une fille de petite vertu, nous n'en serions pas là. Maintenant, j'essaie de réparer sa faute, et vous devez m'aider.

— Il a raison, intervint Norbert. C'est sa réputation et son honneur qui sont en jeu, comprends-tu, Berthe ? Un notaire ne doit pas prêter le flanc aux critiques. Et Yolande a agi d'une façon irresponsable, il faut bien l'avouer.

Une autre objection me vint à l'esprit :

— Et que lui dirons-nous, après la naissance ? Croyez-vous qu'elle acceptera d'abandonner son enfant ?

— Là aussi, j'y ai pensé, reprit Célestin. J'avais prévu de faire pression sur elle, afin de l'y obliger. Mais j'ai trouvé une autre solution, beaucoup plus simple. Vous lui ferez croire que l'enfant est mort. Elle aura peut-être du chagrin sur le moment, mais après elle n'y pensera plus. Et tout rentrera dans l'ordre.

Je ne savais plus que dire. Je me sentais stupide, comme si j'avais reçu un coup. Le plan de Célestin et la situation elle-même me paraissaient irréels. J'étais choquée par la décision de mon beau-frère de porter le bébé à l'orphelinat, mais, à cause de mon éducation puritaine, j'étais choquée également par la conduite de Yolande. Norbert avait raison, elle avait agi avec irresponsabilité, et, dans la mesure du possible, il fallait maintenant sauver les apparences.

— J'ai donné ma parole, me dit Norbert. Je ferai ce que je pourrai pour aider mon frère. Mais j'ai besoin de toi, Berthe. Il faut que tu sois avec nous, toi aussi, comprends-tu ?

Je le regardai. Je vis la prière que contenaient ses yeux, et je décidai de faire ce qu'il voulait. Je n'avais jamais rien su lui refuser. J'inclinai la tête dans un geste d'acceptation et de soumission. J'entendis le soupir de soulagement de Célestin :

— Vous acceptez, Berthe ? Vous promettez de ne jamais rien dévoiler ? Vous le jurez ?

— Oui, acquiesçai-je. Je ferai ce que Norbert me dira de faire.

— Je vous remercie, dit-il simplement, avec une humilité que je ne lui connaissais pas. Vous me sauvez, tous les deux. Merci, répéta-t-il en se levant.

J'avais l'impression d'être étourdie, et je dus faire un effort pour rassembler mes esprits. Je pensai subitement à la soupe sur le coin du feu et proposai à Célestin :

— Voulez-vous partager notre repas avant de repartir ?

— Je vous remercie, mais il se fait tard. Je préfère m'en aller tout de suite.

Je n'insistai pas. Norbert reconduisit son frère, et j'entendis qu'il l'aidait, dans la rue, à faire démarrer la quatre-cylindres Peugeot que Célestin avait achetée l'année précédente. Puis Norbert revint et me regarda avec reconnaissance :

— Je n'en attendais pas moins de toi, Berthe. Merci de me soutenir. Célestin a besoin de moi, et c'est l'occasion ou jamais de payer ma dette.

— Je n'aurais jamais imaginé une histoire pareille ! Crois-tu que son plan soit réalisable ?

— Tout à fait. J'accoucherai Yolande dans le plus grand secret, et je porterai l'enfant à l'orphelinat. Cette petite a mal agi. Célestin doit réparer son erreur de jeunesse, et nous l'aiderons.

Depuis notre mariage, je n'avais pas d'autre volonté que de plaire à Norbert en tout.

— Oui, répétai-je docilement, nous l'aiderons.

2

Après le souper, j'allai voir Yolande. Elle était toujours dans la même position, mais son visage était moins pâle. Lorsque j'entrai dans la chambre, elle battit des cils et ouvrit les yeux.

— Comment te sens-tu, mon enfant ?

Elle fit un mouvement pour se soulever et, aussitôt, poussa un cri de douleur.

— Tu as mal ? m'inquiétai-je.

Ses lèvres tremblèrent, ses yeux s'emplirent de larmes. Elle balbutia :

— C'est père... Il m'a fouettée... avec sa ceinture... Il m'a obligée à me mettre à genoux et il m'a frappée, frappée...

Elle s'assit et, le visage dans les mains, se mit à sangloter. Je m'approchai d'elle, attirai sa tête contre ma poitrine, caressai ses cheveux.

— Il a agi sous l'effet de la colère, expliquai-je. Il faut dire aussi que tu t'es mal conduite, Yolande.

Elle continua à pleurer et ne répondit pas. Je la repoussai doucement :

— Je vais chercher de l'eau chaude. Pendant ce temps, déshabille-toi. Tu mettras une de mes chemises pour la nuit. Et je t'apporterai un peu de soupe.

Dans la cuisine, Norbert, près du feu, lisait son journal. Il m'interrogea du regard.

— Pauvre petite, dis-je. Elle est brisée. Elle pleure.

— Elle aurait dû réfléchir un peu, et ne pas se comporter comme elle l'a fait, répliqua froidement Norbert.

Il tourna les pages de son journal et, en voyant son

expression réprobatrice, je lui trouvai une ressemblance frappante avec son frère. Je soupirai, pris la bouilloire posée sur le coin du feu, versai de l'eau chaude dans le broc et retournai dans la chambre.

Yolande avait cessé de pleurer. En petite chemise et en jupon, assise sur le lit, la tête penchée, elle ne bougeait pas. Je vis, sur le haut de ses bras, des marques rouges.

— Montre-moi ton dos, ordonnai-je.

Docilement, elle se tourna. Je soulevai sa chemise et retins un cri. Nous avions fait installer l'électricité un an auparavant et, à la lumière crue de l'ampoule, les boursouflures rouges ressortaient hideusement sur la peau blanche et douce.

— Mon Dieu... soufflai-je.

Elle eut un frisson, répéta d'une voix étouffée :

— Il m'a frappée avec sa ceinture, avec la boucle.

— Attends, dis-je. Je reviens.

J'allai dans le cabinet médical de Norbert et pris le baume adoucissant dans l'armoire. De retour dans la chambre, j'entrepris d'enduire les blessures de Yolande de crème. Je procédais le plus doucement possible, mais elle ne pouvait s'empêcher de sursauter dès que j'effleurais la peau meurtrie. Je recouvris le tout d'une toile propre, l'aidai à passer une de mes chemises de nuit. Son visage s'était creusé et, de nouveau, elle paraissait prête à s'évanouir. Je la conduisis jusqu'au fauteuil.

— Installe-toi là. Je vais mettre des draps et refaire le lit. Ensuite, je le bassinerai et tu te coucheras. Pendant ce temps, essaie de boire un bol de soupe. Ça te fera du bien.

À petites gorgées, elle but la soupe que je lui apportai, et, lorsqu'elle eut terminé, ses joues avaient repris un peu de couleur. Le lit était prêt à l'accueillir. Elle s'y coucha avec précaution, grimaçant lorsqu'elle faisait un mouvement trop brusque.

— Je vais être obligée de me mettre sur le côté, ou même sur le ventre, pour pouvoir dormir, murmura-t-elle. Mon dos me fait mal.

Elle s'installa du mieux qu'elle put, se tournant sur le

côté gauche. Elle ferma les yeux, l'air épuisé. À la porte de la chambre, Norbert apparut :

— Ça va ? interrogea-t-il.

Il s'approcha du lit, se pencha sur sa nièce, tâta son front :

— Pas de fièvre, constata-t-il. Comment te sens-tu, Yolande ?

— Mon dos... gémit-elle. Mal...

— Ton dos guérira, dit Norbert avec brusquerie. C'était une correction méritée. Allons, tâche de dormir. À demain.

J'embrassai avec douceur le petit visage douloureux :

— À demain, mon enfant. Si tu as besoin de quoi que ce soit, n'hésite pas à m'appeler. Je viendrai.

J'éteignis l'électricité et suivis Norbert hors de la chambre, laissant la porte entrouverte. Dans la cuisine, Norbert me répéta les consignes :

— Dès demain, tu expliqueras à Yolande qu'elle ne devra jamais sortir ni se montrer à qui que ce soit. Elle devra rester dans sa chambre. Nous nous organiserons. Elle pourra venir dans la cuisine au moment des repas, ou lorsque nous serons certains de n'y recevoir personne.

— Ce ne sera pas facile, objectai-je. Crois-tu que nous parviendrons à cacher sa présence ? Tu es médecin, et avec tous les malades qui viennent ici...

Norbert secoua la tête avec détermination :

— Les malades ne viennent que dans mon cabinet, qui est situé sur le devant. La cuisine donne sur l'arrière, la chambre de Yolande également. Le jardin est entouré de murs, à l'abri de tous les regards. Elle peut même aller s'y promener sans danger d'être vue. Avec un peu de prudence, il n'y aura aucun problème.

Je regardai mon mari, incertaine :

— Peut-être...

Il eut un de ses sourires auxquels, après vingt-cinq ans de mariage, je n'étais toujours pas capable de résister :

— Ne crains rien, ma chérie. Tout se passera bien.

Je l'avais toujours cru. Ce jour-là encore, je voulus le croire.

* *
*

Dès le lendemain commença une étrange vie à trois. Norbert, pris par son travail, ne vit peut-être pas une grande différence. Mais moi, qui étais toujours dans la maison, je devais veiller à ce que la présence de Yolande restât insoupçonnable. Et ce ne fut pas toujours facile.

Son père lui avait donné l'ordre de se cacher chez nous, et elle ne songeait pas à désobéir. Elle accepta de demeurer dans sa chambre durant des heures, ne venant dans la cuisine que lorsque je l'appelais. Je compris bientôt que sa docilité était due à la certitude qu'elle avait d'être là provisoirement. Avec une confiance inébranlable, elle était persuadée que John-Philip viendrait la chercher dès qu'il le pourrait.

— Il me l'a promis, me dit-elle. Il m'a promis de m'emmener chez lui, ensuite, en Angleterre.

Nous eûmes une explication, le premier jour. Je tentai de lui faire comprendre qu'elle avait mal agi, et de justifier la colère de Célestin :

— Personne ne doit savoir que tu attends un enfant. Ton père veut éviter le déshonneur. En tant que notaire, il est essentiel qu'il garde la confiance des gens. Tu accoucheras ici. Norbert et moi serons là.

— D'ici là, John-Philip sera peut-être revenu, murmura-t-elle.

Je ne pus m'empêcher de lui reprocher sa conduite :

— J'ai toujours pensé que tu étais une jeune fille sérieuse, Yolande. Même tes sages fiançailles avec Flavien me le laissaient croire. Je n'aurais jamais imaginé que tu agirais comme tu l'as fait. Cela ne te ressemble pas. N'as-tu pas honte de t'être comportée ainsi ?

Elle baissa la tête, visiblement embarrassée. Pourtant, elle tenta de se défendre :

— Je sais que j'ai mal agi à l'égard des normes de bienséance. Mais, dans mon cœur, je n'ai aucun regret. Je n'ai pas réfléchi, ni calculé. Je me suis laissé guider par mon amour, simplement.

Je protestai :

— Moi aussi, j'aimais Norbert, j'étais amoureuse de lui, mais ce n'est pas pour cela que je me suis comportée comme une fille peu sérieuse.

— Mais il allait partir ! me coupa-t-elle avec véhémence. Il s'en allait à la guerre, et j'ai voulu lui donner ce que je possédais de plus précieux.

— Comment peux-tu être sûre qu'il n'a pas cherché à profiter de toi ?

Son regard exprima une certitude radieuse :

— Oh non, il n'est pas ainsi ! Lui ne voulait pas. C'est moi la seule responsable. Je suis allée le rejoindre dans sa chambre.

— Yolande ! m'exclamai-je, scandalisée.

— Je sais, ma tante, je n'aurais pas dû, mais... je l'aime tellement ! Plus rien n'avait d'importance. Je voulais lui appartenir avant qu'il s'en aille, je le désirais, rien d'autre ne comptait.

— Mais... protestai-je de nouveau. N'as-tu pas honte ?

Elle me regarda avec un air de défi :

— Non, je n'ai pas honte.

Puis son visage changea, s'illumina, et elle ajouta :

— Je l'aime. Je l'ai aimé dès que je l'ai vu. Ce sont ses yeux qui m'ont frappée tout d'abord. Des yeux bleu-vert, clairs, francs. J'ai su, alors, ce qu'était l'amour, le vrai. Je savais déjà que je n'aimais pas Flavien, mais là, j'en ai été persuadée. C'est John-Philip que j'aime, lui seul.

Désarmée, je ne trouvai plus rien à objecter. De toute façon, comme disait Norbert, le mal était fait, et il ne servait à rien de se lamenter. Il fallait simplement tenter de sauver la face.

Ainsi, Yolande vivait chez nous, et je n'étais plus seule lors des longues absences de mon mari. Elle me tenait compagnie, elle venait avec moi dans la cuisine, et nous bavardions. Lorsque quelqu'un frappait à la porte d'entrée, elle se réfugiait dans sa chambre, où elle s'enfermait, n'en sortant que lorsque je la rappelais. Elle m'aidait à préparer les repas. Elle-même ne mangeait pas beaucoup, en proie aux malaises de la grossesse.

— Ce sont eux qui ont dévoilé mon état à père, m'avoua-t-elle. Il se souvenait que ma mère avait eu exactement les mêmes malaises lorsqu'elle m'attendait. Il m'a obligée à parler, et ensuite, il m'a battue.

Les traces des coups de ceinture s'atténuèrent, puis disparurent. Les nausées, elles aussi, s'espacèrent. Le corps de Yolande commença à s'épanouir et, malgré la situation qui était la sienne, elle gardait une sérénité immuable. Sa confiance en John-Philip ne faiblissait pas. Sa seule inquiétude venait du fait qu'elle n'avait pas de ses nouvelles.

— Lorsqu'il est parti, il m'a promis de m'écrire et de me donner une adresse où je pourrais lui répondre. Je sais qu'il était sincère. Et si je ne reçois rien, c'est parce que père subtilise ses lettres, sans aucun doute. Mais rien ne parviendra à briser notre amour. Je l'attendrai fidèlement et, lorsqu'il reviendra, je partirai avec lui.

Je ne savais que répondre. Je n'avais jamais vu John-Philip, j'ignorais tout de lui. Je me disais parfois qu'il avait peut-être fait des promesses à Yolande pour pouvoir profiter d'elle. Mais, d'un autre côté, je reconnaissais qu'il avait pu être sincère. Dans ce cas, sans aucun doute, il reviendrait. Si la guerre se terminait avant la naissance du bébé, il emmènerait Yolande, et nous ne serions pas obligés de réaliser le plan de Célestin. Je n'osais pas m'avouer que cette perspective me soulageait. Car la décision d'abandonner « l'enfant du péché » dans un orphelinat me paraissait plus dure au fur et à mesure que le temps passait.

Je voyais Yolande s'attacher à cet enfant qu'elle attendait. Son ventre s'arrondissait. Le bébé commençait à remuer, et elle me faisait partager ces doux moments. Sans m'en rendre compte, à travers elle, je vivais la grossesse que j'avais tant désirée et qui m'avait été refusée. Et, par moments, je ne pouvais plus admettre le plan de Célestin.

Je cherchais d'autres possibilités. J'allai même jusqu'à penser à simuler une grossesse afin de faire croire que l'enfant était le mien. Ce serait Norbert qui ferait l'accouchement, et nous déclarerions le bébé comme le nôtre. Ainsi, nous pourrions le garder. Cela nous éviterait de l'abandonner.

J'en parlai un soir à Norbert, alors que nous étions couchés.

— J'ai quarante-cinq ans, terminai-je. Je peux faire croire aux gens que j'attends un enfant. Il n'est pas trop tard.

Mais Norbert refusa de m'écouter.

— Abandonne cette idée, Berthe. De toute façon, je ne pense pas que Yolande accepterait. Elle croit au retour de son John-Philip, et elle voudra garder son enfant. Et même si elle acceptait, ce serait une situation boiteuse.

— Tu ne veux pas ? demandai-je, déçue.

— Non. J'ai donné ma parole à Célestin, et je ne la reprendrai pas. Toi aussi, tu as promis, Berthe. Souviens-toi.

— Oui, soupirai-je, je sais bien.

J'essayai de ne plus y penser, de me durcir le cœur. J'essayai de me persuader que, pour Célestin, et même pour Yolande, la solution qu'il avait choisie était la meilleure. À la fin de la guerre, Flavien reviendrait, il épouserait sa fiancée, et tout rentrerait dans l'ordre.

Avec l'arrivée du printemps, Yolande sortait dans le jardin, se promenait dans les allées. En avril, il fit suffisamment chaud pour qu'elle pût s'installer au soleil. Elle s'asseyait sous la tonnelle, elle cousait ou brodait, et elle me parlait de John-Philip.

— Il est loyal, bon, sincère. Et plein de bravoure ! Il s'est présenté tout de suite à l'appel que le général Kitchener a lancé à tous les Anglais, au mois d'août. Il a vingt-huit ans et il est professeur d'anglais dans un collège, près de Liverpool. Ses parents sont exploitants agricoles. Ils possèdent des hectares et des hectares de terre. Un jour, il m'emmènera chez eux. Il est leur seul fils, et sa mère déplore qu'il ne soit toujours pas marié, car elle a hâte d'avoir des petits-enfants. Il dit qu'elle sera ravie d'avoir une *daughter in law* [1]

1. Bru.

française, et il affirme qu'elle m'aimera. Et puisqu'elle rêve d'avoir des petits-enfants, le bébé que j'attends sera le bienvenu.

De temps en temps, elle faisait allusion à Flavien qui, ignorant la situation, continuait à lui écrire. Ces lettres-là, Célestin les apportait. Après plusieurs semaines, elle se décida enfin à lui répondre.

— Que dois-je faire, tante Berthe ? me demanda-t-elle. Dois-je tout dire à Flavien, ou, au contraire, me taire comme père me l'a ordonné ?

Je n'hésitai pas :

— Ne lui dis rien. D'abord pour ne pas désobéir à ton père. Et surtout pour ne pas faire de peine à Flavien. Il t'aime. Il serait malheureux. Là où il se trouve, il a besoin de nouvelles réconfortantes, et non d'un aveu qui risque de lui briser le cœur.

Elle me regarda, incertaine. Je voulus la convaincre :

— Imagine que, par désespoir, il se fasse tuer. Tu porterais ensuite la responsabilité de sa mort. Il connaîtra la vérité bien assez tôt.

Elle poussa un profond soupir :

— Oui, vous avez sans doute raison.

Elle écrivit le lendemain, et me confia la lettre afin que j'aille la poster. Pendant que je me préparais pour sortir, dans le couloir où elle ne venait jamais, je n'eus aucun scrupule à déplier la lettre et à la lire. Je constatai que Yolande avait suivi mon conseil, et que sa courte page n'était qu'une suite de bavardages innocents comme les arbres en fleurs ou les hirondelles qui, bravant la guerre, venaient d'arriver dans notre région. Soulagée, je postai la lettre le jour même.

3

Célestin continuait à venir partager notre repas le dimanche. Fidèle à lui-même, il discutait avec Norbert de la situation, de la guerre qui se prolongeait, des batailles qui causaient d'énormes pertes sans autre résultat que d'apporter le deuil et le désespoir dans les familles. Il parlait à peine à Yolande, notant d'un œil froid sa silhouette alourdie. Lorsqu'il repartait, à la porte de la maison il m'interrogeait :

— Tout va bien, Berthe ? Il n'y a aucun problème ?

— Ça va, répondais-je invariablement, rassurante.

Je ne lui répétais pas les propos de Yolande qui, tous, demeuraient fixés sur l'espoir inébranlable du retour de John-Philip. Célestin hochait la tête avec satisfaction et s'en allait, sans oublier de nous remercier, Norbert et moi.

— Sans votre aide, je ne sais pas ce que j'aurais fait. Vous m'avez sauvé.

— Toi aussi tu m'as sauvé, rétorquait Norbert, lorsque je suis tombé à l'eau. Je ne fais rien de plus que ce que tu as fait ce jour-là.

Ils échangeaient un regard empli d'affection fraternelle. À ces moments-là, je comprenais l'attitude de Norbert, et je me disais que je devais tenir ma promesse, quoi qu'il m'en coûtât.

La naissance était prévue pour la fin du mois de juin. Le printemps avançait glorieusement et allait bientôt laisser la place à l'été. Sous la tonnelle, Yolande cousait des petites chemises pour le bébé, tandis qu'autour d'elle, dans l'air léger et parfumé, les papillons virevoltaient et les arbres bruissaient doucement. Par des journées aussi radieuses, seul le bruit du canon nous rappelait que la guerre existait.

— Si mon enfant est un garçon, disait Yolande, il s'appellera Thomas, comme le père de John-Philip, et si c'est une fille, Alice. C'est le prénom de sa mère.

Le premier dimanche de juin, Célestin, comme d'habitude, vint dîner [1] avec nous. Lorsque j'entendis son automobile s'arrêter dans la rue, j'allai l'accueillir à la porte. Norbert venait de partir, appelé en urgence pour un enfant qui s'était blessé en tombant. Tout de suite, je m'aperçus que Célestin avait un air inhabituel.

— Où est Yolande ? me demanda-t-il avec brusquerie.

— Dans le jardin, sous la tonnelle.

Il tapota la poche de sa veste :

— J'ai là une nouvelle concernant ce John-Philip. Il a été tué le 24 mai, à Lorette. C'est un de ses hommes qui écrit. Il dit que John-Philip lui avait fait promettre de prévenir Yolande, au cas où il lui arriverait quelque chose.

— Mon Dieu !...

Je portai les mains à mon visage. Je me sentais glacée. Comment Yolande allait-elle réagir ? Dans sa confiance naïve en John-Philip et en son retour, elle n'envisageait pas le fait qu'il pût être tué.

— C'est aussi bien, constata cruellement Célestin. Au moins, il ne reviendra pas perturber mon plan. Tout doit se passer comme je l'ai dit. Ne l'oubliez pas, Berthe.

Je le regardai avec réprobation, indignée par sa froideur.

— Je vous demanderai de ne rien dire à Yolande. Cette nouvelle risque de lui causer un choc qui pourrait nuire au bébé.

Il haussa les épaules :

— Comme vous voulez. Il faudra pourtant bien le lui apprendre un jour.

— Pas maintenant, dis-je fermement. Pas dans son état.

1. Le dîner, dans le Nord, est le repas de midi.

Avec un grognement, il me suivit dans la maison.

— J'ai une autre lettre. De Flavien. Pourvu qu'il ne soit pas tué, lui aussi ! Je n'aurais plus personne pour me succéder.

Je ne répondis pas. Je pensais au désespoir de Yolande lorsqu'elle apprendrait la vérité, et je ne pouvais m'empêcher de trouver Célestin bien égoïste.

Norbert revint, et nous prîmes place à table. Le repas se passa comme d'habitude. Célestin et Norbert parlèrent de la guerre. Mon mari protesta une fois de plus contre les Allemands qui, après avoir utilisé une nouvelle arme, le lance-flammes, se servaient maintenant, depuis le mois d'avril, des gaz asphyxiants. Ceux-ci provoquaient chez les soldats atteints des souffrances insupportables, attaquant leurs yeux et rongeant leurs poumons.

Yolande mangeait en silence. Elle avait lu la lettre de Flavien, qui se plaignait de la rareté et de la brièveté des réponses de la jeune fille. Il lui demandait d'écrire plus souvent car, disait-il, ces missives étaient les seuls moments de joie qu'il connaissait.

À la fin du repas, Célestin se tourna vers sa fille :

— Je compte sur toi pour répondre à Flavien dès demain.

Comme elle gardait le silence, il fronça les sourcils :

— Tu m'entends, Yolande ?

Elle leva les yeux qu'elle tenait baissés :

— Oui, père. Mais je ne sais pas quoi lui dire.

— Écris-lui des choses gentilles. Il a besoin qu'on lui remonte le moral. Dis-lui que tu penses à lui, que tu attends son retour, que tu as hâte qu'il revienne.

Yolande sembla hésiter un instant, puis se décida à avouer, avec une franchise dénuée de provocation :

— Ce ne serait pas la vérité. Je n'ai aucune envie de le voir revenir.

Ses paroles ne plurent pas à Célestin, qui ordonna sèchement :

— Dis-le-lui quand même. L'important est qu'il le croie. N'oublie pas qu'après la guerre, tu deviendras sa femme.

Yolande eut pour son père un regard où se mêlaient stupéfaction et révolte. Elle ignorait tout des projets de Célestin. Depuis son arrivée chez nous, ils n'avaient jamais parlé de la situation. Toujours fixée sur le retour de son lieutenant anglais, elle interrogea avec vivacité :

— Devenir sa femme ? Alors que j'attends l'enfant de John-Philip ? Mais...

— Tu feras ce que je dis ! coupa Célestin en tapant sur la table. Tu n'es qu'une dévergondée et tu m'obéiras.

Yolande se redressa avec dignité :

— Ne m'insultez pas, père. Dans quelques mois, je serai majeure. Vous ne pourrez pas m'obliger à épouser Flavien, c'est John-Philip que j'aime. Il m'a promis de revenir à la fin de la guerre et de m'emmener dans son pays. Je l'attendrai, et c'est lui que j'épouserai.

C'était la première fois qu'elle parlait ouvertement de John-Philip à son père, et qu'elle osait montrer une rébellion jusque-là soigneusement cachée. Comme je le craignais, Célestin ne l'accepta pas. Son teint vira au rouge brique. Furieux, il donna un nouveau coup de poing sur la table, avec tant de force que les tasses et les soucoupes s'entrechoquèrent.

— Comment oses-tu me parler ainsi ? Tu feras ce que je te dis de faire. Quant à ton John-Philip, ne compte plus sur lui. Il ne reviendra pas. Il a été tué à Lorette il y a une quinzaine de jours.

Yolande devint pâle. Le sang se retira de son visage, la laissant blanche jusqu'aux lèvres. J'adressai à Célestin un regard lourd de reproches, qu'il ignora. Faiblement, tout en luttant pour ne pas s'évanouir, Yolande bégaya :

— Ce n'est pas possible... Ce n'est pas vrai... Vous dites cela pour... pour m'obliger à... Non, ce n'est pas vrai...

— Ah, ce n'est pas vrai ? Voilà maintenant que tu m'accuses de mentir ! Veux-tu une gifle pour ton impertinence ? Je dis la vérité, ma fille, et en voilà la preuve !

Il sortit de la poche de sa veste la lettre qu'il avait reçue et la jeta avec colère au visage de Yolande. Celle-ci l'attrapa, la fixa avec hébétude, sans oser l'ouvrir. Une plainte s'échappa de ses lèvres, et elle lança autour d'elle un regard traqué.

Je ne pus m'empêcher d'intervenir :

— Vous n'auriez pas dû le lui annoncer, Célestin. Je vous l'avais demandé.

Toujours furieux, il répliqua durement :

— Et moi, je trouve que c'est beaucoup mieux ainsi. Au moins, maintenant, la situation est claire. Yolande ne se fera plus d'illusions.

Je me tournai vers ma nièce. Ses lèvres tremblaient, son visage avait pris une teinte verdâtre, et des gouttes de sueur perlaient sur son front.

— Tante Berthe... balbutia-t-elle. Je ne me sens pas bien...

Elle se leva lourdement, parut chanceler. Je la soutins avec sollicitude :

— Viens, appuie-toi sur moi. Il faut aller t'allonger.

Avec une expression inquiète, Norbert recula sa chaise, s'approcha de sa nièce, lui prit le pouls. Seul, Célestin demeura assis, protestant avec colère :

— Il est inutile de faire tant de simagrées. Si tu n'es pas bien, ma fille, va te coucher.

— Emmène-la dans sa chambre, me conseilla Norbert. Je lui apporterai un calmant.

Tandis que nous sortions de la pièce, j'entendis la voix de mon mari, qui s'adressait à son frère :

— Tu as eu tort de le lui annoncer aussi brutalement, surtout dans son état.

— C'est sa faute, répliqua Célestin d'un ton bougon. Elle m'a mis en colère.

Je conduisis Yolande dans sa chambre, l'aidai à s'allonger. Couchée sur le côté, les mains sur son ventre volumineux, pâle, les yeux clos, elle semblait avoir de la peine à respirer. Je trempai un mouchoir dans l'eau du broc, le tordis, l'appliquai doucement sur son front. Puis je rabattis les volets, repoussant à l'extérieur l'éclatante lumière de cette radieuse journée de juin. Une pénombre reposante régna aussitôt dans la chambre. Je revins vers Yolande, repris le mouchoir et lui caressai doucement le visage. Les yeux toujours clos, elle ne bougeait pas. Au bout d'un moment, très bas, elle chuchota :

— Mon bébé... il ne remue plus...

— Essaie de te détendre, conseillai-je.

Elle soupira sans répondre. La porte s'ouvrit, et Norbert entra. Il tendit un verre à sa nièce :

— Tiens, bois ça. Ça te fera du bien. Ensuite, tu dormiras.

Je dus prendre le verre et l'approcher des lèvres de Yolande, toujours immobile. Je lui relevai la tête, et elle but à petites gorgées, péniblement, comme une enfant. Puis elle se laissa retomber, anéantie.

— À tout à l'heure, dis-je avec douceur.

Nous sortîmes de la chambre et je refermai soigneusement la porte.

— Pauvre enfant, soupirai-je.

— Elle va dormir, dit Norbert. Dans l'état où elle est, le sommeil ne peut lui faire que du bien.

Nous revînmes dans la salle à manger. Célestin était debout, prêt à partir.

— Il est inutile que je reste plus longtemps, annonça-t-il. Je n'aurais peut-être pas dû me laisser emporter par la colère, mais je persiste à croire que c'est aussi bien ainsi.

— Sauf que, maintenant, cette pauvre petite va être désespérée, déclarai-je avec reproche.

— Ce n'est qu'un mauvais moment à passer. Elle oubliera. Elle se tournera de nouveau vers Flavien.

Il s'en alla et, en le regardant partir, je pris conscience d'une réalité qui m'était déjà apparue plus d'une fois depuis la naissance de Yolande : Célestin n'aimait pas sa fille, et c'était pour cette raison qu'il se comportait aussi durement avec elle. Mais moi, je l'aimais, et je ne pouvais pas demeurer insensible à son chagrin. Je compris aussi autre chose : plus la naissance approchait, et plus je me sentais hostile au projet de Célestin d'abandonner le bébé.

— Il ne sera pas abandonné n'importe où, Berthe. Il sera confié à un établissement où il sera élevé, avec toutes les chances d'être adopté par des parents qui désirent un enfant.

Yolande dormait. Je venais de confier mes scrupules à Norbert, et il tentait de me rassurer.

— Quel établissement ? demandai-je, sceptique. Un hospice pour enfants trouvés ?

— Écoute, Berthe, tu as donné ta parole. Moi aussi. Je me suis mis d'accord avec Célestin. L'orphelinat que nous avons choisi est très bien. J'irai y déposer l'enfant dès qu'il sera né, dans le plus grand secret. Et tout rentrera dans l'ordre.

Je savais que l'hospice dont me parlait Norbert était situé à quelques kilomètres de notre village, et qu'il recueillait les enfants abandonnés et les orphelins. Norbert m'assurait que ces enfants étaient placés en nourrice dans des familles honorables, avant d'être adoptés définitivement. Mais je ne parvenais pas à me laisser convaincre. Je pensais, moi, au désespoir de Yolande, à qui Célestin voulait faire croire que le bébé était mort à la naissance. Maintenant que John-Philip avait été tué, ce plan me paraissait trop cruel. La pauvre fille avait perdu celui qu'elle aimait, et nous allions, en plus, la priver de son enfant.

— Sois réaliste, Berthe, répondit Norbert à mes objections. Que ferait Yolande seule avec un bébé ? Tu sais bien qu'elle serait montrée du doigt, critiquée, blâmée, et l'enfant serait traité de bâtard. Il vaut mieux lui laisser la chance d'être adopté par une vraie famille.

L'état de fille-mère était la pire des hontes, je le savais également, mais je voulus émettre une autre hypothèse :

— Flavien le reconnaîtra peut-être ? Puisqu'il aime Yolande, il acceptera son enfant.

— Ce n'est pas sûr. Il pourra aussi être furieux d'avoir été trompé, et rompre avec Yolande. Et puis, il y a encore la menace de la guerre. Ce qui est arrivé à John-Philip peut également arriver à Flavien. Il y a tant de tués !

Accablée par cette évidence, je baissai la tête. Justine

n'était plus la seule à pleurer son fils. À mesure que les mois passaient, les jeunes gens du village partis à la guerre tombaient au champ d'honneur l'un après l'autre. Norbert vint à moi et posa une main sur mon épaule :

— Nous avons promis à Célestin de l'aider, et la solution qu'il a prévue est la meilleure. Elle sauvegarde son honneur, celui de Yolande, et l'avenir de l'enfant. Tu peux me croire, Berthe.

Je soupirai sans répondre. Ce raisonnement était peut-être valable, mais il faisait abstraction des sentiments de Yolande, et je ne pouvais pas l'admettre totalement.

* *
*

Elle ressentit les premières douleurs quelques heures plus tard. Elle m'appela et, lorsque j'arrivai dans sa chambre, je la trouvai assise, les mains crispées sur son ventre :

— Tante Berthe... J'ai mal... gémit-elle.

Je m'approchai vivement d'elle, tâtai son front. Dans la pénombre de la chambre, son petit visage défait me fit pitié. Je conseillai :

— Ne bouge pas. Je vais chercher ton oncle.

Dans son bureau, Norbert classait des papiers. J'ouvris la porte, essayant de ne pas m'affoler :

— Norbert, viens vite, s'il te plaît. Yolande se plaint d'avoir mal. Crois-tu que ce soit le bébé, déjà ?

Rapidement, il se leva, me suivit. Yolande était toujours dans la même position. Norbert la força à se coucher, se pencha, l'ausculta. Puis il se releva :

— C'est le bébé, en effet.

Yolande ouvrit de grands yeux affolés :

— Mon bébé ? Déjà ? Mais...

— Ne crains rien, dit Norbert d'un ton rassurant. Tout se passera bien. Berthe et moi, nous sommes là.

— Essaie de te détendre, conseillai-je à Yolande. Nous avons le temps. Je vais tout préparer et je reviens.

Tandis que je prenais le linge et la bassine pour faire chauffer de l'eau, j'interrogeai Norbert :

— Penses-tu que le choc qu'elle a eu ait pu avancer la date de l'accouchement ?

— Ce n'est pas impossible. En tout cas, rappelle-toi bien ce que tu as à faire. Vers la fin, lorsque les contractions seront plus fortes, tu lui administreras un peu de chloroforme. Et quand je te le dirai, au moment où le bébé apparaîtra, tu lui feras respirer une dose plus forte pour l'endormir. Il faut qu'elle n'ait aucune conscience de ce qui se passera à partir de ce moment-là. Tu as bien compris, Berthe ?

— Oui, dis-je en soupirant. Oui, Norbert.

Les heures s'écoulèrent, le soir arriva. Le ciel se stria de raies lumineuses, et le soleil se coucha dans une apothéose écarlate. L'obscurité, peu à peu, prit possession du jardin. Au sommet d'un arbre, un merle fit entendre son chant mélodieux. Puis il s'envola, et la nuit s'installa.

Dans la chambre, assise près du lit de ma nièce, avec elle j'attendais, et avec elle je souffrais. À chaque contraction, elle se mordait les lèvres, essayant courageusement de ne pas crier, ne pouvant malgré tout s'empêcher de gémir. Je lui tenais les mains, je rafraîchissais son front couvert de sueur, et lorsque la contraction était passée, je lui parlais doucement.

De temps à autre, Norbert entrait, se penchait sur Yolande :

— Le travail avance normalement, assurait-il. Tout va bien.

À un moment, alors que nous étions toutes les deux, Yolande agrippa l'une de mes mains :

— Tante Berthe... J'ai quelque chose à vous demander.

— Plus tard, mon enfant, dis-je en repoussant les cheveux qui retombaient sur son front moite.

— Non, maintenant, insista-t-elle. C'est important. Vous savez que ma mère est morte en me mettant au monde... Si la même chose m'arrive...

— Voyons, Yolande ! Que vas-tu chercher là ? Norbert est médecin, il sait ce qu'il faut faire.

— Mais quand même... Au cas où... J'y ai souvent pensé... Il faut que vous me fassiez une promesse... Voilà : accepteriez-vous de vous charger de mon enfant ?

Sur le moment, je demeurai muette. Je ressentis une brûlante culpabilité en songeant à ce que nous nous préparions à faire, Célestin, Norbert et moi, et je fus incapable de répondre.

Se méprenant sur mon mutisme, Yolande me supplia :

— Vous ne désirez peut-être pas vous retrouver avec un enfant à élever, mais, si je ne suis plus là, qui le fera ? Maintenant que John-Philip a été tué... — sa voix s'étrangla dans un sanglot — mon pauvre bébé sera orphelin... S'il vous plaît, tante Berthe... Je vous en prie...

Je ne pus résister à son regard suppliant. Maudissant ma duplicité, j'énonçai fermement :

— Allons, ne te mets pas dans des états pareils ! Si cela peut te rassurer, oui, je ferai ce que tu me demandes. Mais cette promesse est inutile. Tu ne mourras pas. Tout va bien se passer.

Soulagée, elle lâcha ma main, et murmura avec reconnaissance :

— Merci, tante Berthe.

Je détournai la tête pour lui cacher mon visage en feu. Une autre contraction s'empara d'elle et elle s'efforça de la supporter vaillamment. Mais ses gémissements se firent plus forts, et Norbert arriva. Après une nouvelle auscultation, il déclara :

— C'est pour bientôt.

Il sortit de la chambre et revint avec un flacon de chloroforme et un mouchoir, qu'il me tendit :

— À partir de maintenant, à chaque contraction, tu lui feras respirer ça. Juste un peu, sauf à la fin.

J'acquiesçai, tout en ayant envie de protester. Pourtant, je fis ce qu'il me disait. Les spasmes étaient de plus en plus forts. Yolande souffrait, ahanait, s'agrippait à moi. Je lui faisais respirer un peu de chloroforme, ce qui avait l'avantage d'atténuer la douleur. Norbert, penché sur son corps, l'encourageait :

— Vas-y. Encore un peu. Il arrive.

Puis il se redressa, me regarda :

— Ça y est. Je vois sa tête.

Il me fit un signe. Je savais ce que cela signifiait. Les mains tremblantes, je versai une bonne dose de chloroforme sur le linge. Et, avec l'impression qu'une autre agissait à ma place, je mis ce linge sous le nez de Yolande et la forçai à respirer. Pendant ce temps, après avoir sorti la tête de l'enfant, Norbert dégageait les épaules. Lorsqu'il retira le corps complet, Yolande, les yeux clos, dormait.

— C'est bien, Berthe, approuva-t-il. Tu as fait ce qu'il fallait. Voici l'enfant. C'est un garçon.

Il coupa le cordon ombilical et me tendit le bébé qui pleurait avec énergie. Je le pris et, pendant que Norbert continuait à s'occuper de Yolande, j'allai dans la cuisine pour le laver. C'était un beau petit garçon, parfaitement constitué. Un fin duvet de cheveux blonds couvrait le haut de son crâne, trahissant son origine anglo-saxonne. Je le séchai, lui mis une chemise et un mouchoir-de-cou que Yolande avait cousus pour lui, le langeai soigneusement, et l'enveloppai dans un châle tricoté lui aussi par Yolande. Le bébé vagissait en agitant ses petits bras, et j'essayai de ne pas me laisser attendrir. Lorsque j'eus terminé et que j'allai le déposer au milieu de notre lit, il se tut et s'endormit. Je M'obligeai à ne pas le regarder, allai jeter l'eau, rincer la bassine, mettre les linges à bouillir. Norbert sortit de la chambre :

— Voilà, c'est terminé. Je vais aller enterrer le placenta au fond du jardin.

Comme je l'avais fait pour le bébé, j'allai m'occuper de Yolande. Je la lavai, elle aussi, refis le lit. Je jetai un coup d'œil à son visage aux yeux clos, et mon cœur se serra. La cruauté du plan de Célestin m'apparut une fois de plus.

Norbert revint du jardin, se lava les mains, les avant-bras, s'essuya le visage :

— Il ne faut pas tarder. Bientôt, il fera jour. Donne-moi

l'enfant. Je vais y aller. À la faveur de la nuit, je passerai inaperçu. Et si on me voit, on ne trouvera là rien d'anormal. On croira que j'ai été appelé pour une urgence.

Il s'en alla préparer notre cabriolet et sortit Douce, notre jument. Contrairement à Célestin, Norbert n'avait jamais voulu s'acheter une automobile. Pendant ce temps, je retournai dans notre chambre. Au milieu du grand lit, le bébé dormait toujours, minuscule et attendrissant. Mes yeux se remplirent de larmes.

— Si c'est un fils, il s'appellera Thomas, m'avait dit Yolande.

« Que ce pauvre enfant ait au moins ce prénom », pensai-je. Je pris un papier, sur lequel j'écrivis : « Je m'appelle Thomas. Je suis né le 7 juin 1915. » Ensuite je le pliai soigneusement et le glissai entre la chemise et la brassière. Puis je pris l'enfant et sortis de la chambre.

Je me heurtai à Norbert, impatient :

— Que fais-tu donc, Berthe ? Il est temps que j'y aille.

Je levai les yeux vers mon mari, dans une supplication muette. Il comprit. Son visage s'assombrit et, avec une pointe d'agacement, il bougonna :

— Allons, pas d'attendrissement. C'est inutile.

Il me prit le bébé des bras et celui-ci, comme s'il voulait protester, se réveilla et se mit à pleurer. Norbert le cacha contre sa poitrine pour étouffer les vagissements et sortit de la maison. Je le regardai s'en aller avec la sensation de me dédoubler. Une partie de moi voulait courir vers lui, lui arracher le bébé, le reprendre et le garder farouchement, pendant que l'autre partie demeurait immobile, avec l'impression d'être ligotée par une promesse dont je n'avais pas mesuré la portée.

À ce moment précis, je m'interrogeai sur Norbert. Je savais qu'il était doux et bon. Ses patients l'aimaient, l'appréciaient en tant que médecin et en tant qu'homme. Mais la façon dont il appliquait le plan de Célestin me déroutait. Comment pouvait-il aller déposer froidement cet enfant à l'orphelinat, un enfant qui était son petit-neveu ? Je rentrai dans la maison, malheureuse.

J'allai souvent voir Yolande. Lorsque Norbert revint, elle dormait encore.

— Ça y est, m'annonça-t-il. C'est fait. Je n'ai rencontré personne. Et j'ai déposé l'enfant à l'entrée. Rien ne transpirera. Le secret sera bien gardé, et Célestin sera satisfait.

Je ne dis rien. Je savais que si je lui faisais part de mes réflexions, il me répéterait une fois de plus le même raisonnement. Il me rappellerait ma promesse, et il aurait raison. Sans un mot, je lui servis du café, mais je fus incapable d'en boire.

— Yolande dort encore, dis-je d'une voix étranglée.

Il hocha la tête :

— C'est normal. Elle va dormir plusieurs heures, peut-être toute la matinée. Je vais aller la voir, et ensuite, j'irai me reposer avant de commencer ma journée de travail. Toi aussi, Berthe, viens dormir un peu.

Je secouai la tête. Je me sentais trop bouleversée pour pouvoir dormir. Tandis que Norbert gagnait notre chambre, je demeurai immobile, assise à la table de la cuisine. Je regardai, par la fenêtre, le jour se lever, et le soleil prendre victorieusement possession du jardin. Je restai ainsi longtemps, l'esprit en déroute, ayant toujours devant les yeux l'image du petit innocent que nous avions abandonné.

Ce fut Norbert qui, en revenant dans la cuisine, m'arracha à ma léthargie. Je lui servis son petit déjeuner en silence. Il ne me dit pas un mot, lui non plus, et je pensai, en voyant son visage fermé et ses sourcils froncés, qu'il avait peut-être des remords. Mais je n'osai pas le lui demander. Même dans ce cas, je savais qu'il ne changerait rien au plan qu'il venait d'accomplir.

— Je n'ai pas beaucoup de visites ce matin, m'annonça-t-il en partant. Je vais avoir le temps d'aller jusque chez Célestin. Il faut qu'il sache que le bébé est né et que tout s'est passé comme il le souhaitait.

Au cours des heures qui suivirent, je me rendis dans la chambre de Yolande à plusieurs reprises. Elle dormait toujours mais, vers la fin de la matinée, elle commença à remuer un peu. La dernière fois, elle ouvrit les yeux, m'aperçut, murmura quelques paroles incompréhensibles et se rendormit. Je quittai la chambre, appréhendant le moment où elle se réveillerait et réclamerait son bébé.

Norbert revint vers midi, apparemment satisfait.

— Célestin est soulagé, déclara-t-il en ôtant sa veste et son chapeau. Il m'a remercié, et il te remercie aussi, Berthe.

Je détournai le visage et ne répondis pas. À ce moment, d'une voix faible, Yolande appela. J'eus peur de me retrouver face à elle. Je fus lâche. Je regardai Norbert :

— Va le lui dire. Moi, je ne saurai pas faire ce mensonge. Vas-y, s'il te plaît.

Je crus qu'il allait refuser, mais sans un mot il se dirigea vers la chambre de sa nièce. Avec soulagement, je le regardai sortir de la pièce. Les mains tremblantes, je mis le couvert, puis j'allai dans le jardin. Dans la lumière du soleil, je regardai l'endroit où, près du saule pleureur, Norbert avait enterré le placenta. Les larmes que je retenais coulèrent sur mes joues. J'entendis revenir Norbert, et je rentrai dans la cuisine. Son visage défait exprimait impuissance et désolation.

— Va la voir, Berthe. Elle te réclame.

J'essuyai mes yeux tout en montant l'escalier. Lorsque j'arrivai dans la chambre, Yolande, adossée à son oreiller, leva vers moi un regard désespéré :

— Mon bébé... gémit-elle.

Je m'approchai, m'assis sur le bord du lit, la pris dans mes bras. Je mêlai mes larmes aux siennes, incapable de parler, de lui dire des mots de consolation. Elle pleurait sur son enfant qu'elle croyait mort, mais moi, je pleurais sur la situation douloureuse et fausse que nous avions créée, Célestin, Norbert et moi.

Elle attrapa une fièvre qui la rendit si malade que je craignis pour sa vie. Elle se mit à délirer, complètement inconsciente.

— Fièvre puerpérale, diagnostiqua Norbert. Elle se déclare quelquefois après un accouchement...

Il était soucieux, lui aussi. Je restais au chevet de ma nièce, je lui faisais boire les remèdes prescrits par Norbert, j'appliquais des compresses froides sur son visage en feu. Des bribes de paroles incohérentes lui échappaient. Au bout de trois jours, comme la fièvre ne baissait pas, Norbert, de plus en plus inquiet, se décida à aller prévenir son frère.

Le soir même, Célestin arriva. Il se pencha sur le visage de sa fille, dont les yeux brillants ne nous voyaient pas. Il affirma froidement :

— Allons, ce ne sera rien. Elle va se remettre.

Et il quitta la chambre. Il n'avait laissé voir ni contrariété ni inquiétude. Aimait-il donc si peu sa fille, au point que son sort lui fût indifférent ?...

Le lendemain matin, la fièvre baissa enfin. Norbert, avec prudence, déclara que sa nièce était sauvée, à condition de la traiter avec beaucoup de précautions.

Je la soignai comme si elle était redevenue une petite fille. Elle avait retrouvé sa lucidité, et elle devait faire face à une situation qui ne lui apportait que souffrance et désespoir. Elle sombra dans une apathie qui m'inquiéta. Elle pleurait sans cesse, se nourrissait à peine, repoussant l'assiette que je lui tendais, avec la même protestation :

— Je n'ai pas faim, tante Berthe...

Norbert, préoccupé lui aussi, l'obligea à prendre des vitamines et des fortifiants. Elle les avalait docilement, mais elle demeurait toujours aussi dépressive. Déchirée de la voir ainsi, je l'entourais de soins et de tendresse, m'occupant d'elle avec amour. Parfois, elle se lamentait faiblement :

— J'ai tout perdu, tante Berthe. À quoi me sert-il de vivre, maintenant ? John-Philip a été tué, et mon enfant est mort. Je n'ai plus rien.

Le neuvième jour, lorsqu'elle se leva, elle exigea que je la conduise dans le jardin. À petits pas, appuyée sur moi, elle marcha jusqu'au saule pleureur. Norbert lui avait dit qu'il avait enterré là le bébé. Elle regarda longuement l'endroit où la terre avait été retournée, tout en laissant couler ses larmes.

— Mon bébé était déjà mort lorsqu'il est né, m'a dit oncle Norbert. Je me suis rappelé une chose... Lorsque père m'a annoncé que John-Philip avait été tué, j'ai eu l'impression que quelque chose, en moi, mourait... et j'ai remarqué que mon enfant ne bougeait plus... C'est comme s'il n'avait pas résisté à la mort de son père...

Torturée, je ne disais rien. Elle revint vers la maison et, à partir de ce jour, passa ses journées sous la tonnelle. Malgré son désespoir, le soleil, les oiseaux et les fleurs eurent sur elle un effet bénéfique. Les vitamines de Norbert également. Peu à peu, elle reprit des forces, mais son regard demeurait triste.

— Peut-être suis-je punie parce que j'ai mal agi, soupirait-elle parfois. Vous-même, tante Berthe, vous avez condamné mon comportement avec John-Philip. Quant à père, il pourra être content, il ne reste plus aucune trace de mon inconduite.

Célestin, en effet, arborait un air satisfait. Il continuait à venir chaque dimanche, et, en sa présence, Yolande gardait les yeux baissés. Il ne semblait pas apitoyé par le visage pâle et les yeux cernés de sa fille. Il lui répétait que, dès qu'elle aurait retrouvé ses forces, elle reviendrait chez lui pour y attendre la fin de la guerre et le retour de Flavien.

— Ne lui dis jamais rien, entends-tu ? Ni à lui, ni à personne.

Les yeux toujours baissés, Yolande hochait docilement la tête sans prononcer une parole. Mais, ensuite, seule avec moi, elle protestait :

— Ne rien dire... quelle hypocrisie !

J'essayais de la convaincre :

— Ce n'est pas de l'hypocrisie, Yolande, c'est un moyen comme un autre de sauver les apparences. Si les gens savaient, qu'est-ce que cela t'apporterait ? Rien que des critiques et de la médisance. Tu serais jugée, et mal jugée, crois-moi.

Elle ne répondait pas, sachant bien que je disais la vérité. Au fil des jours, son état d'esprit s'améliora un peu. Elle se mit à considérer la situation avec un mélange de fatalisme et de culpabilité. Elle acceptait cette épreuve qui lui était infligée, me répétait-elle, comme une punition. Je la surprenais souvent, près du saule pleureur, devant l'endroit où, croyait-elle, était enterré son bébé. À ces moments-là, j'étais bien près de lui dire la vérité. Je ne supportais pas son désespoir et ses pleurs. Seule me retint la crainte de déclencher un scandale et de déplaire à Norbert. Il était mon mari et je l'aimais toujours.

— J'ai réfléchi, tante Berthe, me dit-elle un matin. Père a annoncé à tout le monde, dans notre village, pour expliquer mon absence, que je m'étais engagée pour aller soigner les soldats blessés dans les hôpitaux. Alors, autant que ce soit vrai. Je vais le faire, je deviendrai infirmière, et si je peux les soulager et être un peu utile, tant mieux.

J'approuvai son projet. Il donnerait un sens à sa vie. Et puis, à la fin de la guerre, Flavien reviendrait. Il l'épouserait. Elle aurait d'autres enfants, elle oublierait. Je m'obligeais à raisonner ainsi afin de me sentir moins coupable. Lorsqu'elle s'en alla, je la serrai contre moi et l'embrassai tendrement, les lèvres scellées sur le secret que je devais garder.

DEUXIÈME PARTIE

Récit de Thomas (1915-1938)

1

Pendant mes premières années, je pus croire que j'étais un enfant comme les autres, avec des parents pour l'aimer et prendre soin de lui. Mais la femme qui m'élevait n'était pas ma mère, et l'homme qui me grondait et me punissait si je désobéissais n'était pas mon père. Je ne le savais pas, et cette ignorance me fut bienheureuse jusqu'au jour où je découvris brutalement la vérité.

Jusqu'à l'âge de six ans, je vécus avec ceux que je croyais être mes parents : mère Martha et père Alphonse. Ils avaient deux autres enfants, et se comportaient envers nous trois de la même façon, ne faisant aucune différence entre nous. Roland, le garçon, avait deux ans de plus que moi, et nous nous entendions bien. Il y avait aussi le bébé Anne, apparu subitement l'année de mes cinq ans, et que je ne connus que dans son berceau ou dans son *cadot*[1].

Une autre personne vivait avec nous : grand-mère Catherine, qui était la grand-mère de Martha. À l'époque, elle avait déjà plus de quatre-vingts ans, mais elle était restée vive et alerte. C'était elle qui, dans la ferme où nous habitions, nous initiait, Roland et moi, aux petits travaux : nourrir les lapins, le cochon, les poules, ramasser les œufs sans en casser un seul, et puis, au moment de la récolte des légumes, trier les pommes de terre, écosser les petits pois ou *décafoter*[2] les échalotes.

1. *Cadot* : chaise haute en bois pour les enfants très jeunes.
2. *Décafoter* les échalotes : les nettoyer en enlevant les pelures extérieures.

J'aimais beaucoup grand-mère Catherine. Elle aussi m'aimait. J'étais son *nin-nin,* appellation affectueuse qu'elle ne réservait qu'à moi, et qui signifiait « mon petit », « mon chéri ». Roland n'en était pas jaloux. En tant qu'aîné, il se jugeait trop grand pour être appelé ainsi.

J'étais attiré par les animaux de la ferme, les vaches, le cheval, le chien. Chaque veau nouveau-né m'émerveillait. Et, contrairement à Roland, qui en avait peur, je m'intéressais aux abeilles de père Alphonse, qui possédait plusieurs ruches.

Ces ruches, situées tout au fond du jardin, étaient constituées d'un panier surmonté d'un toit de paille de forme conique. Sur chacune d'elles, père Alphonse plaçait un rameau de buis bénit par monsieur le curé, afin qu'elles soient protégées et qu'elles donnent beaucoup de miel. Il avait creusé une petite ouverture pour que ses abeilles — qu'il appelait ses « mouches à miel » — puissent entrer et sortir. Je l'accompagnais lorsqu'il allait s'occuper d'elles, mais il me recommandait de ne pas m'approcher. Lui, il avançait sans crainte, sans même se protéger d'un masque ou de gants. Je le regardais tandis qu'elles tournoyaient autour de lui, captivé par ce spectacle étonnant. Lorsque père Alphonse revenait vers moi, ensuite, il me souriait :

— Tu vois, elles sont mes amies. Elles ne me feront jamais de mal.

En effet, aucune d'elles ne tentait de le piquer. Chaque année, à la mi-septembre, il choisissait une journée ensoleillée et il récoltait le miel, un miel onctueux et parfumé dont nous tartinions notre pain l'hiver. Il affirmait que cela « graissait les poumons » et nous permettait de demeurer en bonne santé. Il le mettait en pots, qu'il vendait ensuite dans le village. Il nous disait avec fierté que chacune de ses ruches donnait cent kilos de miel. Il racontait souvent une histoire, prenant sa femme à témoin :

— Tu te souviens, Martha, de notre cousin Marcel ? Il avait plusieurs ruches, lui aussi. Il s'en occupait mais, lorsqu'il est parti à la guerre, c'est son père qui l'a remplacé. Il venait me demander des conseils, parce qu'il ne s'y connaissait pas bien. Et puis, un jour, je l'ai vu arriver, affolé : « Alphonse, je ne comprends pas, mes abeilles meurent les unes après les autres ! » Moi, par contre, j'ai compris tout de suite, et je le lui ai dit : « Si elles meurent, c'est parce qu'il est arrivé quelque chose à Marcel. » Et, en effet, quinze jours plus tard, une lettre est arrivée, annonçant que Marcel avait été tué.

Lorsqu'il me parlait de ses abeilles, il était inlassable :

— Une abeille ne vit que quarante-cinq jours, quand elle ne meurt pas avant, à cause des ennemis qui la guettent, les oiseaux et les araignées, par exemple. Et pendant ce temps-là, elle travaille sans arrêter. Chaque jour, elle fait des kilomètres pour rapporter à la ruche le pollen qu'elle butine sur les fleurs. Tu as déjà vu comme elles sont chargées lorsqu'elles reviennent !

Je les avais déjà observées, en effet, infatigables et courageuses. Je comprenais la passion de père Alphonse et je demandais :

— Lorsque je serai grand, vous m'apprendrez à m'occuper d'elles ? Dites, vous m'apprendrez ? Je vous aiderai.

À ces moments-là, il baissait la tête, et il toussotait, comme s'il était embarrassé :

— Nous verrons, disait-il. Si tu es sage.

Je me contentais de cette promesse qui n'en était pas une, sans en comprendre la réticence.

Les soirs d'hiver, grand-mère Catherine nous racontait des légendes, à Roland et à moi. J'adorais l'écouter. Elle nous parlait du cheval de saint Martin qui, poursuivi par les Romains, avait laissé sur un bloc de grès l'empreinte de son sabot. La même empreinte se trouvait imprimée près d'un puits à Labuissière, où le saint avait fait boire son cheval, et grand-mère Catherine, qui avait habité ce village dans sa jeunesse, affirmait l'avoir vue. Elle racontait aussi que saint Benoît Labre, surnommé « le saint pouilleux », était passé à Lillers un jour de ducasse. Les habitants, rebutés par son aspect lamentable, refusèrent de lui donner à boire. Saint Benoît leur fit alors la prédiction que, dorénavant, le dimanche de la ducasse, la pluie viendrait donner l'eau qui lui était refusée.

— Et c'est vrai ! concluait grand-mère. Ma cousine Gertrude, qui habite Lillers, peut le dire. À chaque ducasse, il pleut !

Elle nous parlait aussi de Marie Groëtte, une méchante sirène cachée dans l'eau des étangs, des puits, des fontaines.

— Ne vous approchez jamais près de l'eau, nous recommandait-elle. Sinon, Marie Groëtte va vous tirer avec son crochet et vous emmener avec elle.

Cette Marie Groëtte avait aussi une autre particularité, selon grand-mère Catherine : elle n'aimait pas les braillards, les *bréyous*, les enfants qui pleurent. Si elle les entendait, elle arrivait et s'emparait d'eux. Comme je n'avais aucune envie d'être emmené par cette terrifiante sirène, je faisais tout mon possible pour ne pas être un *bréyou*.

Avec grand-mère Catherine, nous regardions les illustrations de l'Almanach du Pèlerin, et Roland, dès qu'il eut appris à lire, nous lisait chaque soir une page. Grand-mère Catherine l'écoutait avec admiration, elle qui ne savait ni lire ni écrire. J'avais hâte de susciter chez elle la même admiration et d'aller à l'école, moi aussi. Mais je n'avais pas encore six ans.

J'étais heureux dans cette famille que je croyais être la mienne. Nous dormions dans une petite chambre, Roland et moi, tous deux dans le même lit. Certains matins, lorsqu'il n'allait pas à l'école, comme le jeudi et le dimanche, nous nous amusions à faire des roulades et des batailles d'oreiller avant de nous lever. Et il y avait toutes les petites joies que nous partagions. Avec lui, le jour de la Saint-Nicolas, je plaçais sur la cheminée la carotte destinée à l'âne qui conduisait le bon saint de maison en maison pendant toute la nuit. Le lendemain, à la place, nous trouvions une figurine en pain d'épices. Il y avait aussi le jour de l'an, où nous allions souhaiter la bonne année aux gens de la famille et aux amis. Nous leur disions la formule rituelle : « Bonne année, bonne santé, mettez vo'main à vo'saclet[1] », et ils ne manquaient pas de nous donner un sou ou une friandise.

À la chandeleur, nous circulions dans les rues, affublés de manière fantaisiste, et nous nous régalions ensuite avec les *ratons*, les crêpes délicieuses que nous préparaient mère Martha et grand-mère Catherine. C'était une vie simple, et le petit garçon que j'étais croyait qu'elle continuerait ainsi longtemps.

Pourtant, certains détails auraient déjà pu m'alerter, mais j'étais trop jeune pour les interpréter. Ainsi, par exemple, Roland avait un parrain, contrairement à moi. Ce parrain vint lui apporter un jour, pour ses huit ans, une toupie que je trouvais superbe et que je ne pus m'empêcher d'envier. Roland, habitué à partager tous ses jeux avec moi, ne fit aucune difficulté pour me prêter ce nouveau jouet, mais j'étais conscient qu'il ne m'appartenait pas. J'éprouvai le désir de posséder, moi aussi, une toupie aussi belle. Je fis part de ce souhait à Roland qui me répondit naïvement :

— Ton parrain t'en paiera[2] peut-être une pour ton anniversaire ?

Je posai la question à mère Martha, qui m'apprit que je n'avais pas de parrain. Je demeurai désorienté, sans comprendre ce que cela signifiait. Tout ce que j'en conclus, ce fut que je n'aurais pas de toupie. Alors je me mis à harceler Roland :

— S'il te plaît, Roland, donne-moi ta toupie !

Mais Roland ne céda pas, et plus il refusait, plus mes demandes se faisaient insistantes.

Un jour, je profitai d'une occasion particulière pour obtenir satisfaction. C'était en février. Il faisait très froid, et grand-mère Catherine nous avait envoyés ramasser les œufs. Nous revenions vers la maison, portant chacun un

1. *Saclet* : petit sac en toile (genre de réticule) dans lequel les femmes mettaient leur argent.
2. Offrira.

panier rempli d'œufs. Alors que nous contournions le poulailler, Roland glissa sur le sol gelé, faillit tomber, et lâcha son panier. Lorsqu'il le ramassa, il s'aperçut que de nombreux œufs étaient cassés. Il s'affola :

— Hou là là ! Qu'est-ce que je vais prendre !

Consterné, je ne disais rien. Gâcher de la nourriture par maladresse entraînait automatiquement une punition, nous le savions. Je regardai tour à tour les œufs cassés et l'air accablé de Roland. Ce fut alors que l'idée me vint. Spontanément, je m'écriai :

— Changeons de panier ! Je dirai que c'est moi qui ai cassé les œufs.

Roland me fixa, les yeux ronds de stupéfaction. Je poursuivis :

— Mais il y a une condition : c'est que tu me donnes ta toupie.

Il hésita un instant, mais la menace de la punition le décida.

— C'est d'accord, Thomas.

Je revins avec son panier, le cœur battant de crainte. Père Alphonse vit tout de suite notre air inhabituel et m'interrogea abruptement tandis que je baissais la tête.

— Eh bien, qu'y a-t-il ?

Je tendis le panier en balbutiant que j'avais cassé des œufs. Comme je m'y attendais, il se mit en colère et me frappa de deux gifles sèches qui me mirent les larmes aux yeux.

— *Malapatte*[1] *!* cria-t-il. Tu ne pouvais pas faire attention, non ? Tu seras puni.

Je passai le reste de la journée « au coin », le nez contre le mur, et, à chaque personne qui vint ce jour-là, père Alphonse raconta ma maladresse pour me faire honte. Le lendemain, qui était un dimanche, je fus privé des « boules de Suisse » que grand-mère Catherine fabriquait avec de la farine et que nous mangions chaudes enrobées de cassonade. Mais je supportai vaillamment ma punition car je

1. Maladroit.

savais que, en échange, je posséderais le jouet que je convoitais depuis si longtemps.

Roland tint sa promesse et me donna sa toupie. J'en fus si heureux que je l'emportai partout, passant presque tout mon temps à jouer avec elle. Père Alphonse et mère Martha ne remarquèrent rien, mais grand-mère Catherine, plus attentive, me demanda, quelques jours plus tard :

— Tu es toujours avec la toupie. L'as-tu prise à Roland ?

— Oh non ! protestai-je, offusqué. Je ne l'ai pas prise. Il me l'a donnée.

— Ne mens pas, Thomas. J'ai souvent entendu Roland dire qu'il ne voulait pas te la donner.

Je ne vis pas d'autre issue que d'avouer la vérité. Je racontai ce qui s'était passé, appréhendant la réaction de grand-mère. Allait-elle condamner ma conduite ? Comme elle ne disait rien, je levai les yeux vers elle :

— Vous n'êtes pas en colère, grand-mère ? Vous ne me disputez pas ?

Elle sourit et me caressa les cheveux :

— Non, *min nin-nin.* Tu as mérité d'avoir la toupie puisque, pour ça, tu as été puni à la place de Roland.

Ainsi absous, je repris *ma* toupie et me remis à la faire tournoyer avec ardeur.

* *
*

Le froid persistait, la terre et les chemins étaient gelés. Les abeilles de père Alphonse avaient prédit un hiver vigoureux : à l'automne, elles avaient fermé presque complètement l'entrée de leurs ruches avec leur cire, contrairement à l'année précédente, où elles avaient laissé une ouverture beaucoup plus grande et où l'hiver avait été doux.

Grand-mère Catherine, lorsqu'elle rentrait dans la maison après avoir donné à manger aux poules ou en ramenant un seau d'eau de la pompe, étendait les mains au-dessus du feu pour se réchauffer :

— J'ai *la piquette à mes doigts* ! constatait-elle.

Depuis plusieurs jours, mère Martha toussait, et le miel qui, habituellement, était la panacée de tous nos maux, n'arrivait pas à la guérir. Elle se plaignit bientôt de brûlures dans la poitrine et de douleurs lorsqu'elle respirait.

— Tu es en train de faire une bronchite, décréta grand-mère Catherine. Il faut te soigner.

Elle appliqua sur la poitrine de sa petite-fille des cataplasmes de farine de lin et de moutarde, et, chaque soir, lui mit des ventouses.

— Avec ça, tu iras bientôt mieux, crois-moi.

Roland, lui aussi, eut un gros rhume et dut manquer l'école. Le dimanche, grand-mère Catherine leur conseilla de ne pas venir à la messe avec nous et de rester au chaud. L'après-midi, elle se prépara à aller voir sa sœur cadette, qui vivait dans un village voisin. Habituellement, mère Martha l'accompagnait. Mais, cette fois-ci, grand-mère Catherine décida d'y aller seule.

— Il est hors de question que tu viennes avec moi, ma fille. Il fait bien trop froid. Je connais le chemin par cœur et je ne me perdrai pas.

— Grand-mère, attendez dimanche prochain. Je serai guérie.

— Rien à faire. En ne me voyant pas, Élodie s'inquiéterait. J'y vais chaque dimanche.

— Alors, prenez Thomas avec vous. Je serai plus tranquille.

Je sautai sur mes pieds :

— Oh oui, grand-mère ! S'il vous plaît !

Elle me sourit :

— Tu veux venir ? Eh bien, allons-y, *min nin-nin.*

Elle me couvrit chaudement, me mit ma pèlerine, mon passe-montagne, mon cache-nez, et nous partîmes, la main dans la main. Nous prîmes la *voyette* qui coupait à travers champs et qui rendait le trajet plus direct et plus court. La bise nous giflait le visage et nous devions faire attention aux flaques d'eau qui, gelées, rendaient le chemin dangereux. Nous fûmes soulagés d'arriver chez tante Élodie. Elle nous fit asseoir, offrit du café à sa sœur et me donna un sucre d'orge que je me mis à sucer avec délectation. Lorsque nous repartîmes, une heure plus tard, nous fûmes surpris par le froid, qui s'était intensifié. Dès que nous fûmes dans les champs, la bise, plus forte et plus glaciale qu'à l'aller, nous cingla de plein fouet, nous coupant la respiration et nous obligeant à marcher la tête baissée. Grand-mère Catherine prit mon bras :

— Restons l'un contre l'autre, *min nin-nin.* Et attention où tu mets les pieds.

Nous avancions avec prudence, mais, à un moment, grand-mère Catherine glissa. Je fus incapable de la retenir. Ses pieds partirent vers l'avant, et elle tomba sur le dos, m'entraînant dans sa chute. Un peu étourdi, je me relevai, mais grand-mère resta immobile. Je me penchai sur elle, lui touchai l'épaule, appelai :

— Grand-mère ! Grand-mère !

Elle ne paraissait pas blessée, mais elle gardait les yeux clos et ne répondait pas à mes appels. J'eus peur. Je regardai autour de moi, vis les champs gelés et déserts, balayés par la bise. Je me mis à genoux, secouai grand-mère Catherine, l'appelai de nouveau. Elle ne réagit toujours pas. Je me serrai contre elle, affolé et malheureux. Autour de nous, le soir déjà s'annonçait. Dans peu de temps, il ferait nuit. J'appelai de nouveau grand-mère Catherine et me mis à pleurer.

Je demeurai longtemps près d'elle, de plus en plus inquiet, attendant qu'elle reprît connaissance. Mais elle était toujours immobile, et le froid peu à peu nous engourdissait. Nous avions fait plus de la moitié du chemin, et je voyais, à l'extrémité des champs, les lumières de notre village s'allumer une à une. Ces lumières furent pour moi comme un signal. Je me mis à courir vers elles, réalisant enfin que nous ne pouvions rester là toute la nuit. Et, en courant, je me rappelai les histoires que racontait grand-mère Catherine et dans lesquelles les loups attaquaient les personnes isolées. À cette pensée, je courus encore plus vite, me tordant les pieds dans les ornières gelées, glissant, tombant, me relevant, les yeux noyés de larmes de froid et de peur.

J'arrivai enfin à la maison. Mère Martha s'effraya de me voir seul, et j'eus bien du mal à me faire comprendre. Essoufflé, je balbutiais des mots incompréhensibles, et père Alphonse m'obligea à parler calmement. Je parvins à dire :

— Grand-mère... tombée... dans la *voyette*...

Père Alphonse ne perdit pas de temps. Il se vêtit, prit une lampe, m'envoya chercher Anatole, notre voisin. Tous trois, nous partîmes dans l'obscurité naissante. Je courais en avant, et les deux hommes me suivaient à grandes enjambées. Grand-mère Catherine était toujours au même endroit, dans la même position. Les deux hommes la soulevèrent, et nous revînmes à la maison.

Mère Martha avait bassiné le lit. Elle déshabilla sa grand-mère, la frictionna énergiquement. Pendant ce temps, je racontais à Roland et à père Alphonse ce qui s'était passé. Grand-mère Catherine reprit ses esprits peu de temps après, se plaignant d'une douleur à la tête. Sans écouter les conseils de prudence de mère Martha, elle refusa de rester au lit, et se leva pour partager notre souper.

— Je ne suis pas malade, voyons ! Je me suis assommée en tombant, voilà tout. Ce n'est pas une simple bosse qui aura raison de moi.

Elle exigea simplement, avant d'aller se coucher pour la nuit, une tisane sucrée avec du miel, et m'en fit boire un bol très chaud. En même temps, elle me félicita d'avoir bien agi.

— Tu as fait ce qu'il fallait faire, *min nin-nin.* Si tu étais resté près de moi sans bouger, nous aurions eu le temps de mourir de froid tous les deux.

Le lendemain, elle vanta ma présence d'esprit à toutes les personnes qui vinrent la voir. Elles me félicitèrent, et je ressentis une fierté que je ne cherchai pas à cacher.

* *
*

Revint le printemps, et avec lui le moment de mener les vaches en pâture. Grand-mère Catherine me jugea suffisamment grand et responsable pour l'accompagner. J'en fus très flatté. Tandis que grand-mère, en tête, conduisait nos quatre vaches, je fermais la marche, un bâton dans la main, veillant bien à ce qu'aucune d'entre elles ne s'écartât du chemin. Mais elles étaient dociles, et je n'eus jamais besoin de me servir de mon bâton.

Bébé Anne grandissait, faisait ses premiers pas, et bientôt se mit à trottiner partout. Comme c'était une fille, Roland et moi la laissions à l'écart de nos jeux. Nous la trouvions également trop jeune, et nous ne nous occupions pas d'elle. C'était grand-mère Catherine qui, le plus souvent, la surveillait, puis la prenait sur ses genoux pour faire un *pouchin,* un câlin qui les gardait toutes deux étroitement embrassées.

Un jeudi après-midi, échappant à la surveillance de grand-mère, Anne voulut nous suivre. Mais, sans nous préoccuper de ses cris et de ses pleurs, nous partîmes en courant retrouver nos habituels compagnons de jeux. Lorsque nous revînmes, à l'heure du goûter, grand-mère Catherine et mère Martha cherchaient Anne partout. Elle avait disparu. Roland et moi, nous sentant un peu coupables, nous mîmes à chercher également, dans la maison, dans le jardin, dans le hangar, dans l'étable et l'écurie, et même dans la soue à cochons. Ce fut sans résultat.

L'affolement de mère Martha grandissait. Tandis que, pour la troisième fois, Roland faisait le tour du hangar, je m'aperçus que Hardi, notre chien, était allongé devant sa niche, ignorant totalement notre agitation. En regardant mieux, je vis qu'il semblait en garder l'entrée. Une idée me vint. Je courus jusqu'à sa niche, située au fond de la cour, m'approchai et me penchai. À l'intérieur, couchée sur le sol, le visage barbouillé de larmes, Anne dormait, recroquevillée sur elle-même. Je criai aussitôt :

— Je l'ai trouvée ! Elle est ici !

Hardi joignit ses aboiements à mon appel. Mère Martha accourut, prit sa fille et la serra contre elle avec soulagement. Grand-mère Catherine me caressa les cheveux, de ce geste que j'aimais tant.

— C'est toi qui l'as trouvée. Quelle bonne idée tu as eue de regarder là, *min nin-nin* !

Alors qu'elles repartaient vers la maison, je l'entendis dire à mère Martha :

— C'est un brave enfant. Tu as bien fait de le prendre en nourrice.

J'étais trop jeune pour prêter attention à ces paroles. Des réflexions, parfois, parvenaient jusqu'à moi, adressées à mère Martha par des femmes du village. Elles disaient toujours à peu près la même chose :

— Vous êtes franche, Martha, d'élever celui-ci avec les vôtres. Ces enfants-là, on ne sait pas d'où ils sortent.

— Pas celui-ci, répondait-elle. C'est un brave petit.

Je ne comprenais pas. Je ne pensais même pas que ces propos pouvaient me concerner. Je continuais à vivre dans l'ignorance et l'insouciance. Un jour pourtant, un incident m'amena à me poser des questions.

C'était un jeudi. Roland et moi, nous jouions dans les champs, avec nos camarades habituels. Jules, le plus grand de nous tous, qui avait dix ans, avait capturé un jeune crapaud et avait trouvé le jeu suivant : plaçant l'animal dans une ornière, il nous ordonnait de sauter sur lui à pieds joints, à tour de rôle. Lorsque vint mon tour, je refusai de piétiner le crapaud. J'aimais les animaux et je trouvais ce jeu cruel. Au lieu d'obéir à Jules, je me penchai, pris la pauvre bête à moitié morte et la lançai dans le champ de blé tout proche, où elle disparut dans les épis verdoyants. Jules, furieux, s'approcha de moi pour me frapper, mais Roland le repoussa :

— Je te défends de toucher à mon frère, dit-il, menaçant.

À huit ans, Roland était aussi grand que jules, et celui-ci n'insista pas. Néanmoins, il voulut se venger d'une autre façon. Il nous toisa et jeta à Roland, d'un ton supérieur et hargneux :

— Et d'abord, ce n'est même pas ton frère ! On ne sait pas d'où il vient. C'est mon père qui l'a dit.

Puis, content de lui, il nous tourna le dos et partit en courant. Un instant abasourdis, nous reprîmes nos jeux, mais les phrases de Jules demeuraient dans mon esprit. Elles avaient également intrigué Roland qui, le soir, raconta notre dispute à père Alphonse et lui demanda des explications. Père Alphonse nous regarda l'un après l'autre et fronça les sourcils.

— Ce garnement de Jules dit n'importe quoi. Il ne faut pas croire un *arsouille* pareil !

Je ne pouvais pas imaginer que père Alphonse, qui savait si bien apprivoiser les abeilles, pût nous mentir. Sa réponse me tranquillisa, et j'oubliai l'incident.

Mais Jules continua ses sous-entendus malveillants. Il semblait avoir contre moi une animosité que je ne comprenais pas. Lorsque nous jouions tous ensemble, il n'était pas rare qu'une dispute éclatât, le plus souvent à cause de son mauvais caractère, et, dans ces cas-là, Jules faisait de moi son bouc émissaire.

Un jour d'été, vers la fin des vacances scolaires, nous nous trouvions derrière la grange, où nous disputions une partie de billes. Nous étions quatre : Jules, Roland et moi, ainsi que Marcel, l'un de nos voisins. À un moment, alors que nous ramassions nos billes, Marcel s'aperçut qu'il en avait perdu une.

— Je ne retrouve pas ma bille verte, nous dit-il, contrarié. C'est la plus belle et la plus grosse.

Aussitôt, Jules me montra du doigt et s'écria :

— C'est lui ! Il l'a prise ! Ces enfants trouvés, c'est capable de tous les vices !

Il se précipita sur moi, levant le bras, prêt à me frapper.

— Rends-la tout de suite, sinon...

Je m'esquivai rapidement pour éviter le coup de poing

qu'il voulait me donner. Emporté par son élan, Jules trébucha, tomba en avant et alla se cogner la tête contre le mur de la grange. Il demeura inerte sur le sol, tandis que Marcel annonçait victorieusement :

— Je l'ai ! Je viens de la retrouver !

— Je savais bien, dit Roland, que ce n'était pas Thomas.

Cependant, Jules ne se relevait pas. Roland et Marcel essayèrent de le secouer, mais il restait toujours sans connaissance.

— Reste là, Thomas, me demanda Roland. Je vais chercher maman.

Il partit en courant, suivi par Marcel. Debout près de Jules, je le regardai avec inquiétude. J'avais peur qu'il revienne à lui alors que nous étions seuls tous les deux. Sans Roland pour me défendre, Jules en profiterait pour m'accuser d'être responsable et pour me frapper. Mais il demeurait parfaitement immobile. Roland et Marcel revinrent, accompagnés de mère Martha. Elle tenta de faire revenir Jules à lui, lui donna quelques tapes, avec la main d'abord, puis avec un linge mouillé. Ses efforts demeurèrent vains, et elle se releva, le visage soucieux :

— Roland, va prévenir Palmyre. Dis-lui de venir.

Palmyre était la mère de Jules. C'était elle qui, le plus souvent, répétait à mère Martha de se méfier de moi, « un enfant qu'on ne sait même pas d'où il vient », disait-elle avec un air entendu.

Palmyre arriva, accompagnée d'Abel, son mari. Celui-ci souleva Jules toujours inanimé et l'emmena. À la fois inquiète et furieuse, sa femme nous interrogea pour savoir ce qui s'était passé. Roland lui raconta la scène, et, avant de partir, Palmyre me lança un regard noir :

— Je me doutais bien qu'il n'amènerait rien de bon, celui-là, grommela-t-elle entre ses dents.

Nous eûmes des nouvelles dans la soirée. Incapables de ranimer Jules, ses parents étaient allés chercher le médecin. Celui-ci avait constaté un traumatisme crânien et il avait transporté notre camarade à l'hôpital. Là-bas, Jules avait enfin repris ses esprits, mais il restait faible et devait demeurer plusieurs jours en observation. Il avait néanmoins retrouvé assez de forces pour raconter l'histoire à sa façon. D'après lui, je lui avais fait un croche-pied, puis je l'avais poussé contre le mur de la grange. Horrifié, je m'écriai :

— Ce n'est pas vrai !

Roland me soutint. Grand-mère Catherine m'attira à elle tandis que je me mettais à pleurer :

— Ne *brais* [1] pas, *min nin-nin*. Je sais bien que tu ne ferais jamais une chose pareille !

L'accusation de Jules, pourtant, eut de graves conséquences. Sa mère vint nous voir le lendemain et déclara agressivement :

— Ça ne va pas se passer comme ça ! Abel a décidé d'écrire à l'Assistance. On n'a pas envie que ce mauvais sujet recommence.

De nouveau, elle me regarda avec méchanceté. Apeuré, je me blottis contre le fauteuil de grand-mère, qui m'attira à elle :

— Cet enfant vaut bien le vôtre, Palmyre. Et même mieux.

Palmyre eut une sorte de hennissement outré, et répliqua avec colère :

— Devoir entendre des choses pareilles ! Je préfère m'en aller, tiens !

Elle sortit, laissant derrière elle un silence effondré. Père Alphonse repoussa sa casquette et se gratta le front :

— Qu'a-t-elle voulu dire ? Écrire à l'Assistance, ça va nous attirer des ennuis, pour sûr !

Dans le village, l'accident devint le sujet de toutes les conversations. Rares étaient les gens qui croyaient à mon innocence. Ils préféraient ajouter foi aux accusations de Jules. Les commères venaient à la ferme sous prétexte d'acheter du lait ou des œufs. Elles posaient des questions, secouaient la tête lorsque mère Martha ou grand-mère Catherine prenaient ma défense :

1. Ne *brais* pas : ne pleure pas.

— Pourquoi soutenir que Thomas n'a rien fait ? Vous n'avez pas assisté à la scène.

Patiemment, mère Martha expliquait :

— Mais Roland et Marcel y étaient, eux, et ils affirment que Thomas n'a ni poussé Jules ni fait de croche-pied.

Elles haussaient les épaules, mal convaincues.

— Ils ne l'ont peut-être pas vu. Thomas a sans doute fait son coup en douce. Vous savez... ces enfants trouvés... ils ont parfois de mauvais instincts. Il faut se méfier.

Elles m'observaient d'un air soupçonneux et réprobateur. Je n'avais que six ans, et je ne comprenais pas la portée de ces accusations. Je répétais toujours la même chose : je n'avais rien fait.

Après quelques jours, nous vîmes arriver un homme vêtu de noir, que mère Martha appelait « monsieur l'inspecteur », et qui était déjà venu plusieurs fois. À chacune de ses visites, il s'intéressait particulièrement à moi, me posait des questions, me demandait si j'étais content de vivre avec mère Martha et père Alphonse. Je répondais toujours oui. Cette fois-ci, il me prit à part, me fit raconter le déroulement de l'accident. Puis il interrogea Roland. Enfin, il nous envoya dehors et eut avec nos parents une longue discussion.

Lorsqu'il partit, et que nous revînmes dans la maison, je vis que mère Martha avait pleuré et que grand-mère Catherine s'essuyait les yeux. Quant à père Alphonse, il me regarda plusieurs fois tout en secouant la tête avec tristesse. Mais ils ne me dirent rien.

Ce soir-là, couché auprès de Roland, je m'endormis sans me douter un seul instant que ma vie à la ferme allait bientôt prendre fin.

2

La veille de la rentrée, mère Martha me mit mes vêtements du dimanche et déclara que nous allions faire un petit voyage. Elle me donna la toupie, me disant que je pouvais l'emporter si je voulais. Surpris et content, je la glissai dans ma poche, et demandai si grand-mère Catherine et Roland allaient nous accompagner.

— Non, me dit mère Martha. Grand-mère doit rester pour surveiller Anne. Et Roland est allé porter des œufs à tante Élodie.

Grand-mère me tendit les bras :

— Viens me dire au revoir, *min nin-nin*. Et fais-moi une grosse *bisse,* va !

Je lui fis un gros baiser, comme elle me le demandait, et même plusieurs. Elle me serra contre elle, m'embrassa, me caressa les cheveux à sa manière habituelle.

— Adieu, *min nin-nin,* me dit-elle d'une voix enrouée.

Elle se détourna, sortit son grand mouchoir à carreaux de la poche de son *écourcheu*[1] et se moucha. Excité par la perspective d'un voyage, je remarquai à peine qu'elle s'essuyait les yeux, tout en soupirant :

— Ça me fait trop mal au cœur. Es-tu vraiment obligée d'y aller, Martha ?

— Allons, grand-mère, vous le savez bien. Je ne peux pas faire autrement.

J'étais déjà dans la cour. Père Alphonse avait attelé la charrette pour nous conduire à la gare. Je m'assis sur le

1. Tablier.

banc, serré entre mère Martha et lui. Je n'avais pris le train qu'une seule fois, l'année précédente, et j'en gardais un souvenir ravi. J'étais si content que je ne demandai même pas où nous allions.

Sur le quai de la gare, je regardai la grosse locomotive approcher, noire et impressionnante, crachant une fumée épaisse et serrée. Avant de monter dans notre compartiment de troisième classe, mère Martha me poussa vers son mari :

— Dis au revoir à père Alphonse.

— Au revoir, père.

Lui aussi m'embrassa avec une affection inhabituelle, et sa moustache me piqua les joues. Pressé de monter dans le train, je me détournai rapidement, grimpai le marchepied et m'assis sur la banquette de bois, collant mon nez à la vitre. Mère Martha s'installa près de moi en silence.

Lorsque le train s'ébranla, je regardai avec intérêt le quai défiler de plus en plus vite, m'amusant de voir la silhouette de père Alphonse s'amenuiser et disparaître. Tout le temps que dura le voyage, je m'intéressai passionnément au paysage, aux champs, aux maisons et aux gardes-barrières qui, à chaque village, demeuraient immobiles et droites près de leur barrière fermée, tenant au bout de leur bras tendu un drapeau rouge enroulé. Lorsque le train s'arrêta et que mère Martha me dit de descendre, j'eus un cri de déception :

— Déjà ?

Néanmoins, je la suivis docilement, en songeant que, pour retourner à la maison, nous ferions le voyage en sens inverse. Ma main dans celle de mère Martha, je me laissai mener. Nous sortîmes de la gare, et nous nous mîmes à marcher sous le soleil. Bientôt, nous fûmes en pleine campagne. Je levai la tête vers les dernières hirondelles qui, en de longues envolées gracieuses, tournoyaient autour de nous avant de repartir en flèche vers le ciel bleu.

— Où va-t-on, mère ? demandai-je.

Mère Martha me montra un bâtiment, dont nous apercevions les toits, au-delà des champs.

— Nous allons là-bas.

— Qu'est-ce que c'est ?

— C'est comme une école. C'est là que tu vas aller. Tu y seras très bien. Il y a beaucoup d'enfants avec lesquels tu pourras jouer.

Je ne retins que le mot « école ». Depuis que Roland savait lire et écrire, je voulais apprendre, moi aussi. Bien que ce bâtiment fût très différent de l'école de notre village, et beaucoup plus imposant, je fus satisfait.

— C'est là que je vais apprendre à lire ? demandai-je encore.

— Oui, c'est là.

Ainsi rassuré, je marchai d'un pas plus vif. Bientôt je pourrais, moi aussi, lire l'almanach à grand-mère Catherine. J'eus envie de sauter de joie.

À mesure que nous approchions, je détaillais cette « école ». Il y avait plusieurs bâtiments très grands, avec de larges et hautes fenêtres. Il nous fallut longer un interminable mur de briques rouges avant d'arriver à un portail. Il était fermé, et mère Martha, après un instant d'hésitation, agita la cloche.

Après un moment assez long, le portail s'entrouvrit, et un homme apparut, qui nous regarda l'un après l'autre :

— C'est pourquoi ? demanda-t-il d'un ton rogue.

Mère Martha sortit un papier de son sac :

— C'est pour Thomas, expliqua-t-elle maladroitement. J'ai reçu cette lettre et...

L'homme repoussa sa casquette en arrière et ouvrit plus grand le portail :

— Entrez. Je suis le concierge. Je vais vous conduire au directeur.

Il prit le temps de refermer le portail, et nous le suivîmes. En remontant l'allée qui menait au bâtiment principal, je regardai autour de moi. Des arbres — des tilleuls et des marronniers — ainsi que quelques massifs de fleurs, adoucissaient l'aspect sévère des bâtiments. Je remarquai, sur le côté, d'autres constructions plus petites, dont les fenêtres arboraient des rideaux. De l'une d'elles, une femme sortit, un seau d'eau à la main, et nous lança un regard intrigué.

Toujours en silence, derrière le concierge, nous montâmes quelques marches et nous franchîmes la lourde porte d'entrée, pour nous trouver dans un couloir silencieux, sombre et impressionnant. Je serrai davantage la main de mère Martha. Le concierge nous conduisit jusqu'à une double porte, où il frappa. Une voix forte lui ordonna d'entrer, et il ouvrit l'un des deux battants :

— Monsieur le directeur, c'est un nouveau pensionnaire...

— Très bien, Maurin. Laissez-nous.

Le concierge sortit en refermant soigneusement la porte. Intimidée, mère Martha n'osait pas avancer. Je me serrai contre elle.

— Eh bien, approchez. Je suis monsieur Ronchin, le directeur.

Mère Martha obéit et tendit la lettre qu'elle tenait toujours à la main :

— C'est pour Thomas... répéta-t-elle.

Monsieur Ronchin prit la lettre qu'il parcourut rapidement. C'était un homme corpulent, au visage sévère. Il fronça ses sourcils, qu'il avait volumineux, et je ne pus m'empêcher de le trouver terrifiant.

— Hummm... Oui, je vois. Ainsi, voici notre mauvais sujet ?

Mère Martha eut un sursaut d'indignation :

— Pas du tout, monsieur le directeur. Pas du tout. C'est un bon petit.

Monsieur Ronchin émit un grognement sceptique et m'observa un instant sans répondre. Je me recroquevillai sous son regard froid et perçant.

— Hummm... fit-il de nouveau. Ce n'est pas l'avis de tout le monde. Vous n'ignorez pas que nous avons reçu une plainte.

— C'est faux, monsieur le directeur, osa dire mère Martha. Thomas n'a rien fait.

— L'auteur de la lettre est formel. Il précise que cet...

incident n'est pas le premier. Il y en a eu d'autres, heureusement moins graves. Apparemment, vous n'en avez pas été informée.

Mère Martha voulut protester de nouveau, mais le directeur ne lui en laissa pas le temps.

— De toute façon, affirma-t-il d'un ton sans réplique, cela ne vous concerne plus. Nous reprenons l'enfant, et nous saurons veiller à ce qu'il se conduise bien.

Il se leva, signifiant ainsi que l'entretien était terminé.

— Je vous remercie, madame. Vous pouvez disposer.

Il alla jusqu'à la porte, qu'il ouvrit. Sur le visage de mère Martha passa comme une sorte d'égarement. Elle se pencha sur moi et murmura très vite :

— Il faut que tu restes ici, Thomas. C'est ton école. Moi, je dois retourner à la maison.

Elle se pencha davantage, m'embrassa très fort, puis se releva, les yeux pleins de larmes :

— Adieu, mon petit Thomas... *min tiot quinquin*[1]...

Elle rajusta son chapeau et, d'un pas mal assuré, sortit de la pièce sans se retourner. Je réalisai subitement que j'allais rester seul et une angoisse me saisit.

— Mère Martha ! criai-je.

Je voulus sortir derrière elle, mais le directeur avait refermé la porte. Il me toisa de toute sa hauteur :

— Inutile de crier, elle ne reviendra pas. Dorénavant, tu vivras ici. Et souviens-toi que tout ce que tu dois faire, c'est obéir.

Malheureux, désorienté, je ne comprenais pas. Pourquoi mère Martha ne reviendrait-elle pas me rechercher ? Prêt à pleurer, je voulus poser la question, mais le directeur me tourna le dos et, prenant une clochette sur son bureau, se mit à l'agiter. Un homme arriva, le visage glabre et dur.

— Bafflard, conduisez cet enfant à la lingerie. Ma femme lui donnera de nouveaux vêtements. Et vous lui expliquerez ce qu'il aura à faire.

— Bien, monsieur le directeur.

1. Mon petit enfant.

Le nommé Bafflard se tourna vers moi :

— Viens avec moi, toi.

Il sortit, et je le suivis. Nous parcourûmes plusieurs couloirs qui me parurent interminables, tous vides et silencieux. Puis mon guide ouvrit une porte :

— Entre là.

M'attrapant par l'épaule, il me poussa dans une grande pièce, aux murs garnis d'étagères sur lesquelles s'empilaient des vêtements. Une femme, occupée à plier des chemises, vint vers nous.

— Voici le nouveau, annonça mon guide. Il vient d'arriver.

— Approche, ordonna la femme. Comment t'appelles-tu ?

J'ouvris la bouche pour répondre, mais ma gorge était tellement serrée que je prononçai un mot inaudible. La femme me secoua sans ménagement :

— Eh bien ! Es-tu sourd ? Comment t'appelles-tu ?

Avec effort, je parvins à dire :

— Thomas.

— Bien. Ici, tu auras un numéro : 84. Retiens-le bien. Il sera cousu sur ton linge et tes couvertures. Déshabille-toi.

Interdit, je ne bougeai pas. La femme s'impatienta :

— Es-tu sourd ? répéta-t-elle. Ou idiot ? Tu n'entends pas quand on te parle ? Je te dis de te déshabiller !

Sans comprendre la raison de cet ordre, j'obéis néanmoins. J'ôtai ma veste, hésitai.

— Enlève tout.

Je levai les yeux vers l'homme qui, appuyé à la porte, les bras croisés, m'observait sans bouger.

— Fais ce qu'on te dit, intima-t-il durement.

Je me retrouvai entièrement nu. La femme s'approcha de moi et m'habilla avec d'autres vêtements, gris et rêches, une culotte courte, une chemise, des chaussettes, des galoches. Elle me donna une blouse pour l'école, et une chemise longue pour la nuit.

— Prends-en bien soin. Si tu salis un vêtement ou si tu perds un bouton, tu seras puni.

Cette menace ne me parut pas anormale, parce que mère Martha, elle aussi, nous grondait pour les mêmes raisons, Roland et moi. Par contre, lorsque la femme ramassa mes habits et les emporta, ainsi que la toupie, j'eus un sursaut :

— Ma toupie ! protestai-je instinctivement. Elle est à moi.

Elle se retourna, échangea un regard avec l'homme toujours immobile près de la porte :

— Apprends que rien n'est à toi ici. Tu n'auras que ce que nous voudrons bien te donner. Et tu devras encore nous dire merci, car tu es ici par charité.

J'étais trop jeune pour comprendre ce discours, que je devais entendre bien souvent par la suite. Tout ce que j'en conclus, ce fut que l'on me prenait ma toupie. J'eus alors la réaction de tout enfant impuissant devant une injustice : je me mis à pleurer.

— Tais-toi, gronda la femme. Ici, nous n'aimons pas les *bréyous*[1]. Tais-toi, tu m'entends ?

Elle me secoua brutalement, et j'eus peur de son visage mécontent. Je pensai à la Marie Groëtte de grand-mère Catherine, et je m'efforçai de ravaler mes larmes.

— Emmenez-le, ordonna-t-elle. Conduisez-le au dortoir, afin qu'il installe ses affaires.

Encore secoué de sanglots et de hoquets, je suivis de nouveau l'homme le long d'autres couloirs. Il marchait vite, et, peu habitué à mes nouvelles galoches, je trébuchais derrière lui. Puis nous montâmes un escalier, et nous fûmes bientôt dans une chambre qui me parut immense, avec deux rangées de lits le long de chaque mur. L'homme me conduisit à l'un d'eux :

— C'est ici que tu dormiras. Pose tes affaires sur la chaise, là, à côté.

Je posai ma blouse d'école et ma chemise de nuit, puis m'essuyai le visage d'un revers de main. L'homme continua :

— Pas le droit de faire du bruit, que ce soit le jour ou la nuit. Interdiction de parler. C'est moi qui surveille le dor-

1. Pleurnichards.

toir. Le premier qui désobéit est puni. Mais tu apprendras tout ça bien vite, crois-moi. Viens, maintenant. Je vais te conduire dans la cour, où tu verras les autres enfants.

Avant de sortir, il parcourut d'un regard circulaire les lits bien alignés, et il parut satisfait. J'attendais près de lui, pensant à ma toupie qui m'avait été enlevée sans raison. Mère Martha, parfois, nous confisquait un jouet pour nous punir, mais cette fois, il ne s'agissait pas d'une punition. Et puis, je m'interrogeais. Roland, après l'école, rentrait à la maison. Pourquoi n'était-ce pas mon cas ? Le directeur avait dit que je devais rester ici, et que mère Martha ne reviendrait pas me chercher.

Soudain, cela me parut si intolérable que j'osai demander :

— Où est mère Martha ?

L'homme me regarda, eut une sorte de rictus déplaisant et rétorqua froidement :

— Elle est partie. Elle est retournée chez elle.

— Mais... et moi ?

— Toi, elle t'a laissé ici. Et si tu veux savoir pourquoi, c'est parce qu'elle ne voulait plus de toi.

Cette révélation m'amena le feu aux joues. Je protestai avec ardeur :

— C'est pas vrai ! C'est pas vrai ! Elle m'aime, et grand-mère Catherine aussi !

L'homme eut un ricanement mauvais :

— Ah, tu crois ça ? Mais si elle t'aimait, elle t'aurait gardé avec elle. Elle ne t'aurait pas amené ici. Personne ne t'aime, même pas grand-mère Catherine.

Je ne pus supporter cette déclaration et, dans une réaction brutale et instinctive, je me jetai contre l'homme qui osait proférer de telles paroles. Emporté par une colère aveugle, je me mis à lui donner des coups de pied. Il recula, m'attrapa par l'épaule, et d'un revers de main m'assena sur chaque joue une gifle si forte que je chancelai, à moitié assommé.

— Ah, c'est comme ça ? Monsieur veut faire la forte tête ! Mais nous avons été prévenus, figure-toi. J'en ai maté des pires que toi, mon gaillard. Apprends tout de suite que tu n'as pas intérêt à recommencer ce que tu viens de faire. Punition immédiate : le cachot. Allez, viens !

Il me prit par le bras et me tira violemment jusqu'au bas de l'escalier. Étourdi, la tête bourdonnante, je pleurais de douleur. Il m'emmena jusqu'à un étroit réduit, dont il ouvrit la porte et où il m'enferma, après une ultime menace :

— Tâche de te calmer, là-dedans ! À partir de maintenant, je vais t'avoir à l'œil, fais-moi confiance !

Il referma la porte et je me trouvai dans une obscurité complète. Abruti par la violence des coups reçus, je me laissai tomber sur le sol, complètement perdu. Je comprenais de moins en moins. Pourquoi mère Martha m'avait-elle laissé en compagnie de cet homme méchant ? Je ne pouvais pas admettre ce qu'il m'avait dit. Je savais que mère Martha m'aimait, ainsi que grand-mère Catherine, qui m'appelait si tendrement *min nin-nin*. Une nouvelle crise de rage me secoua ; je me relevai et me mis à taper dans la porte à coups de pied. Mais rien ne bougea, personne ne vint à mon secours. À la fin, je me recroquevillai sur le sol dur et froid. Mes larmes de nouveau se mirent à couler, et, épuisé de fatigue et de chagrin, je m'endormis en sanglotant.

Je fus réveillé par la porte qui s'ouvrait. Une silhouette se découpait dans l'encadrement. Je clignai des yeux et reconnus la femme qui, dans la lingerie, avait confisqué ma toupie. J'eus un fol espoir : allait-elle me la rendre ? Je déchantai bien vite. Avec sécheresse, elle ordonna :

— Lève-toi. Je t'emmène au réfectoire. C'est l'heure du repas. Je te préviens tout de suite : interdiction de parler. Les mauvais sujets comme toi, je sais comment les traiter.

La tête alourdie de souffrance et de sommeil, je me mis debout. La femme m'agrippa l'épaule et m'entraîna jusqu'à une grande salle meublée de longues tables et de bancs. À chacune des tables, des enfants étaient assis, le dos droit, immobiles et silencieux. La femme me conduisit à l'extrémité de l'un des bancs :

— Assieds-toi là.

J'obéis. Les autres enfants, les yeux baissés, m'ignorèrent. Seul, mon voisin d'en face me lança un bref regard. C'était un garçon blond, au visage pâle et étroit.

— Tiens-toi droit, continua la femme. Pose tes mains à plat sur la table, de chaque côté de ton assiette.

Je pris la position qui m'était ordonnée, ressemblant ainsi à tous les enfants présents : mêmes vêtements, même attitude.

— C'est moi qui surveille les repas. Je ne veux pas entendre un seul bruit. On mange en silence, compris ?

Les yeux toujours baissés, aucun enfant ne réagit. Comme eux, j'inclinai la tête et me tins coi.

De la cuisine, des femmes arrivèrent avec d'énormes marmites et nous servirent une soupe si claire qu'elle ressemblait à une eau chaude et verdâtre. Habitué aux soupes épaisses et délicieuses de mère Martha, je regardai avec méfiance le liquide qui emplissait mon assiette. Les autres enfants prirent leur cuillère et se mirent à manger. Après les épreuves que je venais de subir, je n'avais pas faim. La seule idée d'avaler ce potage verdâtre me soulevait l'estomac.

La femme qui nous surveillait passait entre les tables, en d'incessantes allées et venues. En arrivant près de moi, elle s'arrêta. Je vis qu'elle tenait à la main une sorte de baguette flexible.

— Mange, ordonna-t-elle d'une voix sans réplique.

Machinalement, je levai les yeux et protestai faiblement :

— Je n'ai pas faim.

La baguette siffla dans l'air et s'abattit sur ma tête. Je poussai un cri de douleur, portai la main à mon crâne. Je reçus immédiatement un deuxième coup de baguette sur le poignet.

— Les mains sur la table ! Défense de parler ! Prends ta cuillère et mange ! En silence !

En m'efforçant de retenir mes larmes, j'obéis. On nous servit ensuite une semoule gluante, qui me parut bien peu appétissante. Craignant de recevoir d'autres coups de baguette, je m'obligeai à tout avaler. Bien plus que le repas, que je trouvais mauvais, c'était l'atmosphère qui me mettait mal à l'aise : tous ces enfants qui mangeaient en silence, le regard fixé sur leur assiette, appréhendant d'attirer l'attention de la surveillante. À un moment, le garçon blond qui me faisait face fit tomber sa fourchette. Le bruit attira la femme qui, aussitôt, frappa le garçon de sa baguette :

— Voilà pour t'apprendre à faire attention ! Et tu seras privé de dessert.

Le gâteau sec qu'on nous distribua ne me parut pas meilleur que les plats précédents. J'en cassai un morceau que je grignotai, mais mon estomac ne voulait plus rien avaler. Profitant d'un moment où la femme nous tournait le dos et invectivait un garçon d'une autre table, je glissai le biscuit dans la poche de mon pantalon. Puis, le repas terminé, la femme ordonna :

— Debout.

En silence, avec un bel ensemble, les enfants obéirent.

— En rang vers la sortie, sauf la table de service !

Les rangs se formèrent immédiatement. Poussé par les autres, je me retrouvai aux côtés du garçon blond. D'un regard et d'un signe de tête, il me fit comprendre que je devais faire comme lui : poser mes deux mains, bras tendus, sur les épaules de celui qui me précédait. Toujours en silence, nous sortîmes du réfectoire.

Dans la cour, nous pûmes enfin parler. Je vis, appuyé contre un arbre, le méchant homme qui m'avait enfermé dans le réduit. Je m'immobilisai. Mon compagnon m'interrogea :

— Qu'est-ce qu'il y a ?

Du menton, je montrai l'homme :

— Lui, là-bas, c'est qui ?

— C'est monsieur Bafflard. Il surveille les récréations pendant la journée, et notre dortoir pendant la nuit.

— Je ne l'aime pas. Il m'a dit des choses méchantes et il m'a enfermé dans un cachot. Et il m'a frappé.

— Il frappe souvent. Il donne des gifles qui font très mal. Il s'appelle Bafflard, mais nous on le surnomme Baf-Baf. Fais bien attention à ne pas lui désobéir. Tu es arrivé aujourd'hui ?

— Oui. Et toi ?

Mon compagnon eut un soupir désabusé :

— Moi, je suis ici depuis deux mois.

Il m'expliqua qu'il s'appelait Ladislas et que son père, d'origine polonaise, avait été tué lors d'un éboulement aux mines de Bruay. Sa mère avait dû rendre le logement et, pour pouvoir vivre, avait trouvé une place de cuisinière dans une maison bourgeoise à Béthune. Elle était logée par ses patrons, mais elle n'avait pas pu garder ses enfants avec elle.

— Mon frère Jan a quatorze ans, il a été placé dans une ferme. Mes deux sœurs, Maria et Wanda, ont douze et neuf ans. Elles sont dans un établissement comme celui-ci, je ne sais pas où. Avant, on était toujours ensemble. Maintenant, je ne les vois plus jamais.

— Et ta mère ?

— Elle vient me voir, les dimanches où il y a des visites. Elle m'apporte des bonbons.

À mon tour, je dis mon nom, racontai la ferme, mère Martha et grand-mère Catherine, Roland et père Alphonse.

— Je ne comprends pas pourquoi je vais devoir rester ici, terminai-je. Mais peut-être que, comme la tienne, ma mère viendra me voir ?

Ce nouvel espoir me remonta le moral. Puis, comme j'avais envie d'uriner, je demandai à mon nouvel ami de m'indiquer où se trouvaient les cabinets. Il me conduisit tout au fond de la cour. C'étaient des W.-C. à la turque, que je ne connaissais pas, et je n'osai pas m'approcher trop près de peur que mon pied ne glissât dans le trou nauséabond. En remontant mon pantalon, mes doigts rencontrèrent quelque chose de dur dans ma poche. Je réalisai que c'était le gâteau sec que je n'avais pas mangé. Je rejoignis Ladislas qui m'attendait et, m'assurant que le surveillant ne nous voyait pas, je lui tendis le biscuit.

— Tiens, puisque tu as été privé de dessert, prends le mien. Je n'en veux pas.

— Tu n'en veux pas ? répéta-t-il, surpris. Tu n'as pas faim ?

— Non.

— Merci, dit-il avec chaleur. Moi, j'ai toujours faim. Quand mère viendra me voir, si elle m'apporte des bonbons, je t'en donnerai un.

Il mangea le biscuit rapidement, en tournant le dos au surveillant.

— Il ne faut pas que Baf-Baf me voie. On serait punis tous les deux.

Nous revînmes ensuite vers le milieu de la cour. Ladislas me présenta d'autres garçons qui, avec curiosité, m'interrogèrent. Je répétai ce que je venais de dire à mon ami. L'un des garçons, nommé Léonce, âgé d'une dizaine d'années, hocha la tête d'un air entendu :

— Tu es comme moi, tu n'as pas de parents. Ta mère Martha n'est pas ta vraie mère. Tu étais simplement placé chez elle.

Je demeurai abasourdi. Qu'est-ce que cela signifiait ? J'eus envie de dire au garçon qu'il mentait, mais il avait l'air si sûr de lui que ma protestation ne franchit pas mes lèvres. Et en même temps, je repensai à Jules qui me traitait d'enfant trouvé, affirmant que Roland n'était pas mon frère. Une sorte d'affolement balaya mon esprit. Si tout cela était vrai, alors... qui étais-je ?

Un coup de sifflet strident arrêta les conversations, et tout le monde s'immobilisa. Le surveillant — que, à la manière des autres, je surnommais déjà Baf-Baf — cria :

— En rang ! Et en silence !

Sans courir, sans se bousculer, les garçons se rangèrent par âge, selon un ordre déjà établi. Comme dans le réfectoire, chacun posa les mains sur les épaules de celui qui le précédait. Indécis, je ne savais où aller. Baf-Baf mit fin à mon incertitude en me poussant brutalement :

— Mets-toi ici, et plus vite que ça.

Je me retrouvai au dernier rang, à côté d'un garçon brun. J'imitai son attitude, la tête droite, les bras tendus et posés sur les épaules du garçon précédent.

— En avant !

L'un après l'autre, les rangs s'ébranlèrent. Dans un ordre et un silence parfaits, nous montâmes les escaliers jusqu'au dortoir. Là, chacun se posta auprès de son lit, et je fis de même.

— Déshabillez-vous.

Toujours en silence, tous obéirent. Je regardai mon voisin et l'imitai : dès qu'il fut torse nu, il enfila sa chemise de nuit sur son pantalon, qu'il ôta seulement après. Puis il plia soigneusement ses vêtements avant de les placer sur le tabouret près du lit. Je fis de même. Mais j'étais fatigué par les émotions de la journée, et, de plus, je ne connaissais pas encore bien les lieux. Je me trompai, allai vers le tabouret de mon voisin et entrai en collision avec lui. Sans ménagement, il me repoussa. Je lâchai mon pantalon et ma chemise, qui tombèrent sur le sol. Immédiatement, Baf-Baf fut là.

— Que se passe-t-il, ici ? Encore toi ? gronda-t-il, l'air menaçant.

Effrayé, je n'osai pas bouger.

— Eh bien, qu'est-ce que tu attends ? Ramasse tes vêtements.

En tremblant, j'obéis, et cette fois je les rangeai sur le bon tabouret.

— Tout le monde au lit !

Chaque garçon se glissa dans son lit. J'eus la satisfaction de voir que Ladislas, mon nouvel ami, était en face de moi, de l'autre côté de la rangée. Je risquai un sourire à son intention, mais d'un signe de tête et d'un regard il me fit signe de me méfier.

— Qu'est-ce qui t'amuse, toi là-bas, le 84 ? cria Baf-Baf.

Je ne compris pas tout de suite qu'il s'adressait à moi. Mais je vis les regards des autres converger dans ma direction, et je me figeai, appréhendant une punition ou des coups. Baf-Baf vint jusqu'à moi, m'attrapa par le col de ma chemise de nuit et me secoua :

— Tu n'as pas intérêt à te moquer de moi derrière mon

dos, tu entends ? Je t'ai prévenu, mauvaise graine, je t'ai à l'œil !

Il me repoussa, jeta un regard circulaire sur le dortoir :

— Je ne veux plus rien entendre !

Il passa lentement le long des lits afin de vérifier si tout était en ordre. Je remarquai que chaque garçon, couché sur le dos, avait croisé les bras sur sa poitrine. Je m'empressai d'adopter la même attitude. Tous se tenaient parfaitement immobiles et silencieux.

Satisfait, Baf-Baf se retira dans sa chambre, située tout au fond et séparée du dortoir par un rideau qu'il tira, après avoir proféré une dernière menace :

— Si j'entends le moindre bruit, gare à vous !

Nous ne le voyions plus, mais sa présence demeurait palpable, et personne n'osa désobéir. Perdu dans ce nouvel environnement, malheureux d'être séparé de ma famille, je pensai que la veille encore — était-ce la veille ? Cela me semblait tellement lointain ! — grand-mère Catherine m'avait souhaité la bonne nuit, et mère Martha était venue nous embrasser, Roland et moi, dans notre lit. Comment accepter d'être brutalement privé de cette tendresse, et de plus d'être insulté, menacé, battu ? Profitant de l'obscurité du dortoir, je me tournai sur le côté et, n'osant pas enfreindre la règle d'or du silence, je me cachai sous les draps pour étouffer mes sanglots.

3

La cloche nous réveilla le lendemain matin. Encore ensommeillé, je vis Baf-Baf passer dans la rangée et nous ordonner de nous lever.

— Debout, paresseux !

Je suivis les autres. En ordre et en silence — je commençais à comprendre que c'étaient là les deux points les plus importants du règlement —, nous passâmes dans la pièce contiguë. Chaque garçon disposait d'une cuvette et d'une serviette de toilette. Comme les autres, je mouillai un coin de la serviette et le passai sur mon visage, puis me lavai les mains. Je me montrai fort malhabile car, jusqu'alors, c'était toujours mère Martha qui avait fait ma toilette. Je trempai ma serviette, et éclaboussai ma chemise de nuit. Je lançai un regard furtif à Baf-Baf : allais-je me faire gronder, là aussi ? Cela ne manqua pas :

— Hé toi, le 84 ! Il faudra apprendre à te laver sans *berlafer*[1] de l'eau partout ! Quel *brille*[2], alors !

Je baissai la tête, soulagé de ne pas recevoir de coups. Mais Baf-Baf se réservait pour une autre punition. Alors que nous revenions dans le dortoir et que, debout près de notre lit, nous nous habillions — d'abord enfiler le pantalon, ensuite enlever la blouse de nuit, puis mettre la chemise —, Baf-Baf fit l'inspection des lits. Devant l'un d'eux, il s'arrêta, tira les couvertures et arracha le drap, qu'il brandit sous

1. Éclabousser, renverser.
2. *Brille* : maladroit, bon à rien.

le nez d'un garçon rouge d'humiliation. Nous pûmes apercevoir, sur la toile blanche, une large tache d'urine.

— Encore ! C'est tous les matins la même chose ! Quelle honte, à ton âge !

Le garçon, qui pouvait avoir huit ans, comme mon frère Roland, baissait la tête, écarlate et malheureux.

— Tu sais ce qui t'attend, espèce de pisseux !

Baf-Baf prit sa ceinture et en donna plusieurs coups sur le derrière du garçon, qui se mit à pleurer.

— Silence ! Et maintenant, habille-toi ! Et vous autres, faites votre lit !

Je m'efforçai de tirer correctement les draps et les couvertures, après avoir plié ma chemise de nuit sous le traversin. Mais là aussi, c'était toujours mère Martha qui faisait notre lit, à Roland et à moi, et je m'y pris très mal. Bien entendu, ma maladresse n'échappa pas à Baf-Baf, qui me traita une nouvelle fois de *brille,* et qui, excédé, me donna un coup sur la tête. Il ordonna à l'un des garçons les plus âgés de venir m'aider, et ma couverture ressembla enfin aux autres, sans un pli. Seul le garçon qui avait fait pipi au lit ne refit pas le sien. Je ne compris pourquoi qu'au moment de la récréation.

Nous descendîmes au réfectoire, en silence, et nous prîmes notre petit déjeuner, toujours en silence. Cette obligation de ne jamais parler commençait à me peser. On nous apporta, à chacun, un morceau de pain sec et un bol rempli d'une boisson légèrement chocolatée qui, comme la soupe de la veille, ressemblait à de l'eau chaude, cette fois-ci de couleur brunâtre. La femme qui me servit en fit tomber une goutte sur mon poignet, et je ne pus retenir une exclamation. Aussitôt, la surveillante arriva et me donna un coup de baguette sur la tête :

— Silence !

Comme la veille, machinalement, je portai une main à mon crâne, et, comme la veille, je reçus un deuxième coup.

— Les mains sur la table !

Je devenais, à l'image des garçons qui m'entouraient, une

sorte de pantin terrorisé et silencieux, alors que j'avais été jusqu'alors un enfant affectueux et plein de vie.

Heureusement, dès que nous fûmes dehors, nous pûmes enfin parler et bouger à notre guise, malgré la présence de Baf-Baf qui guettait la moindre occasion de nous punir. Il avait placé, au milieu de la cour et au soleil, le garçon fautif d'avoir fait pipi au lit. Celui-ci soutenait, de sa tête et de ses bras écartés, son drap entaché d'urine.

— C'est sa punition, m'expliqua Ladislas. À chaque récréation, il doit rester avec son drap sur la tête jusqu'à ce qu'il soit sec. Et quand on s'adresse à lui, Baf-Baf nous oblige à l'appeler « pisseux de lit ».

— Il y a longtemps que... qu'il fait pipi au lit ?

— Avant, non. Mais depuis qu'il est ici, toutes les nuits. Le soir, au réfectoire, il n'a pas le droit de boire, ni d'avoir de la soupe. Mais ça n'empêche rien. Baf-Baf, quelquefois, l'accuse de le faire exprès et le frappe encore plus.

Je me sentis soulagé de ne pas être dans le même cas. À ce moment, Baf-Baf cria d'une voix forte :

— Le 84 ! Ici immédiatement !

Encore une fois, je ne réalisai pas tout de suite qu'il s'agissait de moi. Ladislas me poussa :

— Vas-y, souffla-t-il. Il t'appelle.

Je m'avançai avec appréhension. Qu'avais-je fait ? Auprès du surveillant se tenait un homme que j'avais déjà vu. Après un instant d'hésitation, je reconnus le concierge qui nous avait ouvert le portail la veille, à mère Martha et à moi.

— Va avec monsieur Maurin, intima brutalement Baf-Baf.

Je suivis le concierge, le cœur battant. Un espoir fou me fit soudain trembler. Je supposai que mère Martha était venue me rechercher, et que cet homme me conduisait à elle. Je n'osai pas l'interroger. Derrière lui, je pénétrai dans une grande pièce et regardai avidement autour de moi : mère Martha n'était pas là.

— Assieds-toi ici. Je vais te couper les cheveux. C'est le règlement. Les tiens sont trop longs.

Profondément déçu, j'obéis. Le concierge, qui était en

même temps coiffeur et, je devais le découvrir par la suite, cordonnier et même arracheur de dents, prit de grands ciseaux et me regarda avec bonhomie :

— Allons, n'aie pas peur ! Je ne vais pas te couper les oreilles ! Seulement les cheveux.

J'avais déjà remarqué que les autres garçons avaient tous les cheveux très courts, presque ras. Avec ma tête tondue, je leur ressemblerais davantage encore. Tandis que je demeurais immobile, le cœur lourd, le concierge se mit à bavarder :

— C'est toi qui es arrivé hier après-midi, je me souviens. J'ai vu repartir ta mère. Elle avait l'air bien triste.

Je levai les yeux vers lui. Il hochait la tête avec commisération, et le fait de constater, pour la première fois depuis mon arrivée, que quelqu'un me parlait avec compréhension, presque avec bonté, me donna l'impression de respirer plus librement. Lui, au moins, ne disait pas que mère Martha n'était pas ma vraie mère et qu'elle ne m'aimait pas. Encouragé par son attitude, je l'interrogeai :

— Pourquoi... pourquoi m'a-t-elle laissé ici ?

— Elle ne te l'a pas expliqué ?

— Non, elle ne m'a rien dit.

Il poussa un profond soupir et s'appliqua davantage sur le contour de mes oreilles.

— Souvent, les mères mettent ici leurs enfants parce qu'elles n'ont pas les moyens de les garder. Après la guerre, celles qui avaient perdu leur mari et qui ont dû chercher un travail ont été obligées de se séparer de leurs enfants.

Je pensai à ce que m'avait raconté Ladislas. Moi, je ne me trouvais pas dans le même cas. Père Alphonse était toujours vivant et Roland, lui, était resté à la maison, ainsi que le bébé Anne. D'une voix tremblante, je fis part de ces réflexions à monsieur Maurin, qui fronça les sourcils :

— Alors, c'est que tu étais en nourrice chez eux.

— Qu'est-ce que ça veut dire ?

Il me l'expliqua. Les enfants qui n'avaient pas de parents étaient placés, parfois, dans des familles, pour une durée déterminée. Et ces familles devaient ramener l'enfant à l'établissement dès que celui-ci leur en donnait l'ordre.

— C'est ce qui s'est passé pour toi, certainement.

Je ne retins de ces paroles que deux choses : mère Martha n'était pas ma vraie mère, et je n'avais pas de parents. Avec affolement, je demandai :

— Alors... maintenant je vais devoir vivre ici ?

Monsieur Maurin haussa les épaules :

— Probablement. À moins que tu ne sois placé dans une autre famille.

Je me retins de protester : je ne voulais pas d'une autre famille, je voulais retourner auprès de celle qui, jusqu'ici, avait été la mienne.

— Voilà, c'est terminé. Tu vas pouvoir rejoindre les autres.

Bouleversé par ce que je venais d'apprendre, je suivis monsieur Maurin, qui me ramena dans la cour. C'était le premier jour d'école. Les garçons étaient tous immobiles, en rang par deux. J'hésitai. Où devais-je aller ?

— Ici, le 84 ! cria Baf-Baf.

Je m'empressai d'obéir et de prendre la position réglementaire, bras tendus et mains sur les épaules de celui qui me précédait. Un homme se trouvait à l'avant de notre colonne et nous donna l'ordre d'avancer. C'était notre instituteur.

L'école avait lieu dans un grand bâtiment situé en face du réfectoire. Tandis que nous nous tenions immobiles et silencieux à l'entrée de la classe, l'instituteur nous appela et nous plaça par ordre alphabétique. J'appris que mon nom était Thomas Bernard, et j'eus ainsi la preuve que la famille d'où je venais n'était pas la mienne, puisque tout le monde y portait le nom de Derbois. Ladislas, qui s'appelait Boworowski, fut placé près de moi, et je me sentis un peu moins seul.

Notre maître d'école s'adressa à nous. Il était jeune ; une moustache lui barrait le visage, tentant de le vieillir sans y parvenir tout à fait.

— Je suis monsieur Burteaux, votre instituteur pour

cette année. Avec moi, vous allez apprendre à lire, à écrire, à compter. Il faudra bien travailler. Je serai sévère avec les mauvais élèves, mais je saurai aussi vous récompenser si vous avez de bonnes notes. J'exigerai de l'ordre, de la discipline, du travail, mais je ne vous battrai pas. Un de mes principes est que l'on ne peut rien apprendre à des enfants terrorisés, donc vous ne devez pas avoir peur de moi. Par contre, il faudra m'obéir au doigt et à l'œil, je serai intransigeant sur ce point. Encore une chose : je sais qu'ici vous avez un numéro mais je ne m'en servirai pas. Lorsque nous serons entre nous, dans la classe, je vous appellerai par votre prénom.

Les yeux fixés sur lui, les avant-bras croisés et posés sur notre pupitre, nous l'écoutions en silence. Il s'assit à son bureau et ouvrit un livre :

— Nous allons commencer par la leçon de morale. Voici l'histoire qui illustre le proverbe d'aujourd'hui. Écoutez bien.

Il nous lut l'histoire d'un garçon qui, à force de mentir, ne fut cru par personne le jour où il se décida enfin à dire la vérité. Captivés, nous l'écoutions. Lorsqu'il eut terminé, il nous expliqua qu'il ne fallait jamais mentir, et nous en étions tout à fait convaincus. Puis il nous distribua des feuilles de papier et des crayons, nous appelant un par un, afin de faire notre connaissance. Contrairement à Baf-Baf, il nous regarda sans animosité, et même avec bonté, et je me dis qu'avec un maître pareil il ne devait pas être difficile de travailler. Une pensée me vint à l'esprit : lorsque arriverait le dimanche des visites, au cours duquel les parents venaient voir leurs enfants, mère Martha viendrait certainement. Je lui demanderais de me reprendre et, en attendant, je m'appliquerais en classe afin de savoir lire. Ainsi, comme je me l'étais déjà promis, ce serait moi qui lirais l'Almanach du Pèlerin à grand-mère Catherine.

Grâce à l'école, je trouvai la journée supportable. Il nous fallut subir l'épreuve des repas, sous la surveillance de la même femme qui passait entre les tables en agitant sa badine d'un air menaçant. Le midi, on nous servit des lentilles que je trouvai mauvaises, agrémentées de nombreux cailloux ; mais, comme les autres, je mangeai parce que j'avais faim. Le soir, la même soupe très claire avec des pâtes cuites à l'eau. Et, à chaque fois, un morceau de pain sec.

Les récréations du matin et de l'après-midi étaient surveillées par les instituteurs, mais, le soir, après le repas, Baf-Baf fut de nouveau là. Nous nous trouvions sous le préau, Ladislas et moi, et il m'expliquait que sa mère avait promis, pour l'une de ses prochaines visites, de lui apporter du chocolat. À ce moment-là, une abeille, égarée parmi nous, et pressée sans doute de regagner sa ruche, se cogna contre le mur du préau. Je la vis tomber et demeurer au sol en remuant faiblement les pattes. Un garçon de notre classe se précipita pour l'écraser. Je voulus l'en empêcher. Avec père Alphonse, j'avais appris qu'il fallait respecter les abeilles pour le miel qu'elles fabriquaient. Je repoussai le garçon qui, un pied en l'air, fut déséquilibré. Il tomba, poussa un cri. Immédiatement, Baf-Baf arriva.

— Que se passe-t-il ici ? Encore toi, le 84 ! Et qu'as-tu fait, cette fois ?

Apeuré, je ne répondis pas. Il se tourna vers le garçon qui, péniblement, se relevait.

— Il t'a fait tomber ?

Ce dernier acquiesça. C'était exact, mais je ne l'avais pas fait délibérément. Je fus incapable de trouver les mots pour me justifier et, de toute façon, Baf-Baf ne m'en laissa pas le temps. D'un revers de main, il m'assena une gifle sur chaque joue, puis me poussa contre le mur du préau, dos à la cour.

— Mains sur la tête !

Les larmes aux yeux, les joues brûlantes et douloureuses, j'obéis.

— Reste là. Et pas un mouvement ! Je t'ai à l'œil, espèce de mauvaise graine ! Ne crois pas que tu vas pouvoir recommencer ici ce que tu faisais avant ! Je vais te dresser, moi !

Je n'osai pas bouger. Je demeurai ainsi, face au mur, pendant un temps qui me sembla interminable, jusqu'au moment où il fallut se mettre en rang pour aller au dortoir. Après la séance de déshabillage, je me couchai en tremblant. Baf-Baf, satisfait, passa dans le couloir central pour vérifier que nous étions sagement allongés, bras croisés, silencieux. Comme la veille, après une dernière menace, il gagna le recoin qui lui servait de chambre et, comme la veille, je me cachai sous mon drap pour étouffer le bruit de mes sanglots.

* *
*

Au bout de quelques jours, j'étais devenu, comme les autres, un enfant aux cheveux ras, aux yeux inquiets, qui n'avait plus rien de commun avec le *nin-nin* de grand-mère Catherine. Nous formions un misérable troupeau terrorisé par Baf-Baf et par madame Ronchin, la femme du directeur, qui s'occupait de la lingerie et surveillait les repas. Quant au directeur lui-même, nous ne le voyions pratiquement jamais, sauf pour les punitions importantes. Il y avait le cachot, que j'avais connu le jour de mon arrivée, et, dans les cas plus graves, le directeur convoquait le fautif dans son bureau. Il lui ordonnait de baisser son pantalon et appliquait des coups de baguette sur le derrière et les jambes nus du pauvre garçon. Je ne connaissais cette correction que par le récit des plus anciens, et je tremblais à l'idée que je pourrais, moi aussi, la subir un jour.

Heureusement, il y avait l'école. Là aussi, nous devions être silencieux et obéissants, mais notre maître n'était pas brutal et ne nous terrorisait pas. Il était le seul, aussi, à nous féliciter lorsque nous lui donnions satisfaction. Avec lui, nous redevenions des enfants normaux et nous oubliions la peur qui, le reste du temps, nous paralysait.

Je n'aimais pas les jeudis : ces jours-là, il n'y avait pas classe. En remplacement, nous avions chacun une corvée de nettoyage à faire : pour certains c'était le dortoir, pour d'autres les escaliers, pour d'autres encore le réfectoire, et même les W.-C. à la turque. En ce qui concernait la cuisine, nous étions de service à tour de rôle, pour éplucher les pommes de terre, mettre le couvert, ramasser les assiettes à la fin des repas — c'étaient des écuelles en fer-blanc frappées de notre numéro — et faire la vaisselle. Malgré mon jeune âge, je sus bientôt m'acquitter de toutes ces tâches. Je sus également faire mon lit de manière impeccable, et cirer mes galoches du dimanche ; cette dernière tâche était particulièrement difficile, car la mixture que nous utilisions, à base de noir de fumée, ne permettait pas de les faire briller. J'appréhendais l'œil critique et impitoyable de madame Ronchin qui, ensuite, vérifiait.

J'attendais avec espoir la visite de mère Martha. Lors de nos promenades du dimanche après-midi — que nous faisions en compagnie de plusieurs surveillants, dont Baf-Baf, rangés deux par deux, et comme toujours en ordre et en silence —, nous prenions la route par laquelle nous étions arrivés, mère Martha et moi. Je revoyais l'expression malheureuse de son visage, et j'imaginais que nous repartions, tous les deux, par cette même route.

Le dimanche des visites fut enfin là, et tout l'après-midi j'attendis. De nombreux parents arrivèrent ; mon ami Ladislas fut appelé au parloir parce que sa mère était là. Mais, pour moi, personne ne vint. Le cœur lourd, je compris alors que j'étais abandonné, et je crus les paroles de Baf-Baf. Je crus que mère Martha m'avait conduit dans cet établissement parce qu'elle ne m'aimait pas et ne voulait plus de moi. J'oubliai sa tendresse, j'oubliai grand-mère Catherine dont j'avais été le *nin-nin.* Je ressentis une grande amertume, et, ce soir-là, je détestai mon ami Ladislas et ses yeux brillants de joie.

Dans mon lit, je pleurai plus longtemps que d'habitude. Le dernier espoir qui me restait se trouvait anéanti. À l'école, les jours suivants, je n'eus même plus le goût de travailler. Je trouvais inutile de m'appliquer sur ma page d'écriture. Si j'avais été impatient d'apprendre, c'était dans un but bien précis : lire l'Almanach du Pèlerin à grand-mère Catherine. Mais maintenant, puisqu'elle ne m'écouterait pas, à quoi bon ?... Plus personne ne s'intéressait à moi, et je m'engourdissais dans une acceptation résignée de mon sort.

Les jours s'écoulèrent tristement, tous mornes et identiques. L'hiver arriva, et la nuit, dans le dortoir non chauffé, je me recroquevillais sous ma couverture. Parfois, le matin, pour faire notre toilette, nous devions casser la pellicule de glace qui s'était formée sur le dessus de notre cuvette. Avant, lorsque je dormais avec Roland, notre chambre n'était pas chauffée non plus, mais nous nous lavions toujours dans la cuisine, près du feu. Maintenant, je grelottais autant de froid que de manque de tendresse.

Baf-Baf continuait à exercer sur nous la même terreur, exigeant toujours obéissance, discipline et silence. Il me considérait comme une « mauvaise herbe », alors que je n'étais qu'un enfant effrayé et malheureux. Il le disait aussi à d'autres, et, à la moindre maladresse de l'un d'entre nous, il n'hésitait pas à crier :

— Vous n'êtes que des *brilles* ! Pas étonnant qu'on ait voulu se débarrasser de vous en vous plaçant ici !

Seule l'amitié de Ladislas m'aidait à tenir. Et puis, à la fin de l'hiver, une autre personne vint m'apporter l'affection dont j'avais désespérément besoin.

À toutes les corvées que nous effectuions à tour de rôle nettoyage, vaisselle, épluchage — vinrent s'ajouter des travaux de jardinage. Nous devions désherber les massifs, les allées, et l'immense potager situé derrière les bâtiments. À chaque fois, nous étions un petit groupe, sous la surveillance de monsieur Ferdinand, le jardinier, un homme d'une cinquantaine d'années, à la moustache grisonnante et au visage empreint de bonté. Tout de suite, il me plut. Il n'exigeait pas de nous un silence absolu, à condition que nous accomplissions correctement notre tâche. Et moi, j'aimais ce travail de plein air, en harmonie avec la terre et la nature. L'orphelinat était entouré de champs, et les alouettes nous accompagnaient en chantant. Cela me rappelait mon ancienne vie, celle où, à la ferme de père Alphonse, j'avais été un enfant aimé.

Monsieur Ferdinand ne tarda pas à se rendre compte de mon ardeur au travail. Il s'intéressa plus particulièrement à moi, m'interrogea, et je me confiai à lui. Il m'écoutait toujours avec compréhension et amitié, et, contrairement aux autres corvées qui revenaient trop souvent, j'attendais mon tour de jardinage avec impatience. Il me disait :

— Tu es fait pour être jardinier. Ça te plairait ?

Mais je répliquais avec obstination :

— Je préférerais travailler dans une ferme, parce qu'il y a des animaux.

Et les animaux, m'avait expliqué père Alphonse, n'étaient jamais méchants ni injustes.

Au cours de mes années d'orphelinat, les moments que je passai auprès de monsieur Ferdinand furent les seuls où j'eus l'impression de pouvoir respirer librement. Pas de menaces, pas de cris, pas d'injures. Il est vrai que nous n'étions qu'un petit groupe sous sa surveillance, mais il savait se faire obéir sans jamais élever la voix. Jamais je ne le vis punir ou frapper un garçon, même le jour où l'un d'entre nous, par maladresse, arracha toute une rangée de jeunes pousses au lieu d'ôter les mauvaises herbes. Il savait que nous étions de pauvres enfants orphelins et il nous considérait comme tels. Un jour, j'osai l'interroger :

— C'est vrai que je suis une mauvaise graine ?

Il me regarda, surpris :

— Où es-tu allé chercher ça ?

J'hésitai un peu, puis me décidai à avouer :

— C'est B... euh... C'est le surveillant. Il le répète souvent. C'est vrai, dites ?

Il fronça les sourcils et secoua la tête avec désapprobation :

— Bien sûr que non.

— Alors, pourquoi dit-il ça ?

— Parce qu'il est en colère quand vous n'êtes pas sages. Mais il ne faut pas le croire. Ce n'est pas vrai.

Son ton convaincu me rassura. Je supportai mieux,

ensuite, les injures et les cris de Baf-Baf. Plus le temps passait, et plus je m'attachais au brave jardinier. Dans cet univers dénué de tendresse, il fut le seul à me permettre de continuer à croire à la bonté, à la compréhension, à l'affection, en un mot à l'amour dont j'étais privé.

4

À la fin de l'été suivant, Ladislas s'en alla. Sa mère venait de se remarier et pouvait, à nouveau, donner à ses enfants une vie familiale normale. Lorsqu'il me l'annonça, sa satisfaction et son bonheur me firent mal. Moi, jamais ma mère ne reviendrait me chercher ; je ne savais même pas qui elle était. Le cœur lourd de tristesse et de jalousie, je dis adieu à Ladislas, et je demeurai encore plus seul.

Je ne me fis pas d'autre ami. Je devins un enfant renfermé, replié sur lui-même, secret et taciturne. Les saisons se succédèrent, sans changement pour moi. Je voyais arriver, au fil des mois, d'autres enfants, des orphelins de la guerre. Quelques-uns étaient mi-hindous, d'autres mi-noirs. À eux aussi, Baf-Baf disait :

— Si vous êtes ici, c'est parce que votre mère n'a pas voulu de vous !

Comme moi, ils ne connaissaient pas leurs parents ; comme moi, ils avaient été abandonnés. J'aurais pu, peut-être, me rapprocher d'eux, et me trouver un autre ami. Mais aucun ne vint vers moi, et je ne les encourageai pas. Je devenais un petit sauvage, et le fait de changer de dortoir n'améliora pas mon état d'esprit.

Depuis mon arrivée, j'avais toujours dormi dans le même lit. Mais le règlement prévoyait que, l'année de nos dix ans, nous passions dans le dortoir des grands, au fur et à mesure que les lits se trouvaient libérés par le départ des garçons qui, à treize ou quatorze ans, étaient placés pour travailler.

Ce dortoir, situé à l'étage au-dessus, était surveillé par un certain Firmin qui, dans la journée, était employé comme homme à tout faire dans l'établissement. Comme il avait sous sa responsabilité des garçons plus âgés, il se montrait encore plus dur que Baf-Baf. Il avait, comme madame Ronchin lorsqu'elle surveillait le réfectoire, une badine avec laquelle il n'hésitait pas à frapper. Tous, nous avions peur de lui, même Léopold, le plus âgé, que les autres surnommaient Léo. Firmin nous disait :

— Vous êtes ici par charité. Vous devez nous dire merci de vous recueillir. Si vos parents vous placent ici, c'est pour se débarrasser de vous. Et ceux qui ont été abandonnés, ce sont les pires. Même leur mère n'a pas voulu les garder.

C'était mon cas, avec seulement quelques autres. La grande majorité des garçons avait une famille, une mère, ou un père, ou un oncle, ou une grand-mère. Moi, je n'avais personne. Alors, le soir, dans mon lit, je m'inventais des parents que j'imaginais malheureux de m'avoir perdu. À l'école, l'instituteur nous lisait *Sans famille,* et aussi *Les Misérables.* J'écoutais avec attention. Je retenais que la mère de Cosette l'avait abandonnée contre sa volonté. Rémi, lui, avait été enlevé à sa mère, et à la fin, ils se retrouvaient. Je me fabriquais une histoire identique, et je rêvais au jour où, moi aussi, je retrouverais mes parents.

La seule personne à laquelle j'osais parler de cet espoir était monsieur Ferdinand. Le brave homme ne me décourageait pas. Il me disait :

— S'ils te recherchent, ils finiront bien par te retrouver. Et toi, lorsque tu seras sorti d'ici, tu pourras essayer de savoir qui ils sont.

En attendant, je continuais à rêver. Je me persuadais que mon père viendrait m'enlever de cet endroit que je détestais, me permettant enfin d'échapper à la badine de Firmin, de madame Ronchin, et aux persécutions de Léo.

En tant qu'aîné, Léo se jugeait supérieur à nous tous. C'était un grand garçon brun, aux yeux rapprochés et sournois. Je ne tardai pas à comprendre que, derrière le dos de Firmin, il régentait tous les garçons du dortoir. Le lendemain de mon arrivée, il vint me trouver pendant la récréation et ordonna, d'un ton sans réplique :

— Dis donc, toi, le nouveau, à partir d'aujourd'hui, tu me donneras tes desserts, compris ?

Surpris, je ne pus qu'interroger faiblement :

— Mais... pourquoi ?

Les petits yeux se plissèrent, leur regard se fit mauvais :

— Parce que c'est comme ça. Je suis le plus ancien, et toi, tu es nouveau. C'est la règle.

Je ne demandai pas d'où il tenait cette règle. J'étais trop habitué à obéir pour oser discuter. Je ne pus que m'incliner et, à dater de ce jour, je m'arrangeai pour dissimuler mon dessert dans ma poche sans me faire voir de madame Ronchin. Il s'agissait souvent d'un biscuit sec, ou, selon la saison, d'un fruit : prune, pomme, poire, que fournissaient les arbres des vergers. Ce n'était pas grand-chose, mais cela complétait agréablement le repas, qui n'était jamais bon. Les mêmes plats revenaient sans cesse : purée de pois cassés, pommes de terre, haricots, lentilles. Nous n'avions de la viande que le dimanche, et ce n'était toujours que du bouillon ou du ragoût, avec de mauvais morceaux. Comme je n'osais pas braver Léo, je fis ce qu'il avait exigé. Cet arrangement dura plusieurs semaines, jusqu'au jour où je fus puni et privé de dessert.

Ce jour-là, en m'habillant le matin, je m'aperçus que j'avais perdu le bouton qui fermait le haut de mon pantalon. Je le cherchai partout, mais ne le retrouvai pas. Mon pantalon ne tenait plus et risquait de tomber sur mes jambes à chaque pas, alors je dus me résigner à aller trouver madame Ronchin à la lingerie. Comme je m'y attendais, elle me fit de violents reproches :

— Tu ne pouvais pas faire attention ? Vous êtes tous les mêmes, vous ne prenez aucun soin de vos affaires ! Tu ne dois jamais oublier que tu es ici par charité, et tu ne dois rien perdre. Rien, tu m'entends ? En attendant, voilà pour t'apprendre à faire attention !

Elle me donna plusieurs coups de badine et me plaça contre le mur, mains sur la tête. Je m'efforçai de ne pas pleurer pendant qu'elle cousait un autre bouton sur mon pantalon. Puis, tandis que je me rhabillais, elle me força à la remercier, ce que je fis d'une voix tremblante.

— Tu mérites d'être puni pour ton étourderie, conclut-elle sévèrement. Aujourd'hui, tu seras privé de dessert.

Cela ne changeait rien pour moi, puisque Léo me les prenait tous. Mais lorsque celui-ci, après le repas, dans la cour, s'approcha de moi comme d'habitude, je dus lui expliquer pourquoi je ne pouvais rien lui donner. Il devint furieux :

— Ah mais ! Attends un peu ! Ça ne va pas se passer comme ça, crois-moi !

Il profita d'un moment où Baf-Baf avait le dos tourné pour m'attraper la tête de ses mains brutales et, avec force, il la cogna à plusieurs reprises contre le mur. Des étoiles explosèrent dans mon crâne, et je chancelai. La voix menaçante de Léo me parvint à travers un brouillard rouge :

— C'est bon pour une fois, morveux.

D'autres garçons, des grands, avaient assisté à la scène. Je les entendis ricaner, et l'un d'eux approuva :

— Ça, Léo, c'est du dressage !

J'eus le crâne douloureux toute la journée, mais je ne pouvais me plaindre à personne. De plus, Léo n'arrêta pas là sa vengeance. Il se mit à me persécuter dès qu'il en trouvait l'occasion, et je devins son souffre-douleur.

Un matin, nous venions de nous lever, et il me poussa violemment alors que je m'apprêtais à uriner dans le seau hygiénique placé au fond du dortoir. Je trébuchai, faillis tomber, et fis basculer le seau qui roula sur le sol. L'urine se répandit, et Firmin accourut en brandissant sa badine. J'en reçus plusieurs coups, tandis qu'il vociférait :

— Abruti ! Empoté ! Tu vas nettoyer ça, tu m'entends ?

Je dus aller chercher de l'eau et tout laver, pendant que les autres partaient prendre le petit déjeuner, dont je fus privé. Tout en épongeant l'urine et en lavant le sol, je sanglotais d'indignation et d'impuissance. Il m'était impossible d'accuser Léo. Firmin nous punirait tous les deux, et ensuite Léo se vengerait encore plus.

Sûr de son impunité, ce dernier continua à m'ennuyer. Il

ne se contentait plus de prendre mes desserts. Il me faisait des croche-pieds dans la cour de récréation, afin que je tombe et salisse mes vêtements. Il cherchait toutes les occasions pour me faire punir, ou pour me faire mal. Une fois, je me trouvai avec lui à la corvée d'épluchage de pommes de terre. Lorsque les femmes de cuisine qui nous surveillaient étaient occupées ailleurs, Léo, assis près de moi, me piquait le bras ou la cuisse de la pointe de son couteau. Je serrais les dents pour ne pas crier. Je finissais par avoir de lui une peur qui confinait à la terreur. Je n'étais qu'un enfant de dix ans, et je n'avais personne pour me défendre.

L'idée me venait parfois de me confier à monsieur Ferdinand, mais, même à lui, je n'osai pas en parler. Je me disais qu'il ne pourrait rien faire pour moi. S'il rapportait tout au directeur ou à sa femme, sans doute Léo serait-il puni. Mais il n'en deviendrait que plus féroce envers moi. Alors je me taisais et je supportais tout en silence.

Cette année-là fut la pire de toutes celles que je passai à l'orphelinat. L'instituteur qui nous faisait classe depuis la rentrée était beaucoup plus dur que les précédents. Mobilisé en 1914, il avait été blessé au visage et avait perdu un œil. Cela l'avait aigri ; il se montrait impatient et sans pitié pour nos erreurs. J'étais souvent puni. Je savais lire et écrire correctement, mais l'étude ne m'intéressait pas. S'il faisait beau, au lieu d'écouter, je regardais avec envie le soleil qui traversait les hautes fenêtres, et je souffrais d'être enfermé. J'aurais voulu travailler dehors tous les jours, par tous les temps, comme monsieur Ferdinand. Je ne faisais aucun effort pour retenir les noms des villes ou les dates historiques. Plus d'une fois, je reçus des coups de règle sur les doigts, sur la tête, et je me retrouvai à genoux sur des grains de maïs, ce qui constituait l'une des punitions préférées de notre maître.

Il donnait aussi des coups de martinet, après avoir obligé l'élève puni à baisser son pantalon. De nombreuses fois, les lanières cinglèrent mon derrière nu. À la souffrance physique s'ajoutait l'humiliation d'être ainsi exposé devant toute la classe. Lâchement, l'instituteur n'agissait ainsi qu'envers ceux qui n'avaient pas de famille et qui ne pouvaient pas se plaindre à leurs parents lors des visites, ce qui était mon cas. Pour compléter la punition, il nous obligeait à rester immobiles, les deux bras tendus supportant plusieurs livres. Si ceux-ci tombaient, à cause du fléchissement des bras fatigués, il nous frappait.

J'entendis un jour monsieur Burteaux, mon premier maître d'école, avec qui j'avais appris à lire, faire quelques reproches à son collègue :

— Pourquoi les punissez-vous autant ? Essayez plutôt de les comprendre. Pour la plupart, leur père est mort pour la patrie. Ce sont de malheureux orphelins. Sans compter que vous arriveriez à un meilleur résultat en évitant de les terroriser.

Bien entendu, ce conseil ne fut pas suivi, et les punitions continuèrent. Je finissais par appréhender les heures de classe autant que les mauvais traitements de Léo.

Parfois, le soir, dans mon lit, je n'en pouvais plus. J'enfonçais mon poing dans ma bouche pour étouffer mes sanglots, car je savais que, si Firmin m'entendait, il réclamerait le silence à coups de badine. Je n'avais même plus le courage de m'inventer des parents ou d'espérer que, un jour, je les retrouverais. Je n'étais plus qu'un petit garçon traumatisé et malheureux.

Il me fallut attendre la fin de l'année scolaire pour voir cesser mes tourments. D'abord, il n'y eut plus d'école, et donc plus de punitions. Ensuite, Léo, qui avait quatorze ans, fut placé dans une ferme comme ouvrier agricole et s'en alla. Son départ m'apporta un profond soulagement. Je n'eus plus à craindre ses mauvais coups et ses persécutions sournoises.

L'été était la saison que je préférais, car pendant toute la durée des vacances nous étions employés au jardinage et aux travaux des champs. Avec monsieur Ferdinand, j'avais appris à bêcher, à sarcler, à ratisser. Dans les champs, après le passage des faucheurs, nous glanions, nous ramassions les épis de blé, d'avoine ou d'orge. Ces heures de travail en pleine chaleur, parfois pénibles, me plaisaient bien. J'étais heureux d'être dehors, de respirer l'odeur du foin et de la terre. J'avais l'impression d'échapper pour un instant à la prison que représentait pour moi l'orphelinat, et cela me procurait une agréable sensation de liberté.

Peu avant la rentrée, un nouveau garçon arriva. D'origine italienne, il se nommait Gennaro et avait douze ans. Il fut mon voisin de dortoir, ce qui contribua à nous rapprocher. Et surtout, ce qui m'attira chez lui, ce fut son caractère indomptable et bouillant, qui lui valut de nombreux coups de badine. Dès le premier soir, il s'opposa à Firmin dans le dortoir. Nous venions de monter les escaliers, et Firmin se mit à nous invectiver parce que l'un de nous avait trébuché, ce qui avait perturbé l'ordre parfait que nous devions toujours respecter.

— Des nuls, voilà ce que vous êtes ! Même pas capables de monter un escalier correctement ! Pas étonnant que vos parents vous aient placés ici ! Ils ont voulu se débarrasser de vous !

Aucun de nous ne réagit à ces phrases que nous étions fatigués d'entendre. Sauf Gennaro, qui venait d'arriver et qui les entendait pour la première fois. Il releva la tête, fixa Firmin et s'écria, d'une voix indignée et vibrante :

— *Macchè ! Non è vero*[1] !

Firmin s'approcha à pas lents, tout en agitant sa badine, et, face à Gennaro, interrogea, menaçant :

— Qu'est-ce que tu as osé dire ?

Gennaro serra les poings et répéta, frémissant :

— Ce n'est pas vrai ! Mamma n'a pas voulu se débarrasser de moi !

Figés de terreur, nous nous taisions. Avec fureur, Firmin secoua le petit Italien :

1. Ce n'est pas vrai !

— Ah, mais je vais t'apprendre, moi ! Obéir et te taire, c'est tout ce que tu dois faire ! Viens par ici !

Il le poussa jusqu'au bout du dortoir, l'obligea à baisser son pantalon et se mit à le frapper de sa badine, sur le derrière, sur les cuisses, sur les jambes. Gennaro poussa des cris, voulut s'enfuir. D'une poigne ferme, Firmin le retint par l'épaule et ordonna à Augustin, l'un des grands, de l'immobiliser. Puis il se remit à frapper. Lorsqu'il s'arrêta, de nombreuses traces rouges marquaient la peau de Gennaro qui, la tête baissée, sanglotait de douleur.

— Remets ton pantalon. Tu passeras la nuit dans le cachot. Et on verra, demain, si tu es toujours aussi fier !

Je regardai le pauvre garçon avec compréhension et pitié. Je savais, pour l'avoir éprouvé moi-même, ce qu'il ressentait. Je n'avais pas oublié que, moi aussi, dès mon arrivée, j'avais fait connaissance avec le cachot. Cette similitude de situation fut à l'origine de l'amitié qui, ensuite, me lia à Gennaro.

Le lendemain, il semblait calmé. Firmin, triomphant, le nargua :

— Alors, on ne fait plus le fier, aujourd'hui ? J'en ai maté d'autres, tu sais, et tu as intérêt à *filer douche* [1] !

Gennaro ne répliqua plus, mais je vis la lueur de révolte qui, dans ses yeux, demeurait inchangée. Il fut bien obligé, comme nous tous, de se plier à la discipline impitoyable de l'orphelinat, mais il eut beaucoup de mal à s'y faire. Il était d'un tempérament exubérant et bavard, et le silence fut, pour lui, la règle la plus difficile à observer. Plus d'une fois, il reçut les coups de badine de Firmin ou de madame Ronchin, pour avoir parlé. Cette dernière le remarqua tout de suite, car le premier jour, au réfectoire, il renversa son verre de coco, la boisson qui nous était fournie à chaque repas. Il reçut un coup de badine et, comme il protestait qu'il ne l'avait pas fait exprès, madame Ronchin glapit « Silence ! » en le frappant de nouveau.

Il fut également stupéfait et outré par la punition infligée

1. *Filer douche* : se montrer soumis, obéissant.

à ceux qui faisaient pipi au lit. À chaque récréation, il y avait toujours un — ou plusieurs — enfant, debout, immobile, avec son drap sur la tête. Le nombre variait selon les départs et les arrivées. Les nouveaux venus, les plus petits surtout, perturbés par le changement brutal qui leur était imposé, souffraient d'incontinence.

Gennaro avait un an de plus que moi, mais à cause de son retard en français, il se retrouva dans ma classe. Il m'expliqua que son père était mort accidentellement et que sa mère, à son grand désespoir, avait dû se séparer de ses enfants.

— Mais elle nous aime, tu sais, Thomas. Elle n'a pas voulu se débarrasser de nous. Tu ne crois pas ça, n'est-ce pas ?

Je le rassurai. Son histoire était identique à celle de Ladislas. Je la lui racontai, je lui dis que Ladislas était maintenant reparti auprès de sa mère. Il hocha la tête avec conviction :

— Moi aussi, elle viendra me reprendre, dès qu'elle le pourra. Elle me l'a promis.

Des larmes lui vinrent aux yeux, qu'il chassa d'un revers de main rageur :

— Mais en attendant, je vais devoir rester ici... C'est affreux, ici !

Pour le consoler, je lui exposai mon propre cas. Je lui démontrai que, par rapport à moi, il avait de la chance, puisqu'il possédait ce trésor irremplaçable : une mère qui l'aimait. Ce fut à mon tour d'avoir les yeux pleins de larmes ; Gennaro prit ma main et la serra dans les siennes :

— Si tu veux, moi, je t'aimerai. *Si ?*

J'acquiesçai avec un sourire tremblant et ému. Nous échangeâmes une poignée de main, et nous devînmes amis.

— Mon père était maçon, m'expliqua-t-il. Il s'appelait Gennaro, comme moi. Nous venons de Naples et, là-bas, beaucoup de garçons reçoivent ce prénom, parce que saint Gennaro est le protecteur de Naples.

Il me parlait sans cesse de sa mère, sa *mamma*. Elle était belle, elle était courageuse. Devenue veuve à la suite d'un accident de son mari — il s'était rompu le cou en tombant d'une échelle —, elle avait dû placer ses enfants et, pour vivre, faisait des ménages. Il avait hâte d'être grand pour pouvoir s'occuper d'elle. Il me répétait que, plus tard, il gagnerait beaucoup d'argent pour pouvoir la gâter et la chérir.

À cause de ses récits, je me remettais à rêver d'une mère qui, quelque part, ne pouvait se consoler de mon absence. Était-elle belle, comme celle de Gennaro ? Le soir, avant de m'endormir, dans l'obscurité du dortoir, je me cachais sous mes draps pour prononcer, très bas, le mot que je ne disais jamais : « maman ». Parfois, à la manière de Gennaro, je disais « mamma ». Dans l'une ou l'autre langue, cette appellation était toujours la même : elle représentait le cri de mon cœur assoiffé d'amour maternel. Je m'endormais en rêvant d'une jeune femme qui me tendait les bras, dans lesquels je courais me réfugier.

Un jour, peu de temps après son arrivée, au cours d'une de nos séances de jardinage, Gennaro fut pris d'une rage de dents. Il avait déjà eu mal la veille, et madame Ronchin, en le traitant de *doudouche*, avait néanmoins appliqué un morceau de coton imbibé de teinture d'iode sur la dent malade, puis elle avait noué un foulard autour de sa tête. Quelques garçons ne s'étaient pas privés de se moquer de mon ami ainsi affublé, mais il avait si mal que, contrairement à son habitude, il ne réagit pas.

Alors que, sous la surveillance de monsieur Ferdinand, nous bêchions le potager, Gennaro eut une nouvelle crise. Il lâcha sa bêche et se tint la joue à deux mains, se retenant pour ne pas gémir. Monsieur Ferdinand eut pitié de lui.

— Je connais un remède, dit-il. Voici du tabac. Mâche-le sur ta dent. Ça te calmera.

Il lui donna la moitié de sa chique. Gennaro suivit le conseil qui s'avéra efficace mais, le soir, la douleur revint.

Au cours du repas, sous le regard de madame Ronchin, Gennaro eut bien du mal à avaler la soupe au vermicelle et les pâtes qui composaient le menu. Mais il ne fallait rien laisser dans l'assiette et, avec effort, il y parvint. De nouveau, il se coucha avec un foulard autour de la tête, mais, pendant la nuit, je l'entendis gémir. À un moment, la douleur devint tellement insupportable qu'il se leva et, bien que ce fût interdit, se mit à marcher entre les lits en se tenant la joue à deux mains.

Au petit matin, il avait si mal qu'il se retenait pour ne pas crier. Firmin lui-même fut obligé d'en venir à la dernière extrémité, celle que nous redoutions tous dans un cas semblable : envoyer Gennaro chez le concierge-coiffeur-cordonnier qui devenait, à ces moments-là, arracheur de dents.

Firmin ordonna à Augustin, le plus âgé de nous tous, et à moi-même, d'accompagner Gennaro. Mon pauvre ami souffrait tellement qu'il ne pensait même pas à avoir peur. Dès que monsieur Maurin nous vit arriver, il comprit.

— Installe-toi là, ordonna-t-il, et ouvre la bouche toute grande. Et vous deux, tenez-le bien.

Augustin et moi obéîmes, chacun tenant un bras de Gennaro et l'immobilisant du mieux que nous pouvions. Monsieur Maurin s'approcha avec une paire de tenailles, se pencha... et je détournai les yeux, incapable de regarder. Tout en maintenant mon ami, je baissai la tête, et j'aurais voulu pouvoir me boucher les oreilles. J'entendis plusieurs craquements, Gennaro sursauta, poussa des cris inarticulés, puis il y eut une exclamation victorieuse de monsieur Maurin :

— Ça y est, la voilà ! Elle ne te fera plus souffrir !

Il brandissait, entre les pinces, une dent ensanglantée. Gennaro se releva, tout pâle.

— C'est fini, lui dit monsieur Maurin avec une petite tape. Demain, il n'y paraîtra plus.

Nous revînmes tous les trois. D'une main, Gennaro tenait sa mâchoire encore douloureuse. La scène nous avait impressionnés et même Augustin, qui aimait pourtant faire le bravache, ne disait rien. Nous savions trop bien que, un jour ou l'autre, si nous nous retrouvions avec une dent gâtée, nous serions obligés de subir la même épreuve.

Lors des dimanches réservés aux visites, la mamma de Gennaro ne manquait jamais de venir voir son fils. Comme je l'avais fait pour Ladislas, je regardais ensuite, avec envie, les yeux brillants de joie de mon ami, je l'écoutais me raconter avec enthousiasme tous les détails de l'entretien.

— L'an prochain, je serai assez grand pour travailler. Mamma m'a promis de me reprendre. Je travaillerai n'importe où, dans une ferme ou à la mine, mais au moins je ne serai plus ici.

Son tempérament exubérant supportait toujours aussi mal la discipline de l'établissement. À la longue, il parvenait à demeurer silencieux et immobile comme le règlement l'exigeait, néanmoins je savais qu'il en souffrait. Si son apparence était soumise, intérieurement il bouillonnait.

— J'aimerais bien voir mamma plus souvent, et elle aussi. Un dimanche par mois, ce n'est pas assez. Je lui ai expliqué que, les autres dimanches, nous allons en promenade l'après-midi. Elle va essayer de se trouver sur notre chemin.

— Tu sais bien, Gennaro, que nous n'avons pas le droit de quitter les rangs, et encore moins de parler à qui que ce soit. C'est interdit.

Il me lança un regard farouche :

— Interdit ? Pas pour moi. Pas pour ma mamma.

Le dimanche suivant, nous partîmes en promenade, vêtus de notre costume du dimanche : culotte courte et veste, béret sur la tête, galoches bien cirées aux pieds. Nous devions marcher en restant bien alignés, rangés par quatre, en silence — toujours ! — et en faisant attention de ne salir ni nos chaussures ni nos vêtements. Madame Ronchin, ensuite, ne manquerait pas de tout vérifier.

La promenade se passa sans incident. Nous faisions régulièrement les mêmes trajets. Nous allâmes jusqu'au village voisin, nous en fîmes le tour, puis nous revînmes par la route que mère Martha et moi avions prise, des années auparavant. Alors que nous approchions de l'orphelinat, une silhouette, immobile sur le bas-côté, vint vers nous et s'apprêta à nous croiser. C'était une jeune femme brune, entièrement vêtue de noir. Ses yeux détaillaient avidement les rangs, et soudain, une double exclamation fusa :

— Gennaro !

— Mamma !

En un éclair, mon ami, placé près de moi, bondit et se retrouva dans les bras de sa mère. Étroitement enlacés tous les deux, ils parlaient en même temps, se disant des mots en italien que nous ne comprenions pas. Nous les regardions, sidérés.

Cette scène exprimait tant d'amour que des larmes me montaient aux yeux. Pourquoi n'avais-je pas une mère, moi aussi, qui viendrait m'embrasser et me serrer ainsi contre elle ?...

Firmin, qui surveillait la promenade, un instant interloqué, réagit rapidement. Il nous fit arrêter, nous ordonna de ne pas bouger, puis se précipita sur Gennaro qu'il arracha sans ménagement des bras de sa mère.

— Interdiction de quitter les rangs ! éructa-t-il. Retourne immédiatement à ta place !

Gennaro essaya de résister, se débattit. Ce fut sa mère qui lui conseilla, doucement :

— *Va pure, mio piccolo. Ubbidisci*[1] *!*

D'une poigne solide, Firmin le ramena près de moi. Il nous donna l'ordre d'avancer, tout en nous menaçant.

— Et en silence ! Que personne ne bronche ! Le premier qui désobéit aura affaire à moi !

Nous ne disions rien, mais une excitation contenue parcourait les rangs. Je jetais de fréquents coups d'œil à Gennaro : les yeux rêveurs, un sourire extatique aux lèvres, il semblait être ailleurs.

Ce ne fut que dans la cour de récréation que nous pûmes commenter l'événement. Ce que nous ressentions, avant

1. Va, mon petit. Obéis.

tout, était de l'admiration : quelqu'un avait osé braver le règlement pour pouvoir embrasser son enfant. De l'admiration et, aussi, de l'envie. Même les garçons qui avaient une mère auraient voulu la voir agir ainsi. Parmi eux, nombreux étaient ceux qui attendaient en vain sa venue, le dimanche des visites. Tous, nous étions d'accord sur ce qui nous paraissait être le plus important : la façon dont s'était comportée la mamma de Gennaro était une preuve d'amour.

Quant à Gennaro, il fut puni. Tout le reste de l'après-midi, il dut demeurer dans un coin de la cour, le nez contre le mur et les mains sur la tête. Lors du repas du soir, il fut privé de dessert. Et, tout de suite après, il fut appelé dans le bureau de monsieur Ronchin, le directeur.

Dans la cour de récréation, avant de monter au dortoir, nous attendions son retour avec appréhension. Nous le vîmes revenir en larmes. Pressé de questions, il raconta que monsieur Ronchin l'avait privé de promenades pour tous les dimanches qui suivraient.

— Il a dit qu'il allait prévenir mamma de ne plus recommencer, sinon, elle n'aura plus le droit de venir me voir le jour des visites.

Nous étions consternés. Gennaro lui-même, pourtant toujours indomptable, paraissait complètement effondré. Ne plus voir sa mamma était pour lui la pire des punitions. J'avais pensé que, peut-être, monsieur Ronchin lui ordonnerait de baisser son pantalon et ses chaussettes, afin de lui appliquer les coups de bâton qu'il donnait, parfois, dans les cas de désobéissance qu'il jugeait graves. Mais ce qu'il avait trouvé était, pour mon ami, bien pire qu'un châtiment corporel.

À partir de ce jour, les promenades du dimanche après-midi se firent sans Gennaro, et il ne vit plus sa mamma qu'une fois par mois, lors des visites autorisées.

Jour après jour, la discipline avait fini par broyer Gennaro. L'hiver passa, le printemps arriva. Mon pauvre ami avait appris à modérer son impulsivité ; il ne se révoltait plus, il se taisait et courbait le dos. Comme chacun de nous, il avait compris qu'il ne serait pas le plus fort, et il était enfin « maté », comme disait Firmin.

Pourtant, s'il parvenait à se plier au règlement, il n'admettait pas les brimades des grands envers les petits. Ce fut ainsi qu'un jour, à la récréation de la matinée, il voulut défendre Paul.

Paul était le dernier arrivé dans le dortoir des grands. Comme Léo l'avait fait avec moi, deux des plus âgés, Constant et Guy, le persécutaient sans cesse. Ils ne se privaient pas de le traiter de bâtard et de mulâtre, car Paul était un enfant illégitime et un métis. Il était né en 1917, et son père, un soldat sénégalais, avait été tué peu de temps après. Quant à sa mère, qui n'était qu'une adolescente, elle n'avait pas été capable de faire face à la situation. C'étaient ses parents qui, pour cacher « l'enfant du péché » et étouffer le scandale, avaient décidé de placer le bébé dans un orphelinat. La mère de Paul venait très rarement le voir. Parfois, il me parlait d'elle, et j'en avais le cœur serré. Il lui vouait une adoration qu'elle ne méritait pas. De ses récits, je déduisais qu'elle était lointaine, indifférente, et je pensais qu'elle devait regretter cette erreur de jeunesse qui lui imposait un enfant encombrant. Je m'interrogeais : moi qui n'avais pas de mère, aurais-je préféré en avoir une comme la sienne ? Et malgré tout, j'étais tenté de répondre oui.

Paul avait un caractère doux et timide. Il n'osait pas se plaindre et supportait en silence les mauvais tours que lui jouaient Constant et Guy. Ce matin-là, au cours de la récréation, tous deux avaient pris Paul pour cible et l'obligeaient à courir d'un bout à l'autre du préau. Ils lançaient sur lui leur ballon, à toute volée, et chaque fois que l'un d'eux atteignait Paul, il marquait un point. C'était un jeu qui les amusait beaucoup. À un moment, Paul reçut le ballon à la tempe et chancela, à moitié assommé. Gennaro s'interposa et, avec indignation, apostropha les deux grands :

— *Fermate !* cria-t-il. *Bestie che siete ! Non vi vergognate*[1] *?*

1. Arrêtez ! Espèces de brutes ! Vous n'avez pas honte ?

Guy se retourna, furieux :

— De quoi tu te mêles, toi ? Si t'es pas content, retourne dans ton pays ! Ou alors, parle français comme tout le monde.

L'air mauvais, il fit face à mon ami. L'un des instituteurs qui surveillait la récréation arriva à cet instant et admonesta sévèrement Guy et Constant :

— Cessez immédiatement. Vous me copierez deux cents fois : « Je ne dois pas me montrer brutal. »

Il les plaça contre le mur, les mains sur la tête, jusqu'à la fin de la récréation. Je vis Guy lancer un regard venimeux à Gennaro. Je compris qu'il rendait mon ami responsable de la punition, et qu'il chercherait à se venger.

Cela ne tarda pas. Dès le lendemain, il se mit à ennuyer Gennaro de toutes les façons possibles. Celui-ci eut bientôt les mollets couverts de bleus parce que, dans les rangs, Guy se trouvait derrière lui et, malgré la distance maintenue par les bras tendus, il le bourrait de coups de pied. Il l'obligeait à lui donner ses desserts, qu'il partageait avec Constant. Un jeudi où Gennaro était de corvée à la cuisine pour trier les lentilles et enlever les nombreux cailloux qui s'y trouvaient, il lui ordonna de voler des cerises et de les lui apporter. Celui-ci s'y prit tellement mal que l'une des cuisinières l'aperçut. Elle le traita de voleur, appela madame Ronchin, qui conduisit Gennaro à son mari. Mon pauvre ami fut condamné à passer une nuit dans le cachot et à être privé de dessert jusqu'à nouvel ordre.

L'histoire fit le tour de l'établissement et Firmin ne se gêna pas, ensuite, pour insulter Gennaro à la moindre occasion :

— Allez, dépêche-toi, sale voleur ! Tu étais plus rapide l'autre jour, lorsqu'il s'agissait de prendre des cerises. Espèce de macaroni ! Non content de venir manger le pain des Français, il faut que tu les voles en plus !

Dans l'impossibilité de répondre, mon ami serrait les lèvres et baissait la tête. J'étais le seul à voir, dans son regard, sa détresse et sa révolte.

— Dimanche prochain, je demanderai à mamma qu'elle

cherche un moyen pour m'enlever d'ici, me confia-t-il à plusieurs reprises. Je n'en peux plus. J'étouffe.

Je le comprenais, mais j'essayais de le raisonner. Je lui disais de prendre patience ; de toute façon, il retournerait chez sa mère un jour ou l'autre. Mais il secouait la tête, le regard sombre et buté.

Le dimanche des visites arriva et, le soir même, Gennaro m'expliqua avec volubilité :

— J'ai demandé à mamma. Je n'ai pas pu tout raconter, parce que monsieur Ronchin se promène dans la salle et écoute ce qu'on dit. Mais elle a compris qu'ici, j'étais trop malheureux. Elle va voir ce qu'elle peut faire. Peut-être me placer quelque part. Je veux bien travailler n'importe où.

Je pensai tristement que, comme Ladislas, il s'en irait, et de nouveau je resterais seul, sans ami. Il vit mon expression et comprit :

— Tu me manqueras, *amico mio*. Mais je ne veux plus rester ici. J'attends la prochaine visite de mamma. Elle me dira ce qu'elle a trouvé. Je vais essayer de prendre patience jusque-là.

Mais, trois jours plus tard, je vis dès le matin que mon ami avait un visage hagard et des yeux rouges. Il fit sa toilette et son lit avec des gestes d'automate, regardant droit devant lui, fixement, avec une expression bizarre. À cause du silence que nous devions respecter, je dus attendre la fin du petit déjeuner pour l'interroger. Dans la cour, enfin, je demandai avec inquiétude :

— Qu'as-tu, Gennaro ? Tu es tout drôle.

D'abord, il secoua la tête, tandis que ses yeux se remplissaient de larmes. Puis, comme j'insistais, il me confia, très bas :

— Je ne peux rien dire. Ils m'ont menacé, si je parlais, de...

Il déglutit, se tut. Je cherchai du regard Constant et Guy, qui se trouvaient à l'autre bout de la cour. J'entraînai mon ami dans un coin du préau, de plus en plus inquiet :

— Qu'est-ce qu'ils t'ont fait ?

Gennaro fit semblant de se pencher, de remonter ses

chaussettes, pendant qu'il me disait, très vite, les lèvres tremblantes :

— Cette nuit... ils sont venus jusqu'à mon lit. Ils étaient avec Augustin. Il a mis mon oreiller sur ma figure, pendant que Guy me tenait les bras. Et Constant... eh bien...

Il se mit à pleurer pendant que je le regardais sans comprendre. D'un geste rageur, il essuya les larmes qui coulaient sur son visage et reprit :

— Je ne peux pas te dire... C'est affreux... Il m'a touché... Il a... Oh, *Dio mio* !

Il se redressa, me regarda en face :

— Une chose est sûre, je ne supporterai pas ça une fois de plus. Je vais m'enfuir. Lorsque je lui raconterai ça, ma mamma ne voudra jamais me remettre ici.

— T'enfuir ? Mais...

Son visage se fit dur, et il m'ordonna :

— Ne dis rien. À personne. Promets, Thomas.

Il paraissait tellement bouleversé que je promis. Ses yeux se portèrent sur Constant et Guy, et il murmura d'une voix basse, pleine de peur et de haine :

— Ces deux-là, je ne veux plus les voir. Jamais.

La cloche annonçant le début des cours nous immobilisa. Dans le silence, et en évitant toute bousculade, nous nous mîmes en rang. Tout au long de la matinée, Gennaro demeura prostré, replié sur lui-même, indifférent à tout. Interrogé par l'instituteur, il ne sut pas répondre, et se retrouva à genoux sur une règle en bois, les mains sur la tête. Pour le lendemain, il eut à copier cent fois « Je dois être attentif en classe ».

L'après-midi, notre instituteur nous annonça qu'il nous emmenait dans les champs pour le ramassage des doryphores. Les anciens, comme moi, connaissaient bien cette opération qui revenait chaque année. Il s'agissait d'aller ramasser, dans les champs qui entouraient l'établissement, les doryphores qui pullulaient sur les feuilles des pommes de terre. Nous les enfermions dans une boîte en fer-blanc, dont nous étions munis. Ces pommes de terre étaient destinées à assurer notre nourriture, et nous prenions ce travail au sérieux. De plus, il constituait un divertissement, et à moi il plaisait beaucoup, parce qu'il me permettait d'être en plein air au lieu de me trouver enfermé dans une salle de classe.

Nous partîmes, en rang par deux, et, dans les champs, chacun se vit attribuer une rangée. Penchés sur les plants de pommes de terre, nous nous appliquions. Nous devions faire toute la longueur du champ, qui était grand. Parfois, pour trouver les doryphores qui se cachaient sous les feuilles ou au pied des tiges, nous devions nous agenouiller. Certains garçons allaient plus vite que d'autres, et nous n'avancions pas au même rythme. Gennaro, dans la rangée parallèle à la mienne, travaillait plus lentement. Alors que je commençais une seconde rangée, il était encore à mi-chemin de la sienne. Absorbé par ma recherche, je ne fis plus attention à lui.

Ce ne fut qu'au moment de revenir, lorsque nos boîtes furent remplies et que nous nous mîmes en rang, que l'absence de Gennaro fut découverte. L'instituteur crut qu'il était resté au bout du champ, l'appela, le menaça. Il envoya deux des meilleurs élèves le rechercher. Ceux-ci reparurent, bredouilles : Gennaro n'était nulle part. Furieux, notre maître nous divisa en équipes de deux et nous ordonna de sillonner le champ. Le résultat fut le même : Gennaro avait disparu.

Les autres garçons ne comprenaient pas et se regardaient, effarés, n'osant pas imaginer l'idée d'une fugue. Mais moi, je savais ce qui s'était passé : Gennaro avait profité de l'occasion pour s'enfuir.

Nous revînmes à l'établissement. Notre instituteur dut certainement avertir monsieur Ronchin de la disparition de Gennaro, mais nous n'en eûmes aucun écho. Seul Firmin, le soir même, dans le dortoir, en passant entre les lits alors que nous étions couchés, bras croisés et silencieux, déclara, devant le lit vide de Gennaro :

— Celui-là, quand il sera repris, il ne rira pas, c'est moi qui vous le dis. Quant à vous, vous n'avez pas intérêt à l'imiter. Plus que jamais, je vous aurai à l'œil.

Nous pûmes constater, en effet, que la surveillance se fit plus serrée. Il n'y eut plus de ramassage de doryphores. Pendant plusieurs dimanches, les sorties de l'après-midi furent supprimées. Quant à madame Ronchin et aux surveillants, ils en profitèrent pour se montrer encore plus sévères.

Nous n'eûmes aucune nouvelle de Gennaro. Je ne le revis jamais. Avait-il été repris et envoyé ailleurs ? Avait-il réussi à retourner chez sa mère, et celle-ci l'avait-elle gardé ? Peu de temps après sa fugue, Constant, Guy et Augustin s'en allèrent. Comme ils étaient parmi les plus âgés, et que la fin de l'année scolaire était arrivée, tout le monde pensa qu'ils avaient été placés pour travailler, comme c'était l'usage. Je fus le seul à croire que la mère de Gennaro avait osé parler de ce qu'ils avaient fait à son fils, et qu'ils avaient été punis. Mais je ne sus jamais rien. Et, de nouveau sans ami, je me remis à rêver à des parents imaginaires, à qui j'avais été enlevé et qui, peut-être, me recherchaient.

Lors des séances de jardinage, je brûlais d'envie de demander à monsieur Ferdinand s'il savait ce qu'était devenu Gennaro. Mais il m'aurait interrogé, et moi, j'avais promis à mon ami de ne rien dire. Et puis, j'avais peur de la réponse, peur d'entendre que Gennaro avait été repris et placé en maison de correction — ce dont nous menaçait souvent Firmin, en nous répétant : « Ici, à côté, vous êtes traités comme des rois ! » Je préférais penser que mon ami était de nouveau avec sa mère. Et je me disais aussi que monsieur Ferdinand, comme nous tous, ne savait peut-être rien.

5

Ainsi arriva ma dernière année dans cet établissement où j'avais été si malheureux, privé de tendresse et d'affection. Je savais que je serais placé quelque part pour travailler, et je souhaitais aller dans une ferme. Si j'étais soulagé de quitter l'orphelinat, une autre inquiétude, parfois, venait me tourmenter : comment seraient mes patrons ? Des bruits couraient, selon lesquels certains garçons avaient été placés chez des gens durs, qui les traitaient en véritables esclaves. Je rêvais de personnes qui m'accueilleraient comme un de leurs enfants. En échange d'un peu d'affection, j'étais prêt à travailler jusqu'à la limite de mes forces.

La veille de mon départ, madame Ronchin vint me chercher et m'emmena dans le petit réduit qui faisait suite à la lingerie. J'y trouvai un baquet rempli d'eau, un savon et une serviette. Elle m'ordonna de me laver entièrement. Je le fis avec plaisir et me frottai énergiquement. Puis, selon les directives de madame Ronchin, je mis les vêtements propres qu'elle avait préparés pour moi. Le pantalon et la chemise étaient presque neufs, et ils étaient à ma taille, contrairement à ceux que je portais depuis plusieurs mois et qui devenaient de plus en plus justes.

Madame Ronchin me conduisit ensuite dans le bureau de son mari. Debout devant le directeur, j'attendais sans bouger. Je n'étais pas venu dans son bureau depuis le jour où mère Martha m'y avait amené, l'année de mes six ans. Je n'étais alors qu'un enfant inconscient de ce qui l'attendait. Maintenant, après toutes ces années écoulées, si j'avais grandi, au fond de moi je cachais toujours les mêmes doutes, les mêmes peurs. Je regardai avec crainte monsieur Ronchin, attendant qu'il me parlât de mon avenir.

— Tu nous quittes demain, commença-t-il, et je compte sur toi pour bien te comporter là où tu iras. Nous t'avons appris, ici, la discipline, l'obéissance, le respect. J'espère que tu t'en souviendras, et que tu donneras toute satisfaction à tes maîtres.

Il s'arrêta un instant, et ses yeux sévères, sous ses sourcils volumineux, m'observèrent froidement :

— Tu entends ?

J'acquiesçai timidement d'un signe de tête, n'osant pas parler. Monsieur Ronchin continua :

— Depuis ton arrivée ici, nous avons pris soin de toi. Nous t'avons nourri, habillé, éduqué, et j'estime que tu dois nous être reconnaissant. C'est pourquoi, je le répète, je compte sur toi pour bien te conduire. À la moindre plainte de tes maîtres, tu serais repris et envoyé en maison de correction.

Cette menace, si souvent proférée par Firmin, produisait toujours le même effet : nous rendre dociles. Monsieur Ronchin insista :

— Tu m'as bien compris ?

De nouveau, je fis un signe d'assentiment, et je parvins à prononcer faiblement :

— Oui, monsieur.

— Bien. Tu vas être placé dans une ferme. Ton travail te sera payé, et tes gages divisés en deux parties. La première sera versée par ton patron sur un carnet de Caisse d'épargne. La seconde te sera remise au fur et à mesure de tes besoins, pour ton entretien, tes vêtements ou ton argent de poche. J'espère que tu sauras dépenser cet argent utilement, sans le gaspiller.

Les yeux sévères, de nouveau, me fixèrent. Toujours immobile, je fis la même réponse :

— Oui, monsieur.

— Bien, répéta monsieur Ronchin, apparemment satisfait.

N'oublie jamais que, là où tu seras, tu dépendras toujours de nous. Au moindre faux pas, tu seras puni.

Sur ce dernier avertissement, il se leva et ouvrit la porte de son bureau. L'entretien était terminé. Je n'y avais trouvé que froideur et menaces. Pas une parole d'encouragement, pas un mot pour me rassurer sur ce qui m'attendait dans les prochains jours. Je ne savais même pas où j'allais être placé, et je n'avais pas osé le demander.

Ce soir-là, dans mon lit, je demeurai longtemps éveillé. Le coucher avait lieu à huit heures tous les soirs, et je regardai l'ombre envahir le dortoir tout en réfléchissant. Je revivais les années précédentes, je revoyais Baf-Baf, Firmin et madame Ronchin ; je pensais à Ladislas et à Gennaro, et, malgré la chaleur que m'avait apportée leur amitié, je me sentais assoiffé de tendresse et d'amour. Je n'oubliais pas les soirs où je m'étais endormi en pleurant, et les nombreuses fois où, caché sous mes draps, j'avais prononcé, pour moi tout seul, le mot « maman ».

Néanmoins, je m'étais fait un ami en la personne de monsieur Ferdinand. Lors de notre dernière séance de jardinage, je lui avais annoncé mon prochain départ. Ses paroles et son affection m'avaient fait chaud au cœur :

— Tu me manqueras, Thomas. J'aimais bien travailler avec toi. Tu es un brave petit. Moi aussi, tu vois, je partirai bientôt d'ici. Je vais prendre ma retraite. J'irai habiter chez ma sœur, qui vit seule depuis que son mari a été tué à la guerre. Je vais te donner son adresse. Si tu veux, tu pourras m'écrire. Ça me fera plaisir d'avoir de tes nouvelles. D'accord ?

J'avais accepté avec enthousiasme et retenu l'adresse qu'il m'avait donnée. Maintenant encore, dans l'obscurité du dortoir, je me la répétais, afin de ne pas l'oublier. Elle constituait le seul lien avec l'unique personne au monde qui se souciât de moi.

* *
*

La carriole tressautait sur la petite route de campagne. Assis auprès de l'homme qui était venu me chercher, je regardais l'immensité des champs avec une impression grisante de liberté. Pourtant, j'étais inquiet : où allais-je ? L'homme qui, près de moi, conduisait la carriole était-il mon nouveau maître ? Il ne m'avait rien dit, et je n'osais pas l'interroger.

Au bout d'un moment, il se tourna vers moi :

— Tu es bien silencieux, *min fieu*[1] ! Aurais-tu perdu ta langue ?

Sa propre plaisanterie le fit rire. D'une main, il repoussa sa casquette, me regarda plus attentivement et hocha la tête :

— Serait-y que tu as peur ? Allons, du cran ! Montre que tu es un homme, que diable !

Son ton amical parvint à me détendre, et je lui adressai un faible sourire.

— Ah, ça va mieux ! Je t'emmène chez des gens qui sont bien braves, et tu n'as pas à avoir peur, je t'assure.

— C'est chez vous que je travaillerai ? demandai-je timidement.

— Ah non, ce n'est pas chez moi. Moi, je suis charretier chez un fermier. Toi, tu travailleras chez Léon. Sylvestre, son ouvrier, vient de prendre sa retraite. Léon a besoin d'un remplaçant.

Ainsi donc, mon maître s'appelait Léon. Comment était-il ? Je m'agitai sur le siège de bois.

— Ne t'en fais pas. Léon, il est bien brave, bien courageux. Mais il n'a pas beaucoup de patience. Si tu veux le contenter, tu as intérêt à travailler vite et bien. Si tu es fainéant, ça ne lui conviendra pas. Avec lui, il faudra être *tillache*[2].

— Oh, je le serai, affirmai-je. Je travaillerai aussi dur qu'il le faudra.

1. *Min fieu* : mon garçon.
2. *Tillache* : dur à l'ouvrage.

Le charretier fit un signe approbateur. Mis en confiance, j'interrogeai :

— Et... les autres personnes ? Quelles sont-elles ?

De nouveau, il repoussa sa casquette et me regarda :

— Il y a Florentine, la mère de Léon. Une brave femme, ça oui. Léon pourra parfois te rudoyer, mais elle, elle te soignera bien. Ne t'inquiète pas de ce côté-là. Et il y a la fille, Pauline. Une brave petite, elle aussi. C'est Florentine qui l'élève. Tu comprends, sa mère est morte quand elle avait trois mois. Léon ne s'est pas remarié, et il n'y a pas d'autres enfants.

Un patron qui s'appelait Léon, sa mère et sa fille... Trois personnes avec qui j'allais devoir vivre et travailler. Je cherchai à en savoir un peu plus :

— Et... Pauline, quel âge a-t-elle ?

— Elle a à peu près ton âge. Dans les treize ans, par-là.

Je fronçai les sourcils. J'aurais préféré un garçon ; pendant toutes les années passées à l'orphelinat, je n'avais côtoyé que des garçons. La pensée de me trouver en présence d'une fille me gênait. Comment devrais-je me comporter ? Et elle, comment serait-elle ? Allait-elle se moquer de moi ? Certains garçons m'avaient parlé de leurs grandes sœurs, disant qu'elles passaient leur temps à ricaner et à glousser bêtement. Cette Pauline agirait-elle de la même façon ?

— Pauline a d'autres grands-parents, et un oncle, le frère de sa mère, qui s'appelle Georges. Eux, ils vivent dans une autre ferme, la « Cense aux alouettes [1] ». Ils sont bien braves aussi tous les trois.

Puis mon compagnon se mit à me parler des gens du village, mais je ne retins rien de ses explications. Je me posais toujours la même question : toutes les personnes qu'il citait, comment se comporteraient-elles envers moi ? Nous avions traversé plusieurs villages, et, à chaque fois, je m'étais demandé si nous étions arrivés. Ce ne fut qu'un

1. *La Cense aux alouettes,* roman aux Presses de la Cité du même auteur.

peu avant midi que mon compagnon, qui s'appelait Denis, m'indiqua enfin :

— Voilà, nous y sommes. Léon, il a la plus grande ferme. Ça veut dire que, pour toi, il y aura beaucoup de travail.

Il introduisit la carriole dans la cour de la ferme, arrêta le cheval et appela :

— Ho ! Ho ! Madame Florentine !

Une femme sortit de la maison tout en s'essuyant les mains au devant de son tablier. Je descendis de la carriole et me tins immobile, intimidé.

— Voilà, je vous amène le remplaçant de Sylvestre. Thomas, il s'appelle. Il va travailler chez vous, et si vous n'êtes pas contents, il faudra me le dire.

— Merci, Denis. Entrez donc boire quelque chose. Vous devez avoir soif !

La femme vint vers moi en souriant. Elle me fit penser à grand-mère Catherine, dont je gardais un souvenir lointain et attendri.

— Bienvenue chez nous, me dit-elle. Tu peux nous considérer comme ta famille, puisque tu vas vivre et travailler avec nous.

Ces mots me touchèrent beaucoup. Ils répondaient à mon attente secrète : être accueilli par mes patrons comme un de leurs enfants. Mais une grosse voix brutale intervint :

— Tu as intérêt à donner satisfaction. Je n'aime pas les paresseux. Il faudra être dur à l'ouvrage.

Je tournai la tête. Un homme sortait de la grange et se dirigeait vers nous. Il avait un corps massif, un visage gros et laid. Je remarquai immédiatement son œil trouble et la cicatrice qui barrait sa tempe droite. Au premier abord, il ne me plut pas.

— Bonjour, monsieur, dis-je poliment. Bonjour, madame.

— Tu m'appelleras patron. Et tâche de retenir ce que je viens de dire.

— Allons, Léon, intervint la femme. Laisse-lui le temps d'arriver. Viens, mon garçon, je vais te montrer ta chambre. Ensuite, nous nous mettrons à table. C'est bientôt l'heure de dîner.

Tandis que Léon entraînait Denis dans la maison, elle me fit traverser la cour et ouvrit la porte située près de l'écurie. J'entrai dans une toute petite pièce meublée sommairement d'un lit, d'une chaise, et d'une table sur laquelle se trouvaient une cuvette et un pot à eau. Elle était propre, et les murs blanchis à la chaux la rendaient claire et agréable. Moi qui n'avais connu que les dortoirs de l'orphelinat, aux murs gris et tristes, allais-je vraiment pouvoir disposer de cette pièce pour moi tout seul ? C'était trop beau. Pris d'un doute, je me tournai vers la femme :

— Cette chambre, elle est... rien que pour moi ?

Elle opina en souriant :

— Bien sûr. Ce sera ton domaine privé. J'y entrerai quand même, pour faire le ménage. Mais tu y dormiras tout seul, comme un grand.

Sa douceur et sa bonté, de nouveau, me touchèrent. Je la regardai avec reconnaissance :

— Merci, madame, dis-je sincèrement.

— Allons, viens, maintenant.

Je la suivis dans la cuisine. Denis venait de partir et, penchée sur la table, une fille de mon âge terminait de mettre le couvert. Je devinai qu'il s'agissait de Pauline et je m'arrêtai, gêné. Elle releva la tête et me regarda. J'aimai tout de suite ses yeux clairs, son expression douce et aimable. Elle me sourit et dit avec simplicité :

— Bonjour, Thomas.

Je me sentis devenir rouge et je bredouillai un bonjour inaudible. Madame Florentine me poussa :

— Allez, avance. Nous allons manger.

Je m'approchai de la table et demeurai immobile. Conditionné par des années de discipline, j'attendis, les bras le long du corps, l'ordre de m'asseoir. Léon était déjà installé. Il me montra la chaise près de lui.

— Viens ici, toi. Qu'est-ce que tu attends ? Tu ne vas pas manger debout, quand même ?

Je m'assis, le dos bien droit, les mains posées de chaque côté de mon assiette. Madame Florentine servit un ragoût à l'odeur appétissante et me tendit une épaisse tartine :

— Mange, Thomas. Si tu veux mettre du beurre sur ton pain, n'hésite pas. Tu me parais un peu trop maigre. Pour pouvoir faire du bon travail, il faut te nourrir et prendre des forces.

La bouche pleine, Léon fit un signe de tête :

— Ça, c'est vrai.

Le nez baissé sur mon assiette, je mangeai le ragoût, qui était délicieux. Rien à voir avec les lentilles mal cuites et pleines de cailloux de l'orphelinat. Lorsque j'eus terminé, madame Florentine me servit une nouvelle assiettée, avec une autre tartine. Léon en reprit, lui aussi, en déclarant :

— Tu seras bien nourri, Thomas, mais, en échange, il faudra être courageux. Tu n'as pas intérêt à être *mate*[1] avant d'avoir commencé !

Habitué à ne pas parler à table, je ne répondis pas. Léon se tourna vers moi et gronda :

— Eh bien ! Je te parle ! Es-tu sourd ?

Je me sentis rougir de nouveau. Ce fut madame Florentine qui répondit pour moi :

— Allons, Léon, laisse-le arriver, ce garçon.

— Dès cet après-midi, je le mets à l'épreuve. Je veux voir ce qu'il vaut.

Pendant tout ce temps, la fille de la maison, Pauline, mangeait en silence, comme moi. Elle ne me regardait pas, mais sa présence me gênait. Je me serais senti beaucoup plus à l'aise s'il n'y avait eu que Léon et sa mère. Lorsque arriva le moment de se lever de table, je suivis Léon dehors avec soulagement. En même temps, j'avais pris une résolution : même si je devais être abruti de travail, j'étais décidé à donner satisfaction à mon nouveau patron.

Ce ne fut pas toujours facile, surtout au début. Je connaissais déjà le jardinage, et j'aimais la vie au grand air. Mais les travaux de la ferme étaient loin de m'être familiers. Je dus apprendre à labourer, à semer le blé et l'avoine, à

1. *Mate* : fatigué.

planter les pommes de terre, à herser, à sarcler et démarier les betteraves, à faucher les foins et à *piqueter* le blé. J'appris aussi à harnacher les chevaux, à placer le lourd collier, la croupière, puis la bride et la gourmette, qu'il ne fallait pas trop serrer à Bellot, plus sensible. Léon, qui n'était pas particulièrement patient, n'hésitait pas à m'injurier, me traitant de paresseux, de fainéant, d'incapable. Je serrais les dents et me disais que ces insultes me rapprochaient de Pauline, qui recevait les mêmes chaque jour.

Car, tout de suite, j'avais découvert l'animosité de Léon envers sa fille. Je fus surpris de l'entendre s'adresser à elle en l'appelant « Chose[1] ». Il l'observait d'un air mauvais et n'était jamais satisfait de ce qu'elle faisait. Je me rendis compte aussi qu'elle avait peur de lui. Sous ses sarcasmes et ses injures, elle baissait la tête et courbait le dos.

Lorsque madame Florentine était là, elle prenait sa défense. Elle ne craignait pas Léon, et j'étais étonné de voir qu'il lui obéissait, même si, quelquefois, il protestait. J'aimais beaucoup madame Florentine. Elle se comportait envers moi comme la grand-mère qu'elle était pour Pauline. Je ne les voyais toutes les deux qu'aux repas, et il me fallut du temps pour me décontracter et apprécier ces moments. Les premiers jours, je n'osais pas remuer. Assis bien droit, les mains posées de chaque côté de mon assiette, je demeurais silencieux, comme on me l'avait appris. Je devais me faire violence pour répondre lorsque Léon ou Florentine me parlaient. Et je ne sais pas si elle s'en rendit compte, mais, lorsque Florentine passait derrière moi, je rentrais la tête dans les épaules, comme lorsque j'appréhendais de recevoir un coup de badine.

L'empreinte des années de discipline était dure à s'estomper. Même le soir, dans ma chambre, je continuais à ôter mes vêtements dans l'ordre que j'avais toujours respecté, debout au pied de mon lit. Lorsque j'étais couché, je demeurais parfaitement immobile, les bras croisés sur ma poitrine. Là aussi, il me fallut du temps pour me défaire

1. Voir *La Cense aux alouettes*.

de cette habitude. J'avais du mal à réaliser que Baf-Baf ou Firmin n'étaient plus là pour me surveiller.

Très lentement, pourtant, j'y parvins. Le chant du coq, chaque matin, ou le raclement du sabot des chevaux, dans l'écurie voisine de ma chambre, m'aidèrent à prendre conscience que je vivais dans une ferme, et non plus à l'orphelinat. J'aimais les animaux, j'aimais *rétramer*[1] les vaches après avoir nettoyé l'étable et *raffourer*[2] les chevaux. J'appréciais particulièrement le moment où je les bouchonnais, que ce fût Bellot ou Papillon, lorsque nous revenions des champs. Je leur parlais, je les remerciais de cet effort que nous avions fourni ensemble. Je les aimais bien, tous les deux, et j'étais satisfait de constater qu'eux aussi, ils m'aimaient bien.

Je travaillais courageusement, et Léon semblait satisfait. Bien sûr, il ne se privait pas de m'insulter si quelque chose ne lui convenait pas. Mais j'étais habitué aux insultes de Firmin et de Baf-Baf, et Léon, au moins, ne me traitait pas de bâtard. Et puis, il lui arrivait d'admettre que je n'étais pas paresseux ; je prenais cette constatation comme un compliment, et c'était ma récompense.

Je demeurai longtemps intimidé par Pauline. Ce fut son attitude simple et gentille qui, peu à peu, me permit de me détendre en sa présence. Et aussi la compassion que je ressentais pour elle lorsque Léon l'injuriait ou, parfois, la frappait.

Quelques jours après mon arrivée, en revenant de la foire aux bestiaux de Béthune, il lui lança à la tête la sacoche qu'il tenait. Je vis les larmes dans les yeux de Pauline, je compris sa douleur et sa révolte secrète. Habitué à ne rien dire devant de tels agissements, je me tus. De plus, Léon était mon patron, et je n'avais pas le droit de le critiquer.

1. *Rétramer* : épandre de la paille.
2. *Raffourer* : alimenter (en parlant d'animaux).

Mais mon regard croisa celui de Pauline, et cet échange silencieux instaura entre nous une compréhension muette.

En regardant sa tempe marquée de bleu, les jours suivants, en entendant les mots pleins de hargne que lui lançait Léon, je me rendis compte que, même dans sa famille, un enfant pouvait être injurié, battu, humilié. Ici, ce n'étaient pas des surveillants qui maltraitaient Pauline ; c'était son père. Et cela rendait la situation encore plus injuste et douloureuse.

Pour compenser la méchanceté de Léon, dans la mesure de mes moyens, humblement, je m'efforçais d'aider sa fille. Un jour, alors qu'elle s'apprêtait à soulever une lessiveuse remplie d'eau, je la pris et la portai moi-même sur le feu. Elle m'adressa un charmant sourire :

— Merci, Thomas. Tu es gentil.

Je sentis que je rougissais, mais elle ne se moqua pas de moi. Lorsque je devais lui parler, je ne savais pas comment l'appeler. Un matin où elle me donnait les tartines que nous emportions, Léon et moi, dans les champs, je dis :

— Merci, mademoiselle Pauline.

Elle éclata de rire :

— Voyons, Thomas, ne m'appelle pas mademoiselle ! Je vais avoir l'impression d'être une institutrice.

Madame Florentine, qui était présente, acquiesça :

— Si encore elle était plus âgée, ça se comprendrait, mon garçon. Mais elle a ton âge, elle est même plus jeune que toi. Appelle-la Pauline, tout simplement.

Ce que je fis. Nous n'étions encore que des enfants, et cela contribua à nous rapprocher l'un de l'autre. Et puis, quelques semaines après mon arrivée, une scène marqua le début de notre amitié.

Léon, que la perspective de punir Pauline réjouissait toujours, l'avait privée de *flamique* à la cassonade, et la cause de cette punition était injuste[1]. Je n'osai rien dire, mais cette méchanceté me révolta. Elle me rappelait les injustices que j'avais eu à subir, à l'orphelinat. Elle me rendit

1. Voir *La Cense aux alouettes*.

aussi malheureux que Pauline. Lorsque nous revînmes, à l'heure du goûter, madame Florentine apporta sa flamique toute chaude, dorée, onctueuse. Léon mit Pauline dehors, et elle sortit, les larmes aux yeux. L'expression de jubilation mauvaise de Léon me mit mal à l'aise. Je fus incapable de rester auprès de lui tandis qu'il s'empiffrait avec une satisfaction que je ne pus supporter, et je demandai à madame Florentine la permission d'aller manger mon morceau de flamique sur le banc, dans la cour.

Elle me l'accorda bien volontiers, et je sortis. Je cherchai Pauline des yeux, ne la vis pas. J'allai jusqu'à l'écurie, jetai un coup d'œil à l'intérieur ; elle ne s'y trouvait pas. Incertain, j'hésitais, lorsque je vis Coquette, la chienne, revenir de derrière la grange. Je me dirigeai vers cet endroit ; Pauline, adossée au mur, pleurait. Lorsque je m'approchai, elle essuya ses larmes d'un revers de main. Je lui souris et, dans un mouvement impulsif, pour la consoler, pour lui montrer que je la comprenais et que je partageais sa peine, je lui tendis mon morceau de flamique :

— Tiens, dis-je. Prends-le. C'est pour toi.

Elle me regarda tandis que, lentement, une lumière venait chasser la tristesse de ses yeux. J'insistai :

— Vite ! Ça refroidit.

Alors elle eut un geste tout simple. Elle partagea la flamique en deux, puis m'en tendit un morceau et garda l'autre.

— Une moitié pour chacun, dans ce cas. Et... merci, Thomas.

Côte à côte, appuyés au mur de la grange, nous nous mîmes à manger en silence. La gêne que j'éprouvais toujours en présence de Pauline avait disparu. Pour la première fois, je me sentis en accord complet avec elle, détendu et heureux. Je compris que nous allions devenir des amis.

6

Je fis la connaissance des grands-parents de Pauline et de son *mononc'* Georges. Ce dernier me plut tout de suite. Je remarquai qu'il regardait Pauline avec tendresse. Elle aussi semblait l'aimer beaucoup. Le dimanche, quelquefois, Florentine les invitait à dîner. Mais cela se produisait assez rarement, et je devinai que Georges et ses parents n'aimaient pas beaucoup Léon.

J'avais retenu l'adresse que monsieur Ferdinand m'avait donnée, et je lui écrivis. Je demandai à madame Florentine du papier à lettres et une enveloppe, et je racontai mon arrivée et mon installation à la ferme. Je dis que je travaillais dur pour satisfaire mon patron, je dis que j'étais bien nourri et bien soigné par sa mère. J'ajoutai quelques lignes pour parler de Pauline et de sa gentillesse. Et je terminai en assurant à monsieur Ferdinand que je ne l'oubliais pas.

La semaine suivante, alors que je rentrais des champs, madame Florentine me tendit une enveloppe adressée à mon nom. Je compris qu'il s'agissait de la réponse de monsieur Ferdinand, et je devins rouge de surprise et d'émotion. C'était la première fois de ma vie que je recevais une lettre. J'attendis d'être seul dans ma chambre, le soir, pour la lire.

Monsieur Ferdinand disait qu'il était content d'avoir de mes nouvelles et d'apprendre que je me trouvais bien là où j'étais. Il était vrai que, malgré la dureté que montrait parfois Léon à mon égard, j'étais beaucoup plus heureux qu'à l'orphelinat. Il y avait les yeux clairs et le sourire de Pauline lorsqu'elle m'accueillait, chaque matin. Il y avait aussi les attentions de madame Florentine, qui se comportait envers moi un peu comme la grand-mère que je n'avais jamais eue. Le seul souvenir que je gardais d'une autre grand-mère était bien lointain. Je me rappelais pourtant une femme douce et affectueuse qui m'avait appelé *min nin-nin.* Depuis, la seule femme que j'avais connue était madame Ronchin et sa badine. Madame Florentine me la faisait oublier. Elle m'appelait mon garçon et, si elle ne m'embrassait jamais, elle passait de temps en temps une main dans mes cheveux. C'était un geste qui me faisait rougir de plaisir.

Ainsi, les semaines s'écoulaient, puis les mois. Je grandissais. Le travail de la ferme et la nourriture de madame Florentine faisaient de moi un garçon solide, aux muscles durs. Je n'avais plus les cheveux ras, je n'étais plus un malheureux, un laissé-pour-compte. Lorsque j'eus quinze ans, Léon me prit à part, dans la grange, et m'offrit ma première cigarette. Curieusement, il ne se moqua pas de ma maladresse, ni de la toux que je ne pus réprimer. Il me donna un paquet de tabac, des feuilles à cigarette, et m'apprit comment les rouler. Je le remerciai avec sincérité. Je compris que, à sa façon, il m'aidait à devenir un homme.

Tout aurait pu continuer ainsi encore longtemps mais, trois ans après mon arrivée, madame Florentine mourut subitement.

C'était en février. Nous étions allés, Léon et moi, semer de l'avoine, et lorsque nous revînmes, ce fut madame Henriette qui sortit de la cuisine et qui nous expliqua ce qui s'était passé. Avec ahurissement, je l'entendis dire que madame Florentine s'était cognée, puis avait perdu connaissance, et finalement était morte. Léon s'insurgea :

— Morte... Mais... ce n'est pas possible ! On ne meurt pas comme ça ! Tout à l'heure, elle était très bien.

Il entra dans la maison, et je conduisis Papillon à l'écurie pour le bouchonner et le nourrir. En arrivant, je vis Pauline. Le visage dans le cou de Bellot, elle pleurait. Elle se tourna vers moi. Je demandai, malheureux :

— Pour madame Florentine... c'est vrai ? Que s'est-il passé ?

D'une voix coupée par les sanglots, elle me donna les détails : madame Florentine s'était cogné la tête, très fort, en ramassant des œufs dans le poulailler. Elle avait perdu connaissance peu de temps après, et le docteur n'avait pas réussi à la faire revenir à elle. Et quelques heures plus tard, elle avait glissé tout doucement vers la mort.

— Oh, Thomas... Je suis si malheureuse !

Elle s'abattit contre moi et se mit à sangloter dans mon épaule. Ému de la sentir si proche, désolé de la voir pleurer, je ne savais que faire. Moi aussi, j'avais de la peine. Je m'étais attaché à madame Florentine, je l'aimais sincèrement. Et sa mort était si brutale que je ne parvenais pas à l'admettre.

Je tenais Pauline contre moi, n'osant ni parler ni bouger. Lorsqu'elle se calma enfin, elle se recula, me regarda. Son expression était si désespérée que j'eus envie de la reprendre dans mes bras. Mais je ne l'osai pas. Maladroit, je la laissai sortir de l'écurie et terminai de nourrir le cheval.

L'affection de madame Florentine me manqua. Ses attentions également. C'était elle qui s'occupait de moi, de mon linge, qui décidait de me faire faire un nouveau pantalon lorsque le mien devenait trop petit. Comme je l'avais tant de fois souhaité en secret, elle m'avait considéré comme l'enfant de la maison. Ses pâtisseries me manquèrent aussi : les gaufres qu'elle faisait à la nouvelle année, les *ratons*[1] à la Chandeleur, les tartes au *libouli*[2] à chaque ducasse, et surtout la flamique à la cassonade qui avait scellé notre amitié, à Pauline et à moi.

Pauline avait de la peine, et la disparition de sa « mère Entine », comme elle l'appelait, lui apporta un surcroît de

1. Crêpes.
2. Lait bouilli.

travail. Elle était seule, dorénavant, pour tous les travaux de la ferme. Lorsque je n'étais pas aux champs, je l'aidais. Avec elle, je nettoyais et nourrissais les lapins, je trayais les vaches, chose que madame Florentine m'avait appris à faire peu de temps après mon arrivée. Et, pendant ces moments où nous n'étions que tous les deux, sans la présence pesante de Léon, Pauline me parlait de sa mère Entine, et je l'écoutais. Elle me disait que c'était elle qui l'avait élevée, elle me racontait des anecdotes de sa petite enfance où, toujours, madame Florentine était présente. Ces confidences l'aidaient à surmonter sa peine, et, grâce à ces moments, la compréhension et l'amitié qui déjà nous unissaient se faisaient plus fortes.

Coquette, la chienne, ne se consolait pas de la mort de sa maîtresse. Elle se laissait dépérir, ne mangeait plus, passait tout son temps allongée sur le sac qui lui servait de tapis, près du feu. Elle nous suivait d'un regard suppliant et malheureux qui me faisait pitié. Un jour, en se rendant sur la tombe de sa grand-mère, Pauline y trouva la chienne, couchée sur la terre, immobile sous la pluie[1]. Elle était morte là, le plus près possible de la maîtresse qu'elle avait aimée et qu'elle voulait retrouver. Pauline la ramena, en larmes, et, désolé, je creusai un trou dans le fond du jardin, où nous enterrâmes la pauvre bête.

Depuis que madame Florentine n'était plus là, j'avais remarqué que Pauline évitait de se trouver seule avec Léon. Lui-même la regardait parfois de bas en haut avec une expression qui ne me plaisait pas. Comme elle ne m'en parlait pas, je n'osais pas l'interroger. Pourtant, je me rappelais que, quelque temps avant sa mort, madame Florentine m'avait fait installer un verrou à la porte de la chambre de Pauline, et je n'étais pas tranquille.

Je ne m'attendais pourtant pas à la scène que je surpris un matin. Comme chaque jour, je m'étais levé, habillé, et, avant de traverser la cour et d'entrer dans la maison, j'avais ouvert la porte voisine de la mienne pour aller, dans

1. Voir *La Cense aux alouettes.*

l'écurie, dire bonjour aux chevaux. C'était une habitude que j'avais prise et, chaque fois, j'étais heureux de constater qu'ils m'attendaient et étaient contents de me voir.

Ce fut en sortant de l'écurie que j'entendis les cris. Je reconnus la voix de Pauline :

— Au secours ! Au secours !

En quelques bonds, je traversai la cour, entrai dans la cuisine. Le spectacle que je découvris me cloua sur place. Pauline était penchée sur le feu et Léon l'avait attrapée par-derrière. Il la serrait contre lui et, de ses grosses mains, il lui palpait tout le corps. Elle essayait de se dégager, n'y parvenait pas. Elle cria de nouveau :

— Au secours !

Je n'hésitai pas un instant. Je m'élançai, attrapai le bras de Léon, tentai de l'immobiliser. En même temps, affolé et horrifié, je suppliai :

— Patron ! Arrêtez, patron ! Laissez-la !

Léon, furieux, se retourna pour m'insulter. Pauline en profita pour s'esquiver et aller s'enfermer dans sa chambre. Léon cracha à mon adresse :

— À l'avenir, mêle-toi de ce qui te regarde, toi !

Je craignais des représailles mais, à mon grand soulagement, il traversa la pièce et sortit dans la cour. Demeuré seul, je terminai d'allumer le feu. Après quelques minutes, Pauline revint. Elle semblait calmée, mais un reste de peur et de méfiance se lisait sur son visage.

— Il est sorti ?... chuchota-t-elle.

— Oui, dis-je. Que s'est-il passé ?

Alors elle me raconta : Léon guettait les moments où elle était seule avec lui, et en profitait pour l'attraper et la tripoter partout.

— J'ai peur de lui, Thomas. Maintenant, mère Entine n'est plus là pour me protéger.

— C'est pour ça qu'elle m'avait fait mettre un verrou à la porte de ta chambre ?

— Oui. La nuit, je m'enferme. Mais dans la journée...

Une colère brûlante montait en moi contre Léon, et en

même temps, je cherchais une solution. À mon patron, je devais obéissance. Comment protéger Pauline ?

— Il ne fait ça que s'il est seul avec toi ?

— Oui.

— Alors, voici ce que nous allons faire. Le matin, je me lèverai plus tôt. Je frapperai au volet de ta chambre, et tu pourras venir dans la cuisine. J'y serai avec toi. Dans la journée, si nous sommes à la ferme, je ne quitterai pas Léon. Et, le soir, j'attendrai que tu ailles t'enfermer dans ta chambre pour regagner la mienne. En bref, je serai toujours là pour l'empêcher d'être seul avec toi.

Elle parut soulagée, m'adressa un faible sourire :

— Merci, Thomas.

Une autre idée me vint :

— Pourquoi ne pas en parler à tes grands-parents ? Ils auraient plus d'influence que moi sur Léon. Moi, je ne suis que le valet de ferme.

Mais elle secoua la tête :

— Non. Léon en profiterait pour se venger sur moi ensuite. J'ai bien trop peur de lui.

Comme je n'étais pas entièrement convaincu, elle insista :

— Ça ira comme ça, Thomas. Nous ferons ce que tu as dit. Et dans la journée, il y a toujours Sophie avec moi. Ça ira, répéta-t-elle.

Sophie était la voisine, qui venait aider Pauline pour faire le beurre et les autres travaux de la ferme. Avec sa présence, et la mienne le reste du temps, cela devrait aller, en effet. J'étais bien décidé à prendre au sérieux mon rôle de protecteur, et à faire preuve d'une vigilance sans défaut.

Notre organisation fonctionna parfaitement pendant plusieurs semaines, jusqu'au concours du comice agricole.

Ce concours eut lieu en mars, dans notre village. De nombreux fermiers exposaient leurs animaux dans le but de recevoir un prix. Léon avait décidé de présenter Cartouche, le taureau, persuadé qu'avec ses 1 375 kg il remporterait le premier prix.

Le matin, nous emmenâmes Cartouche sur la place du

village. Nous le plaçâmes à l'endroit prévu, avec les taureaux des fermiers concurrents. Bardé de cordes qui lui passaient sous le ventre et qui lui entouraient le mufle, Cartouche grattait nerveusement le sol de ses sabots. Le vacarme, autour de nous, l'excitait. La place était remplie d'animaux de toutes sortes ; les vaches meuglaient, les moutons et les chèvres bêlaient, les poulains hennissaient, les poules caquetaient... Quelques maquignons, vêtus de leur longue blouse empesée, se tenaient immobiles, près de leurs chevaux, car ce concours était aussi une occasion pour vendre ou acheter. Debout près de Cartouche, nous attendions le passage des membres du jury. Ils allaient d'un stand à l'autre, lentement, prenant leur temps, comparant, discutant. C'étaient des messieurs en pardessus et en chapeau melon, à l'air sérieux et concentré.

Lorsqu'ils furent devant notre taureau, Léon les regarda avec inquiétude, essayant de deviner ce qu'ils pensaient. Ils ne firent aucun commentaire, se contentant de pointer gravement le nom du taureau. Puis ils passèrent au concurrent voisin.

Les animaux étaient nombreux et la visite dura longtemps. Il y eut ensuite le concours de la conduite des chariots. Il fallait mener un attelage selon un itinéraire délimité par des billes de bois très courtes et facilement renversables. Le *mononc'* Georges de Pauline s'était inscrit pour cette épreuve. Il s'en tira habilement, ne renversant qu'une seule bille lors d'un virage. Je souhaitai qu'il remportât le premier prix.

Vers treize heures, les personnalités et les membres du jury se dirigèrent vers la mairie, précédés par le corps des sapeurs-pompiers et l'harmonie municipale jouant un pas redoublé. En entendant la musique, Cartouche s'agita de nouveau. Je me penchai et lui parlai doucement pour le calmer.

— Ils vont faire un banquet, me dit Léon, sans compter tous les discours. On a le temps d'aller manger. On reviendra un peu avant quatre heures, pour les résultats.

Nous retournâmes à la ferme, où Pauline nous servit le

repas. Léon, la bouche pleine, commentait les épreuves de la matinée et critiquait les animaux, surtout les autres taureaux qui, à l'entendre, ne valaient pas Cartouche. Derrière son dos, tandis que Pauline servait et desservait, nous échangions des regards qui disaient notre entente et notre alliance contre lui.

Après le repas, Léon et moi repartîmes. Sur la place, devant la mairie, nous attendîmes les résultats. Léon piétinait, encore plus agité que Cartouche. Quand apparut monsieur Chaumier, le vétérinaire président du jury, il y eut un mouvement vers l'avant. Tout le monde se tut, tandis que monsieur Chaumier, d'une voix forte, entamait la lecture du palmarès.

Il y eut d'abord les prix concernant les animaux de boucherie, vaches, génisses, moutons et porcs. Puis les chevaux, poulains et mulets. Ensuite, monsieur Chaumier annonça la rubrique des animaux reproducteurs, et la respiration de Léon, près de moi, s'accéléra. Moi-même, j'étais crispé en attendant le résultat. Si Cartouche n'était pas primé, Léon serait de mauvaise humeur et ne manquerait pas de se venger sur Pauline et moi.

— Catégorie taureau, premier prix : monsieur Léon Vauquois.

J'eus un soupir de soulagement. Léon m'attrapa le bras :

— Il a gagné ! Cartouche a gagné ! Je le savais ! Viens, il faut arroser ça.

Il m'emmena chez Onésime. Le cabaret était rempli. Ceux qui, déjà, avaient obtenu un prix voulaient, eux aussi, « fêter ça ». Je me retrouvai assis à une table, près de Léon, entouré d'autres fermiers. Tous parlaient haut et fort, se congratulaient, se tapaient sur l'épaule.

Léon commanda à boire. Puis ce fut quelqu'un d'autre. Et quelqu'un d'autre encore. Après le café d'Onésime, il y eut celui de Gaston, puis celui d'Amédée. Léon voulait les faire tous, sous prétexte qu'il ne fallait vexer personne. Il buvait verre de vin sur verre de vin, était de plus en plus éméché. Son visage prenait une teinte écarlate, et j'espérais qu'il s'arrêterait avant de s'enivrer complètement.

Alors que nous étions installés chez Amédée, il s'aperçut qu'il n'avait plus sa sacoche.

— J'ai dû la laisser chez Onésime, ou chez Gaston. Va la rechercher, Thomas.

J'obéis. J'allai chez Onésime, cherchai parmi les consommateurs, toujours aussi bruyants. Je ne trouvai rien. Chez Gaston, je finis par la repérer sous la banquette où nous nous étions assis. Je la ramassai et revins chez Amédée. Léon n'était plus là.

Je ne compris pas tout de suite. Je retournai chez Onésime, puis de nouveau chez Gaston, supposant qu'il était reparti dans un café pendant que je me trouvais dans un autre. Je ne vis Léon nulle part. Je le cherchai sur la place, parmi les hommes qui discutaient encore et les fermiers qui reprenaient leurs bêtes.

D'un seul coup, l'idée me vint. Je me figeai : et s'il était retourné à la ferme ? Alors que Pauline s'y trouvait seule...

Je m'élançai, me mis à courir comme un fou. Élie, l'un des fermiers, me vit passer et cria :

— Où cours-tu comme ça, Thomas ? Tu as le feu aux trousses ?

Je ne pris pas le temps de répondre. J'accélérai mon allure, dépassai des fermiers qui, dans les rues, ramenaient leurs animaux, m'affolant d'avoir peut-être failli à mon rôle de protecteur.

J'arrivai à la ferme, haletant. J'ouvris la porte à la volée et stoppai net, ahuri par le spectacle que je découvrais.

Léon était allongé sur le sol, près de la table, totalement immobile. Je crus d'abord qu'il était tombé parce qu'il était ivre. Puis, en m'approchant, je découvris son visage. Tout le côté gauche en était ensanglanté et, pendant un court instant, j'eus peur. Que s'était-il passé ? Je me penchai sur lui, l'entendis respirer. Il n'était donc pas mort. Je regardai autour de moi, cherchant Pauline. J'allai dans la pièce voisine, l'appelai. Elle ne répondit pas. Je sortis dans la cour, me rendis à l'étable, à l'écurie, et même dans la grange. Mes appels demeurèrent vains. Pauline n'était nulle part.

Lorsque je revins dans la cuisine, des grognements me

firent comprendre que Léon commençait à reprendre conscience. Inquiet pour Pauline, je décidai de me rendre à la Cense aux alouettes. Sans doute s'était-elle réfugiée là. Il fallait que je sache. Je supposai que Léon avait recommencé et que, pour se défendre, elle l'avait frappé.

De nouveau, je courus. Je traversai le village, arrivai à la Cense aux alouettes, frappai à la porte, entrai. Je fus soulagé d'apercevoir Pauline assise sur une chaise, entourée de ses grands-parents et de son oncle. Visiblement, elle avait pleuré.

— Pauline ! m'exclamai-je. Je t'ai cherchée partout. C'est Léon, n'est-ce pas ? Il a recommencé ?

— Oui, dit-elle d'une voix tremblante. Je l'ai frappé. Il n'est pas mort ?

— Non, il n'est pas mort. Lorsque je l'ai quitté pour venir ici, il commençait à revenir à lui.

— Je ne veux plus le revoir, ni retourner auprès de lui.

Madame Henriette intervint :

— Il n'en est pas question, ma petite-fille. Tu vas rester ici, avec nous.

Monsieur Baptiste ouvrit la porte.

— Quant à nous, nous allons nous expliquer avec ce triste personnage. Viens, Georges.

Ils sortirent. Je regardai Pauline et lui souris :

— Je serai plus tranquille de te savoir ici. Ne t'inquiète pas. Je te remplacerai pour la traite ce soir, et je ferai ton travail avec Sophie.

— Merci, Thomas.

— Au revoir, Pauline.

Je revins chez Léon plus lentement. Je répondais distraitement aux personnes que je croisais. Je songeais à la situation. J'étais soulagé de savoir Pauline en sécurité, mais, d'un autre côté, je savais qu'elle allait me manquer. Au fil des années, je m'étais attaché à elle.

Lorsque j'arrivai, monsieur Baptiste et son fils sortaient, tout en apostrophant Léon :

— Qu'on n'entende plus parler de vous ! Nous avons des

témoins, et si vous essayez de recommencer, vous aurez affaire à nous !

Ils me regardèrent avec satisfaction :

— Voilà, tout est réglé. Pauline vivra chez nous.

Ils s'en allèrent. En les regardant partir, je pensais que je restais seul avec Léon, et que, sans la présence de Pauline, mon existence allait être bien triste.

Je dus faire appel à toute ma patience pour supporter l'humeur de mon patron au cours des jours suivants. Son visage marqué de coups était encore plus laid, et lui-même était furieux du départ de Pauline. Je m'abstins de tout commentaire, et il ne me donna aucun détail. Avec Sophie, la voisine, j'essayais de m'acquitter du travail de Pauline en plus du mien. Mais cette situation ne pouvait durer indéfiniment. Il y avait aussi les repas à préparer et le ménage à faire. Léon en eut vite assez de ne manger que du pain et du saindoux ; il décida de demander une servante par l'intermédiaire de l'Office central de la main-d'œuvre agricole. Et, un matin, Janina arriva chez nous.

C'était une robuste Polonaise d'une trentaine d'années. Tout de suite elle prit la situation en main, remit de l'ordre dans la maison, réussit à se faire accepter par les vaches dès la première traite. Elle m'expliqua qu'elle avait toujours vécu dans une ferme et que le travail ne lui faisait pas peur. Tout de suite, elle me considéra comme un jeune frère. Elle en avait laissé plusieurs, là-bas, en Pologne, et elle reporta sur moi un peu de la tendresse qu'elle avait pour eux.

Le matin, lorsque j'arrivais dans la cuisine, comme l'avait fait Pauline avant elle, Janina avait allumé le feu et fait le café. Elle me souriait, me souhaitait le bonjour dans sa langue :

— *Dzien dobry, Tomek.*

Elle était gentille et chaleureuse, et dure à l'ouvrage. De plus, elle ne craignait pas notre patron. J'en fus bien un peu surpris, au début, moi qui avais toujours vu Pauline trembler devant Léon.

Quant à Pauline, elle me manquait. Je ne la rencontrais plus que le dimanche, quand elle se rendait au cimetière, devant la tombe de madame Florentine. Elle était toujours accompagnée de sa grand-mère, mais nous échangions quelques mots ; je lui parlais de Janina, plus rarement de Léon. Je regardais son visage serein, d'où avait disparu toute trace de peur, et je constatais qu'elle était plus heureuse à la Cense aux alouettes, entourée de personnes qui l'aimaient même si, moi, je n'étais plus auprès d'elle.

Léon se mit à s'enivrer, assez rarement d'abord, puis de plus en plus souvent. Bientôt, chaque dimanche, il prit l'habitude de se rendre chez Onésime, où il passait plusieurs heures à boire. Lorsqu'il rentrait, il était tellement ivre que parfois, avec Janina, je devais le conduire jusqu'à son lit où il s'écroulait immédiatement.

Le lendemain, il était totalement abruti. Il sortait dans la cour, s'aspergeait le visage d'eau froide, tentait de retrouver ses esprits. Lorsque nous partions travailler, c'était moi qui, désormais bien habitué au travail des champs, guidais le cheval pour que le sillon fût bien droit. Grâce à la nourriture de Janina, qu'il engouffrait selon son habitude, Léon retrouvait vite son état normal... jusqu'à la fois suivante.

Cela dura plusieurs mois. Janina et moi n'étions que des domestiques, et nous n'osions rien dire. En arrière, elle le traitait d'ivrogne, de buveux, de *pijak*. Mais, devant lui, elle se taisait.

J'en parlais à Pauline, lors de nos rencontres au cimetière le dimanche. Elle accueillait ces propos avec indifférence. Ce que faisait Léon ne la concernait plus. Elle était parfois accompagnée de Viviane, la jeune femme de son oncle Georges. Elles paraissaient bien s'entendre. Comme tout le monde dans le village, je savais qu'elle venait de la ville, mais qu'elle avait réussi à s'adapter.

Pourtant, au début du printemps, je ne la vis plus. Pauline m'expliqua qu'elle attendait un enfant et que sa santé posait des problèmes. Son caractère avait changé, elle devenait dépressive. Et lorsque le bébé naquit, il était « cordonné », et mort [1].

Viviane, désespérée, retourna vivre chez ses parents. Pauline, le dimanche, me racontait que son *mononc'* Georges était malheureux. Après plusieurs semaines, elle me confia qu'il envisageait d'aller rejoindre sa femme. Seule l'opposition de ses parents l'empêchait de mettre son projet à exécution.

Du côté de Léon, les problèmes s'aggravaient. Il buvait de plus en plus. Le dimanche, il quittait le café d'Onésime tellement ivre qu'il n'était plus capable de revenir jusqu'à la ferme. Lorsqu'il ne rentrait pas, je devais partir à sa recherche, et je le retrouvais tombé dans un fossé ou dans un champ. Avec beaucoup de mal, je le ramenais à la maison, où de nouveau il s'effondrait sur son lit.

Un jour, je ne le trouvai pas. Je dus chercher longtemps, aller jusqu'au petit pont en bas duquel je l'aperçus, inconscient. Mes efforts pour le ranimer furent vains. Je courus chercher de l'aide à la Cense aux alouettes. Et nous dûmes nous rendre à l'évidence : totalement ivre, Léon était tombé du pont et s'était tué.

Pauline héritait de la ferme. Son grand-père et son oncle décidèrent de la louer. Ils trouvèrent un métayer qui, avec plusieurs fils, n'avait aucun besoin d'un valet. Je m'inquiétai : il faudrait que je parte. J'allais être placé ailleurs. Où ?... Et puis, surtout, je serais séparé de Pauline, que je ne verrais plus.

Ce fut son oncle Georges qui trouva la solution idéale. Comme il voulait partir à Béthune, il suggéra à ses parents que je vienne le remplacer à la Cense aux alouettes. Il alla trouver Denis, le charretier qui s'occupait des enfants de l'Assistance, et fit les démarches nécessaires. Lorsqu'il vint m'annoncer la nouvelle, je ressentis une joie et un soulagement immenses. Et ce soir-là, dans la petite chambre que j'occupais depuis plusieurs années et que j'allais quitter

1. Voir *La Cense aux alouettes*.

bientôt, je compris pour la première fois que j'étais amoureux de Pauline.

Ma découverte me ravit et m'affola en même temps. C'était un amour impossible. Je n'oubliais pas que j'étais un enfant trouvé, sans père ni mère, et surtout un valet de ferme qui ne possédait rien. Jamais je n'oserais prétendre à la main de Pauline. Ses grands-parents me repousseraient immédiatement. Il ne manquait pas, dans le village, des jeunes gens et des fils de fermiers qui feraient des prétendants bien plus acceptables.

Je ne connaissais personne à qui demander conseil. Je n'avais pas d'amis. Pourtant, bien que je n'eusse que vingt ans, je savais avec certitude que l'amour que j'éprouvais pour Pauline était sérieux et profond. Mais, comme il était sans espoir, je décidai de le cacher et de me taire. Je me contenterais de vivre auprès d'elle, de la voir tous les jours, de lui parler. Après avoir eu peur d'être séparé d'elle à cause de la mort de Léon, je saurais me satisfaire de ce simple bonheur.

Je m'installai à la Cense aux alouettes, et je travaillai avec monsieur Baptiste. Ce fut beaucoup plus agréable que de travailler avec Léon. Je fus satisfait de constater que, très vite, mon nouveau patron fut content de moi. Et, après Bellot et Papillon, je me liai d'amitié avec Major, le cheval, notre compagnon de labeur.

Lorsque je le bouchonnais et le nourrissais, le soir, Pauline venait quelquefois nous rejoindre à l'écurie. Elle offrait à Major une friandise, et nous échangions quelques mots. Ces instants, où nous étions en tête à tête, représentaient ma récompense de la journée. Pauline était toujours pareille avec moi, simple, naturelle, gentille. Et je m'efforçais, moi aussi, de demeurer le même, bien que le fait de vivre auprès d'elle représentât pour moi à la fois un bonheur et un déchirement.

Un jour, un incident me fit perdre ma maîtrise habituelle. C'était en fin d'après-midi ; je me dirigeais vers le grenier à foin, où je logeais, lorsque j'aperçus Pauline inanimée au bas de l'échelle. Affolé, je m'approchai, me penchai, l'appelai.

Le visage très pâle, les yeux clos, elle ne réagissait pas. Je crus, dans un instant de terreur, qu'elle s'était tuée en tombant.

Je m'accroupis, tapotai son visage, l'appelai de nouveau, criant, dans mon affolement, les mots que je devais taire :

— Pauline ! Pauline, ma chérie...

Comme elle ne bougeait toujours pas, je me précipitai dehors, appelai madame Henriette. Elle arriva et, avec un linge trempé dans de l'eau froide, assena de petites gifles sur le visage de Pauline. Angoissé, je la regardais. Enfin, elle ouvrit les yeux, et son regard rencontra le mien.

Je ne pensai pas à me composer une attitude, et elle lut sur mon visage ce que je ressentais. Je la vis devenir toute rose. Je lui tendis les mains pour l'aider à se relever et, appuyée sur madame Henriette et sur moi, elle revint à la maison.

Elle ne garda de cette chute qu'une bosse, mais, à partir de ce jour, je surpris souvent ses yeux posés sur moi, avec une expression tendre et rêveuse. Je détournais la tête, bien décidé à ignorer cet appel, si toutefois cela en était un.

Les jours passèrent ainsi et, apparemment, rien n'était changé. Et puis, une nuit, Major fut malade. Je l'entendis piétiner ; inquiet, j'allai le voir, puis je courus aussitôt prévenir monsieur Baptiste.

— Ce sont des coliques, déclara-t-il. Il faut le faire marcher sans arrêt, et surtout l'empêcher de se coucher, car alors il ne se relèverait pas, et il mourrait.

Nous sortîmes le cheval de l'écurie. Sous la pluie qui tombait à verse, nous le fîmes tourner dans la cour, encore et encore, chacun notre tour. Cela dura toute la nuit. Au petit matin seulement, Major parut aller mieux. Je conseillai à monsieur Baptiste d'aller se reposer, et je continuai à promener le cheval. Pauline m'apporta du café. Les cheveux et les vêtements trempés, le visage dégoulinant de pluie, je lui souris. Je bus le café sans m'arrêter, et elle marcha près de moi, s'inquiétant avec douceur :

— Ça va, Thomas ?

Je la rassurai. Elle leva les yeux vers moi, plongea son regard dans le mien. J'y lus une telle tendresse que mon cœur battit plus vite. M'obligeant à ne pas lui montrer mon trouble, je lui rendis la tasse vide :

— Merci pour le café. Rentre vite, maintenant. Tu vas être trempée.

Elle m'obéit, s'en alla. Je continuai à tourner avec Major, puis le rentrai à l'écurie et le bouchonnai.

Notre brave cheval fut guéri et, un peu plus tard dans la journée, tandis que je lui donnais à boire, Pauline arriva. Elle lui offrit un sucre et le caressa.

— Merci de l'avoir sauvé, Thomas. J'aurais eu de la peine s'il était mort.

— Moi aussi, avouai-je. Je l'aime bien. C'est comme Bellot et Papillon. Ils ne m'oublient pas. Lorsqu'il m'arrive de les rencontrer, ils sont contents de me voir.

Je ne m'attendais pas à ce qui suivit. Pauline me regarda bien en face et déclara :

— C'est parce qu'ils t'aiment. Je les comprends. Vois-tu, moi aussi je t'aime.

J'eus l'impression qu'une lumière éblouissante m'enveloppait. Pourtant, je voulus protester :

— Ne te moque pas de moi, Pauline.

— Mais je ne me moque pas, riposta-t-elle avec ardeur. Je suis sincère. Je t'aime, et je crois que c'est depuis ce jour où tu es venu m'apporter ton morceau de flamique, tu te souviens ?

Je lui souris :

— Oui, je me souviens. Ça a été le premier moment heureux de ma vie...

— Et ne dis pas que tu ne m'aimes pas, reprit-elle, véhémente. Je t'ai entendu l'autre jour, lorsque je suis tombée. Tu m'as appelée « ma chérie ».

Je souris de nouveau et murmurai avec douceur :

— C'est vrai, je t'aime. Depuis le premier jour où je t'ai vue.

Mais je me repris, reculai d'un pas :

— Oublie ce que je viens de dire, Pauline. Ce n'est pas possible.

— Pourquoi ?

Alors je tentai de le lui expliquer. C'était difficile, parce qu'il me fallait étouffer mes sentiments. Mais je lui démontrai que j'étais un enfant trouvé, sans famille, sans fortune. Jamais je ne pourrais prétendre à l'épouser. Ses grands-parents ne pourraient que refuser ma demande.

Elle coupa court à toutes mes observations, concluant d'un ton sans réplique :

— Peu importe que tu sois pauvre. Cela ne m'empêchera pas d'être heureuse avec toi. Ma mère a épousé Léon, qui possédait la plus grosse ferme du village, et elle a été malheureuse.

— Mais tes grands-parents... protestai-je encore.

Elle me coupa, résolue :

— Je leur parlerai moi-même dès ce soir.

Elle le fit, tout de suite après le repas. J'aurais voulu l'en empêcher, parce que je craignais un refus qui ne pourrait que m'humilier. Paralysé d'inquiétude et de timidité, je la regardais tandis qu'elle déclarait :

— J'ai quelque chose de très important à vous dire. J'aime Thomas et il m'aime. Je voudrais l'épouser.

Monsieur Baptiste, abasourdi, en demeura sans voix. Il me regarda, et j'eus peur de ce qu'il allait dire. Ce fut madame Henriette qui sauva la situation. Avec un sourire complice, elle constata :

— J'avais bien remarqué aussi... la façon dont Thomas te regarde... Je ne suis pas surprise, au fond, ma petite-fille.

Ce fut elle qui vainquit les réticences de monsieur Baptiste. Elle déclara qu'ils ne devaient pas répéter l'erreur qu'ils avaient faite avec Mélanie, la mère de Pauline. Elle ajouta que si Pauline s'en allait avec un gars de la ville — Georges était un douloureux précédent — ils resteraient seuls. Et elle conclut qu'il était bien que Pauline et moi reprenions la ferme.

Monsieur Baptiste m'interrogea. Je lui affirmai que j'étais sincère, je lui promis de rendre sa petite-fille heureuse.

— Je ne possède que mon courage et mon amour pour elle. Si vous le voulez bien, je les lui offre.

Il finit par se laisser convaincre. D'une part, il aimait tendrement Pauline, et il souhaitait son bonheur. D'autre part, il n'avait pas le choix. Son fils était parti, et Pauline n'hésita pas à déclarer que, dans le cas d'un refus, elle n'épouserait personne d'autre. Néanmoins, il ne voulut pas céder complètement.

— Attendons, décida-t-il. Je ne dis pas non, mais vous êtes encore bien jeunes tous les deux. Fais d'abord ton service militaire, Thomas, et ensuite nous verrons. Si, à ton retour, tu n'as pas changé d'idée, et Pauline non plus, alors nous parlerons de fiançailles... et de mariage.

Pauline et moi fûmes d'accord. Il était normal, pour un garçon, de faire son service avant de se marier. Et nous avions eu tellement peur d'un refus que nous acceptions volontiers cette condition.

La vie continua comme avant. Puisque rien n'était encore officiel, apparemment la situation restait la même. Mais, pour Pauline et pour moi, tout était différent. Nous nous savions promis l'un à l'autre, nous étions sûrs de nous et de notre amour. Celui-ci éclatait dans nos regards, dans nos paroles, dans nos gestes. Nous n'étions jamais seuls plus d'une minute ou deux, mais, dans ces moments, elle se blottissait contre moi, je l'entourais de mes bras, et nous restions ainsi, immobiles, heureux, dans une entente parfaite. Parfois, j'osais l'embrasser. À l'amour que j'éprouvais pour elle se mêlaient un profond respect et une sincère gratitude. Moi qui n'avais jamais été aimé, qui n'avais jamais rien possédé, j'avais maintenant son amour, et j'aurais bientôt, grâce à elle, une maison et une famille.

Son oncle Georges et Viviane avaient été mis au courant. Ils nous approuvèrent chaleureusement. De mon côté, j'écrivis la merveilleuse nouvelle à monsieur Ferdinand. J'étais toujours en relation avec lui, et je lui avais déjà annoncé mon changement de situation et mon placement à la Cense aux alouettes. Avec émotion, je lui écrivis que j'aimais Pauline — qu'il connaissait déjà par mes précédentes lettres — et que, après mon service militaire, nous nous marierions. Il me répondit qu'il était très heureux pour moi.

Parfois, en pensant à lui, je revoyais les moments tristes que j'avais passés à l'orphelinat. Je souffrais encore de ne pas savoir qui étaient mes parents ; j'en souffrirais toujours. Mais la promesse du bonheur que je connaîtrais avec Pauline m'apportait une clarté qui dissipait la tristesse et les regrets. Grâce aux enfants que nous aurions et que nous aimerions, j'oublierais ma propre enfance privée de tendresse et d'amour.

7

Je partis faire mon service militaire le 1er septembre 1936. J'avais passé le conseil de révision l'année précédente, et j'avais été déclaré « bon pour le service armé ». J'étais revenu vers Pauline avec fierté, une cocarde tricolore à la boutonnière. Si je ne possédais rien, j'avais pour moi ma force et ma santé. La vie en plein air et les travaux des champs avaient transformé l'enfant maigre et pâle que j'avais été en un jeune homme grand et solide.

Je quittai Pauline et ses grands-parents le cœur lourd, d'autant plus que notre séparation allait être plus longue que prévu. En effet, le Front populaire venait de porter la durée du service militaire à deux ans au lieu d'un an. Nous avions accueilli cette nouvelle avec déplaisir, Pauline et moi. Notre mariage ne pourrait qu'être retardé.

Pauline me regarda partir les larmes aux yeux. Moi-même, je dus faire appel à tout mon courage pour ne pas faiblir. Monsieur Baptiste me tapa sur l'épaule avec émotion.

— Porte-toi bien, mon garçon, et reviens-nous vite. La ferme t'attendra, et nous aussi.

Pendant mon absence, Hector, le métayer qui louait la ferme de Léon, avait accepté que son plus jeune fils vînt me remplacer à la Cense aux alouettes. Madame Henriette voulut sourire.

— Allons, allons, dit-elle à Pauline qui retenait ses larmes. Il ne part pas pour toujours. Il reviendra bientôt. Il aura des permissions.

Ce fut dans le train, après plusieurs kilomètres, que ma

tristesse s'allégea un peu. Je me trouvais dans un compartiment avec d'autres jeunes gens qui, comme moi, avaient reçu un ordre d'appel pour la ligne Maginot. Deux d'entre eux, des vrais boute-en-train, sortirent une bouteille de leur valise. Ils en firent profiter tout le monde. Bientôt, une franche gaieté régna. Un gars très blond, qui se nommait Zygmunt et qui était d'origine polonaise, se mit à entonner des refrains gaillards. Et moi, là au milieu, je me sentis subitement déboussolé. Je n'avais pas l'habitude des réunions bruyantes ; je ne connaissais que la paix des champs et la vie calme de la ferme.

Mon voisin se tourna vers moi :

— Tu t'appelles comment ? Moi, c'est Marius.

Il avait une expression sérieuse qui me plut. Il m'expliqua qu'il était employé de bureau et qu'il avait dû laisser sa fiancée pour partir. À mon tour, je me confiai. Je parlai de mon travail à la ferme, et de Pauline. Apparemment, nous étions les seuls à avoir quitté une promise. Les autres évoquaient déjà de futures conquêtes et des filles faciles. Marius et moi restions en dehors de la conversation. Et la similitude de nos situations fut le point de départ de notre amitié. Je fus content de trouver un compagnon ; depuis Ladislas et Gennaro, je n'avais pas eu d'ami.

Le voyage se passa dans la bonne humeur. Lorsque le train arriva à Metz, nous descendîmes. Des caporaux nous attendaient pour nous conduire à la caserne. Quand j'aperçus les grands bâtiments, ils me rappelèrent désagréablement l'orphelinat que j'avais quitté sept ans auparavant. La chambre, occupée par vingt-quatre lits, me donna la fâcheuse impression de réintégrer le dortoir où Baf-Baf, puis Firmin, avaient terrorisé le garçon que j'étais.

Mais heureusement, l'atmosphère était différente. La franche camaraderie qui régnait entre nous et la gaieté inébranlable de Zygmunt parvinrent à chasser mon appréhension. De plus, je devais découvrir que la surveillance n'était pas aussi féroce qu'à l'orphelinat. Pourtant, la discipline était rigoureuse.

Tout de suite, les exercices commencèrent, manœuvres

d'instruction, maniement d'armes, marches de plusieurs kilomètres, sac au dos et fusil à la bretelle. Nous étions là pour défendre la ligne Maginot en cas de conflit, et nous devions être capables de le faire. L'habitude des travaux des champs me permettait de bien supporter ces exercices. Par contre, mon ami Marius, qui était peu sportif, peinait, soufflait, suait. Nous apprîmes à marcher au pas, le fusil sur l'épaule. Notre instructeur, impitoyable, nous faisait recommencer jusqu'à ce qu'il fût satisfait :

— Je ne veux voir qu'une seule tête ! aboyait-il.

Tous, nous craignions les défilés et les présentations d'armes devant les « gradés ». Lors de l'inspection, ceux du premier rang n'en menaient pas large. Lorsque je m'y trouvais, je ne pouvais m'empêcher de me souvenir de madame Ronchin quand elle vérifiait l'état de nos vêtements. Je ressentais la même crainte. J'espérais que rien ne clochait dans ma tenue, que ma vareuse était bien boutonnée et que mes bandes molletières étaient restées correctement enroulées. La punition ne consistait pas en coups de badine, mais, selon la gravité de la faute, en un ou plusieurs jours de prison.

Une autre similitude me rappela l'orphelinat. Ce fut le réfectoire, et les plats qui nous étaient servis. Chez madame Florentine, et ensuite à la Cense aux alouettes, j'avais oublié les lentilles, les pois cassés, les haricots. Je les retrouvai avec déplaisir, et je fis connaissance du « rata ». Plus d'une fois, je regrettai la nourriture de la ferme, le lait mousseux, les œufs frais, le beurre onctueux, la soupe épaisse...

Je n'osais pas penser aux deux longues années qui s'étendaient devant moi, et durant lesquelles j'allais être séparé de Pauline. Elle me manquait. La nuit, je rêvais d'elle, de son regard et de son doux sourire. Les travaux de la ferme, eux aussi, me manquaient. Je pensais aux labours d'automne, que je ne ferais pas, dans le calme de la campagne, au rythme lent et paisible du cheval. Je m'imaginais dans le champ, guidant Major de la voix, surveillant la roue avant gauche de la charrue, afin de suivre la raie précédente et de faire des sillons bien droits. Je voyais les corbeaux qui me suivaient pour se poser sur la terre fraîchement retournée et se nourrir des vers que le soc venait de remonter à la surface. L'image des longues bandes parallèles, luisantes et humides, me revenait à l'esprit, et je croyais sentir l'odeur puissante de la terre remuée.

Mais, bien vite, la situation présente reprenait ses droits. Je me retrouvais en train d'apprendre le maniement des armes, qui n'évoquaient pour moi que la guerre et la violence, alors que je n'aspirais qu'à la paix des champs et aux travaux liés à la nature.

J'écrivais à Pauline et à ses grands-parents. Ils me répondaient. J'écrivis aussi à monsieur Ferdinand. Mes compagnons envoyaient des lettres à leurs parents, à leur famille, et c'était une souffrance pour moi de constater que j'étais le seul à être orphelin.

J'étudiai le système des permissions, qui pouvaient me permettre de retrouver Pauline. Il existait des permissions de quarante-huit heures tous les quinze jours. Ceux qui n'habitaient pas trop loin en profitaient. Mais, dans mon cas personnel, à cause des horaires et des changements de train, je calculai que, si je quittais la caserne le samedi à midi, je n'arriverais à la ferme que tard dans la soirée, pour repartir le lendemain dimanche en début d'après-midi, afin d'être à Metz dans la nuit. J'écrivis à Pauline et à ses grands-parents pour leur poser la question. Avec sagesse, nous reconnûmes que cela n'en valait pas la peine, d'autant plus que, pour voyager aussi souvent, il fallait avoir de l'argent, et je n'en avais pas beaucoup.

Avec philosophie et avec courage, je choisis d'attendre les permissions de détente qui, elles, me permettraient de retrouver la Cense aux alouettes pour une durée plus longue, et de pouvoir ainsi apprécier mon séjour.

Le dimanche après-midi, avec mon ami Marius, je sortais dans Metz. Tous ceux qui n'étaient pas partis en permission faisaient la même chose, et les rues du centre grouillaient d'uniformes. Le calot correctement incliné sur la tête, les bandes molletières bien enroulées, nos chaussures cirées et les boutons de notre capote astiqués au Miror, nous avions fière allure. Les uniformes étaient différents selon les régiments, qui étaient nombreux dans la ville : fantassins de toutes sortes, artilleurs, dragons à cheval, aviateurs, tirailleurs algériens, aérostiers, génie...

Si le temps le permettait, Marius et moi commencions par une promenade. Nous allions jusqu'au quartier de la gare, jusqu'à l'Esplanade, sans oublier de saluer les officiers qu'il nous arrivait de croiser. Dans les rues commerçantes, nous regardions les vitrines, et nous finissions par entrer dans une brasserie pour boire une bonne bière. Celle que nous préférions était la brasserie *Walsheim Bier,* à cause de son orchestre féminin.

Pour la première fois de ma vie, je découvrais la ville. Pourtant, elle ne m'attirait pas. Il y avait, à mon avis, trop de monde, trop de bruit. Les automobiles qui passaient crachaient un nuage nauséabond, et je détournais la tête. Je préférais la campagne, où le vent m'apportait une odeur de terre et de verdure, et où les bruits étaient agréables, comme le chant des oiseaux, le bêlement des moutons ou les cloches de l'église sonnant l'angélus.

Marius, lui, était tout à fait à son aise dans la foule. C'était lui qui entrait le premier dans la brasserie, qui commandait nos bières. Je le suivais, un peu emprunté. Je ne me détendais qu'en dégustant la bière que nous apportait une aimable serveuse en costume régional.

Marius et moi bavardions. Le même sujet de conversation, toujours, nous rendait intarissables : nous parlions de notre fiancée. Il me montrait des photos de la sienne, me promettait de m'inviter à son mariage. Je disais la même chose. Tout haut, nous rêvions de notre vie future. Il me demanda d'être le parrain de son premier enfant, et je fis de même. Notre amitié devenait chaque jour plus solide.

Parfois, nous nous offrions un repas au restaurant. Nous nous régalions avec une énorme portion de frites, qui nous changeaient agréablement des lentilles et du rata. Et puis, nous allions au cinéma. Les actualités nous montraient l'armée allemande défilant au pas de l'oie. Ces soldats nous donnaient l'impression d'être plus disciplinés que nous. Puis le film, pour un moment, nous permettait de nous évader, et pendant quelques instants j'oubliais que j'étais loin de Pauline, loin de la ferme, loin de la vie que j'aimais.

Les semaines passaient. J'attendais impatiemment les lettres de ma fiancée, auxquelles je répondais fidèlement. Elles étaient le seul lien, combien précieux, entre nous. En décembre, elle m'apprit que son grand-père avait pris froid, et qu'il avait souffert d'une bronchite. Celle-ci avait tardé à guérir, malgré les cataplasmes de farine de moutarde et les ventouses. Elle ajoutait qu'ils attendaient tous le moment de me revoir.

Ma permission de détente arriva enfin, après de longs mois, en mai. Lorsque je descendis du train, je vis sur le quai Pauline qui accourait vers moi, suivie par son oncle Georges. Avec élan, elle me sauta au cou :

— Thomas ! Enfin, te voilà !... Comme tu es beau en uniforme ! N'est-ce pas, *mononc'* Georges ?

Elle se tourna vers Georges, qui approuva :

— C'est vrai. Ça te va bien. Nous sommes venus te chercher en voiture, mon garçon. Ainsi, tu seras plus vite arrivé à la Cense aux alouettes !

Pendant le trajet, ils me donnèrent les dernières nouvelles. J'écoutais et, en même temps, assis près de Pauline, je lui tenais la main et je la dévorais des yeux. J'aurais voulu lui dire tout ce que j'éprouvais, et je ne pouvais que la regarder, incapable de parler.

À la ferme, monsieur Baptiste et madame Henriette m'accueillirent avec des exclamations de plaisir. Je fus touché par leur visage rayonnant de joie. Viviane, la femme de Georges, était présente, avec leur petite fille qui commençait à marcher et qui, impressionnée par mon arrivée, alla cacher son visage dans les jupes de sa mère.

— Que voilà donc un beau soldat ! s'exclama Viviane en souriant. Il faudra te faire photographier, Thomas. Pauline aura ainsi ta photo pour l'aider à patienter.

— C'est une bonne idée, dit Pauline. Nous irons chez Gaspard dans la semaine.

Gaspard, le photographe du village, avait une petite boutique sur la place. Il photographiait ceux qui le désiraient dans des conditions particulières, comme les mariages et les communions.

— Fais-toi photographier également, Pauline, ajouta Viviane. Ainsi, Thomas repartira avec ta photo.

— Voilà une deuxième bonne idée ! approuva Pauline, enthousiaste. Il faudra que je me fasse belle. Surtout si Thomas montre ma photo à ses copains, et à son ami Marius dont il me parle dans toutes ses lettres.

Nous nous mîmes à bavarder. Je retrouvais l'ambiance familiale qui m'avait tant manqué. Après avoir bu un verre de vin et mangé un morceau de flamique à la cassonade — que madame Henriette avait faite spécialement pour mon retour —, je demandai à gagner ma chambre pour me changer. Je fus heureux de retrouver mes vêtements civils. Lorsque je revins, Pauline me sourit :

— Je t'aime mieux comme ça, finalement. En uniforme, tu parais différent, plus lointain.

J'allai voir Major. Le brave cheval me reconnut, hennit de joie et posa sa tête sur mon épaule lorsque je le caressai. Je mis ma joue contre sa rude crinière, heureux de le retrouver.

Dès le lendemain, je repris mon travail comme si je n'avais jamais quitté la ferme. Je fis tout ce que je faisais au cours des années précédentes, avec encore plus d'ardeur, parce que je savais que j'allais devoir repartir. La nuit, je goûtais le calme de mon grenier à foin, qui me changeait agréablement du chahut de la chambrée. Et surtout, je me grisais de la présence de Pauline.

Les jours, qui me semblaient si longs à la caserne, passèrent avec une rapidité déconcertante. Bien trop vite, la fin de ma permission arriva. Une nouvelle fois, je dus quitter ma fiancée. Je lui laissais ma photo, j'emportais la sienne. Comme la fois précédente, j'essayai d'être courageux, mais, en voyant des larmes dans ses yeux, je me sentis le cœur bien lourd.

La vie à la caserne recommença, encore plus dure après cette halte. Je regrettai mon grenier qui sentait bon le foin en retrouvant avec déplaisir la chambrée et son âcre odeur de sueur que je m'étais empressé d'oublier. Ce fut la même routine, les mêmes manœuvres, les mêmes repas. J'avais apporté quelques provisions, que m'avait données madame Henriette : des œufs durs, du lard fumé, des tartines de pain frais, un pot de saindoux. J'en régalai mes camarades, et surtout Marius, qui pour la première fois m'envia de vivre dans une ferme.

Les semaines se traînèrent péniblement. Il y eut le 14 Juillet et les exercices pour le défilé. Ce fut l'occasion pour nous de revêtir un nouvel uniforme, de couleur kaki cette fois. Le calot était remplacé par un béret avec l'insigne « On ne passe pas » ; mais les bandes molletières étaient toujours là, ce qui fit pester nombre d'entre nous, qui les trouvions toujours bien pénibles à enrouler.

Le jour même, nous nous retrouvâmes sur le terrain de Chambrière. Tous les soldats de Metz étaient présents ; nous étions des milliers. Le soleil tapait dur sur mon casque, j'avais chaud. Nous dûmes demeurer au garde-à-vous tandis que le général Giraud, gouverneur militaire de la ville, passait les troupes en revue. Le spectacle était impressionnant. Pour la première fois je me sentis fier d'être soldat, et je compris que l'on pouvait aimer la vie militaire.

Mais, dès le lendemain, ma nostalgie de la ferme et de Pauline revint. Elle fut augmentée par les préparatifs des anciens, qui commençaient à fêter leur prochaine libération. À la cantine, ils n'hésitaient pas à lever leur verre en entonnant le célèbre chant : *Buvons à la santé / Des hommes de la classe / Car ils sont tous contents / D'avoir fini leur temps / Bientôt dans leur foyer / Ils reprendront leur place / En chantant tous en chœur / Vive la liberté !*

Le jour où ils s'en allèrent, je les regardai avec envie. Habillés en civil, ils quittèrent la caserne, portant leurs valises ornées d'effigies de Mickey, symbole de leur libération, et chantant avec enthousiasme : *La classe s'en va / Les bleus restent là / Pour bouffer la gamelle / La classe s'en va / Les bleus restent là / Pour bouffer le rata.*

Après leur départ, nous eûmes tous le cafard. Marius soupira :

— Si le Front populaire n'avait pas eu la mauvaise idée de prolonger le service, nous aurions terminé notre année et nous partirions, nous aussi.

L'ambiance, ce soir-là, fut sinistre. Je pensais qu'il me faudrait encore attendre un an avant de pouvoir enfin aller retrouver Pauline.

Cette seconde année me parut plus longue que la première. Plus d'une fois, j'eus l'impression de perdre mon temps dans cette caserne où, me semblait-il, je ne jouais aucun rôle. Je me rongeais d'impatience. Avec Marius, je barrais soigneusement chaque jour sur le calendrier qu'il possédait. J'écrivais à Pauline, et ses lettres étaient ma seule joie. Elles m'aidaient à patienter mais, en même temps, elles augmentaient mon désir de retourner auprès d'elle.

Les permissions de fin d'année me permirent de retrouver la Cense aux alouettes. Je pus passer Noël avec Pauline et ses grands-parents. Ces jours me firent un bien énorme ; mais, ensuite, ce fut encore plus dur de repartir. Sur le quai de la gare, je serrai Pauline dans mes bras. Pour ne pas me montrer son chagrin, elle tenta de plaisanter, d'une voix tremblante :

— Pourquoi ont-ils changé la couleur de ton uniforme ? J'aimais mieux celle d'avant. Elle faisait ressortir le bleu de tes yeux.

J'essayai de sourire, moi aussi :

— Tu sais, ils ne m'ont pas demandé mon avis.

Je retrouvai la caserne avec un déplaisir grandissant. La

monotonie des jours reprit, mais fut rompue lorsque, le 12 mars, Hitler annexa l'Autriche.

Toute la ligne Maginot se trouva aussitôt en état d'alerte. Marius me souffla :

— Il va peut-être y avoir la guerre...

Heureusement, cette appréhension ne fut pas justifiée. Bientôt, tout rentra dans l'ordre, et la routine recommença.

Le calendrier, jour après jour, nous amena au 10 mai, et nous pûmes enfin constater qu'il ne nous restait plus que « cent jours à tirer ». J'envoyai à Pauline une carte annonçant le décès du Père Cent. Et je continuai à patienter.

Après les manœuvres de printemps, j'attendis la permission de détente. Elle eut lieu en juillet. Je revis avec joie Pauline, la ferme, les champs. Je pus moissonner l'orge et l'avoine, et malgré la fatigue et la sueur qui me piquait les yeux, je le fis avec une grande satisfaction. Cette vie libre et en plein air me convenait beaucoup mieux que la vie militaire.

Un soir, alors que nous étions assis tous les deux sur le banc, dans la cour, Pauline me dit :

— Thomas, je dois te parler.

Elle avait un air grave qui m'intrigua.

— C'est à quel sujet ?

— C'est au sujet de notre mariage. Rappelle-toi, lorsque nous avons accepté d'attendre la fin de ton service, à l'époque, il ne durait qu'un an. Pépère Baptiste m'avait demandé de patienter encore une autre année, ensuite, pour nos fiançailles. C'était donc prévu que nous nous marierions cet été.

— Oui, c'est vrai.

— Mais, maintenant, comme ton service dure deux ans, je ne veux pas pour autant reculer la date de notre mariage. Je désire qu'il ait lieu comme prévu. Qu'en penses-tu ?

— Tes grands-parents sont d'accord ?

— Je leur en ai parlé. Pépère Baptiste m'a dit : « Si vous êtes sûrs de vous, c'est oui. » Moi, je suis sûre de moi. Il me paraît totalement inutile d'attendre un an de plus. Et toi, Thomas ?

Je me tournai vers elle, m'exclamai avec ardeur :

— Oh, moi aussi, je suis sûr de moi ! Je ne changerai jamais, tu le sais, Pauline. Ce sera toi que j'aimerai toujours. Et que tu deviennes ma femme est mon désir le plus cher.

— Alors, nous nous marierons dès ton retour. Pépère et moi, nous nous occuperons des formalités. Et le mariage aura lieu fin août.

Je la serrai contre moi :

— C'est formidable ! Je reviendrai pour devenir ton mari. Quel bonheur !

Les jours suivants, notre conversation fut axée sur ce sujet. Pauline prenait des mines de conspiratrice, avec son amie Joséphine, pour parler de sa robe de mariée. Madame Henriette m'emmena chez le tailleur du village, afin qu'il prît mes mesures pour me confectionner un costume. Et la perspective de ce bonheur était si excitante que, à la fin de ma permission, je pus repartir sans la tristesse habituelle.

— Allez, c'est le dernier coup de collier ! me dit monsieur Baptiste, alors que je montais dans le train. Bientôt, tu nous reviendras, pour toujours.

Les jours du calendrier furent barrés avec une impatience grandissante, jusqu'au 18 août, date tant attendue. Je quittai sans regret mes vêtements militaires pour m'habiller en civil. Sur ma valise, enfin, je pus moi aussi coller l'image de Mickey. Et, avec Marius et les autres, ce fut notre tour d'entonner le refrain de circonstance : *La classe s'en va, les bleus restent là...*

En quittant la caserne, j'eus une véritable impression de libération. À la gare de Metz, tandis que nous attendions le train, je répétai une fois de plus à Marius que nous resterions toujours amis, et que, avec sa fiancée, il était invité à mon mariage. J'étais en proie à une impatience heureuse. Je retournais à la ferme, et j'allais me marier avec celle que j'aimais. J'osais à peine croire à mon bonheur.

Elle m'accueillit avec un visage rayonnant. Son oncle Georges était là, et il nous ramena à la Cense aux alouettes en automobile. J'y fus accueilli avec une chaleur qui me toucha beaucoup. Pour monsieur Baptiste et madame Henriette, j'étais le futur mari de Pauline, qui deviendrait le maître de leur ferme. Je compris qu'ils m'avaient définitivement accepté.

Jusqu'à notre mariage, il restait une dizaine de jours, qui passèrent rapidement, entre les travaux habituels et la fièvre des préparatifs. Pauline et sa grand-mère récurèrent la maison de fond en comble. J'allai faire un dernier essayage de ma tenue de marié : costume noir, chemise et cravate blanches.

La veille, monsieur Georges apporta des bouteilles de vin pour le repas. Son beau-père, qui tenait un café à Béthune, les avait commandées directement à son fournisseur.

— Vous m'en direz des nouvelles ! annonça-t-il en les sortant du coffre de sa Rosalie. Ce sont les meilleures.

J'allai les porter à la cave avec lui. Lorsque nous eûmes fini, alors que nous replacions les caisses vides dans le coffre de sa voiture, il profita du moment où nous étions seuls tous les deux pour me dire :

— Vois-tu, Thomas, je suis content que tu épouses Pauline. Je suis un peu le père qu'elle n'a jamais eu. Alors je vais te parler en tant que tel : aime-la toujours, mon garçon, et rends-la heureuse.

Je le regardai gravement :

— Je le ferai, monsieur Georges, ne craignez rien.

Il me tapa sur l'épaule en un geste d'assentiment :

— Je te crois, mon garçon, et je te fais confiance.

J'épousai Pauline le dernier samedi d'août 1938. Dans mon beau costume, je me sentais ému et emprunté. Au bras de madame Henriette, je conduisais le cortège qui, parti de la Cense aux alouettes, traversa le village jusqu'à la place. Pauline et son oncle Georges fermaient la marche. Habillée de blanc, elle me paraissait irréelle et fragile, et si belle que j'en étais resté bouche bée. Le long du chemin, les gens nous regardaient passer. Les enfants criaient, selon la coutume, « *Viv' mariache !* » et j'entendis madame Henriette renifler à plusieurs reprises.

Il y eut la cérémonie à la mairie, puis la messe à l'église. Lorsque je sortis, avec Pauline à mon bras, dans la sonnerie éclatante des cloches, les gens du village et les enfants lancèrent sur nous des grains de blé et d'orge, présage de fécondité. Je souris à leurs acclamations. Je me sentais fier, et, pour la première fois de ma vie, heureux sans restriction.

Le repas se passa dans la gaieté. Madame Henriette nous servit une poule au pot, puis du lapin, avant d'arriver aux tartes qu'elle avait préparées. À ce moment-là vinrent nous rejoindre de nombreux amis, et, le vin aidant, chacun se mit à chanter sa chanson, que tous les convives reprenaient en chœur : *La Femme aux bijoux, Les Roses blanches, Les Gars de Ménilmontant, Riquita jolie fleur de Java*... Il n'y eut qu'une seule fausse note. À un moment, un fermier que je connaissais bien parce qu'il était un ami de monsieur Baptiste remarqua d'une voix forte :

— Il n'empêche qu'il a bien mené sa barque, le Thomas. Voici un enfant de l'Assistance qui épouse une fille qui possède deux fermes : celle-ci, et celle de Léon.

Cette réflexion jeta un froid. Monsieur Baptiste fronça les sourcils et répliqua sévèrement :

— Tu m'as l'air d'avoir bu un coup de trop, Eugène. Moi, ce que je vois, c'est que Thomas est un brave garçon, bien courageux. Et puis, il est sérieux, il ne boit pas.

Ainsi rabroué, Eugène se tut. Tard dans la soirée, les invités s'en allèrent. Mon ami Marius vint me dire adieu, avec sa fiancée :

— Sois heureux, mon vieux. Bientôt, ce sera mon tour. N'oublie pas que vous êtes invités, toi et ta femme.

Joséphine embrassa Pauline et lui chuchota quelque chose à l'oreille. Elles rirent toutes les deux. Puis, lorsque tout le monde fut parti, je ne regagnai pas mon grenier à foin, mais je suivis Pauline dans sa chambre.

Il faisait doux, et par la fenêtre ouverte nous parvenait l'odeur de la terre endormie. La nuit étoilée se faisait complice de notre bonheur. Avec douceur, avec passion, je pris Pauline dans mes bras. Je me sentais un peu embarrassé, car j'étais totalement novice. Au cours de mes années de service militaire, des camarades avaient voulu m'emmener chez des prostituées mais, outre que je ne voulais pas tromper ma fiancée, je préférais écouter les conseils de prudence que nous donnait l'armée : la syphilis pouvait tuer.

Je me mis à embrasser Pauline, et notre désir devint fièvre. Je fis d'elle ma femme avec tant d'amour, et ce fut si beau, qu'ensuite je l'embrassai avec un profond respect et une immense tendresse. Je lui promis de l'aimer toujours, et elle s'endormit dans mes bras. Le sommeil vint me saisir alors que je lui murmurais un dernier « Je t'aime », mes lèvres dans ses cheveux.

Ainsi commença notre vie de couple. Dans la journée, nous faisions le même travail qu'auparavant, et rien ne paraissait changé. Mais, le soir, je me glissais dans notre lit, auprès de ma jeune femme, et nous nous aimions. Puis nous nous endormions, serrés l'un contre l'autre. Parfois, je demeurais éveillé plus longtemps afin d'écouter son souffle régulier et de le sentir contre ma joue. Elle était ce que j'avais de plus précieux au monde. Grâce à elle, j'avais une maison, une famille, et bientôt, j'aurais des enfants. J'avais repoussé, très loin, mes souvenirs de petit orphelin abandonné et mal-aimé. Je leur refusais le droit de gâcher mon bonheur.

Ce bonheur dura trois semaines, jusqu'au jour où un événement désagréable vint perturber ma vie de jeune marié. Un matin de septembre, j'étais allé déchaumer un champ à l'extirpateur, et, lorsque je revins, un peu après l'angélus de midi, je croisai Norbert, le facteur, qui terminait sa tournée. Il répondit à mon salut, mais il me regarda avec une expression qui me parut bizarre. Je ne compris qu'en arrivant à la ferme. Pauline se précipita vers moi. Elle tenait entre les mains une carte de couleur ocre qui me fit froncer les sourcils.

— Thomas, Norbert vient d'apporter ça, dit-elle en retenant ses sanglots. Qu'est-ce que ça veut dire ? Tu ne vas pas devoir repartir ?

Je pris la carte, lus la phrase qui y était inscrite elle m'enjoignait de rejoindre « immédiatement et sans délai » mon régiment, pour une période d'instruction. Je demeurai atterré, puis une colère me secoua :

— Ah non alors ! Ils ne vont pas recommencer !

— Tu vas devoir partir, Thomas ? répéta Pauline d'une petite voix.

Je la regardai. Je vis ses yeux inquiets et suppliants. Ma fureur disparut, remplacée par une vague d'amour et de pitié. Je soupirai, malheureux :

— Hélas, ma pauvre chérie...

Elle se mordit les lèvres et s'efforça de retenir ses larmes. D'une voix encore plus misérable, qui tremblait de chagrin, elle dit :

— Je vais aller préparer tes affaires...

Elle me tourna le dos pour me cacher ses pleurs et rentra dans la maison. Je dételai Major, le conduisis à l'écurie, et, tout en m'occupant de lui, je me remis à fulminer contre le mauvais sort qui semblait vouloir à tout prix m'empêcher d'être heureux.

Lorsque je pris le train pour rejoindre Metz une nouvelle fois, je m'aperçus que je n'étais pas le seul dans ce cas. Un convoi spécial avait été mis à la disposition de tous ceux qui, comme moi, avaient été rappelés. Marius était là, lui aussi, et vitupérait contre Hitler :

— Il n'a pas fini de nous embêter, celui-là ! Il a annexe l'Autriche en mars, et maintenant il réclame le territoire des Sudètes. Ça va finir par une guerre et, bien sûr, les premiers qui trinqueront, c'est nous !

Nous retrouvâmes la caserne avec mauvaise humeur. Plus que jamais, nous avions à défendre la ligne Maginot, qui devait être pourvue de tous ses équipages. Des camions nous emmenèrent dans le secteur fortifié. Le sous-officier nous expliqua que les risques de guerre n'avaient jamais été aussi grands. Marius répondit par une mimique à mon intention, qui signifiait : « Tu vois ? Qu'est-ce que je disais ? »

Nous attendîmes dans l'inquiétude. Chaque jour, nous écoutions le poste de radio que le lieutenant avait apporté avec lui. Nous apprîmes ainsi que la France, avec Daladier, et l'Angleterre, avec Chamberlain, tentaient de sauver la paix. À Munich, les deux hommes d'État discutaient avec Hitler et Mussolini.

Les accords de Munich furent signés le 30 septembre. La guerre était évitée. Avec soulagement, nous revînmes à la caserne où, dans une effervescence et un désordre joyeux, nous nous débarrassâmes de nos effets militaires — uniformes, casques, armes, molletières, masques à gaz et chaussures. Nous étions tous persuadés que, cette fois, c'était le bon retour à la vie civile. Sauf Marius, qui affirmait ne faire aucune confiance à Hitler :

— À mon avis, ce n'est pas fini. Tu verras que, d'ici quelque temps, on sera rappelés à nouveau...

Je ne le crus pas, et le traitai même d'oiseau de mauvais augure. J'étais persuadé, comme les autres, d'en avoir enfin terminé avec mes obligations militaires. Je n'avais qu'une hâte : revenir à la Cense aux alouettes, afin d'y retrouver ma jeune femme et d'y mener avec elle une vie heureuse et tranquille.

TROISIÈME PARTIE

Récit de Viviane
(1939-1945)

1

Je n'oubliais pas que Georges avait abandonné son métier d'agriculteur par amour pour moi. Il avait dit adieu à la ferme où il vivait depuis sa naissance, et il s'était improvisé garçon de café dans le cabaret de mes parents. J'avais toujours peur qu'il y ait, au fond de lui, un regret qu'il ne m'avouait pas. Mais il semblait parfaitement heureux, et la naissance de Suzanne — qui, très vite, fut appelée Suzon par toute la famille — nous apporta un bonheur qui repoussa à l'arrière-plan le chagrin que m'avait causé la mort de notre petit garçon[1].

En cette année 1939, Suzon allait sur ses trois ans. C'était une enfant agréable et docile. Ma mère et moi, nous nous relayions pour servir au café à tour de rôle, afin qu'il y eût toujours quelqu'un auprès de ma petite fille. Quelquefois, lorsque je me trouvais au comptoir, elle parvenait à échapper à la surveillance de ma mère pour venir près de moi. Elle trottinait jusqu'à moi et, avant que je ne la ramène dans notre logement, nos clients voulaient la saluer. Nos habitués la connaissaient bien. Il y en avait toujours un qui insistait pour lui offrir une limonade ou une grenadine, ce qui incitait Suzon à venir me rejoindre le plus souvent possible.

Lorsque nous allions chez mes beaux-parents, à la Cense aux alouettes, elle se précipitait dans les bras de Pauline et ne la quittait plus. Elle exigeait d'aller voir les lapins, les poules, les vaches, le cochon, le cheval. Elle aimait tous les

1. Voir *La Cense aux alouettes.*

animaux et nous suppliait de ramener à la maison un bébé lapin ou un poussin. Notre refus la désolait, mais ne la décourageait pas. La fois suivante, elle réitérait sa demande.

Thomas était si visiblement amoureux de sa jeune femme que c'en était attendrissant. J'aimais sincèrement Pauline ; lorsque j'étais arrivée à la Cense aux alouettes, au début de mon mariage avec Georges, elle m'avait accueillie avec gentillesse, spontanéité, amitié. Patiemment, elle m'avait initiée aux travaux de la ferme. Sa présence m'avait aidée à m'adapter, et grâce à elle, j'avais réussi à supporter l'hostilité latente de ma belle-mère qui, je le savais, ne m'avait acceptée qu'à contrecœur, parce que j'étais une « fille de la ville ». Et chaque fois que nous nous retrouvions, Pauline et moi, nous étions aussi contentes l'une que l'autre.

Pourtant, un jour de mars, en arrivant à la ferme, nous vîmes Pauline en larmes. Elle réagit à peine aux cris de ma petite fille, qui courait vers elle, selon son habitude :

— Line ! Line !

Georges fronça les sourcils. Il était tendrement attaché à sa nièce, et n'aimait pas la voir pleurer.

— Que se passe-t-il, ma petite Pauline ?

Elle nous tendit une carte postale de couleur ocre, en disant d'une voix enrouée de sanglots :

— Thomas l'a reçue ce matin.

Il avait reçu la même, six mois auparavant, et cette fois-là aussi Pauline nous l'avait montrée en pleurant. Le texte était pratiquement identique, et ordonnait à Thomas de rejoindre « immédiatement et sans délai » son régiment.

— Il est parti finir de planter les pommes de terre avec pépère Baptiste, continua Pauline. Il n'a pas voulu lui laisser tout le travail.

Ma belle-mère, qui épluchait des légumes en se retenant visiblement de pleurer, protesta :

— Ce garçon va-t-il donc toujours être embêté par l'armée ? Ne peut-on pas le laisser tranquille ? Il a fait son service, maintenant. Pourquoi encore le rappeler ?

Georges, en rendant la carte à Pauline, expliqua :

— C'est à cause d'Hitler. Il a envahi la Tchécoslovaquie.

— Et alors ? interrogea ma belle-mère avec humeur. En quoi cela nous concerne-t-il ?

Georges ne répondit pas directement. Il montra la carte et constata :

— Il est précisé qu'il s'agit d'une période d'instruction de vingt et un jours. Je pense que c'est la même chose qu'en septembre. Thomas avait dû partir, mais il est vite revenu. Cette fois-ci également, ce sera vite passé.

— Peut-être, admit ma belle-mère. Mais, en tout cas, Baptiste reste tout seul pour le travail. Et il ne rajeunit pas. Comment va-t-il se débrouiller ?

Je voyais dans ce genre de question un reproche dissimulé envers Georges qui avait quitté la ferme, et plus encore envers moi qui avais été la cause de ce départ. Je craignais toujours que Georges ne répondît une phrase du genre : « Je viendrai l'aider. » Mais il ne le fit pas. Il m'avait dit, un jour, qu'il avait fait son choix et qu'il ne reviendrait jamais sur sa décision. Avec soulagement, je l'entendis répondre à sa mère :

— Pour trois semaines, le fils d'Hector pourra venir vous dépanner, comme la dernière fois.

Ma belle-mère ne répondit pas. Pauline se tourna vers moi :

— Je vais finir de préparer ses affaires. Tu viens avec moi, Viviane ?

Je laissai ma petite fille à ma belle-mère, et je suivis Pauline dans sa chambre. Tout en mettant du linge dans un sac, elle soupira :

— Et voilà, ça recommence. J'ai l'impression de repartir six mois en arrière.

Je répétai les paroles de Georges :

— Il reviendra bientôt. Ça ne durera que trois semaines.

— Peut-être. Mais ça perturbe tout. Et puis, Thomas et moi, nous n'aimons pas être séparés.

Elle tourna vers moi des yeux où, de nouveau, les larmes affluaient. Je m'approchai d'elle, la pris dans mes bras :

— Je comprends. Mais tu ne peux rien faire, ma pauvre Pauline. Thomas est bien obligé d'obéir.

— Oui, je sais, dit-elle en soupirant de nouveau. Mais ce n'est pas facile.

À cet instant, ma petite fille arriva et, avec impatience, tira la jupe de Pauline :

— Line ! Suzon veut voir les lapins !

Pauline eut un faible sourire. Elle ferma le sac, redressa les épaules, et prit la main de ma fille :

— Oui, allons-y.

Nous sortîmes de la chambre, et Suzon entraîna Pauline dans la cour. Peu de temps après, Thomas et mon beau-père revinrent des champs. Les hommes se mirent à discuter des événements et de la situation qui était menaçante à cause du chancelier allemand.

— Je vais finir par croire mon ami Marius, constata sombrement Thomas. Il prévoyait qu'Hitler ne nous laisserait pas tranquilles. Eh bien, il avait raison !

— Quand pars-tu ? demanda Georges.

— Demain matin. Des trains spéciaux sont mis à notre disposition. Je pensais bien ne plus jamais revoir Metz !

Je sortis pour aller à la recherche de ma fille. Avec Pauline, dans l'étable, elle regardait les vaches. Je me revis à l'époque où, jeune mariée, je m'appliquais à les traire. L'une d'elles, la Carmen, avait mis longtemps à m'accepter et, pour protester contre ma maladresse, me donnait de grands coups de queue sur la tête. À chacune de mes venues à la Cense aux alouettes, je me sentais soulagée de ne plus y vivre.

— Viens, ma chérie, dis-je à Suzon. Nous allons partir.

Dans la cuisine, nous fîmes nos adieux à Thomas. Ma belle-mère nous donna des œufs et du beurre, que Georges accepta avec reconnaissance. Ils nous raccompagnèrent jusqu'à notre voiture, et Georges, une fois de plus, affirma avec optimisme, en tapotant amicalement la joue de Pauline :

— Allons, courage ! Dans trois semaines, il sera revenu !

Il le pensait sincèrement. Pauline elle-même, tout en étant contrariée par cette nouvelle séparation, le croyait aussi.

Aucun d'entre nous ne pouvait se douter, à ce moment-là, que l'armée garderait Thomas bien plus longtemps.

* *
*

Nous n'étions pourtant pas inquiets. Six mois auparavant, les accords de Munich avaient évité la guerre. De plus, en servant nos clients, j'écoutais les conversations. Si certains se méfiaient d'Hitler et répétaient qu'ils n'en attendaient rien de bon, la grande majorité d'entre eux se voulait optimiste.

En avril, la démarche du président Roosevelt nous donna une raison de plus de croire à la paix : il demandait à Hitler et à Mussolini de « respecter pour dix ans l'indépendance territoriale des nations européennes ». En contrepartie, il s'engageait à leur faciliter une coopération économique et à leur procurer les matières premières nécessaires. Si la réponse de l'Italie fut négative, Hitler, par contre, déclara qu'il restait ouvert aux négociations.

Tous les matins, mon père se jetait sur le journal, qu'il laissait ensuite, sur le comptoir, à la disposition des clients. Chacun d'eux le lisait, puis le commentait, et c'étaient des discussions à n'en plus finir.

Nous continuions à aller voir mes beaux-parents chaque semaine. Pauline attendait le retour de Thomas. Mais les vingt et un jours passèrent, et Thomas ne revint pas. Elle se désolait :

— Il écrit que, depuis son arrivée, il traînaille et joue aux cartes. Ils se demandent tous pourquoi on les a rappelés. Il supporte difficilement d'être immobilisé là-bas alors qu'ici il y a tant de travail !

Et puis, un jour d'avril, elle nous accueillit, le visage inquiet et grave :

— J'ai reçu une lettre de Thomas. Il a été affecté à l'avant-garde de la ligne Maginot. C'est un secteur fortifié. Il dit qu'on leur a fait un discours : « La France a besoin de vous », et qu'ils sont là jusqu'à une date qui n'a pas été précisée. Tout ce qu'il a pu assurer, c'est qu'il y aura des permissions.

Elle regarda Georges avec impuissance :

— *Mononc'* Georges... ça veut dire quoi ? On va avoir la guerre ?

— Bien sûr que non ! assura celui-ci d'une voix forte. Ils sont là pour montrer aux Allemands qu'ils n'ont pas intérêt à venir ! Et crois-moi, ils ne viendront pas.

— En tout cas, soupira-t-elle, il est toujours là-bas. Jusqu'à quand vont-ils le garder ?...

À cette question, nous étions tous incapables de répondre.

Ma petite fille venait d'avoir trois ans. Je pensais de plus en plus à lui donner un petit frère ou une petite sœur. Je ne désirais pas qu'elle restât fille unique. Cela avait été mon cas, et j'avais souvent souffert de ne pas avoir un compagnon de jeux ou une confidente à qui raconter mes petits secrets. Lorsque j'en parlais à Georges, il disait :

— Rien ne presse, Viviane. Suzon est encore petite. Pour ma part, elle me suffit. As-tu vraiment envie d'un autre enfant ?

Il était fou de sa fille. Mes parents également, qui se montraient tout à fait gâteux devant elle. Suzon, avec ses boucles blondes, ses yeux clairs, son sourire, ses fossettes, était adorable et savait être irrésistible. Mon oncle Gustave, qui était *coulonneux* et qui faisait partie de la société *Les Éclaireurs,* s'entendait parfaitement avec elle. Il possédait un avantage important : ses pigeons. Lorsque nous allions chez lui, il en attrapait un qu'il lui présentait, et, avec ravissement, Suzon caressait le petit corps, la gorge palpitante, la tête fine. Elle lui offrait quelques graines dans le creux de sa main, et elle était très fière lorsque le pigeon, après de longues minutes d'hésitation, finissait par les accepter.

L'insouciance de ma petite fille m'aidait à chasser les pensées préoccupantes, dont la principale était une guerre probable. Chaque semaine, Pauline me confiait ses craintes ; le contenu des lettres de Thomas l'inquiétait. Je tentais de la rassurer et de me rassurer en même temps. Je voulais imiter les gens qui, autour de moi, refusaient de se compliquer l'existence. Ils venaient au cabaret, allaient au cinéma, au théâtre, aux concerts donnés par l'Harmonie municipale. Au mois de mai, la ducasse, avec son bal et sa fête aérostatique, eut, comme chaque année, un grand succès. Dans des moments comme celui-là, le café ne désemplissait pas, et il fallait sans cesse servir, laver, rincer, essuyer, ranger. L'effervescence et la gaieté qui régnaient me faisaient oublier l'inquiétude qu'avaient fait naître en moi les paroles de Pauline.

L'absence de Thomas créa un autre inconvénient. Mon beau-père vieillissait et se plaignait de ne plus pouvoir travailler comme avant. Louis, le fils d'Hector, faisait office de valet de ferme, mais il n'avait que seize ans et manquait d'expérience. Alors, Georges décida d'aller aider son père, les jours où sa présence n'était pas nécessaire dans le cabaret. Je protestai :

— Tu avais dit que la ferme, c'était fini pour toi.

J'avais toujours peur que, repris par les travaux agricoles, il ne s'éloignât de moi. Patiemment, il m'expliqua :

— C'est vrai, je l'ai dit. Et je ne changerai pas d'avis. Comprends-le une fois pour toutes, Viviane, et fais-moi confiance. Si Thomas était là, je ne bougerais pas. Mais Thomas ne revient pas. Il va y avoir les foins à couper, et après l'orge, l'avoine, et ensuite le blé. Père ne s'en sortira pas si je ne l'aide pas. Ce n'est que provisoire. Dès que Thomas sera revenu, tout rentrera dans l'ordre.

Je me mis, comme Pauline, à souhaiter un retour rapide de Thomas. Mais mon espoir fut déçu. Thomas obtint seulement, au début du mois d'août, une permission de douze jours, au cours de laquelle il reprit avec ardeur son métier d'agriculteur. Le beau temps lui permit de terminer la moisson avant de repartir. Et, lorsqu'il s'en alla de nouveau, il ignorait totalement à quel moment il reviendrait.

Pauline pleura, et à son chagrin se mêla une rancune de plus en plus forte contre l'armée qui lui prenait son jeune mari sans jamais le lui rendre. Je ne savais plus que dire pour la consoler. Il était difficile de se montrer optimiste, d'autant plus que, le 23 août, l'Allemagne signa avec l'URSS un pacte de non-agression. Mon père montra à ses clients le journal où figurait la photo de Staline et de von Ribbentrop se serrant la main.

— Si vous voulez mon avis, disait-il avec consternation, c'est mauvais pour nous. Hitler a prévu de s'allier avec les Russes pour ne pas avoir à lutter contre eux, comme c'était le cas en 14. Ses troupes, il les garde pour nous.

Certains protestaient :

— Allons donc ! Et la ligne Maginot, qu'en faites-vous ?

Mais mon père secouait la tête, ancré dans sa conviction. Quelques jours plus tard, les événements lui donnèrent raison. Le vendredi 1er septembre, les troupes allemandes envahirent la Pologne. Notre poste de TSF nous apprit la mobilisation pour le lendemain. Sur les murs, je vis les affiches et leurs mots terribles : « Ordre de mobilisation générale ». Georges me regarda, malheureux :

— Je vais devoir partir, Viviane.

J'eus envie de hurler, de protester, de trépigner comme une enfant impuissante qui veut exprimer sa colère. Je compris mieux, à ce moment-là, la révolte de Pauline. J'éprouvais la même. Moi non plus je ne voulais pas être séparée de Georges. La seule fois où nous avions été séparés, c'était lorsque, après la mort de notre petit garçon, j'étais venue vivre chez mes parents[1]. Mais, à l'époque, j'étais si déprimée que je réalisais à peine la situation. Tandis que maintenant, je voulais être heureuse et vivre avec mon mari près de moi.

Je me mis à pleurer. Georges me prit contre lui avec tendresse :

— Ne pleure pas, ma chérie. Essaie d'être forte. Je ne serai peut-être pas longtemps parti.

1. Voir *La Cense aux alouettes.*

Je ravalai mes sanglots, m'accrochai à lui :

— Comment savoir ? dis-je d'une voix tremblante. Regarde Thomas. Il a été rappelé pour vingt et un jours, et ça dure depuis six mois.

— Mais Thomas fait partie de la classe 1935, et il est affecté à la ligne Maginot. C'est différent.

Je ne voyais pas bien où était la différence, mais je n'insistai pas.

— Je vais aller dire adieu à mes parents et à Pauline, ajouta Georges.

Je tins à l'accompagner. Ma belle-mère se jeta dans les bras de son fils en retenant ses larmes. Mon beau-père déclara :

— En 14, je n'ai pas été mobilisé, parce que je venais de dépasser l'âge. Mon neveu Milien, le fils de mon frère, a été tué. J'ai été content, à l'époque, que Georges soit trop jeune pour être appelé. Je n'aurais jamais pensé que ça nous arriverait vingt-cinq ans plus tard...

Ce fut Georges lui-même qui entreprit de nous rassurer :

— Nous ne sommes pas en guerre. C'est simplement une mobilisation générale. L'an dernier, ça s'est produit, et il y a eu les accords de Munich. Cette fois-ci, ça peut aussi s'arranger. Gardons l'espoir.

Ma belle-mère prépara des tartines de pâté, de saindoux, de fromage, et des œufs durs, qu'elle empaqueta et donna à Georges pour emmener le lendemain. Lorsque nous partîmes, il la serra contre lui, tandis qu'elle enfouissait son visage dans son épaule.

— Prends bien garde à toi, mon petit, dit-elle en pleurant. Et reviens-nous vite.

Pauline s'accrocha au cou de mon mari :

— Reviens vite, *mononc'* Georges, répéta-t-elle.

En sortant de la maison, nous pleurions toutes les trois à chaudes larmes. Mon beau-père, les yeux humides, se raclait la gorge sans arrêt. J'avais laissé ma petite fille avec mes parents et j'en fus soulagée. Je ne voulais pas qu'elle prenne conscience de notre chagrin.

Le lendemain, avant de se rendre à la gare, Georges

s'accroupit et regarda Suzon dans les yeux. Elle avait remarqué les deux sacs de voyage, et elle demanda, de sa petite voix claire :

— Tu t'en vas, papa ?

Il la prit aux épaules et dit gravement :

— Oui, je dois m'en aller. Mais je reviendrai. En attendant, continue à être bien sage. À bientôt, ma petite fille.

Il se releva, la prit dans ses bras, la serra très fort. Lorsqu'il la reposa sur le sol, pour la première fois depuis la veille, je vis des larmes dans ses yeux.

J'allai avec lui jusqu'à la gare. Il y avait beaucoup de monde. De nombreuses femmes pleuraient ; les hommes avaient un visage grave. Il régnait une atmosphère pesante. Lorsque Georges monta dans le train, j'eus envie de m'accrocher à lui pour l'empêcher de partir.

— À bientôt, ma chérie, murmura-t-il. N'oublie pas que je t'aime. Et prends bien soin de notre petite fille.

Je fus incapable de répondre. Je dus serrer les dents pour ne pas éclater en sanglots. À travers un brouillard liquide, je vis le train démarrer, puis s'éloigner, tandis que les larmes se mettaient à couler sur mes joues, abondantes et ininterrompues. Je sortis mon mouchoir et sanglotai longtemps, avant de me calmer et de suivre les autres femmes qui, lentement, sortaient de la gare avec les hommes qui restaient — ceux qui étaient trop âgés pour être mobilisés.

— La mobilisation n'est pas la guerre, m'avait dit Georges. Regarde ce qui s'est passé l'an dernier.

Je m'accrochais à ces paroles. Mais, deux jours plus tard, elles furent anéanties par l'événement que je redoutais : la Grande-Bretagne, puis la France, déclarèrent la guerre à l'Allemagne.

Je m'effondrai dans les bras de ma mère. Elle tenta de me consoler, puis se mit à pleurer avec moi. Pour ne pas rester avec mes idées noires, j'allai aider mon père à servir nos clients. Tous, évidemment, parlaient de la guerre. Jean, un ancien des tranchées, où il avait laissé son bras gauche, se montrait satisfait :

— Il faut en finir une fois pour toutes, répétait-il. Les Boches, il faut les écraser !

Lucien, un autre de nos habitués, essayait de prouver à tout le monde qu'il fallait être confiant :

— Nous avons tout pour gagner. D'abord, nous n'aurons pas d'invasion comme en 14. La ligne Maginot est imprenable. En plus, notre armée possède un matériel de grande qualité, c'est le général Weygand qui l'a dit. Et il paraît que, chez les Allemands, leur matériel est fabriqué avec des produits de remplacement. Des ersatz, ça s'appelle. Ils ne feront pas le poids. À mon avis, ils n'oseront jamais nous attaquer.

Les jours passèrent et, en effet, rien d'important ne se produisit. Peu à peu, nous commençâmes à nous rassurer. Lucien renchérissait :

— Hitler a envahi la Tchécoslovaquie ou la Pologne, mais quand il s'agit de la France, il y regardera à deux fois. C'est que nous avons un matériel militaire et une ligne fortifiée de premier ordre !

Il était si sûr de lui qu'il finissait par nous convaincre. Je me disais que, dans ce cas, Georges allait peut-être revenir. Son absence m'était insupportable. La nuit, dans notre chambre, seule dans le grand lit, je ne pouvais m'empêcher de pleurer. Suzon, pendant plusieurs jours, réclama son père. Puis elle s'habitua à son absence. J'enviai son insouciance de petit enfant.

Des mesures furent prises par la municipalité. Nous reçûmes l'ordre de calfeutrer nos fenêtres et nos portes pour occulter la moindre lumière. On nous expliqua le fonctionnement des sirènes en cas d'alerte et on nous distribua des masques à gaz. Mon oncle Gustave, en protestant — et avec lui tous les *coulonneux* —, dut obéir à un arrêté préfectoral et fermer son colombier. Quant à notre cabaret, il ne devait pas rester ouvert le soir après vingt et une heures.

Malgré ces mesures et l'absence des mobilisés, la vie

reprit comme avant. Jour après jour, le mois de septembre s'écoula. Je reçus des nouvelles de Georges. Il était arrivé dans l'Est, lui aussi, et il se montrait rassurant. Il parlait d'exercices de tir et de longues marches. Il affirmait que nous lui manquions et qu'il espérait revenir bientôt. Je lui répondis et, avec ma mère, je pris l'habitude de lui envoyer des colis de nourriture, car il se plaignait des « fayots » et du « singe » qui revenaient trop souvent aux repas.

Mais, même s'il ne se passait rien d'important, la guerre ne se laissait pas oublier. Un habitant de Béthune fut abattu lors d'une mission de reconnaissance au-dessus de l'Allemagne. Deux semaines plus tard, un autre Béthunois, professeur d'éducation physique au collège, fut tué par un éclat d'obus. C'étaient les premières victimes de la guerre, et elles firent monter dans la ville une angoisse difficile à réprimer.

— Ça me rappelle ce qui s'est passé en 14, constata ma mère. Au début, on a appris qu'il y avait un tué, puis deux, puis trois. Et après, ça ne s'est plus arrêté, et ça a duré quatre ans.

Je me mis à craindre pour la vie de Georges. La nuit, je ne dormais pas, je demeurais crispée, incapable de me détendre. Seules ses lettres parvenaient à me rassurer. Je le suppliais de m'écrire le plus souvent possible.

En octobre, les soldats britanniques arrivèrent dans notre ville. Affectueusement baptisés *Tommies*, ils furent accueillis par une chanson que diffusait la TSF : *Bonjour, Tommy*. Pendant leurs moments de liberté, ils se promenaient dans les rues. Il en vint quelques-uns dans notre café. Ils étaient aimables, sympathiques, et grâce à eux j'appris quelques mots d'anglais. Ils devinrent très vite amis avec Suzon en lui offrant des *toffees*. L'un d'eux, Richard, me faisait un peu la cour. Il se penchait vers moi, par-dessus le comptoir, et répétait avec conviction :

— *You are pretty. You are very nice.*

Je finis par comprendre qu'il me trouvait jolie et charmante. Je riais de ses déclarations et secouais la tête. Elles ne me touchaient pas. Mon esprit était uniquement occupé par Georges.

Certains d'entre eux essayaient de parler français. Ils apprenaient à dire, avec un accent parfois irrésistible de drôlerie, des mots comme Byrrh, Picon, Saint-Raphaël ou Dubonnet. J'appris leurs chansons anglaises ; la plus récente faisait allusion à la ligne Siegfried qui, comme notre ligne Maginot, était un système fortifié que les Allemands avaient édifié entre la frontière suisse et la ville de Clèves. Cette chanson, adaptée par la suite en français, annonçait allègrement : « Nous irons pendre notre linge sur la ligne Siegfried. » La TSF, au cours de cet automne de guerre, nous faisait entendre d'autres chansons inspirées, elles aussi, par la situation : *Ma Belle Marseillaise* par Alibert, *C'est Victoire !* par Reda Caire, *La Fille à Madelon* par Bordas. Pour ma part, j'avais fait mien le refrain de Rina Ketty : « J'attendrai le jour et la nuit, j'attendrai toujours ton retour. » Je l'avais sans cesse dans la tête, je le fredonnais, je l'adressais en pensée à Georges.

Il me fallut attendre Noël pour qu'il revînt, non pas définitivement comme je le souhaitais, mais seulement pour une courte permission. Pour la première fois depuis quatre longs mois, je pus me serrer contre lui dans le grand lit et dormir dans ses bras. Son bonheur de nous retrouver, Suzon et moi, me montra combien il nous aimait.

Thomas, lui aussi, avait bénéficié d'une permission, et le jour de Noël, nous nous retrouvâmes tous pour un repas en famille à la Cense aux alouettes. Pauline et moi avions les yeux brillants. Nous voulions savourer ces courts instants où notre mari était près de nous.

Lorsque le jour du départ arriva, il fut aussi douloureux que le précédent. De nouveau, je pleurai. De nouveau, je revins seule chez mes parents, contente malgré tout, dans un moment aussi difficile, de les avoir autour de moi avec leur chaude affection.

2

L'hiver se traîna lamentablement. Nous nous enlisions dans une situation où, comme le répétait Jean dès qu'il arrivait au cabaret, nous étions en guerre sans l'être.

— Les Boches, il faut leur casser la gueule une bonne fois pour toutes ! s'exclamait-il avec une conviction hargneuse.

Pauline et moi, au contraire, nous espérions qu'un accord entre la France et l'Allemagne ramènerait la paix. Nous souhaitions tellement le retour de notre mari !

Le froid était rigoureux. Il y eut de fortes gelées et de la neige. Avec ma mère, je tricotais pull, chaussettes, cache-nez, pour les envoyer à Georges. Dans ses lettres, il disait qu'on leur distribuait des morceaux de vin solidifié qu'il fallait couper à la hache. Ils devaient le faire chauffer pour le rendre buvable.

— J'ai connu ça, moi aussi, dans les tranchées, affirmait Jean. Mais nous, au moins, on se battait ! Tandis que maintenant... Ce n'est pas une guerre, ça !

Effectivement, c'était la « drôle de guerre », selon l'expression de Roland Dorgelès. Ma mère répliquait :

— Peut-être. Mais des batailles comme en 14, avec des milliers de tués, vous croyez que c'est mieux ?

— En tout cas, rétorquait Jean, cette situation ne pourra pas durer toujours. Il faudra bien qu'il se passe quelque chose.

En février, il se mit à pleuvoir, à tel point que plusieurs quartiers de Béthune furent inondés. Les militaires et les sapeurs-pompiers durent utiliser des barques pour secourir les habitants. Mon oncle Gustave, qui habitait non loin de la zone sinistrée, répétait qu'il l'avait échappé belle. Un de ses amis, dont la maison avait été inondée, avait perdu ses meubles et de nombreuses affaires personnelles.

Nous dûmes avancer les pendules, et les mettre à l'heure d'été. Nous fûmes soulagés lorsque le printemps, enfin, montra timidement le bout de son nez. Georges m'écrivit que, profitant des beaux jours, des artistes comme Fernandel, Pierre Dac, Jean Sablon ou Maurice Chevalier allaient de caserne en caserne afin de distraire les soldats. Il avait pu applaudir Maurice Chevalier, qui avait remporté un grand succès avec sa chanson : « Et tout ça, ça fait d'excellents Français, d'excellents soldats qui marchent au pas. »

Dès le mois de mars, il y eut de nouvelles restrictions. On nous distribua des cartes de rationnement. Nous étions répartis en différentes catégories. Suzon faisait partie de la catégorie J — enfants de trois à douze ans — tandis que mes parents et moi nous étions classés en A — consommateurs de douze à soixante-dix ans ne se livrant pas à des travaux pénibles. Après la carte de pain, ce fut la fermeture des boucheries et des pâtisseries plusieurs jours par semaine. Et pour nous, dans le café, les mardi, jeudi et samedi, nous ne devions servir ni apéritif, ni alcool.

Georges obtint une nouvelle permission. Nos retrouvailles furent passionnées. Il laissa de côté son uniforme kaki et s'habilla en civil. Il retrouva l'ambiance du café avec plaisir. Son bonheur d'être parmi nous lui permit de garder sa bonne humeur lorsque Jean, fidèle à son idée fixe, l'interrogeait :

— Alors, qu'est-ce que vous attendez pour leur rentrer dedans une bonne fois pour toutes ? Nous, en 14...

Et il se mettait à raconter, une fois de plus, la bataille de la Marne et les tranchées.

Pendant cette permission, j'allai avec Georges assister à la soirée organisée au profit des soldats mobilisés. Elle avait lieu au cinéma Caméo, et nous vîmes un film en leur honneur : *Ceux qui veillent* ; un autre, *Intelligence Service,* nous montra la lutte des alliés contre l'espionnage. Le premier de ces films me fit découvrir ce que faisait Georges loin de moi. Il augmenta mon admiration pour lui.

Comme la fois précédente, les jours passèrent trop vite. Suzon commençait à comprendre que son père partait trop souvent. Le jour de son départ, elle lui demanda :

— Tu t'en vas encore, papa ? Pourquoi ? Reste avec nous !

Le reproche que contenait sa voix fit soupirer Georges. Comment expliquer à une enfant de quatre ans les impératifs de la guerre ? Il dit simplement :

— Je ne peux pas faire autrement, ma petite chérie. Mais bientôt, je reviendrai et je ne partirai plus jamais.

Elle le crut. Elle hocha la tête, rassurée. Moi, je souhaitais de toutes mes forces que ces paroles deviennent bientôt réalité. Après tout, cette guerre sans combats n'en était pas vraiment une. Jean ne cessait de le répéter. J'espérais toujours un accord qui nous ramènerait la paix.

Le lendemain du départ de Georges, l'invasion de la Norvège par des troupes allemandes fit vaciller cet espoir. Avec mon père, les clients du café commentèrent abondamment le journal ainsi que les nouvelles que nous transmettait la TSF.

— Vous allez voir, prédit Jean. Ils ne vont pas s'arrêter là. Ils viendront en France.

— Vous oubliez qu'en Norvège ils n'ont pas la ligne Maginot, rétorqua mon père.

Je tentai de me tranquilliser au cours des jours suivants. En France, la situation restait la même. Dans ses lettres, Georges parlait de la routine habituelle. Il ne semblait pas inquiet. Mais je me dis que, peut-être, il se montrait volontairement rassurant.

Pourtant, Jean avait raison. Après la Norvège et le Danemark, les Allemands envahirent la Hollande, la Belgique et le Luxembourg. Le même jour, des bombes furent lâchées par des avions ennemis sur notre ville, heureusement sans faire de victimes. Malgré tout, ce fut l'affolement général.

Plus que jamais, nous guettions les nouvelles. Mon père et nos clients, rassemblés autour de notre poste de TSF, écoutaient les informations. Tous les soldats anglais avaient quitté la ville pour aider nos propres soldats à couper la route aux Allemands. Le général Gamelin se montrait confiant. Il avait déclaré : « Comme l'a dit, il y a vingt-quatre ans, le maréchal Pétain : nous les aurons ! »

— Enfin ! tonnait Jean avec satisfaction. Enfin de l'action ! Ah, si je pouvais y aller, moi aussi, et leur casser la gueule !

Quelques jours plus tard, les premiers évacués venant de Belgique traversèrent Béthune. Épuisés, assoiffés, certains s'arrêtaient quelques instants dans notre café pour se désaltérer. Il y avait parfois des familles entières, avec de jeunes enfants et des vieillards. Ceux-ci étaient catégoriques :

— Il faut fuir, nous disaient-ils. Ne restez pas là. Les Boches arrivent. Faites comme nous. On ne veut pas revivre ce qu'on a vu en 14.

Ils ajoutaient la liste des exactions causées par les soldats allemands :

— Ils détruisent tout sur leur passage. Ils incendient les maisons. Ils mitraillent les gens sur les routes.

Le Grand Écho diffusa la même information : « Les évacués sont traqués à la mitrailleuse par les aviateurs allemands, disait-il. Les Boches de 1940 sont bien dignes de leurs aînés : aussi cruels et aussi lâches. »

Allions-nous partir, nous aussi ? Mon père refusa tout net, d'autant plus que des actes de pillage commençaient à avoir lieu dans des maisons ou des magasins abandonnés par leurs propriétaires. Ma mère protesta :

— Mais si nous restons, et que les Boches arrivent... ?

— Et si nous partons, répliqua mon père, ce sera pour nous faire mitrailler sur la route. Crois-tu que ce soit mieux ? Je refuse de laisser mon café. Il serait pillé.

Nous restâmes donc, mais nous étions sans cesse sur le qui-vive. Des réfugiés continuaient de passer, venant de Belgique et aussi, maintenant, du Nord. De nombreux Béthunois les imitaient. Le bruit courait que les pouvoirs publics, eux aussi, avaient quitté la ville.

Le matin du 22 mai, des avions allemands survolèrent Béthune et lâchèrent des bombes, faisant cette fois de nombreux tués et blessés. La plupart des victimes étaient des réfugiés, touchés alors qu'ils se trouvaient dans les rues. Il y avait tant de blessés que l'hôpital fut insuffisant. Il fallut réquisitionner le dortoir et le réfectoire de l'hospice, ainsi que le collège Saint-Vaast.

Ce dramatique événement finit de nous affoler complètement. Ma mère supplia de nouveau mon père de partir. Il demeura inébranlable. Je me joignis à elle :

— Si ce n'est pas pour nous, accepte au moins pour Suzon, dis-je. Nous ne pouvons plus rester. Nous ne sommes plus en sécurité. Il va y avoir d'autres bombardements !

La peur donnait à ma voix des inflexions aiguës. Mon père prit une décision :

— Je ne partirai pas. Mais toi, Viviane, tu vas aller avec Suzon chez tes beaux-parents. Les Allemands bombardent les villes, mais pas les villages. Chez eux, vous ne risquerez rien. Et vous serez mieux nourries.

Il était vrai que le ravitaillement posait beaucoup de problèmes, dans une ville traversée par de nombreux réfugiés et où manquaient la plupart des commerçants.

— Et maman ? protestai-je.

Ma mère intervint :

— Si Raymond reste, je reste avec lui. Bien que je ne sois pas d'accord.

Je regardai ma petite fille. Pour elle, j'étais tentée d'accepter. Le bruit des bombes l'avait terrorisée. Et si l'une d'elles était tombée sur notre maison ? Il fallait la mettre à l'abri, mon père avait raison. Mon esprit, gagné par un affolement de plus en plus grand, s'accrocha à cette suggestion. De plus, dans le bouleversement où nous étions plongés, je n'avais aucune nouvelle de Georges. Le courrier ne fonctionnait plus. J'imaginais le pire, et cette angoisse me consumait.

— C'est décidé, trancha mon père. Je vous conduirai là-bas toutes les deux, demain matin très tôt.

Je préparai du linge à emporter, et j'expliquai à ma petite fille que nous allions passer quelques jours à la Cense aux alouettes. Elle se montra ravie :

— Je pourrai donner à manger aux lapins ? Et aux poules ?

— Tu t'arrangeras avec Pauline, dis-je. Et avec mère Hiette.

Pour ma part, il ne me plaisait pas beaucoup de me retrouver dans cette ferme où j'avais été si malheureuse. J'appréhendais surtout les réflexions de ma belle-mère qui, je le savais, ne m'avait jamais acceptée ni comprise. En terminant mon bagage, je me résignai à laisser de côté mon rouge à lèvres, ma poudre de riz et mes bijoux. S'ils m'étaient utiles dans le café, où je devais être avenante pour servir les clients, à la ferme ils ne serviraient à rien d'autre qu'à m'apporter des critiques.

— On part quand ? demanda Suzon, qui trépignait d'impatience.

— Demain matin. D'ici là, sois sage.

Elle prépara sa poupée et, le soir, lorsque je la couchai, elle était si excitée qu'elle mit longtemps à s'endormir.

Le lendemain, le jour était à peine levé lorsque mon père sortit sa Rosalie pour nous conduire. Ma mère nous embrassa très fort toutes les deux. Je retenais mes larmes, et je vis qu'elle faisait un effort, elle aussi, pour ne pas pleurer.

— Je reviendrai dès que possible, affirmai-je.

Elle hocha la tête sans répondre. Elle savait ce que je ressentais. Je montai dans la voiture, tandis que Suzon babillait, toujours aussi excitée. Une promenade en automobile était pour elle une aventure qu'elle appréciait toujours.

Nous sortîmes de la ville. À cette heure matinale, les rues étaient presque désertes. Assise à côté de mon père, tandis que Suzon sautait sur mes genoux, je demeurais tendue, crispée, mal à l'aise. Je regardais autour de moi, je scrutais le ciel clair où le soleil se levait dans une éclatante lumière blonde. J'appréhendais de voir arriver les avions allemands.

Lorsque nous fûmes dans la campagne, mon appréhension devint de la peur. Nous étions pratiquement seuls sur la route, et notre automobile constituerait une cible de choix.

Mais le voyage se passa sans encombre. Dès que mon père eut arrêté la voiture dans la cour de la ferme et qu'il nous ouvrit la portière, Suzon sauta sur le sol et courut jusqu'à la porte de la maison. Je descendis à mon tour, immédiatement accueillie par les alouettes qui grisollaient à tue-tête au-dessus des champs qui entouraient la ferme. Je fus surprise de voir, dans la cour, deux vélos et une voiture à bras chargée de valises et d'objets hétéroclites, parmi lesquels j'aperçus une cage contenant un canari.

— Line ! Line ! cria ma fille.

Pauline apparut et se pencha pour prendre Suzon dans ses bras. Elle nous fixa, alarmée :

— Que se passe-t-il ? Y a-t-il... ?

— Non, il n'y a rien de grave, dis-je tout de suite. C'est simplement que père a jugé bon de nous amener ici.

Mon père expliqua son point de vue tandis que nous entrions dans la maison. Pauline approuva :

— C'est certain, vous serez mieux ici. Et nous nous réconforterons mutuellement en attendant le retour de nos maris, ajouta-t-elle à mon intention.

Mes beaux-parents nous accueillirent chaleureusement, mon beau-père surtout. Il adorait Suzon, qui le lui rendait bien. Ma belle-mère, qui s'apprêtait à aller traire, lui tendit la main :

— Tu viens avec moi ? Je te donnerai un bol de lait tout tiède. Tu sais, celui qui mousse et qui te fait des moustaches ?

Ma petite fille la suivit avec empressement. Pauline me regarda :

— Je vais aider mère Hiette à traire. Pendant ce temps, va installer tes affaires dans ta chambre, Viviane. Elle n'a pas changé depuis que tu es partie d'ici.

Je retrouvai la chambre où j'étais devenue la femme de Georges. Je me revis à l'époque, toute jeune mariée, pleine d'une bonne volonté touchante et du désir de plaire à mon mari. Pour lui, j'étais décidée à devenir une bonne fermière. Je regardai le lit avec une émotion où venait se mêler une profonde tristesse. Là, j'avais mis au monde un petit garçon mort-né, étranglé par le cordon ombilical. J'avais été si malheureuse ensuite que j'étais partie en me jurant de ne jamais revenir. Et maintenant, les circonstances m'obligeaient à renier la promesse que je m'étais faite.

Je revins dans la cuisine. Mon beau-père, debout devant le buffet, sortait des bols pour le petit déjeuner. Il avait également préparé du pain, du beurre, et quelques œufs. Je me souvins que, le matin, il cassait toujours un ou deux œufs frais dans son bol de lait, affirmant que c'était excellent pour la santé. Au début de mon mariage avec Georges, il m'avait incitée à faire de même, mais je n'avais jamais réussi à avaler ce mélange, qui m'avait tout de suite écœurée.

— Il y a quelques réfugiés dans la grange, m'expliqua-t-il. Tous les soirs, plusieurs personnes demandent à y passer la nuit. Il y en a quelquefois jusque dix ou douze. Aujourd'hui, il y en a cinq. Une famille de Roubaix. La charrette et les vélos dans la cour sont à eux.

Ma belle-mère entra, fit chauffer le lait. J'aperçus les réfugiés, dans la cour, qui se débarbouillaient à la pompe. Il y avait une femme, un homme de l'âge de mon père, une jeune fille et deux adolescents. Ma belle-mère sortit, les invita à s'asseoir sur le banc, dehors, au soleil, et leur porta à chacun un bol de lait et une tartine. Pauline revint avec ma petite fille dont la lèvre supérieure était ornée d'une trace blanche et mousseuse.

— Installez-vous, dit-elle. Nous allons déjeuner[1].

Nous nous mîmes à table, et Suzon dévora avec un bel appétit. Ma belle-mère la regardait manger d'un air approbateur.

— De la bonne nourriture et du bon air lui donneront vite des belles couleurs. Elle est bien pâlotte, cette enfant.

Je compris le sous-entendu, qui signifiait : comment

1. Dans le Nord, on dit déjeuner pour le petit déjeuner.

pourrait-elle avoir des joues rouges en vivant en pleine ville et, qui plus est, dans l'atmosphère viciée d'un cabaret ? Je ne dis rien. Mon père, que l'allusion n'avait pas touchée, approuva avec conviction :

— Ça lui fera du bien, c'est vrai. Je vous remercie, Henriette, et vous, Baptiste, de les héberger quelque temps.

— Allons, allons, c'est normal, dit mon beau-père. Georges serait rassuré de les savoir ici.

Georges... Où était-il ? Je n'avais plus aucune nouvelle. J'échangeai avec Pauline un regard angoissé. Elle aussi, elle était dans l'ignorance complète au sujet de Thomas.

Mon père se leva :

— Eh bien, je m'en vais. Il faut que je sois rentré pour l'ouverture du café. Marie est là, mais je n'aime pas la laisser seule en ce moment. On ne sait jamais...

Il m'embrassa, et sa moustache me piqua les joues :

— Porte-toi bien, ma fille. À bientôt, j'espère.

Il souleva Suzon, l'embrassa également avec tendresse. Dans la cour, les réfugiés, qui s'apprêtaient à partir, entouraient Rosalie qu'ils regardaient avec curiosité et admiration.

— C'est ça qu'il nous faudrait, constata l'homme, au lieu de notre charrette.

— Vous n'iriez pas loin, rétorqua mon père, car il n'y a plus beaucoup d'essence dans le réservoir.

La femme hocha la tête :

— Il y a quelques jours, on a vu des gens, sur la route, qui possédaient une voiture comme celle-ci. Ils n'avaient plus d'essence, eux non plus. Ils ont dû l'abandonner et continuer à pied.

Ils reculèrent tandis que mon père faisait démarrer sa Rosalie. Il sortit de la cour en nous faisant des gestes d'adieu. Je vis la voiture s'éloigner, et je me sentis subitement orpheline. J'éprouvai une envie de pleurer qui me mit les larmes aux yeux. Pauline me serra le bras :

— Je suis contente que tu sois là, Viviane.

Je lui adressai un sourire tremblant. Elle était la seule, dans cette maison, pensai-je, à me comprendre et à m'apprécier. Grâce à elle, mon séjour parviendrait à être supportable.

Je renouai malgré moi avec la vie de la ferme. Pour compenser le dérangement que pouvait causer mon hébergement, je me fis un point d'honneur d'accomplir quelques tâches. Avec Pauline, ce me fut plus facile. Nous bavardions tandis que je l'aidais à préparer la nourriture des vaches ou que je démoulais les livres de beurre frais qu'elle enveloppait soigneusement dans leur papier. Notre conversation tournait autour de la pensée qui nous occupait sans cesse : que devenaient nos maris ? Nous éprouvions la même angoisse.

Avec Suzon, j'allais ramasser les œufs. D'un air important, elle les plaçait dans le panier en prenant de grandes précautions pour ne pas les casser. Je me chargeais aussi d'aller chercher l'*affourée*. Je prenais la faucille et, accompagnée de Suzon qui tenait le sac de toile, je partais dans la campagne afin de couper, le long des talus, l'herbe qui nourrirait les lapins. Ensuite, je nettoyais leur cage, et c'était ma petite fille qui leur donnait à manger. C'était un moment qu'elle appréciait beaucoup, et, grâce à elle, ce genre de travail ne prenait pas l'allure d'une corvée.

Elle se lia d'amitié avec Louis, le fils d'Hector, qui chaque jour venait aider mon beau-père. Elle le suivait partout et lui posait d'innombrables questions auxquelles il répondait avec une patience admirable. Si nous l'avions laissée faire, elle l'aurait accompagné lorsqu'il partait travailler dans les champs.

Autour de la ferme, la nature s'épanouissait sous le soleil de mai. Je la regardais avec déplaisir. Avant mon mariage avec Georges, lorsqu'il m'arrivait de me promener dans la campagne, je ne voyais que la luxuriance des épis, la touche vive des coquelicots dans la blondeur des blés, et je trouvais ce spectacle agréable à contempler. Mais, maintenant, je devinais les chardons dissimulés qu'il fallait arracher en se piquant les doigts, je prévoyais le long labeur de la moisson, la mise en monts des gerbes, dans la chaleur implacable de l'été, je pensais au ramassage des pommes de terre et à l'arrachage des betteraves dans la boue et les brouillards d'octobre. Je n'avais jamais pu comprendre comment Georges pouvait aimer ce métier.

Les premières nuits, je dormis mal. Suzon partageait le grand lit avec moi, et la présence de son petit corps paisiblement endormi m'aidait à réfréner mon inquiétude. Car les nouvelles étaient alarmantes. Les Allemands avaient envahi la France et progressaient chaque jour. Ils avaient réussi à passer, malgré la ligne Maginot que l'on qualifiait d'imprenable. Mon beau-père disait :

— En 14, ils ne sont pas venus jusqu'ici. Avec l'aide des Anglais, nos soldats sauront bien les arrêter.

J'avais peur, car cela sous-entendait qu'il y aurait des combats, donc des morts et des blessés. Avec Pauline, j'allai à l'église faire brûler un cierge en demandant que Georges fût épargné. Elle fit la même prière pour Thomas. Nous ne pouvions qu'espérer être exaucées.

Les réfugiés continuaient de traverser le village, se dirigeant vers le sud. Chaque soir, quelques-uns s'arrêtaient à la ferme et demandaient un endroit pour la nuit. Ils dormaient dans la grange, et, le lendemain matin, avant de repartir, ils nous engageaient à fuir également.

— Dépêchez-vous, ajoutaient-ils. Bientôt, il sera trop tard. Les Boches arrivent.

Comme mon père, mon beau-père demeurait intraitable : il n'abandonnerait pas aux pillards sa ferme et ses bêtes.

Je découvris que ma belle-mère leur faisait payer le lait qu'elle leur proposait quand ils arrivaient. Je me permis de protester, et de suggérer qu'elle pouvait le leur offrir. Elle pinça les lèvres, de ce mouvement que je connaissais trop bien :

— Je ne peux pas nourrir les gens pour rien, tous les jours, en plus. Nous ne sommes pas riches. Est-ce que vos parents donnent à boire gratuitement à ceux qui viennent se désaltérer dans leur café ?

Je me tus en pensant amèrement que, quoi que je fasse,

mes propositions n'étaient jamais acceptées, mais, au contraire, toujours critiquées.

Le surlendemain de mon arrivée, ceux qui s'arrêtèrent à la ferme étaient au nombre de six. Il y avait un vieil homme aux cheveux blancs, une femme d'environ quarante ans, et trois enfants, une jeune fille et deux garçons de dix à douze ans. Ils étaient accompagnés d'un jeune homme blond qui paraissait avoir trente ans mais dont le visage gardait un air hagard.

Tandis qu'ils s'installaient dans la grange, j'allai avec Pauline leur porter un peu du lait qu'elle venait de traire. Ils nous remercièrent avec gratitude, sauf le jeune homme blond, qui nous regarda avec des yeux vides.

— Ne faites pas attention, expliqua la femme. Il n'est pas encore remis du choc qu'il a subi. Sa mère a été tuée, il y a trois jours. On faisait la route ensemble, et on a été mitraillés par les stukas. On s'était liés d'amitié, et il ne connaissait personne d'autre. Alors il est resté avec nous. Mais on ne pourra pas le garder toujours, d'autant plus que...

Elle jeta un coup d'œil rapide au jeune homme qui, avec application, buvait son bol de lait, et baissa la voix pour continuer :

— Il est un peu simplet, si vous voyez ce que je veux dire. Il a trente ans, mais il a autant d'esprit qu'un petit enfant. Il s'appelle Rik. Il est belge.

Je le regardai avec pitié. Seul au monde et incapable de se débrouiller, qu'allait-il devenir ? Pauline lui reprit le bol des mains sans qu'il réagît. Suzon, qui tournait autour de nous, avec l'instinct sûr des enfants se dirigea vers lui et le tira par le bras :

— Tu veux voir Major ? demanda-t-elle. Viens. Viens avec moi.

Comme il ne réagissait pas, elle le tira de plus belle, répétant avec impatience :

— Allez, viens !

Il se leva du sol où il était assis et se laissa entraîner. L'un des petits garçons demanda :

— C'est qui, Major ?

— C'est le cheval, dit ma petite fille sur le ton d'une évidence.

— On peut venir le voir aussi ?

Suzon acquiesça, tirant toujours Rik par la main. Les deux enfants suivirent. Ils traversèrent la cour et entrèrent dans l'écurie. La femme commenta :

— D'après ce que sa mère nous a dit, Rik et elle vivaient dans une ferme, en Belgique. C'est peut-être pour ça qu'il se sent en confiance ici. Il est plutôt sauvage, et il ne se lie pas facilement.

Ravie d'avoir un auditoire tout à sa dévotion, ma petite fille fit visiter la ferme à Rik et aux deux garçons. Elle leur présenta tous les animaux. Ils revinrent dans la cour au moment où ma belle-mère sortait de la maison pour proposer à ses hôtes d'une nuit — contre paiement — une omelette, de la salade et du fromage pour le souper. Suzon courut vers elle avec excitation :

— Mère Hiette ! Rik dit qu'il a aussi un cheval, et des vaches, et des poules, et des lapins !

Le jeune homme blond avait perdu son air hagard. Il se tourna vers ma belle-mère, et une lueur d'intérêt traversa ses gros yeux bleus :

— Man-man Yette ?... interrogea-t-il.

Le plus âgé des petits garçons intervint :

— Sa mère s'appelait Yvette, mais lui, il l'appelait toujours man-man Yette.

Ma fille expliqua à Rik, en montrant ma belle-mère :

— C'est mère Hiette. Ma grand-mère.

— Man-man Yette... répéta Rik.

Un sourire niais éclaira son visage. Le vieil homme, qui observait la scène, commenta :

— Il vous prend pour sa mère, madame.

Ma belle-mère hocha tristement la tête :

— Je ne suis pas ta maman, mon pauvre garçon.

Rik ne parut pas entendre et conserva son sourire niais. Ma belle-mère se détourna et entra dans la maison en grommelant :

— Pauvre *innochint*[1], va !

Après le repas, Suzon, pourtant toujours obéissante, refusa de quitter son nouvel ami. Je dus la gronder pour qu'elle acceptât de venir se déshabiller et se coucher. Dans le lit, elle se pelotonna contre moi et déclara gravement :

— Il est gentil, Rik. Est-ce qu'il peut rester ici ? Il voudrait bien.

— Il te l'a dit ? questionnai-je, surprise.

— Non, mais je le sais.

— Normalement, il va repartir demain matin.

— Il pourrait pas rester ? Il voudrait bien, répéta-t-elle.

Puis elle s'endormit en suçant son pouce. Le lendemain matin, dès qu'elle fut levée et habillée, elle se précipita dehors à la recherche de son nouvel ami. Elle le trouva dans l'étable. Pauline avait mené les vaches en pâture et, avec Louis, Rik, muni d'un long râteau, sortait la litière souillée avant de la remplacer par de la paille fraîche. Absorbé par sa tâche, il fit à peine attention à ma fille qui, déçue, revint vers moi :

— Il veut plus jouer avec moi ? demanda-t-elle avec une moue boudeuse.

— Allons, laisse-le, ordonnai-je. Tu vois bien qu'il travaille.

Les autres réfugiés achevaient leurs préparatifs. La femme se tourna vers moi :

— Il ne veut pas venir avec nous. Dès que votre valet s'est mis à nettoyer l'étable, il s'est empressé de l'aider. Il vivait dans une ferme, en Belgique. Il connaît le travail.

— Ça, c'est vrai, dit Louis, qui repoussait la paille souillée sur le fumier. Avec lui, je vais avoir fini deux fois plus vite.

Le vieil homme vint remercier mes beaux-parents de leur hospitalité, et la femme appela Rik une dernière fois :

— Tu viens, Rik ? Nous partons.

Il secoua la tête d'un air buté, sans lâcher son râteau :

— Je veux pas partir. Je veux rester avec man-man Yette.

1. Innocent, simplet.

— Mais...

— Attendez ! coupa mon beau-père, pris d'une inspiration subite. Vous dites qu'il est seul au monde ? Qu'allez-vous en faire ? Laissez-le donc ici. S'il connaît le travail de la ferme, il nous sera bien utile. Mon petit-fils est à l'armée, et en attendant son retour, il le remplacera.

Il y eut un instant d'hésitation. Le vieil homme et la femme regardèrent Rik qui, sans se préoccuper d'eux, avait repris son travail.

— C'est vrai qu'il nous encombrerait, avoua-t-elle. Et puisqu'il préfère rester ici...

— Je vais vous donner la valise contenant ses affaires, ajouta l'homme.

Il prit, sur la charrette qui contenait toute leur richesse, une vieille valise en toile qu'il posa sur le *grinbillon.* Puis il alla jusqu'à l'écurie et, par la porte ouverte, interpella Rik :

— Mon garçon, on te laisse. Sois bien sage, hein ?

Je vis la tête blonde faire un signe affirmatif Le vieil homme revint vers nous et ajouta :

— Soyez bon avec lui. Il a l'esprit d'un enfant, mais il est fort, et il fera du bon travail. Dans la valise, il y a ses papiers.

— Dès que la situation sera redevenue normale, promit mon beau-père, nous écrirons en Belgique afin de savoir s'il lui reste de la famille. Pour le moment, je vous remercie de nous le laisser. Le mois prochain, il y a les foins. Et après, la moisson. Il ne pouvait pas mieux tomber.

— Eh bien, tant mieux. Au revoir, et merci.

Ils s'en allèrent et j'eus l'impression qu'ils étaient soulagés d'être débarrassés de Rik.

— Il dormira dans le grenier à foin, décida mon beau-père, là où dormait Thomas.

Ma belle-mère, pendant tout ce temps, était restée dans la maison. Elle n'avait rien dit, mais elle avait tout entendu. Elle sortit et apostropha son mari :

— Nous ne savons pas d'où il vient. C'est un *innochint.* Il n'a pas toute sa tête. Un jour, il partira sans prévenir. Ou alors, il nous apportera des ennuis.

— Quels ennuis ? Regarde-le. Il sait travailler. S'il peut rester jusqu'au retour de Thomas, il nous rendra bien service.

Ma belle-mère ne protesta plus. Elle était consciente du fait que son mari vieillissait et ne travaillait plus comme avant.

— Gardons-le, soupira-t-elle. L'avenir nous dira si nous avons eu raison.

Ma petite fille fut enchantée de savoir que son nouvel ami allait rester. Lui-même, sans surprise, accepta la situation comme une évidence :

— Je reste, dit-il avec satisfaction. Ici. Avec man-man Yette.

3

Rik s'adapta très vite. Il donnait l'impression d'avoir toujours vécu à la Cense aux alouettes. Il obéissait à mon beau-père avec la docilité d'un enfant, mais il travaillait avec la force d'un homme. Dès le matin, il se mettait à la tâche de bon cœur. Tout de suite, il s'entendit bien avec Major, qui l'accepta comme s'il l'avait toujours connu.

D'après ses papiers, il s'appelait Erik Vanfertenen et avait vingt-neuf ans. Il était né de père inconnu. Au cours des repas, lorsqu'il bavardait avec nous, sa conversation était celle d'un enfant de sept ans. Il nous raconta qu'il vivait, avec sa mère, dans une ferme où ils étaient employés. Sa man-man Yette était la *meyssen maerte*[1], et lui le *karton*[2]. Il avait ses mots à lui, qu'il nous apprit avec importance ; il appelait la charrue *plouf*, et la baratte *boterken*. Il nous fit découvrir le *pap*, un plat qu'il aimait particulièrement. Il fallait faire bouillir du lait écrémé avec de la cassonade et des tranches de pommes. Cela donnait une bouillie que l'on mangeait avec des tartines de beurre ou de saindoux. C'était effectivement délicieux.

Mon beau-père se félicitait de cet ouvrier qui ne rechignait pas à la tâche et qui se montrait respectueux et obéissant. Ma belle-mère, tout en étant également satisfaite, se trouvait embarrassée lorsque Rik s'adressait à elle en l'appelant « man-man Yette ». Au début, elle voulut l'en empêcher, mais son mari la raisonna :

1. Servante.
2. Ouvrier agricole.

— Allons, laisse-le. Il ne fait rien de mal. Qui sait ce qui se passe dans son esprit ?

Elle se rangea à cet avis, mais je voyais bien que cette appellation ne lui plaisait pas. Parfois, elle demandait :

— Que ferons-nous de lui lorsque Thomas reviendra ?

— Nous écrirons à l'adresse qui est indiquée sur ses papiers. D'après ce qu'il nous a dit, les fermiers sont ses patrons. Ils le reprendront certainement. Et, en attendant, je suis bien content qu'il soit là.

Lorsque mon beau-père parlait du retour de Thomas, je pensais à celui de Georges. Nous étions toujours sans nouvelles de l'un comme de l'autre. Dans une France désorganisée par la guerre et l'exode, le courrier ne fonctionnait plus. La nuit, l'angoisse me tenait éveillée. Je n'étais pas seule dans ce cas. Pauline, elle aussi, avait des yeux cernés et un visage tiré par l'inquiétude.

Une semaine après mon arrivée, Louis accourut un matin, essoufflé et effrayé :

— Les Allemands ! cria-t-il. Ils sont là ! Je les ai vus, sur la grand-route.

Affolés, nous n'osions plus bouger. Ma belle-mère souffla :

— Mon Dieu ! Allons vite nous réfugier dans la cave !

— Pas du tout, protesta Pauline. S'ils mettent le feu à la maison, nous serions brûlés vifs.

Nous fûmes bien près de céder à la panique. Je serrai contre moi ma petite Suzon. Louis tenta de nous rassurer :

— Ils ne paraissent pas méchants. Ils ne nous feront sans doute rien. Ce sont des soldats, ce ne sont pas des SS.

Nous avions entendu parler de ces derniers qui, pour se venger, au mépris des lois de la guerre, assassinaient des civils ou des soldats prisonniers.

— Fermons tout, décida ma belle-mère. Ne bougeons pas.

Regroupés dans la pièce de devant, d'où nous pouvions surveiller la rue, nous les vîmes défiler. Ils traversèrent le village sans s'arrêter. Nous fûmes soulagés de les voir s'éloigner, mais mon beau-père commenta sombrement :

— Ceux-là ne font que passer, mais d'autres viendront.

Il ne se trompait pas. D'autres, effectivement, arrivèrent le lendemain et s'installèrent. Ils réquisitionnèrent la mairie pour leur *Kommandantur,* ainsi que la salle du cinéma et les écoles pour loger leurs troupes. Ils se montrèrent corrects, mais nous ne pouvions nous empêcher d'être méfiants.

— S'ils sont là, c'est que nos soldats sont vaincus, me confia Pauline. Où peuvent-ils être, dans ce cas ?

L'installation des Allemands dans le village nous paralysa. Au début, nous n'osions pas sortir. Une ordonnance, affichée sur le mur de la mairie — il fallait dire, maintenant, *Kommandantur* — nous apprit qu'aucun mal ne serait fait aux habitants, à condition qu'ils se montrent respectueux envers les troupes d'occupation. Cela nous rassura un peu. Néanmoins, nous demeurions sur nos gardes.

Quelques jours plus tard, je vis arriver mon père. Je finissais de donner l'*affourée* aux lapins avec Suzon lorsque j'entendis Rosalie entrer dans la cour. Suzon se précipita aussitôt.

— Pépère Raymond ! cria-t-elle en se jetant dans ses bras.

Mon père la souleva, la serra contre lui, l'embrassa tandis qu'elle riait :

— Ta moustache ! Ça pique !

— Quelle bonne mine tu as, ma Suzon !

Je m'approchai et interrogeai tout de suite :

— Bonjour, père. Que se passe-t-il ? Avez-vous eu des nouvelles de Georges ?

— Rien du tout, ma fille. Nous ne savons rien. Je suis simplement venu pour voir comment vous allez. Les Allemands sont à Béthune. Il y a eu des combats sur le canal, à Beuvry. Des SS ont massacré une quarantaine d'habitants. Nous étions inquiets pour vous. Marie ne dormait plus. Elle disait que la même chose avait pu arriver ici, et elle m'a demandé de venir pendant que j'ai encore un peu d'essence. J'avoue que je suis rassuré de vous voir en bonne santé.

Ma belle-mère et Pauline l'invitèrent à entrer, puis à partager notre repas. Tout en mangeant, mon père raconta ce qu'il avait entendu dire concernant le massacre des civils à Beuvry.

— Ces Allemands sont des brutes, des assassins. Ils ne respectent même pas les lois de la guerre. Au faubourg Saint-Pry, ils ont exécuté des soldats français qui se constituaient prisonniers.

J'échangeai avec Pauline un regard alarmé. Si l'un de ces soldats était Georges, ou Thomas...

À la fin du repas, mon père se tourna vers Suzon et moi :

— Il serait aussi bien que vous reveniez, maintenant, puisque les Allemands sont partout.

J'acquiesçai immédiatement. Vivre à la Cense aux alouettes ne me plaisait qu'à moitié, et, de plus, si Georges donnait de ses nouvelles, il écrirait chez nous. Il valait mieux que je rentre.

Je fis mes adieux. Pauline fut désolée de me voir partir. Ma belle-mère, qui avait entendu mon père parler de la difficulté à se ravitailler, nous donna du lait, du beurre, des œufs, du pâté, du saindoux, des pommes de terre. Ma petite fille fut réticente à quitter Line, ainsi que son nouvel ami Rik. Seule la perspective d'une promenade en automobile parvint à la décider.

J'avais laissé ma ville peu après le départ des soldats anglais, et je la retrouvai occupée par les Allemands. Dans notre rue, pourtant, rien n'avait changé. Ma mère nous serra toutes les deux dans ses bras :

— Mes chéries, quel bonheur de vous revoir ! J'étais si inquiète !

Elle s'extasia devant notre bonne mine, elle accueillit avec reconnaissance les provisions données par ma belle-mère. Elle écouta Suzon raconter les journées à la ferme, parler de Rik, et je dus compléter les propos de ma fille pour les rendre plus compréhensibles. Je rapportai l'arrivée des Allemands, et ma mère hocha la tête avec tristesse :

— Ils sont partout. Ils ont envahi toute la région. Ils se comportent en vainqueurs. Ils viennent ici en tant que clients, et nous sommes bien obligés de les servir. Nous devons encore nous montrer heureux qu'ils acceptent de payer leurs consommations !

Je pus m'en rendre compte par moi-même. À la place des soldats anglais qui, pendant la « drôle de guerre », nous avaient appris leurs chants, venaient maintenant des soldats allemands, rigides et froids. L'ambiance du café s'en ressentait. Jean, qui avait fait les tranchées et qui n'aimait pas les « Boches », grommelait tout bas en les regardant de travers. Après leur départ, il reprochait à mon père de les accueillir.

— Je ne peux pas les empêcher d'entrer, répondait celui-ci. Je ne tiens pas à m'attirer des ennuis.

— Et puis, ajoutait ma mère avec bon sens, il sont corrects. Ils consomment et ils paient. Nous n'avons aucune excuse pour ne pas les servir.

Mais Jean secouait la tête avec obstination et grommelait de nouveau une phrase inintelligible où revenait le mot « Boche ». Mon père essayait de le raisonner :

— Allons, arrête de *bertonner*[1]. Lorsqu'ils sont là, tu n'es pas obligé de leur parler. Ignore-les, tout simplement.

Jean baissait la tête sans répondre. Lorsque je lui apportais sa consommation, il prenait le verre avec une main tremblante. Il me disait amèrement :

— Vois-tu, Viviane, je me suis battu pendant quatre ans, et j'y ai laissé mon bras gauche. On a gagné la guerre, et j'ai été content. Je me suis dit : « Je n'ai pas perdu mon bras pour rien. » J'ai cru qu'on était débarrassés des Boches une fois pour toutes. Mais je me suis trompé, puisqu'ils sont là à nouveau. Alors, toutes ces souffrances, et tous mes compagnons qui sont morts au combat, ça a été inutile. C'est dur, tu sais, Viviane. Je regrette de ne pas avoir été tué, moi aussi. Au moins, je ne connaîtrais pas, aujourd'hui, une telle humiliation.

1. *Bertonner* : rouspéter, grommeler.

Je ne savais que répondre. De mon côté, je me consumais d'inquiétude pour Georges. Nous avions appris que des soldats prisonniers venant de Saint-Pol et de Bruay avaient été parqués, comme du bétail, dans le stade municipal, en attendant d'être transférés en Allemagne. J'émis l'hypothèse que, peut-être, Georges se trouvait parmi eux.

— S'il était là, objecta ma mère, il s'arrangerait pour nous le faire savoir.

Mon père ajouta avec logique :

— S'il est prisonnier, il ne va pas revenir par ici. Comme il se trouvait dans l'Est, il va être dirigé directement vers l'Allemagne.

D'autres soldats français et britanniques, qui avaient été blessés, étaient soignés à l'hôpital. Là aussi, je m'interrogeais avec un espoir mêlé de crainte : et si Georges était l'un d'eux ?

— Il nous le ferait savoir, répéta ma mère.

— Mais s'il était gravement blessé, inconscient ? dis-je.

Un de nos clients, qui connaissait un employé de l'hôpital, promit de se renseigner. La réponse qu'il nous apporta fut négative. Je continuai à me tourmenter. Où était-il ? Prisonnier, blessé... ou tué ?

Le 14 juin, les Allemands entrèrent à Paris. Le 17 juin, le maréchal Pétain, nommé président du Conseil, demanda l'armistice. La TSF nous fit entendre son allocution. Nous étions dans le café et nous écoutions, figés, la voix chevrotante annoncer qu'il fallait cesser le combat. Lorsqu'elle se tut, Jean, les larmes aux yeux, explosa :

— L'armistice ! Il a demandé l'armistice ! Pétain, qui a fait la Grande Guerre ! Quelle honte !

Il en tremblait. Mon père essaya de le calmer :

— Allons, Jean, ne te mets pas dans des états pareils. Que veux-tu qu'il fasse d'autre ? Nous sommes vaincus. Les Allemands sont partout.

— C'est la solution la plus sage, ajouta Albert, un autre de nos habitués. Elle met fin au massacre des réfugiés sur les routes. Et Pétain ne tient pas à voir une nouvelle fois le carnage des tranchées, qui a fait des millions de morts.

Mais ils furent impuissants à raisonner Jean. Celui-ci, à la fois révolté et humilié, ne parvenait pas à accepter ce qu'il venait d'entendre. Toute l'admiration qu'il portait à Pétain s'était effondrée d'un seul coup.

Il retrouva un peu d'espoir, le lendemain, lorsque nous entendîmes l'appel que lançait, de Londres, un général inconnu du nom de De Gaulle. Le regard abattu de Jean s'éclaira :

— Voilà ce que j'appelle un Français ! Il n'admet pas la défaite, lui ! J'espère que nous serons nombreux à le suivre.

— Et avec quoi allons-nous nous battre ? objecta Albert. Notre armée est vaincue. Nous n'avons plus rien. Ce général... comment déjà ?... De Gaulle ?... pourquoi n'est-il pas ici, à nos côtés, au lieu de fuir en Angleterre ?

Ils se mirent à opposer leurs points de vue. La discussion devint même si violente que mon père fut obligé de les calmer. Finalement, Albert conclut, en me regardant :

— Cet armistice, c'est bien pour toi, Viviane. Les soldats français vont être libérés. Si Georges est prisonnier, il sera bientôt ici.

Je haussai les épaules en un geste d'ignorance. Le courrier fut rétabli, mais je demeurai sans nouvelles. Au cours des semaines suivantes, les prisonniers enfermés dans le stade furent dirigés vers l'Allemagne. S'ils partaient là-bas, cela signifiait sans doute que, contrairement à ce que nous espérions, les vainqueurs n'avaient pas l'intention de les libérer.

Les automobiles furent réquisitionnées, mais mon père parvint à garder sa Rosalie en arguant qu'elle était nécessaire à son travail. Ainsi, de temps en temps, il me conduisait à la Cense aux alouettes. Dès mon arrivée, la réponse de Pauline à ma question muette était toujours la même : elle non plus, elle n'avait aucune nouvelle de Thomas. À notre inquiétude se mêlait un immense découragement. Lors de ces visites à la ferme, seule la joie de Suzon, qui retrouvait Rik, parvenait à me faire sourire. Et, malgré tout, nous avions la satisfaction de repartir avec de la nourriture, ce qui était appréciable.

L'été passa lentement. À la Cense aux alouettes, grâce à l'aide de Rik, mon beau-père fit la moisson sans problème. Je m'apercevais avec étonnement que, pour eux, la guerre et l'arrivée des Allemands n'avaient rien changé. Leurs travaux continuaient normalement. Pour la première fois, je pris conscience que ce métier proche de la nature, elle-même imperméable aux folies des hommes, pouvait aider à garder un certain équilibre.

Pour ma part, je devenais de plus en plus nerveuse. Le jour, je me rongeais les ongles ; la nuit, j'étais la proie d'insomnies tenaces. L'été se termina. Vint l'automne. Je finissais par fixer mon esprit sur une seule pensée : qu'était devenu Georges ?

— S'il avait été blessé ou tué, disait mon père, nous le saurions déjà. Il doit faire partie des milliers de soldats prisonniers. Nous n'allons pas tarder à avoir de ses nouvelles.

Il fallut attendre jusqu'en octobre et, enfin, un matin, je reçus une lettre venant d'Allemagne. Lorsque je vis l'écriture de Georges, je sentis le sang se retirer de mon visage, et je crus que j'allais m'évanouir. Je dus m'asseoir. Je lus — je dévorai plutôt — les phrases qu'il écrivait sur un imprimé spécial. Elles se voulaient rassurantes. Il disait qu'il allait bien, qu'il se trouvait dans un camp à Bergzabern. Il pensait beaucoup à nous et, comme il était sans nouvelles lui aussi, il espérait que nous étions en bonne santé. Il terminait en nous assurant de tout son amour.

Je m'aperçus que les larmes ruisselaient sur mes joues. Je tendis la lettre à ma mère, qui la lut à son tour. Elle me regarda et dit, dans un souffle :

— Dieu merci, il est vivant !

J'acquiesçai en séchant mes larmes. Nous étions dans notre cuisine et Suzon, surprise de me voir pleurer, grimpa sur mes genoux. Je la rassurai :

— Ne t'inquiète pas, ma chérie. Papa a écrit. Il était parti, tu t'en souviens ? Et maintenant, il va bientôt revenir.

D'un air sérieux, elle hocha affirmativement la tête. Comprenait-elle la situation ? Elle n'avait que quatre ans.

— Nous allons lui répondre, déclara ma mère, et lui dire que nous allons bien, afin de le rassurer.

Sous la mention *Absender,* l'adresse était indiquée, ainsi que le numéro de matricule. Je relus encore une fois la lettre, puis je me dirigeai vers le café :

— Je vais prévenir père, et nous irons porter cette bonne nouvelle aux parents de Georges. Ils lui enverront de la nourriture. Il doit en avoir besoin. Quant à nous, peut-être pourrions-nous envoyer du linge, du savon ?

Sans tarder, mon père me conduisit à la Cense aux alouettes. Mes beaux-parents n'avaient toujours rien reçu, et la lettre que je leur montrai les fit pleurer de soulagement. Ma belle-mère, comme moi, devint pâle et se laissa tomber sur une chaise.

— Mon *mononc'* Georges... dit Pauline. Nous allons noter son adresse et lui écrire.

— À mon avis, il a dû vous envoyer une lettre, à vous aussi, assura mon père. Vous la recevrez bientôt.

Lorsque nous prîmes congé, Pauline me serra dans ses bras :

— Je suis bien contente pour toi, Viviane.

Derrière ces paroles amicales, je devinai la tristesse qu'elle s'efforçait de cacher. Je répondis avec conviction :

— Thomas va t'écrire. Il est dans le même cas, sans aucun doute.

— Je l'espère... chuchota-t-elle avec ferveur.

Parmi les Allemands qui venaient dans notre café, deux d'entre eux devinrent des habitués.

Le premier, Kurt, avait une trentaine d'années. Il avait laissé, en Allemagne, une jeune femme et une petite fille de l'âge de Suzon. Un jour, il nous montra sa photo. Sans doute à cause de son enfant absente, il s'intéressait à la mienne. Il lui parlait sans cesse, lui posait des questions, lui offrait une grenadine. Suzon, qui ignorait ce que pouvait signifier le mot « Boche » ou « ennemi », se lia d'amitié avec lui.

Le second, Herman, était plus âgé. Lui aussi était séparé de sa femme, et de ses deux filles adolescentes. Je le préférais à Kurt. Il avait un caractère doux et calme, et il déplorait la guerre. Lorsque je lui parlais de Georges, il hochait la tête avec désolation :

— Moi, ma femme est loin. Vous, c'est votre mari. Quel malheur, la guerre !

Kurt, par contre, trouvait l'invasion de notre pays parfaitement justifiée. Nous découvrîmes très vite qu'il était un pur nazi, ce dont il ne se cachait pas. Hitler était son dieu, et il avait lu *Mein Kampf,* dont il nous rebattait les oreilles. D'après lui, tout ce que disait son Führer était profondément vrai.

Il nous déclara froidement qu'il n'aimait pas les Juifs, et qu'il approuvait le programme d'Hitler à leur encontre. Il donna raison à l'ordonnance qui, depuis octobre, interdisait aux Juifs certaines professions et obligeait les commerçants à apposer, sur leur vitrine, une affiche comportant les mots « entreprise juive ». Déjà, le mois précédent, un recensement avait été fait, et chaque personne juive avait dû aller s'inscrire et indiquer son nom, son adresse, sa profession.

Lorsque Kurt en parla, j'osai lui demander :

— Mais... pourquoi ?

Il me regarda comme si j'avais posé une question d'une énorme stupidité. Lui qui s'exprimait toujours en un français parfait, froidement, posément, s'anima un peu pour répliquer avec indignation :

— Mais parce que les Juifs sont une véritable plaie ! Tout ce qui arrive, c'est à cause d'eux. À commencer par les guerres. Il faut les exterminer tous. Tant qu'il restera un Juif sur la terre, il y aura toujours des guerres.

Sidérée, je ne sus que répondre. Mon père, près de moi, secoua la tête avec incompréhension. Je me sentis mal à l'aise. Les paroles de Kurt et, plus encore, la façon virulente dont il les prononçait me déplaisaient.

Heureusement, ma petite fille fit diversion en réclamant une autre grenadine.

— Non, Suzon, dis-je. Ça suffit.

Elle m'ignora et leva vers Kurt son petit visage

— S'il te plaît ? demanda-t-elle.

— Mais bien sûr, *mein Kind,* acquiesça-t-il aussitôt en portant la main à son portefeuille.

Je m'interposai et répétai à Suzon :

— J'ai dit non. Il va bientôt être l'heure de manger.

Le visage de Kurt se ferma. Je me souvins qu'il faisait partie des vainqueurs et qu'il ne fallait pas les indisposer, comme disait mon père. Je ravalai ma fierté et tentai d'adoucir mon refus en expliquant à Kurt :

— Ce sera pour la prochaine fois. Il ne faut pas faire tous ses caprices, sinon elle va devenir impossible.

Il se détendit un peu, s'inclina légèrement :

— Je fais pour elle ce que je ne peux pas faire pour ma fille. Pardonnez-moi.

Je répondis par un sourire et, prenant Suzon par la main, je l'entraînai vers la cuisine. Elle n'avait pas un caractère rebelle et ne protesta plus. Je la laissai avec ma mère, qui lui permit de goûter à la purée qu'elle préparait. Suzon oublia aussitôt sa grenadine. Mais moi, je demeurai longtemps contrariée. Il faudrait laisser Kurt continuer à gâter ma fille et, contrairement à mon père qui prenait la situation avec philosophie, cela ne me plaisait pas.

Quelques jours plus tard, en arrivant à la Cense aux alouettes, nous fûmes accueillis par une Pauline radieuse :

— Viviane ! Thomas a écrit ! Il est en Allemagne, dans un camp de prisonniers. Il est affecté au nettoyage de la ligne Siegfried.

Je la serrai amicalement dans mes bras :

— Je suis bien contente, Pauline. Nous voilà toutes les deux dans le même cas, maintenant. Espérons que la guerre se terminera rapidement, pour qu'ils reviennent le plus vite possible !

Elle me montra la lettre, écrite sur un papier identique à celui que j'avais reçu.

— En attendant son retour, déclara mon beau-père, nous allons garder Rik. Il est content d'être ici, et nous avons besoin de lui. Nous écrirons à ses patrons lorsque Thomas sera revenu.

Pendant que nous discutions et que ma belle-mère nous préparait quelques provisions, Rik emmena Suzon voir les lapins et le cheval. Puis nous repartîmes avec des produits de la ferme, du jardin et des champs : du lait, du beurre, des œufs, des poireaux, des carottes, des pommes de terre. J'étais reconnaissante à mes beaux-parents ; grâce à eux, Suzon ne souffrait pas de la faim. En ville, de telles denrées devenaient rarissimes. Elles se vendaient au marché noir, de plus en plus cher. Le kilo de pommes de terre était passé de un à six francs, le kilo de beurre de trente à cent cinquante francs. Avec nos cartes, nous n'avions droit qu'à de maigres rations, de pain comme de viande, et nous devions faire la queue pour les obtenir. À toutes les provisions que nous donna ma belle-mère, mon beau-père ajouta une poule qu'il avait tuée dans l'intervalle et qu'il me tendit avec un bon sourire :

— Vous la mangerez à la santé de Georges et de Thomas. Maintenant qu'on sait qu'ils sont vivants, il n'y a plus qu'à attendre.

Je soupirai sans répondre. Pourvu que l'attente ne soit pas trop longue... pensai-je.

Plus que jamais, la chanson de Rina Ketty, que notre poste de TSF continuait à diffuser, s'adaptait à mon cas, comme à celui de Pauline et de toutes les femmes dont le mari était prisonnier.

4

Le temps s'écoula lentement, jour après jour, semaine après semaine, mois après mois. L'année 1941 arriva, accompagnée de tourbillons de neige et d'une bise glaciale. Nous étions toujours en pays occupé. Une ordonnance nous rappela que nous devions fermer notre café à vingt-deux heures trente. Georges ne revenait pas. Notre seul lien était les lettres que nous échangions, qui passaient par la censure allemande et dans lesquelles nous ne pouvions pas tout dire. Le rythme autorisé était une lettre par mois. Cela me paraissait bien peu ; pendant la « drôle de guerre », Georges m'écrivait plusieurs fois par semaine.

— L'essentiel, disait mon père pour me consoler, c'est d'avoir de ses nouvelles.

Je me laissais facilement envahir par le découragement. Un jour, alors que je me plaignais à Albert, celui-ci me répondit :

— Prends ton mal en patience, Viviane. Georges est peut-être là-bas pour longtemps. Mon frère, en 14, a été prisonnier, et il y est resté plus de quatre ans.

Je poussai un cri horrifié :

— Mon Dieu ! Quatre ans !

— Allons, Albert, protesta mon père, ne lui dis pas des choses pareilles. Cette fois-ci, ça ne durera pas aussi longtemps.

Mon oncle Gustave, lui aussi, avait appris que son fils Michel était prisonnier. Tous ces soldats travaillaient en Allemagne et remplaçaient les soldats du Reich mobilisés. Georges m'écrivit qu'il avait été placé dans une ferme, où il avait retrouvé son métier d'agriculteur. Il aidait le fermier pendant toute la journée et retrouvait le camp chaque soir. Il n'était pas malheureux, car son patron, un ancien de 14-18, se montrait correct envers lui. Mais il souffrait d'être séparé de nous. Il me demandait sans cesse des nouvelles de Suzon. En bas de chacune de mes lettres, je faisais écrire à ma petite fille, en guidant sa main, une phrase comme « Bisous à mon papa » ou « Papa, je t'aime ».

Autour de nous, à Béthune et ailleurs, la résistance aux Allemands prenait de l'ampleur. Déjà, lors du passage des prisonniers dans le stade, plusieurs personnes avaient organisé des évasions. Sur l'instigation de Jean, qui n'avait pas oublié l'appel du général de Gaulle, nous écoutions, à la BBC, l'émission *Les Français parlent aux Français.* Des réseaux de résistance s'organisaient. Un soir, mon père nous apprit que son frère Gustave s'était engagé dans l'un d'eux.

— Surtout, n'en parlez jamais, nous recommanda-t-il. Si l'on vous interroge, vous ne savez rien.

Je suivis cette recommandation et n'en parlai à personne, même pas à Pauline, qui était pourtant mon amie. Et puis, ce que faisait mon oncle Gustave ne nous concernait pas, me disais-je, sans me douter que nous serions mêlés, un jour, à l'action qu'il menait.

Au printemps, les bombardements alliés commencèrent, faisant des victimes et ajoutant la peur à notre vie déjà difficile. La guerre s'intensifiait et ne semblait pas vouloir se terminer. Les Allemands, après avoir occupé la Bulgarie, puis la Yougoslavie, envahirent la Grèce et la Crète. En Afrique du Nord, les Anglais furent repoussés par l'Afrika-korps de Rommel. Les Allemands gagnaient toutes les batailles et triomphaient partout.

Au mois de juin, malgré le pacte germano-soviétique, Hitler décida d'envahir l'URSS. De nombreux soldats allemands durent quitter la France en vue de cette nouvelle opération. Kurt fut de ceux-là. Il vint nous dire adieu, offrit à Suzon une dernière grenadine et la regarda avec regret :

— Je ne la verrai plus. Elle me rappelait ma petite Frida. Je ne l'oublierai pas.

Son visage habituellement sévère s'était adouci. Je compris qu'il s'était sincèrement attaché à ma fille. Il se tourna vers nous :

— Vous non plus, je ne vous oublierai pas. Je vous écrirai pour vous donner de mes nouvelles. Je vous le promets. Si je ne le fais pas, c'est que je serai tué.

Il s'en alla tristement, salué, dès sa sortie, par un « Bon débarras » que Jean bougonna entre ses dents. Sans être aussi catégorique, j'étais néanmoins soulagée du départ de Kurt. Je n'aimais pas sa virulence contre les Juifs ni son admiration pour Hitler. Je n'avais pas osé lui dire qu'il n'était pas nécessaire de nous écrire ; je ne tenais pas à avoir de ses nouvelles.

Les semaines passèrent. Les Allemands nous apprirent, dans les journaux et à la radio, leurs éclatantes victoires en Russie, tout au long des mois de juin, juillet et août. Les chars, les tanks, les canons, les avions soviétiques étaient détruits par milliers, tandis que le nombre des soldats russes prisonniers dépassait le million. Tout ceci au prix, sans doute, d'énormes pertes dans l'armée allemande. Lorsque l'été se termina, Kurt n'avait toujours pas écrit. Nous n'eûmes jamais de ses nouvelles, et nous en déduisîmes qu'il avait été tué.

* *
*

Des avis signés par le général Niehoff nous apprenaient les représailles qui sanctionnaient les actes de résistance. En juin, lors des grèves des mineurs dans la région, les Allemands en avaient arrêté plus de trois cents dans tout le Pas-de-Calais. La plupart d'entre eux furent déportés en Allemagne, d'autres furent internés, et neuf furent choisis comme otages et fusillés.

À la fin du mois de septembre, une nouvelle ordonnance de Niehoff nous informa qu'à la suite de « vols d'explosifs et d'attentats contre des trains de transports militaires », vingt otages avaient été fusillés. Il était ajouté qu'il s'agissait de militants communistes particulièrement actifs.

— Avec les Allemands, soupira mon père, il ne fait pas bon être juif ou communiste.

Le Grand Écho du Nord, soumis à la censure allemande, parlait de leurs victoires et voulait nous insuffler la certitude qu'ils allaient gagner la guerre. En novembre, les Allemands avaient progressé à travers toute la Russie et arrivaient à Moscou. Ces nouvelles nous décourageaient. Je finissais par ne plus m'y intéresser. Pour me distraire et me changer les idées, je préférais lire les feuilletons, comme *La Porteuse de pain* et *Les Deux Orphelines.*

Un espoir, pourtant, nous arriva avec la fin de l'année : le 7 décembre, les États-Unis déclarèrent la guerre à l'Allemagne.

— S'ils sont à nos côtés, déclara mon père, nous nous en sortirons peut-être. Ils nous aideront à gagner.

* *
*

La répression contre les Juifs continuait, et elle devint de plus en plus féroce au cours de l'année 1942.

Les lieux publics leur avaient été interdits, comme les cafés, les restaurants, les squares, les piscines. Puis arriva l'obligation de coudre une étoile jaune sur leurs vêtements, de façon bien visible. Lorsque je sortais pour faire les courses, il m'arrivait quelquefois de croiser des personnes qui la portaient. Je remarquais leur gêne, leur expression humiliée. J'évitais de les regarder pour ne pas accroître leur embarras. Un vieil homme, que je rencontrais assez souvent, marchait la tête baissée, en dissimulant aux autres son visage. J'éprouvais pour lui une sincère commisération, et, en même temps, je ne comprenais pas la raison de cet acharnement contre eux.

Je décidai de poser la question à Herman. Depuis deux ans qu'il était parmi nous, j'avais appris à le connaître, et même à l'apprécier. Je savais qu'il déplorait la guerre et, petit à petit, j'avais compris qu'il n'aimait pas Hitler. Contrairement à Kurt, qui n'avait jamais laissé passer une occasion de vanter son Führer, Herman n'en parlait jamais. Il observait à son égard un silence lourd de réticences. Je finissais par ne plus voir en lui l'Allemand, l'ennemi, mais un homme bon, opposé à toute forme de violence, profondément attaché à sa femme et à ses filles, dont il était séparé.

Lorsque je mentionnai les Juifs, il secoua la tête et, d'une voix sourde, avoua :

— Il va se produire en France ce qui s'est produit en Allemagne. Chez nous, tous les Juifs ont fini par être arrêtés et emmenés dans des camps.

— Mais pourquoi ? demandai-je.

Il haussa les épaules et me regarda.

— Notre Führer nous a répété qu'ils étaient la cause de tous les maux qui frappaient notre pays.

J'insistai :

— Mais ce n'est pas vrai, n'est-ce pas ?

— Nous devons être persuadés que c'est vrai. Et pourtant...

Il jeta un coup d'œil autour de lui, s'accouda au comptoir et se pencha davantage vers moi :

— Et pourtant, reprit-il, je ne l'ai jamais cru. Mais... ne le répétez pas. Nous n'avons pas le droit de dire des choses pareilles.

— Ils seront arrêtés en France aussi ? Vous croyez ?

Ses yeux doux et francs eurent une expression désolée :

— Oui, j'en suis sûr. Je suis professeur de français, vous le savez. Dans ma classe, plusieurs élèves portaient l'étoile. Un matin, lorsque je suis arrivé, leur place était vide. Je ne les ai jamais revus.

J'en eus froid dans le dos. Je questionnai :

— Et vous n'avez rien fait ? Personne n'a protesté ?

Il secoua la tête avec accablement :

— Que pouvions-nous faire ? Si nous avions protesté, nous aurions été arrêtés, nous aussi. Défendre un Juif était extrêmement suspect. Nous avions peur. Nous avons été lâches. Et puis, cela n'aurait rien changé pour nos élèves.

À ce moment, Jean, qui était assis à sa place habituelle, près de la fenêtre, m'appela :

— Viviane, apporte-moi une autre bière !

J'obéis et, lorsque je déposai le verre sur la table, il m'attrapa le poignet :

— Qu'est-ce que tu lui racontes, à ce Boche ? Vous avez l'air de conspirer, tous les deux.

Je retirai ma main :

— Laissez-moi, voyons. Nous ne conspirons pas. Il m'expliquait que, dans son pays, tous les Juifs ont été arrêtés. Et il dit que la même chose va se produire en France.

— Ça, je veux bien le croire. Ça ne m'étonne pas d'eux. En attendant, méfie-toi de celui-là.

Je ne répondis pas, revins vers Herman. Il avait terminé sa boisson et, comme s'il regrettait ses confidences, il mit l'argent sur le comptoir, me salua et s'en alla. Les autres questions que je voulais lui poser restèrent sans réponse.

* *
*

Le gouvernement de Vichy instaura la relève. Pour trois volontaires qui partaient travailler en Allemagne, un prisonnier français était libéré. Je me mis à espérer le retour de Georges. Pauline formula le même espoir pour Thomas. Mais ni l'un ni l'autre ne revint. Notre seul lien restait les lettres soumises à la censure que nous échangions, et les colis que nous pouvions envoyer.

Dans toutes ses lettres, Georges parlait de sa fille, demandait de ses nouvelles. Cela faisait plus de deux ans qu'il l'avait quittée. Je fis faire sa photo, et je la lui envoyai, afin qu'il vît combien elle avait grandi et changé. Je parlais souvent à Suzon de son papa, pour qu'elle ne l'oubliât pas. Mais, quand elle me demandait s'il allait revenir, je ne savais que répondre. Avec un serrement de cœur, je disais :

— Bientôt, j'espère.

Mais ce « bientôt » me paraissait de plus en plus lointain.

Lorsque nous allions à la Cense aux alouettes, si Rik était présent, il emmenait ma fille nourrir les lapins. L'une des femelles avait donné naissance à cinq petits, et Suzon s'extasiait devant eux. Un après-midi, alors que mon père et moi discutions avec mes beaux-parents et Pauline, Suzon revint en tenant dans ses bras, avec des précautions touchantes, un tout jeune lapin.

— Regarde, maman, comme il est mignon ! Rik me l'a donné. Il est assez grand pour manger tout seul maintenant, il n'a plus besoin de sa maman. On peut le prendre, dis ? Rik dit que man-man Yette est d'accord.

Je regardai ma belle-mère, qui hocha la tête avec un sourire. Pourtant, je fronçai les sourcils. Cette idée ne me plaisait pas. Que ferions-nous d'un lapin ?

Alors que je m'apprêtais à protester, mon père intervint :

— Avec quoi vas-tu le nourrir, ton lapin ?

— Rik dit que ce n'est pas difficile. Il faut lui donner des pelures de pommes de terre et de carottes. Et, chaque fois qu'on viendra ici, on emportera des sacs pleins d'herbe.

Je m'interposai à mon tour :

— Et où le mettras-tu ? Pas dans la maison, en tout cas.

Suzon ouvrit la bouche, mais demeura muette. Mon père vint à son secours :

— Nous pourrons le mettre dans la remise. Je lui fabriquerai une petite cabane dans une vieille caisse.

Le visage de Suzon s'éclaira. Elle s'écria :

— Je peux l'avoir, alors ? On peut le prendre ?

Je vis le sourire des autres, et je n'eus pas le courage de dire non. Ma fille était privée de la présence de son père, et le fait d'avoir un petit animal à soigner et à aimer ne pourrait qu'être positif. J'acquiesçai, en souriant moi aussi :

— D'accord, prenons-le. Mais il faudra que tu t'en occupes. Promis ?

— Oui, oh oui ! Je vais l'appeler Grisonnet.

Nous partîmes en emmenant, outre nos provisions habituelles, un gros sac de toile rempli d'herbes et, dans les bras de ma fille, un petit lapin qu'elle serrait contre elle avec ravissement.

Dans la remise où il stockait ses bouteilles vides, mon père dénicha une caisse de bois ; Suzon y déposa Grisonnet. Mon père fixa, sur le devant de la caisse, un morceau de grillage afin d'empêcher le petit animal de se promener partout ou de s'enfuir. Et, dès le lendemain, Suzon prit l'habitude d'aller voir son lapin plusieurs fois par jour, afin de le nourrir, de lui donner à boire, de lui parler. Mon père avait la corvée de nettoyer la caisse, mais il le faisait de bon cœur, puisque c'était pour sa petite-fille.

Peu de temps après, au mois de septembre, nous apprîmes que tous les Juifs du Nord-Pas-de-Calais avaient été arrêtés. Je pensai immédiatement à ce qu'avait dit Herman. Lorsqu'il vint chez nous, ce soir-là, il n'était pas seul. Il y avait plusieurs autres Allemands dans le café, et je n'osai rien dire. Ce ne fut qu'au moment où il paya sa consommation que je pus murmurer, avec tristesse :

— Vous aviez raison.

Il me regarda et répondit sur le même ton :

— Je le savais.

Le surlendemain, très tôt le matin, alors que nous étions dans la cuisine, on frappa à la porte qui donnait sur la cour. À travers la vitre, je reconnus mon oncle Gustave. Ma mère ouvrit, et il entra. Il était accompagné d'une petite fille brune, qui avait à peu près l'âge de Suzon et qui jetait autour d'elle des regards apeurés.

— Que se passe-t-il ? interrogea mon père qui, assis à la table, buvait l'infusion d'orge grillé qui remplaçait le café.

Ma mère avança une chaise, sur laquelle Gustave s'assit ; la petite fille demeura debout et se serra contre lui.

— Je vais vous demander un service. Pouvez-vous garder cette enfant jusqu'à ce soir ?

— Bien sûr, acquiesça aussitôt ma mère. Elle tiendra compagnie à Suzon.

— Mais attention ! reprit mon oncle. Il faut que je vous prévienne. C'est très grave et très risqué.

— Explique-toi mieux, mon vieux, dit mon père.

Mon oncle Gustave baissa la voix :

— Eh bien voilà. Cette enfant doit rester cachée. Elle est juive. Ses parents ont été... euh... emmenés, il y a deux jours. Elle se trouvait chez des amis, à deux rues de là, et elle a échappé à l'arrestation. Grâce aux filières de notre réseau, nous allons l'envoyer en zone libre. Aujourd'hui, je devais la conduire à quelqu'un, mais il y a eu un imprévu. Je ne peux rien vous dire. Tout ce que je vous demande, c'est de la garder jusqu'à ce soir, et de la cacher. Il ne faut pas qu'on la voie. Personne. Aucun de vos clients, et surtout pas des Allemands. Je suis désolé de vous demander une chose aussi risquée, mais je sais que je peux vous faire confiance. Je suis obligé de m'absenter toute la journée, et je n'ose pas la laisser seule chez moi.

Un silence s'établit. Mon père regarda ma mère. Je compris ce qu'ils pensaient. Récemment, un avis signé Niehoff nous avait annoncé que deux personnes de Beussent avaient été condamnées à la peine de mort pour avoir hébergé des soldats anglais. La même chose arrivait-elle lorsqu'il s'agissait de Juifs ?...

Mon oncle attendait. Le silence s'épaississait. Ma mère fut la première à réagir. Elle se pencha vers l'enfant et lui demanda :

— Comment t'appelles-tu ?

La petite fille ne répondit pas. Mon oncle intervint :

— Elle s'appelle Sarah. Mais, à partir de maintenant, elle a changé de nom. Dorénavant, elle s'appellera Marie-Christine.

Il se tourna vers l'enfant et l'interpella avec gentillesse :

— N'est-ce pas ? Tu t'en souviendras ? Surtout, ne l'oublie jamais : maintenant, ton prénom, c'est Marie-Christine.

La petite fille fit un signe de tête affirmatif. Mon oncle nous interrogea du regard :

— Que décidez-vous ?

— Laisse-la ici, dit mon père. Nous la garderons jusqu'à ce soir.

Avec un soupir de soulagement, mon oncle se leva :

— Merci, dit-il simplement. Vous me rendez un grand service. Vous comprenez, je ne pouvais m'adresser qu'à des gens en qui j'ai une entière confiance. Surtout, je le répète, cachez-la bien. Qu'elle ne sorte pas. Qu'elle n'aille pas dans le café. Personne ne doit savoir qu'elle est ici.

Ma mère sourit :

— Nous avons bien compris. Ne vous inquiétez pas. Elle restera ici, avec nous, et elle jouera avec Suzon pour s'occuper. Nous prendrons bien soin d'elle.

— Eh bien, alors, à ce soir. Et merci, répéta mon oncle.

Il se pencha sur la petite fille toujours silencieuse :

— Tu vas rester ici, Marie-Christine. Tu seras bien, ce sont des gens très gentils. Il y a une petite fille qui a ton âge. Sois bien sage. Je viendrai te chercher ce soir, pour te conduire ailleurs.

L'enfant leva des yeux graves et se décida à parler, pour poser une seule question :

— Chez papa et maman ?

— Euh... toussota mon oncle, embarrassé. Pas tout de suite. Après, peut-être. Il faut d'abord qu'on sache où ils sont. Allez, à ce soir. Et tu as bien compris : tu ne dois pas sortir, ni te montrer.

Il tapota la petite tête brune et s'en alla. Mon père l'accompagna. Ma mère avança une chaise :

— Assieds-toi, Marie-Christine. As-tu déjeuné ?

L'enfant fit un signe de tête négatif et s'assit docilement.

— Eh bien, reprit ma mère, tu vas déjeuner avec nous. Va chercher Suzon, ajouta-t-elle à mon intention. Elle est certainement réveillée.

Lorsque j'entrai dans sa chambre, Suzon ouvrit les yeux. Je m'accroupis près de son petit lit, l'embrassai, la câlinai. Tous les matins et tous les soirs, c'était entre nous un moment privilégié. J'essayais de compenser, par mon amour et ma disponibilité, l'absence de son père.

Lorsqu'elle se leva, je lui appris la nouvelle :

— *Mononc'* Gustave est venu. Il était avec une petite fille qui s'appelle Marie-Christine. Il nous a demandé de la garder jusqu'à ce soir.

Elle se montra tout de suite intéressée :

— Je pourrai jouer avec elle ?

— Oui, mais dans la maison seulement. Elle ne doit pas sortir. Personne ne sait qu'elle est ici. Il ne faut pas qu'on la voie. Vous jouerez à la poupée, aux cartes, aux dominos.

Elle sortit de la chambre avec empressement, ravie d'avoir pour la journée une compagne de jeux. Je la suivis plus lentement, en pensant avec nostalgie que, sans la guerre, Suzon aurait maintenant le petit frère ou la petite sœur que je voulais lui donner.

Dans la cuisine, les deux fillettes faisaient connaissance :

— Bonjour Marie-Christine, disait la mienne. Je m'appelle Suzon. Viens, je vais te montrer mes poupées.

— Mangez d'abord, ordonna ma mère. Ensuite, Suzon, tu te laveras et tu t'habilleras. Après seulement, vous pourrez jouer.

Marie-Christine — puisqu'il fallait l'appeler ainsi — demeura un peu réticente au début, mais l'entrain de ma fille finit par avoir raison de sa timidité. Elles jouèrent ensemble, se comportant comme si elles se connaissaient depuis longtemps. En regardant l'enfant brune s'animer et bavarder avec ma fille, je me sentais emplie de pitié. Ses parents avaient été arrêtés, avait dit mon oncle Gustave. Les reverrait-elle un jour ? D'après Herman, les Juifs qui étaient ainsi emmenés ne revenaient pas.

Vers le milieu de la matinée, ma mère nous quitta pour aller aider mon père dans le café. Je demeurai seule avec les deux enfants. Je profitai d'un moment où elles étaient sagement attablées devant les livres d'images de Suzon pour me rendre à la cave, afin de ramener des pommes de terre pour le repas.

Lorsque je remontai de la cave, les petites filles n'étaient plus dans la cuisine. J'eus un instant d'affolement, les appelai. Elles ne répondirent pas. Je les appelai de nouveau, prête à les chercher dans les autres pièces, lorsque, sur la table, le livre d'images me renseigna : la page à laquelle il était resté ouvert montrait un superbe lapin. Je compris tout de suite : Suzon avait voulu montrer Grisonnet à sa nouvelle amie.

Je sortis rapidement dans la cour, je courus jusqu'à la remise. Penchées sur la caisse, Suzon et Marie-Christine riaient en agitant leurs doigts sous le nez du lapin. Je les grondai :

— Que faites-vous ici ? Je vous avais dit de ne pas sortir de la maison. Retournez tout de suite dans la cuisine.

— Mais, maman, protesta Suzon, Marie-Christine a voulu voir Grisonnet.

— Eh bien, maintenant qu'elle l'a vu, obéissez-moi.

Je jetai un coup d'œil dans la cour, heureusement déserte. Parfois, des clients du café se rendaient à l'urinoir, situé près des cabinets, et devaient pour cela traverser toute la cour. Et mon oncle avait été formel : personne ne devait voir Marie-Christine.

Les deux petites filles sortirent de la remise et coururent jusqu'à la cuisine. Je les suivis plus lentement. Au même moment, la porte donnant sur le café s'ouvrit, et un Allemand en uniforme parut. D'affolement, mon cœur me sauta à la gorge.

C'était Herman. Il tourna la tête vers nous et vit tout. Il s'immobilisa un instant, tandis que les enfants entraient dans la maison. Son regard se fixa sur Marie-Christine. Furieuse de sentir le rouge de la culpabilité et de la gêne envahir mon visage, j'adressai à Herman un faible sourire et balbutiai maladroitement :

— C'est une petite nièce...

Puis, sans m'attarder, je pénétrai à mon tour dans la cuisine et en refermai soigneusement la porte, les mains tremblantes et le cœur battant.

Je grondai de nouveau les petites filles et leur fis promettre de ne plus sortir. C'était ma faute, je n'aurais pas dû les laisser seules, sans surveillance. En même temps, je m'inquiétais : Herman avait vu Marie-Christine et, peut-être, avait tout compris. Depuis deux ans que nous nous connaissions, il m'avait parlé de sa famille, de sa femme et de ses deux filles, Irena et Elfrieda. Il savait que mon mari était prisonnier, ainsi que mon cousin Michel. Jamais je n'avais mentionné cette nièce subitement apparue. Et, lorsqu'il était arrivé dans la cour, sous l'effet de la surprise et de l'affolement, je n'avais pas pensé à me composer une attitude. Mon embarras et ma rougeur avaient été un aveu.

Je passai le reste de la journée à me torturer l'esprit. Rongée d'angoisse, je guettais les bruits, m'attendant à voir des policiers venir arrêter l'enfant juive.

Mais la journée s'écoula normalement, le soir arriva, et, après la fermeture du café, mon oncle Gustave revint chercher sa protégée. Suzon avait refusé d'aller se coucher pour tenir compagnie à son amie jusqu'au dernier moment. Elle la regarda partir avec regret. Après son départ, elle m'interrogea :

— Elle reviendra encore jouer avec moi ?

— Je ne sais pas, dis-je. Peut-être.

Je ne parlai pas à mes parents de la scène du matin. Il était inutile de les inquiéter. Je gardai mon angoisse pour moi seule.

Le lendemain, j'étais en train d'essuyer des verres derrière le comptoir lorsque je vis Herman entrer dans le café. Sans le vouloir, je lui lançai un regard inquiet. Il vint vers moi, commanda une bière que je lui servis. Il ne parlait pas, m'observant pensivement. Je me sentis nerveuse, renversai un peu de mousse que je m'empressai d'essuyer.

Mon père, à l'autre bout du comptoir, commentait le journal avec deux ou trois clients. Profitant de notre relative solitude, Herman sortit d'une de ses poches une enveloppe.

— J'ai reçu une lettre ce matin. Il y a un portrait de mes filles. Je vais vous le montrer.

Il me mit sous les yeux une photo d'art représentant deux jeunes filles aux yeux clairs. Elles se ressemblaient beaucoup, et elles ressemblaient aussi à Herman. Je le lui dis. Il hocha la tête et commenta, tout en rangeant la photo :

— Je tiens beaucoup à elles. Je n'ai qu'un désir, C'est de les voir heureuses. Si elles sont malheureuses, je le suis également. C'est ce qui s'est produit lorsque Irena...

Il se tut un instant, plongea son regard dans le mien et reprit :

— Irena est l'aînée. Elle avait un ami d'enfance, Rolf, qu'elle aimait beaucoup. En grandissant, leur amitié a pris un tour plus tendre. Je crois même qu'ils envisageaient de se marier, plus tard. Mais il y a eu à ce projet un obstacle de taille : Rolf était juif.

Il baissa la tête, fit tourner entre ses doigts son verre de bière. Je ne disais rien. J'attendais la suite.

— Vous devinez ce qui s'est passé, n'est-ce pas ? Un jour, il a été arrêté, avec ses parents. On ne les a jamais revus. Longtemps, Irena a été malheureuse. Si seulement, le jour de l'arrestation, Rolf s'était trouvé ailleurs... si seulement il avait pu se cacher... par la suite, Irena aurait peut-être pu le retrouver. Tandis que là, elle n'espère plus rien.

Il releva la tête, me fixa de nouveau :

— Le cacher n'était pas facile. Les personnes qui acceptaient d'aider un Juif mettaient en jeu leur liberté, et peut-être leur vie. Si nous avions pu sauver Rolf, nous l'aurions fait, pour l'amour d'Irena. Mais une telle entreprise demande beaucoup de courage...

Je ne disais toujours rien. Herman termina son verre de bière, le reposa sur le comptoir.

— Ce que je vous dis là, c'est entre nous. Je n'en parle jamais. Il y a beaucoup de choses dont je ne parle jamais.

Son regard se fit plus grave, et je compris le message qu'il contenait. Je ramassai la monnaie qu'Herman posait sur le comptoir, et je murmurai :

— Merci.

Ce mot ne s'adressait pas à l'argent qu'il venait de donner, et Herman le comprit également. Avec la même gravité, il inclina la tête, se détourna et s'en alla. Je le regardai sortir du café, emplie d'une reconnaissance muette. Je savais qu'il avait tout deviné, et qu'il ne dirait rien.

* *
*

Suzon ne revit pas son amie d'un jour. Par mon oncle Gustave, nous sûmes qu'elle avait été emmenée en zone libre, où elle se trouvait actuellement en sécurité.

La rentrée d'octobre apporta à ma fille de nouvelles amies. Elle avait six ans et, pour la première fois, je la conduisis à l'école. Jusque-là, je l'avais toujours gardée égoïstement avec moi. Maintenant, je devrais apprendre à la partager avec sa maîtresse et ses compagnes.

Herman était redevenu pareil à lui-même, et il ne fit jamais aucune allusion à la conversation que nous avions eue. Moi-même, je me comportais comme s'il ne s'était jamais rien passé. Mais cet accord tacite renforça la compréhension qui existait entre nous.

Un jour, il arriva au café avec un compatriote qu'il me présenta :

— C'est Jakob. Il connaît la famille Buscher, là où travaille votre mari. Il habite le même village. Il va y aller la semaine prochaine, en permission. Si vous voulez, vous pouvez lui donner une lettre, un colis. Il les portera chez les Buscher.

Heureuse, j'en parlai le soir même à mes parents. Mon père se montra méfiant :

— Hum ! Cette coïncidence me paraît un peu trop miraculeuse ! Comme par hasard, ce Jakob habite le village où travaille Georges... À mon avis, c'est un coup monté pour nous extorquer de la nourriture. Ils s'empresseront de tout manger.

Je décidai pourtant d'accepter l'offre d'Herman. J'avais confiance en lui, je connaissais sa franchise et sa bonté. Ma mère et moi, nous fîmes une lettre qui, cette fois, pouvait être aussi longue que nous le désirions. Pourtant, nos propos restèrent prudents, car nous savions qu'elle pouvait être lue par Jakob. Nous confectionnâmes un colis, dans lequel mon père ajouta une bouteille de genièvre. Et je confiai le tout à Jakob en le remerciant.

Georges m'apprit, par la suite, que le colis et la lettre lui étaient bien parvenus. Jakob avait honnêtement rempli sa mission. Malgré la guerre, un Allemand n'avait pas hésité à proposer ses services pour améliorer le sort d'un soldat ennemi prisonnier. Et cette entraide apportait un peu de chaleur à notre cœur lourd et découragé.

Car l'armée allemande triomphait partout. Hitler, sûr de lui, affirmait dans ses discours : « Les hordes russes seront battues et anéanties » ; « L'Angleterre perdra la guerre. » Au mois d'août, les Canadiens avaient tenté un débarquement à Dieppe et essuyé un échec avec de lourdes pertes. Cette victoire allemande fut commentée par les journaux avec le titre « Le fiasco de Dieppe ».

Dans notre pays, le 11 novembre, les Allemands franchirent la ligne de démarcation et envahirent la zone libre. En l'apprenant, je pensai tout de suite à Marie-Christine. J'espérai que, là où elle était, elle se trouvait à l'abri grâce à sa nouvelle identité.

En même temps, tout au long de l'été et de l'automne, des avis signés Niehoff nous faisaient part des arrestations de nombreux mineurs, « pour distribution de tracts et divers sabotages » ou « pour menées communistes et possession d'armes prohibées ». Ces mineurs étaient déportés ou, le plus souvent, condamnés à mort et exécutés à la citadelle d'Arras. En constatant cette répression impitoyable, nous étions inquiets pour mon oncle Gustave, qui continuait son action de résistant et qui aimait à répéter le slogan diffusé par la BBC : « On les aura, les Boches ! »

5

Ce fut en février 1943 que tout commença à changer. Nous apprîmes la capitulation allemande à Stalingrad. Les journaux parlèrent du « sublime sacrifice de la 6e armée qui, fidèle jusqu'au dernier souffle à son serment, sous la conduite exemplaire du feld-maréchal von Paulus, a succombé devant la supériorité de l'ennemi et devant l'inclémence des circonstances ».

Cette défaite nous montra que, contrairement à ce qu'ils voulaient nous faire croire, les Allemands pouvaient aussi être vaincus. Herman commenta tristement :

— Pour tous les soldats qui se sont trouvés là-bas, c'était l'enfer. Nous avions tous la terreur d'être envoyés sur le front russe. Au cours de l'une de mes permissions, j'ai rencontré le fils de mes voisins, qui était lui aussi en permission. Il allait devoir repartir en Russie, et il pleurait à l'idée d'y retourner. Il disait qu'il ne reviendrait pas. Il a été tué peu de temps après.

De plus en plus, le Reich manquait de travailleurs. Le gouvernement de Vichy instaura le STO, service de travail obligatoire, selon lequel tous les jeunes gens nés en 1920, 1921 et 1922 étaient envoyés en Allemagne. Nombreux furent ceux qui, pour échapper à cet enrôlement forcé, se firent embaucher dans les mines.

Le rationnement sévissait toujours, aussi bien pour la nourriture que pour le tabac ou le savon. Nous découvrîmes les chaussures à semelle de bois. Nous n'avions plus d'essence non plus, et mon père faisait rouler sa Rosalie avec du gaz de ville contenu dans des bouteilles qu'il fixait sur le toit. Grâce à nos visites à la Cense aux alouettes et au ravitaillement que nous fournissaient mes beaux-parents, nous ne souffrîmes jamais de la faim.

* *
*

Nous continuions à écouter, à la BBC, l'émission *Ici Londres, les Français parlent aux Français.* Nous connaissions les voix de Maurice Schumann, de Jean Marin et de Pierre Dac. Ce dernier, malgré la gravité de la situation, parvenait à nous dérider en parodiant une chanson intitulée *Là où il y a des frites,* qu'il avait rebaptisée *Là où il y a des Fritz.*

Ces « Fritz » étaient encore chez nous, et nous supportions de plus en plus difficilement leur occupation. Leur répression était toujours aussi féroce. De plus, les bombardements alliés devenaient plus nombreux, visant particulièrement les usines, les gares et les dépôts ferroviaires.

Nous guettions les nouvelles qui pouvaient nous apprendre d'autres défaites allemandes. Nous apprîmes en mai qu'ils avaient été chassés d'Afrique du Nord. En juillet, les Alliés débarquèrent en Sicile, et, le 3 septembre, en Italie.

— À force d'essuyer des revers, disait mon père, l'Allemagne finira bien par être vaincue.

Jean ajoutait avec confiance :

— Moi, je vous dis que les Américains préparent un débarquement. Et lorsqu'ils seront là, les Boches détaleront comme des lapins.

Vers la fin de l'année, Herman revint d'une permission et me parla avec tristesse de son pays :

— Les villes sont bombardées par les Anglais. Certaines ne sont plus que des ruines. Leurs bombes tuent nos femmes et nos enfants. Quelle tristesse, la guerre !

Je prenais conscience, à travers ses paroles, que nous n'étions pas les seuls à souffrir.

Un matin, Suzon ne retrouva plus Grisonnet. Le grillage fixé devant la caisse était soulevé, et le lapin avait disparu. Nous le cherchâmes partout, sans résultat. Mon père émit l'idée qu'un de nos clients, en se rendant à l'urinoir, avait pu entrer dans la remise, s'emparer de Grisonnet, le dissimuler sous sa veste, puis repartir. Tous nos habitués savaient que Suzon élevait un lapin. De plus, le petit animal du début avait grossi et pouvait exciter la convoitise de personnes désirant faire un bon repas.

Ma petite fille pleura. Je tentai de la consoler en lui expliquant que Grisonnet, las d'être enfermé, avait décidé de s'évader.

— Il a réussi à pousser le grillage, et il a profité d'un moment où la porte de la cour était ouverte pour se sauver. Ne sois pas triste. En ce moment, il est sans doute dans la campagne, bien content de manger l'herbe des fossés.

Elle me crut et sécha ses larmes. Avec la rentrée scolaire, elle s'était fait une nouvelle amie, dont la demeure n'était pas très éloignée de la nôtre. Elles se retrouvaient, le jeudi, chez l'une ou chez l'autre, et cette nouvelle compagne de jeux lui permit d'oublier plus facilement la disparition de Grisonnet.

À l'école, ma petite fille était une bonne élève. Elle aimait apprendre. Je me désolais que Georges ne fût pas là pour admirer ses progrès. Elle savait maintenant lire et écrire. Sur chaque lettre que nous envoyions à son père, elle était capable d'ajouter elle-même quelques mots. Sur mon conseil, elle écrivait : « Mon petit papa, je ne t'oublie pas. Reviens. Je t'aime. » Mais je me demandais parfois si elle se souvenait de lui. Elle n'avait que quatre ans lorsqu'il était parti, et cette absence durait depuis plus de trois longues années.

Par la force des choses, Suzon avait dû apprendre à vivre sans son père. Et je me disais amèrement que tout ce temps, pendant lequel ils étaient privés l'un de l'autre, ne se rattraperait jamais.

Lorsque vint l'année 1944, Jean affirma, sûr de lui, que cette année verrait le débarquement américain. De janvier à avril, les Allemands se firent rejeter de l'URSS. Leur grande bataille soviétique était perdue.

En prévision de ce débarquement, les bombardements alliés se multiplièrent. Dès le mois d'avril, de nombreuses bombes furent lâchées sur Béthune, visant le dépôt et la gare. Des centaines d'habitations furent détruites, il y eut des morts et des blessés. Les vitres de notre maison volèrent en éclats.

Nous prîmes l'habitude de nous réfugier dans la cave. Là, parmi le stock des bouteilles, nous entendions les avions et le sifflement des bombes, suivi de la déflagration. Suzon, serrée contre moi, pleurait de terreur. Lorsque l'alerte était terminée, nous remontions avec prudence. Ma petite fille tremblait tellement que, ensuite, je la prenais avec moi dans le grand lit.

Chaque nuit, nous vivions ainsi dans la peur. Suzon prit l'habitude de dormir avec moi, et sa présence me réconfortait. Quant à elle, toujours craintive, elle se blottissait contre moi, et, ainsi rassurées par notre présence mutuelle, nous parvenions à nous rendormir.

Le 6 juin, à huit heures trente, la nouvelle tant attendue nous parvint sur les ondes de la BBC : « Les forces navales alliées, appuyées par de puissantes formations aériennes, placées sous le commandement du général Eisenhower, ont commencé ce matin les opérations de débarquement des armées alliées sur les côtes du nord de la France. »

En entendant ce message, une immense émotion, un immense espoir se levèrent dans nos cœurs. Chaque jour, nous suivîmes attentivement l'avancée de ces soldats qui allaient nous libérer. Ils arrivaient vers nous, malgré l'opposition des Allemands qui tentaient de les arrêter. La guerre serait enfin terminée, et Georges reviendrait. En moi, l'espoir se mua en une impatience qui se mit à grandir de jour en jour.

Parallèlement, les bombardements, dans toute la région, ne cessèrent plus. Les victimes étaient nombreuses. À cette époque, réfugiée dans la cave avec ma petite fille terrorisée dans mes bras, je songeais que nous pourrions être tuées et que Georges ne nous reverrait jamais.

En Normandie, les Alliés furent retardés dans leur avancée par les Allemands. Dans *Le Grand Écho du Nord,* nous lisions les informations militaires qui, toutes, étaient favorables aux armées allemandes. Elles nous apprenaient les succès de la marine de guerre, ainsi que les vigoureuses contre-attaques qui arrêtaient les groupes de combat britanniques.

— Ces Boches ! fulminait Jean. Il est vraiment difficile de se débarrasser d'eux ! De véritables teignes !

Il fallut attendre la percée d'Avranches, en juillet, et l'anéantissement de la 7e armée allemande dans la poche de Falaise au début du mois d'août. Ensuite, tout alla très vite. Nous apprîmes, le 25 août, la libération de Paris par les Américains et les forces de la 2e division blindée française.

À partir de là, pour les Allemands, ce fut la débâcle. Un jour de la fin du mois, Herman vint pour la dernière fois. Il m'annonça :

— Nous sommes vaincus. Nous allons regagner l'Allemagne. La guerre va se terminer. Votre mari reviendra. J'espère arriver sain et sauf jusque chez moi, et retrouver ma femme et mes filles. Je vous écrirai. Adieu, Viviane.

Je le regardai, me rappelant ce jour où il avait surpris Marie-Christine. Ce secret resterait toujours entre nous. Avec sincérité, je dis :

— Je vous souhaite de retrouver votre famille. Adieu, Herman.

Je le suivis des yeux tandis qu'il partait, émue malgré moi. Lorsqu'il referma la porte de notre café, Jean bougonna :

— Encore un qu'on ne reverra plus. Ouf !

Un jour de la semaine suivante, nous nous rendîmes à la Cense aux alouettes. La moisson était terminée. Dans les champs, les javelles avaient été mises en monts, et alignées dans un ordre impeccable. Je les regardai en pensant que je n'avais jamais compris cette obligation de les ranger ainsi puisque, ensuite, elles seraient rentrées dans la grange.

À la ferme, mes beaux-parents nous expliquèrent que, depuis quelques jours, des camions allemands et des Jeep militaires, fuyant l'avance des Alliés, passaient sur la grand-route, se dirigeant vers le nord.

— Ils se méfient des résistants, commenta mon beau-père. Certains d'entre eux, qui ont pris le maquis, tentent de les arrêter.

Rik, qui écoutait, fit le geste de viser quelqu'un :

— Pan ! Pan ! s'écria-t-il. Sur les Boches ! Pan !

Nous eûmes un sourire amusé. Ravi de notre réaction, il recommença :

— Pan ! Pan !

— Allons, Rik, arrête ! dit mon beau-père. Laisse ça aux résistants.

Sans transition, Rik se tourna vers ma petite fille et lui tendit la main :

— Viens, on va aller chercher l'herbe pour les lapins.

— Allons avec eux, Viviane, proposa Pauline.

— Ne vous éloignez pas trop, recommanda ma belle-mère, toujours inquiète.

Nous sortîmes. Le soleil brillait et la campagne était paisible. Nous empruntâmes l'une des voyettes et, le long d'un fossé, Rik se mit à faucher l'herbe et à emplir le sac de toile que Suzon tenait d'un air important. Pauline me serra le bras. Ses yeux brillaient :

— La guerre va bientôt finir, Viviane. Thomas va revenir. *Mononc'* Georges aussi.

J'échangeai avec elle un sourire heureux. Un bruit de moteur nous fit tourner la tête. Au loin, sur la grand-route, un camion militaire allemand arrivait. Pauline se figea. Je saisis ma petite fille et la tins contre moi. Rik lâcha sa faucille, bondit en avant et courut à travers le champ qui nous séparait de la route, en criant :

— Pan ! Pan ! Tirer sur eux ! Pan !

— Rik ! appela Pauline, effrayée. Reviens !

Il ne l'écouta pas, continua à courir.

— Mon Dieu ! souffla Pauline. Que s'est-il passé dans son esprit ? Comment l'arrêter ? Il ne se rend pas compte du danger !

Mais nous ne pouvions rien faire. Sourd à nos appels, Rik bondissait, courait, et, avec effroi, nous le vîmes arriver sur la route juste devant le camion.

— Pan ! Pan ! cria-t-il de nouveau. Sales Boches ! Pan !

Il se plaça en plein milieu de la chaussée et fit le geste de viser. Il n'avait pas d'arme, et les soldats, peut-être, s'en rendirent compte. En tout cas, ils ne tirèrent pas. Simplement, le chauffeur continua sa route sans dévier, et l'avant du camion heurta violemment le grand jeune homme blond qui gesticulait.

Remplies d'horreur, nous le vîmes basculer en arrière et tomber sous les roues, qui lui passèrent sur le corps. Il ne bougea plus.

— Mon Dieu ! souffla de nouveau Pauline.

Un fermier du village, qui travaillait dans un champ de l'autre côté de la route, avait tout vu, lui aussi. Il accourait vers Rik et, en même temps, emporté par son indignation, il insultait les Allemands qui s'éloignaient :

— Assassins ! Bande d'assassins !

Ceux-ci, déjà loin, n'entendirent rien, heureusement. Il n'était pas bon de les insulter, même s'ils avaient commis un crime.

— Allons voir, gémit Pauline.

Je pensai subitement à Suzon, qui avait assisté à la scène et qui ne bougeait pas, étrangement silencieuse. Je suggérai :

— Vas-y seule, Pauline. Je vais ramener Suzon à la ferme, et prévenir les autres. Ils viendront chercher Rik. J'espère qu'il n'est que blessé...

J'entraînai ma petite fille, qui me demanda d'une voix tremblante :

— Qu'est-ce qu'il a, Rik ? Il est tombé ?

Je jugeai inutile de nier ce qu'elle avait vu. Je répondis simplement :

— Il a été renversé par le camion. Tu vois comme c'est dangereux de se mettre devant une voiture qui roule ?

Elle hocha la tête et ne dit plus rien. À la ferme, j'expliquai rapidement à mes beaux-parents ce qui venait de se produire. L'horreur de la scène me laissait tremblante. Mon beau-père se leva, suivi par mon père :

— Allons-y. Il faut le ramener. Peux-tu aller prévenir le docteur, Viviane ?

Je courus chez le médecin, celui-là même qui, quelques années auparavant, était venu pour constater le décès de mon petit garçon. Il était en visite à l'extérieur, et je demandai à sa femme de nous l'envoyer dès son retour.

Mon beau-père, aidé de mon père et du fermier qui avait assisté à l'accident, ramena Rik toujours inanimé. Ils l'étendirent et mon beau-père fit une grimace éloquente :

— Il ne respire plus. Son cœur ne bat plus. Il a eu la poitrine écrasée par les roues du camion.

J'étais consternée. Je vis des larmes dans les yeux de Pauline. Comme ses parents, elle s'était attachée à ce grand garçon enfantin, toujours aimable, toujours prêt à travailler, et qui, dans son esprit simple, les considérait comme sa vraie famille.

— Il va falloir l'enterrer dans notre cimetière, dit tristement ma belle-mère. Et aussi écrire à ses patrons, en Belgique. Peut-être a-t-il de la famille là-bas, qu'il faudrait prévenir...

Le médecin arriva et déclara qu'il n'y avait plus rien à faire : la mort avait dû être instantanée. Sa vue me rappela la période douloureuse que j'avais vécue, lors de la naissance de mon bébé « cordonné ». Je fus soulagée lorsque mon père expliqua que nous devions partir, afin de ne pas laisser ma mère trop longtemps seule dans le café. Sur la route du retour, Suzon demeura silencieuse. Je regardai son petit visage pâli. L'accident semblait l'avoir ébranlée. Avec douceur, je répétai ma recommandation précédente :

— Il ne faut jamais faire ce qu'a fait Rik, tu vois ? Il s'est mis devant le camion, et il a été renversé.

Les lèvres de ma fille tremblèrent. Elle constata :

— Et après, il ne bougeait plus... Ça veut dire qu'il est mort ?

J'hésitai avant de répondre. À huit ans, comment ma fille interprétait-elle la mort ?

— Oui, dit mon père d'une voix douce. Ça veut dire qu'il est mort.

— Alors, continua Suzon, il viendra plus jamais donner à manger aux lapins avec moi. Il sera plus là quand on ira voir pépère Baptiste et mère Hiette. C'est comme Loulou, le chien de *mononc'* Gustave. Un jour, il s'est fait écraser par une auto, et après, il a plus jamais été là.

Avec la simplicité des enfants, elle accepta cet événement cruel et fut la première à le rapporter à ma mère en arrivant dans le café. Le seul client présent était Jean, qui ne manqua pas de dire une fois de plus, avec hargne, que les Boches étaient des assassins.

Ils fuyaient de plus en plus. Leur armée était en déroute. Après les Jeep et les camions, ils partaient avec les moyens de transport les plus hétéroclites : des chariots recouverts de feuillages en camouflage, des automobiles en panne tirées par des chevaux, des bicyclettes, des charrettes à bras... Ils confisquaient tout ce qui pouvait les aider à se déplacer, et nous n'osions plus bouger de chez nous. Leur débâcle les rendait parfois méchants, et des drames se produisaient. Des échos nous parvenaient, me prouvant que Rik n'était pas la seule victime de leur fuite. Une patrouille assassina lâchement, dans la rue Carnot, deux jeunes secouristes. Quant aux soldats en déroute qui traversaient la ville, ils craignaient les embuscades et les tirs des FFI, et prenaient en otages des civils, les obligeant à les accompagner.

Le matin du samedi 2 septembre, des soldats allemands en bicyclette passèrent dans Béthune, poussant devant eux quatre jeunes gens qu'ils avaient fait prisonniers à Divion, à la Croix-de-Grès où des FFI étaient entrés en action. Ils les fusillèrent le lendemain, à la sortie de la ville, avec un autre jeune homme de Divion. Ces atroces nouvelles nous remplirent d'effroi. Même vaincus, même en fuite, ils demeuraient dangereux et cruels.

Les bruits les plus divers couraient : les Alliés étaient proches, ils étaient à Amiens, à Abbeville, à Arras, à Saint-Pol. Le matin du lundi 4 septembre, les dernières troupes allemandes quittèrent notre ville. Et puis, vers neuf heures, Jean entra dans notre café en criant d'une voix tonitruante :

— Ils sont là ! Les Anglais ! Ils sont là !

En un éclair, nous fûmes tous dehors. Nous les vîmes arriver, des motocyclistes, des voitures militaires, des chars sur lesquels grimpaient des enfants. Les soldats se penchaient sur les femmes qui les embrassaient et leur offraient des fleurs. Le bourdon du beffroi et les cloches des églises se mirent à sonner, annonçant à tous la merveilleuse nouvelle de notre libération. La même joie, le même enthousiasme, le même sourire radieux éclairaient tous les visages. Mon père alla chercher son drapeau tricolore et l'installa, bien en vue, au-dessus de la porte de notre café.

Les deux jours suivants, ce furent le même défilé et la même liesse. Dans les rues pavoisées, les gens chantaient *La Marseillaise,* agitaient des drapeaux.

Nous étions enfin débarrassés des Allemands une fois pour toutes ! Nous ne les revîmes que le mardi, mais cette fois, ils revinrent dans la ville en tant que prisonniers.

— Il paraît qu'ils sont un millier ! nous apprit Jean. C'est leur tour, maintenant. Ils vont être moins fiers !

Nous pûmes enfin nous rendre à la Cense aux alouettes. Les Allemands, là aussi, avaient quitté le village dans les derniers jours du mois d'août. Certains avaient réquisitionné, chez des cultivateurs, un cheval et une charrette, obligeant parfois le fermier à les accompagner.

— J'avais pris mes précautions, déclara mon beau-père, une lueur malicieuse dans le regard.

Pauline expliqua :

— Nous avions conduit Major chez mon amie Joséphine. Elle l'avait caché dans le cabanon, au fond de son jardin. Nous y tenons, à notre Major. Nous avons réussi à le garder en 40, parce qu'il était trop vieux, et nous ne tenions pas à le voir partir maintenant, pour rendre service aux soldats allemands en pleine débâcle.

— On a bien fait, reprit mon beau-père. Hector, qui a la plus grande ferme du village, a reçu la visite d'un groupe d'Allemands, qui lui ont ordonné de partir avec eux. Il y avait un soldat armé à côté de lui, sur le chariot, et tous les autres derrière. Il a dû les conduire jusqu'en Belgique. Là, ils l'ont libéré, et il est revenu en prenant les petits chemins. Heureusement, il est rentré sain et sauf. Mais sa femme et ses enfants ont eu peur ! Après tout ce qui s'était passé...

— Maintenant, c'est fini, conclut Pauline. Les Allemands sont enfin partis, et nous sommes libres !

Ils étaient partis, oui, mais la guerre n'était pas terminée. Il me fallait encore attendre que les Alliés aillent jusqu'en Allemagne libérer nos prisonniers. Et, seulement alors, Georges reviendrait.

6

Je dus attendre, effectivement, de longs mois. Les Allemands continuaient à se battre avec ténacité. Mais ils avaient contre eux les Américains, les Anglais, les Français, les Russes.

— Ils vont être vaincus, disait mon père.

Et il ajoutait, lorsqu'il me voyait nerveuse :

— Ce n'est plus qu'une question de patience, maintenant.

Ces mois qui suivirent la libération me parurent les plus longs. Les lettres que nous échangions, Georges et moi, ne me suffisaient plus. Lorsque le printemps arriva, au mois de mars, je songeai que mon mari était parti depuis cinq ans, et que depuis cette date je ne l'avais pas revu. Je me disais qu'il allait me trouver changée, et peut-être vieillie. Je fus prise d'une frénésie de coquetterie, je me fis couper les cheveux, je changeai de coiffure. J'essayai mes vieilles robes, les trouvai laides et démodées. J'aurais voulu avoir des nouvelles toilettes. Je réussis à obtenir, grâce à nos bons de textile, du tissu dans lequel je me fis faire un tailleur. La nuit, couchée à côté de Suzon qui, depuis les bombardements, avait gardé l'habitude de dormir avec moi, j'essayais d'imaginer le retour de Georges et nos retrouvailles. Je n'y parvenais pas. Nous avions été séparés trop longtemps.

Et pourtant, dans la réalité, tout fut simple.

À la fin du mois de mars, un lundi après-midi, j'étais seule dans la cuisine. Mes parents se trouvaient dans le café, et Suzon à l'école. J'étais occupée à découdre le bord d'une de ses robes, afin de la rallonger au maximum. Ma petite fille grandissait tellement vite ! La tête penchée sur mon ouvrage, je ne vis pas qu'une silhouette masculine traversait la cour et se dirigeait vers la cuisine.

La porte qui s'ouvrit subitement me fit relever la tête. D'abord, je ne compris pas. Un homme entrait, vêtu d'un uniforme anglais — pantalon kaki et blouson. Je crus qu'il s'agissait d'un soldat britannique, et, pendant une seconde, je me demandai pourquoi il entrait ainsi dans ma cuisine. Et puis je le reconnus. Mon cœur fit un immense bond, me coupant la respiration. Je me levai, lâchant mon ouvrage. En deux pas, il fut vers moi, et je me retrouvai dans ses bras.

Il me serra contre lui avec avidité, et moi je le palpais, je laissais courir mes mains sur son visage, je pleurais, je riais, je sanglotais, je répétais :

— Georges ! Georges !...

Il se pencha, m'embrassa. Je m'accrochai à lui, emportée par un tourbillon si puissant que je fermai les yeux, prise de vertige. Lorsqu'il me lâcha, il enfouit son visage dans mes cheveux :

— Viviane... murmura-t-il. Comme tu m'as manqué !

Je le regardai à travers mes larmes. Georges, mon amour enfin retrouvé, enfin revenu après si longtemps !... Il avait maigri, et aussi vieilli. Son visage était tiré, et des rides que je ne connaissais pas lui barraient le front. Lui me contemplait, et son regard contenait toute l'avidité avec laquelle il venait de me serrer contre lui.

— Viviane... Comme tu es belle ! Et Suzon ? Où est-elle ?

— Elle est à l'école.

— Ah oui, c'est vrai ! dit-il en souriant. L'école, déjà ! Je n'arrive pas à réaliser. Je l'ai quittée alors qu'elle n'avait que quatre ans, et dans mon esprit, elle est restée la même enfant.

— Elle a changé, et grandi. Mais tu le verras par toi-même. Elle va bientôt revenir.

Il me reprit dans ses bras, m'embrassa de nouveau, parsema mon visage d'une pluie de baisers. Je me laissai faire, enivrée, retrouvant avec volupté ses caresses qui m'avaient tant manqué pendant cinq longues années.

Ce fut le moment que choisit ma mère pour revenir du café. En voyant sa fille dans les bras d'un soldat anglais, elle poussa un cri horrifié.

— Viviane ! Que... ?

Georges, occupé à m'embrasser dans le cou, releva la tête et se tourna vers elle. Elle le reconnut. Elle devint pâle, vacilla, porta la main à son cœur :

— Mon Dieu... Georges !

Elle se laissa tomber sur une chaise, prit une profonde respiration.

— Il vient d'arriver, dis-je, radieuse. À l'instant. Et nous... euh... nous refaisions connaissance.

Je reprenais pied dans la réalité et je ressentais une griserie exaltante.

— Enlève ton blouson, proposai-je, et assieds-toi. Tu dois avoir faim. Et soif. Je vais te préparer quelque chose. Justement, il y a trois jours, nous sommes allés à la Cense aux alouettes, et mère Hiette nous a donné du pâté, du lard, des œufs. Veux-tu une omelette ?

Georges eut un sourire heureux :

— Oui. Et un bon verre de bière.

Je m'affairai, lui versai sa bière, préparai une tartine de pâté, fis cuire l'omelette. Il m'était doux de pouvoir choyer de nouveau mon mari. En même temps, j'écoutais ses explications. Ma mère disait :

— Je vous avais pris pour un Anglais. Pourquoi avez-vous cet uniforme ?

— Il vient de Forbach. C'est là que je l'ai trouvé. On se débrouillait comme on pouvait pour s'habiller décemment. Et je ne voulais pas revenir en France avec ma tenue de prisonnier.

— Quelle merveilleuse surprise de vous revoir ! reprit ma mère.

— Je n'en pouvais plus d'attendre, dis-je. Chaque jour, j'espérais ton retour.

Tout en mangeant, Georges raconta :

— Je crois que nous sommes parmi les premiers rapatriés. Une unité américaine nous a libérés la semaine dernière. Leurs officiers nous ont donné un laissez-passer et nous ont conseillé de partir vers la frontière, pour rejoindre Saarbrücken et Metz. Nous sommes partis à pied, nous avons rejoint Saint-Avold, en Lorraine. Là, nous avons été pris en main par la Défense et Sécurité du Territoire. Ils nous ont désinfectés au DDT, douchés, et donné un papier provisoire de rapatriement. Un camion de gendarmes français m'a amené jusqu'à Metz.

Il s'arrêta un instant pour finir sa tartine de pâté. Je posai devant lui une assiette contenant l'omelette au lard que je venais de faire cuire. Ses yeux brillèrent :

— Hmmm ! Bien baveuse, comme je les aime ! Ces derniers jours, je n'ai mangé que des haricots blancs et du *corned-beef.* Quel plaisir de retrouver la cuisine de sa femme bien-aimée !

Il mangea avec une visible satisfaction, tout en terminant son récit :

— À Metz, j'ai pu prendre un train de marchandises pour Paris. La dernière fois que j'avais vu la gare de Metz, c'était il y a cinq ans ; je partais alors en direction d'Épinal pour aller au casse-pipes. J'étais bien content de revenir dans l'autre sens, malgré l'état des chemins de fer, les voies rafistolées et les ponts provisoires plutôt branlants. Après Reims et Épernay, je suis arrivé à Paris. Là, il y a eu de nouvelles formalités administratives. On nous a fait dormir au *Lutetia,* réquisitionné par l'armée. Et ce matin, j'ai pris un train en direction du Nord. Après bien des détours, je suis enfin arrivé à la gare, et, de là, j'ai couru jusqu'ici. Quel bonheur de revenir chez soi !

Il regarda autour de lui avec une sorte d'émerveillement. Ma mère se leva :

— Je vais aller remplacer Raymond et le prévenir. Il va être bien content, lui aussi !

Elle sortit et, une minute après, mon père arriva, tendant les bras à Georges :

— Georges ! *Min garchon !*

Ils se donnèrent l'accolade, se sourirent avec affection.

— Enfin ! dit mon père. Enfin ! Il est temps. Je voyais ma fille dépérir. Et maintenant, je lui vois des joues toutes roses et des yeux qui brillent comme des étoiles ! À la bonne heure !

Georges recommença son récit, à l'intention de mon père, qui conclut :

— L'important, c'est que tu sois revenu. Tout le reste, tu auras le temps de nous le raconter. Je suis bien content, *min garchon,* bien content !

Pendant ce temps, j'avais desservi la table, fait la vaisselle. Je proposai à Georges :

— Ne veux-tu pas te laver ? Et te changer ? Je vais te préparer des vêtements propres. Tu as juste le temps, avant que Suzon revienne de l'école.

— Tu as raison. Et ce sera plus facile pour elle de me reconnaître dans mes vieux vêtements plutôt que dans cet uniforme.

Dans la petite pièce attenante à la cuisine, qui nous servait de buanderie, je remplis le chaudron d'eau chaude, donnai à Georges des serviettes, du savon, du linge propre.

— Le savon ne mousse pas beaucoup. C'est du vrai caillou. Mais c'est tout ce que nous avons depuis quatre ans.

Il me sourit :

— Ça ne fait rien. Ce sera un vrai plaisir de me laver. J'ai encore sur moi l'odeur du produit avec lequel ils m'ont désinfecté.

Il ôta sa chemise, puis, au moment d'enlever son pantalon, il hésita. Une pudeur, soudainement, me saisit. Je balbutiai :

— Eh bien... Je te laisse. Suzon va rentrer d'un instant à l'autre. Je vais préparer son goûter.

Je repartis dans la cuisine, refermant soigneusement la porte. Ma mère arriva et annonça avec joie :

— Raymond prévient tous nos clients. Dès que Georges sera prêt, qu'il vienne ! Ils veulent l'accueillir comme il se doit.

— Il ira, promis-je. Mais avant, nous attendons Suzon.

— Bien. Je vais leur dire de patienter encore un peu.

Elle repartit. La porte de la buanderie s'ouvrit, et Georges apparut. Ses vêtements civils lui redonnaient son identité habituelle, et je retrouvai avec bonheur le Georges d'avant.

— Ça fait du bien, constata-t-il en me souriant. Je me sens mieux. Viens, ma petite femme, maintenant je suis tout propre !

Ma petite femme... c'était ainsi qu'il m'avait toujours appelée, depuis notre mariage, lorsque nous étions seuls, ou lorsque, dans notre grand lit, il m'aimait avec passion. Je me précipitai dans les bras qu'il me tendait, retrouvant instinctivement le geste voluptueux de lui caresser la nuque. Il m'embrassa, et je laissai de nouveau le merveilleux tourbillon m'emporter.

J'eus vaguement conscience que des petits pas traversaient la cour, que la porte de la cuisine s'ouvrait et qu'une voix enfantine interrogeait :

— Maman ?...

Je revins sur terre, me tournai vers ma fille. Immobile, le visage sérieux et attentif, elle nous regardait. Je lui adressai un grand sourire, m'approchai d'elle :

— Suzon... C'est ton papa. Il est revenu.

Je me souvenais combien elle l'aimait. Je m'attendais à ce qu'elle se précipite dans ses bras en criant de joie, avec la confiance et la spontanéité d'autrefois. Mais elle demeura immobile, comme clouée au sol. Elle leva la tête vers Georges et répéta, comme si elle ne comprenait pas :

— Papa ?

Georges s'approcha à son tour, tendit les bras à sa fille :

— Suzon ! Ma petite princesse ! Comme tu as grandi !

Il l'avait toujours appelée « ma petite princesse », mais je découvris qu'elle ne s'en souvenait pas. Les cinq années de séparation avaient fait de son père un étranger. Georges s'accroupit, la prit aux épaules, la serra contre lui. Elle se laissa faire, inerte, presque réticente.

— Ma chérie, insistai-je, c'est papa. Tu sais bien...

Je voulais lui parler des lettres que nous lui écrivions,

des petits mots qu'elle ajoutait. Mais Georges se releva en constatant :

— Il faut que nous refassions connaissance, tous les deux. Elle n'avait que quatre ans lorsque je suis parti. Comment pourrait-elle se souvenir de moi ?

Prête à gronder ma fille, je compris que cette façon de considérer la situation était sage. Je pris la serviette de classe et le manteau de Suzon, lui ordonnai de se laver les mains et de s'asseoir pour goûter. La routine habituelle la rassura. Il fallait qu'elle comprenne que ce père qui venait de réapparaître subitement n'était pas là pour perturber sa vie mais, au contraire, pour lui apporter davantage d'amour.

Pendant qu'elle goûtait, je l'interrogeai, comme chaque jour, sur son après-midi d'école et son travail en classe.

— Nous avons des verbes compliqués à conjuguer, annonça-t-elle. Et des divisions difficiles. Je ne sais pas si j'y arriverai.

— Si tu veux, je t'aiderai, proposa Georges. Je me suis toujours bien débrouillé en calcul.

Elle le regarda et fit un signe d'acquiescement avec un sourire timide. Elle paraissait impressionnée par cet homme subitement revenu qui affirmait être son père. Comme elle avait fini de goûter, je débarrassai la table et installai ses livres de classe :

— Montre-moi tes devoirs. Tâche de te débrouiller seule. Papa t'aidera seulement si tu n'y arrives pas.

Docilement, elle ouvrit son cahier, me montra les calculs à faire. La porte donnant sur le café s'ouvrit et mon père apparut :

— Georges ? appela-t-il. Tu peux venir, *min garchon* ? Ils te réclament !

— J'arrive, dit Georges.

Il se leva et suivit mon père dans le café. Avant qu'il ne referme la porte, j'entendis plusieurs voix masculines entonner gravement un chant qui prit de l'ampleur et qui se fit éclatant pour accueillir Georges : nos clients chantaient *La Marseillaise*. J'allai jusqu'à la porte, jetai un coup d'œil dans la salle. Ils étaient tous debout, ceux du comptoir et ceux qui, aux tables, jouaient aux cartes. Devant eux tous, le premier face à Georges, Jean chantait plus haut et plus fort que les autres.

Lorsqu'ils se turent, Georges s'avança vers eux, ému.

— Merci, mes amis, merci de cet accueil...

Jean, de son unique bras, lui donna l'accolade. Puis tous s'approchèrent et entourèrent le soldat revenu après cinq ans d'absence, l'interrogeant, lui souhaitant la bienvenue.

— Il faut fêter son retour, cria mon père. C'est ma tournée !

Je les laissai, refermai la porte sur le brouhaha des exclamations, et revins vers Suzon. Penchée sur ses opérations, elle fronçait les sourcils et mordillait son crayon. Je vérifiai la première division, découvris une erreur. Au moment de la lui signaler, je me retins. Il valait mieux laisser cette tâche à Georges, afin de lui permettre de se rapprocher de sa fille.

— Continue, dis-je à Suzon. Lorsque tu auras fini, avant de les recopier sur ton cahier, tu les montreras à papa. Si tu as fait des erreurs, il les corrigera.

Elle termina ses calculs, puis sa conjugaison. Lorsque Georges revint, elle lui montra son travail. Avec sérieux, il vérifia tout, et rectifia les erreurs. Puis il lui rendit la feuille :

— Voilà, tu peux recopier maintenant.

— Merci, dit ma petite fille.

Doucement, j'intervins :

— Merci qui ?

Suzon me regarda sans paraître comprendre. Je précisai :

— Tu dois dire : merci papa.

Elle leva les yeux vers son père et, en hésitant, répéta docilement :

— Merci... papa.

Je songeai qu'elle n'avait pas prononcé ce mot depuis cinq ans et qu'elle devait en réapprendre l'usage.

Georges m'annonça :

— Je vais chez mes parents. J'ai hâte de les revoir, eux aussi. Viens-tu avec moi ?

— Moi aussi, je peux venir ? s'exclama Suzon, prête à délaisser ses devoirs.

J'eus envie de refuser et de lui dire de terminer son travail scolaire. Mais Georges, privé de sa fille pendant si longtemps, ne voulait plus être séparé d'elle.

— D'accord, acquiesça-t-il. Mais tu finiras tes devoirs dès qu'on sera rentrés.

Suzon, qui adorait aller à la Cense aux alouettes, sauta de joie. Spontanément, elle dit :

— Merci, papa.

Nous partîmes, tous les trois, comme avant. Georges refit connaissance avec Rosalie et, à l'endroit où Rik avait été renversé par un camion allemand, j'expliquai le drame. Lorsque nous entrâmes dans la cour de la ferme, Pauline sortit de la maison. Ses yeux s'arrondirent de stupéfaction, puis la joie explosa sur son visage :

— *Mononc'* Georges ! cria-t-elle. C'est *mononc'* Georges !

Ils se retrouvèrent dans les bras l'un de l'autre. Ma belle-mère arriva à son tour, transfigurée :

— Georges ! Mon petit !

Puis mon beau-père apparut, sortant de la grange. Il ne dit pas un mot, mais ses yeux emplis de larmes parlaient pour lui. Georges les embrassa chaleureusement, encore et encore, avant de les suivre dans la maison.

— Raconte, demanda ma belle-mère. Quand es-tu arrivé ?

Il refit le récit qu'il m'avait déjà fait. Mes beaux-parents dévoraient leur fils du regard. Je lisais dans leurs yeux un immense bonheur.

Avant de repartir, Georges tint à faire un tour dans la ferme et à aller voir les animaux. Suzon le prit par la main pour l'accompagner. En les regardant traverser la cour et entrer dans l'écurie, Pauline me dit :

— Suzon a enfin retrouvé son papa. Je suis bien contente pour elle. Et pour toi aussi, Viviane.

Je lui serrai le bras avec affection :

— Bientôt, Thomas sera là, lui aussi.

Avec un sourire, elle avoua :

— Je vais compter les jours et bouillir d'impatience. Comme c'est long !

Ma belle-mère emplit le coffre de la voiture de nourriture, affirmant que son fils avait besoin de se refaire une santé. Ce fut dur de les quitter. Ils auraient voulu retenir Georges, et nous dûmes leur promettre de venir partager leur repas le lendemain.

— Nous mangerons une bonne poule, décida ma belle-mère. Et je ferai une flamique à la cassonade.

Sur le chemin du retour, Georges remarqua pensivement :

— Je les ai trouvés vieillis. Surtout père. Il est temps que Thomas revienne pour reprendre la ferme.

— Depuis que Rik n'est plus là, Louis vient l'aider, objectai-je, comme il le faisait avant.

— Oui, bien sûr, mais il est temps que Thomas revienne. Ce qui ne saurait tarder, heureusement.

À la maison, ma mère finissait de préparer le repas. Suzon recopia ses devoirs, puis nous nous mîmes à table. Pour la première fois depuis cinq ans, Georges était de nouveau assis près de moi. Sa présence faisait monter en moi une sorte de griserie qui me tournait la tête. J'étais redevenue une jeune mariée amoureuse, et j'attendais le moment où nous nous retrouverions enfin dans notre chambre.

Au moment de coucher Suzon, il y eut un petit problème. Depuis les bombardements, ma fille avait gardé l'habitude de dormir avec moi. Tout naturellement, elle se dirigea vers ma chambre. Je l'arrêtai :

— Viens, Suzon. J'ai refait ton lit. C'est là que tu vas dormir maintenant.

J'entrai dans sa chambre, et elle me suivit avec réticence.

— Pourquoi je peux plus dormir avec toi ?

Patiemment, j'expliquai :

— Parce que, maintenant que papa est revenu, chacun doit reprendre sa place. Toi, dans ton lit, et lui, dans le grand lit avec moi. Tu comprends ?

Elle ne répondit pas, se coucha en silence. Je la bordai, l'embrassai avec tendresse.

— Dors bien, ma chérie. Papa va venir te souhaiter une bonne nuit, lui aussi.

Avec gravité, elle demanda :

— Quand il sera reparti, je pourrai retourner dormir avec toi ?

— Mais il ne va pas repartir, voyons ! Il est revenu pour rester toujours avec nous.

Elle eut une moue d'enfant prête à pleurer. Je ne voulais pas que le retour de son père fût pour elle une cause de contrariété et je dis avec conviction :

— C'est ton papa, et il t'aime. Il est si content de te retrouver ! Et toi aussi, tu seras contente, tu verras.

Je me penchai, l'embrassai de nouveau :

— Et pour dormir, tu es bien mieux ici, dans ton lit. Sais-tu qu'il s'ennuyait sans toi ?

— C'est vrai ?

— Bien sûr. Un lit, c'est fait pour qu'on dorme dedans. Et le tien est bien content que tu sois de nouveau là.

Georges arriva, et je les laissai seuls. Ils devaient tenter de rattraper cinq années d'amour perdu.

Ce soir-là, dans notre grand lit, nos retrouvailles furent passionnées. Georges enfouit son visage dans mes cheveux, balbutiant d'une voix rauque :

— Viviane... Comme tu m'as manqué !

Je me donnai avec une ardeur décuplée par des années de solitude et de frustration. J'avais retrouvé mon mari, mon amant, mon amoureux. Il me semblait que nous n'aurions pas assez de toute notre vie pour compenser une si longue absence.

Au cours des jours suivants, je fus rassurée de constater que ma fille s'habituait au retour de son père. L'amour qui les unissait avant leur séparation fut de nouveau là, et notre vie familiale retrouva son équilibre.

J'interrogeais Georges sur ses années de captivité. Il me parlait de la famille Buscher. Le père Ernst, la mère, Petra, et la fille Erna. Le mari de celle-ci, Hans, était mobilisé et faisait partie de la Flack. Malgré moi, j'étais jalouse de cette Erna qui, pendant toutes ces années, avait vécu près de Georges chaque jour. Mais je ne l'avouai jamais.

Nous attendions le retour des autres prisonniers, nous lisions et nous écoutions les nouvelles. Nous apprîmes, le 29 avril, l'exécution de Mussolini, puis, le lundi 30, le suicide d'Hitler. Le 2 mai, les Russes entrèrent dans Berlin, et, le 7 mai, ce fut la capitulation allemande. Le 8 mai, nous vécûmes avec soulagement cette journée de victoire. Et, enfin, les autres prisonniers revinrent.

Je revis mon cousin Michel. Je revis Thomas, à la fin du mois de mai, un jour où nous nous étions rendus à la Cense aux alouettes.

— Il est arrivé hier soir, nous annonça Pauline. Enfin ! Quel bonheur !

Un sourire radieux illuminait son visage. Les yeux clairs de Thomas exprimaient tant de joie que je remarquai à peine qu'il avait, lui aussi, maigri et vieilli. Il nous embrassa, se pencha sur ma petite fille qui recula, intimidée.

— Eh bien, Suzon, tu ne me reconnais pas ? Toi-même, tu as bien grandi ! Tu deviens une petite demoiselle maintenant.

Nous entrâmes. Thomas nous raconta son retour en France, son arrivée à Lens la veille.

— Marius était avec moi. Il a pu téléphoner à ses parents et à sa femme. Ils sont venus le chercher, et en même temps, ils m'ont ramené jusqu'ici.

— Et devinez ce qu'il a fait, ce matin, dès qu'il a été levé ? interrogea Pauline. Il s'est empressé d'aller travailler aux champs.

— Je suis si heureux d'être revenu ! avoua Thomas. Je vais mettre les bouchées doubles. Là-bas, je me trouvais dans une ferme, c'était le même travail, et pourtant ce n'était pas pareil. Ici, il s'agit de notre terre, de notre ferme.

— Et elles ont bien besoin de toi, mon garçon, dit mon beau-père.

— J'ai été bien content de retrouver Major, poursuivit

Thomas. Notre brave Major ! Je ne m'attendais pas à le revoir.

Mon beau-père acquiesça :

— Il va sur ses dix-sept ans. C'est la première fois que nous gardons un cheval aussi longtemps. Il faut penser à acheter un nouveau poulain dès que possible.

Pauline intervint, presque timidement :

— Est-ce que nous pourrions garder Major jusqu'au bout ? Pour le récompenser d'avoir travaillé si longtemps avec nous... Il mérite de mourir de sa bonne mort... Qu'en pensez-vous ?

Thomas lui adressa un sourire plein de douceur et de compréhension :

— C'est une bonne idée. Je sais que, pour toi, voir partir un cheval est toujours un déchirement. Pour moi aussi d'ailleurs. Là-bas, en Allemagne, le fermier chez qui je travaillais envisageait d'acheter un tracteur. Avec une machine de ce genre, on n'a plus le problème de se séparer de son cheval lorsqu'il est trop vieux pour travailler.

Mon beau-père fronça les sourcils :

— Un tracteur ? Un de ces engins qui empestent, qui font du bruit et qui s'embourbent ? Très peu pour moi !

— Mais il y a des avantages, dit Thomas. Et l'hiver, contrairement à un cheval, on ne doit pas le nourrir à ne rien faire.

— Mais ils tombent en panne les trois quarts du temps, grommela mon beau-père.

— Nous en reparlerons, temporisa Thomas. De toute façon, nous n'en sommes pas encore là.

Ils continuèrent à discuter de culture, d'engrais, et Georges participait activement à la conversation. Je le regardais avec une pointe d'inquiétude. J'avais toujours peur qu'il garde la nostalgie du travail agricole. Il m'avait dit une fois qu'il avait fait son choix et qu'il ne regrettait rien. Depuis son retour, il avait repris sa place dans le café, aux côtés de mon père, et cela nous donnait davantage de temps libre, à ma mère et à moi. Il semblait parfaitement heureux, plaisantait avec nos clients, était très apprécié. Mais, chaque fois que nous venions à la Cense aux alouettes, je ressentais toujours la même crainte, dont je ne parvenais pas à me débarrasser.

— Qu'en penses-tu, Viviane ?

Georges m'interrogeait. Je revins sur terre.

— Quoi donc ?

— Mère nous invite dimanche, pour fêter le retour de Thomas. Tu es d'accord ?

— Bien sûr qu'elle est d'accord ! s'exclama mon beau-père. Un retour pareil, ça s'arrose ! Depuis le temps qu'on l'attend !

— C'est vrai, constata Thomas. Nous avons calculé, Marius et moi... Depuis notre départ au service, en 1936, l'armée ne nous a plus lâchés. Si on fait le compte total, on a perdu neuf ans. Et le père de Marius, lui, c'est sept ans de sa vie qu'il a donnés, parce qu'il est parti faire son service en 1912 et il n'est revenu qu'en 1919. Si bien que, tous les deux, le père et le fils, ils ont donné seize années à la France. C'est beaucoup pour deux hommes, non ? Toute cette jeunesse gâchée, toutes ces années qui auraient pu être belles...

Il se tourna vers Pauline avec un sourire plein de regret :

— J'y pensais souvent, là-bas. Je me disais : nous aurions eu le temps d'avoir un ou deux enfants...

Ma belle-mère intervint :

— Ces enfants, vous les ferez maintenant. Vous êtes jeunes. Lorsque nous avons eu Mélanie, Baptiste avait ton âge, Thomas.

— Oui, bien sûr, soupira-t-il. Mais quand même...

Je comprenais son point de vue. Ces années qui nous avaient été volées, jamais nous ne pourrions les retrouver.

Ce soir-là, dans notre lit, blottie contre Georges endormi, je repensai à cette conversation. Je devais chasser l'amertume et les regrets, et ne laisser la place qu'au bonheur d'avoir de nouveau mon mari auprès de moi. Au moment de glisser dans le sommeil, je me dis qu'il n'était pas trop tard pour donner à Suzon le petit frère ou la petite sœur auxquels je pensais depuis plusieurs années.

QUATRIÈME PARTIE

Récit de Yolande
(1945-1946)

1

Une autre guerre venait de se terminer, et, autour de moi, les gens se réjouissaient. Leurs soldats allaient revenir. Mais, pour moi, rien n'était changé. Je ne pouvais empêcher mon esprit de remonter le temps et de revivre les événements douloureux de ma jeunesse. Là aussi, la guerre avait été cruelle, qui m'avait ravi le seul amour de ma vie.

Il s'appelait John-Philip et il était anglais. À l'époque, j'étais une jeune fille solitaire. Je n'avais pas d'amies. Ma mère était morte en me donnant le jour, et je vivais seule avec mon père. Envers moi, il s'était toujours montré sévère et froid. La seule tendresse féminine que j'avais connue était celle de ma tante Berthe. Les quelques jours que je passais, parfois, dans sa grande maison, représentaient pour moi une éclaircie heureuse dans ma vie terne et sans joie.

L'année de mes vingt ans, la Première Guerre mondiale venait d'éclater. Je ne m'attendais pas à ce qui se produisit, et l'amour me prit au dépourvu. La première fois que je vis John-Philip, je ne compris pas, sur le moment, les battements accélérés de mon cœur, ni le trouble qui s'empara subitement de moi et me fit rougir.

Il logeait chez nous, partageait parfois notre repas, discutait avec mon père. Il lui arrivait de parler de lui et de ses parents. Il était fils unique, et lorsqu'il évoquait sa mère, il y avait dans ses yeux tant de tendresse que je regrettais de n'avoir jamais connu la mienne. J'étais amoureuse, et, plus le temps passait, plus je m'attachais à lui.

Rien, dans son attitude, ne me laissait croire que l'amour

secret que je lui vouais était partagé. J'étais trop inexpérimentée pour déchiffrer le message que contenaient ses yeux lorsqu'ils se posaient sur moi. Ce fut lui qui, un soir, me déclara son amour, parce qu'il avait appris qu'il devait partir le lendemain. Il ne savait pas à quel moment il serait de retour, mais il promit de revenir me chercher et, lorsque la guerre serait finie, de m'emmener dans son pays. Cette conversation eut lieu hors de la présence de mon père, qui avait été retenu par un client, et j'en fus soulagée. Je savais qu'il aurait opposé un refus à la demande de John-Philip, car il désirait que j'épouse Flavien, le clerc qui devait reprendre l'étude. Moi, je n'hésitai pas une seconde, et je promis à John-Philip de l'attendre.

Cette nuit-là, je ne dormis pas. Je savais que John-Philip allait partir et que nous ne nous verrions plus. Je savais que cette guerre était meurtrière et qu'il pouvait être tué. Cette pensée me rendit folle d'angoisse. Je décidai de donner à mon bien-aimé, avant qu'il ne s'en aille, la seule chose que je pouvais lui offrir, dont il emporterait avec lui le souvenir ébloui.

Sur la pointe des pieds, pour ne pas réveiller mon père dont les ronflements emplissaient le couloir, j'allai rejoindre John-Philip dans sa chambre. D'abord, il fut surpris, et puis, lorsqu'il comprit, il tenta de résister et de me renvoyer. J'insistai et, vaincu, il céda. La pensée de notre séparation toute proche, sans aucune certitude de nous revoir un jour, alors que nous nous aimions tant, nous jeta dans les bras l'un de l'autre. Par la suite, mon père, tante Berthe et oncle Norbert me blâmèrent, et qualifièrent mon attitude de répréhensible. Mais moi, je ne regrettai jamais rien.

Pourtant, ma situation devint difficile lorsque je me rendis compte que j'attendais un enfant. Mon père, furieux, me conduisit chez son frère, où je dus me cacher comme une criminelle. Cloîtrée dans ma chambre, à l'arrière de la maison, je devais éviter de faire le moindre bruit qui eût pu signaler ma présence aux éventuels visiteurs. Mais, si le temps était beau, je pouvais me rendre dans le jardin, et j'y demeurais longtemps, dissimulée aux regards indiscrets des voisins par les hauts murs et les feuillages de la tonnelle. Ma tante craignait surtout sa voisine d'en face, une vieille femme du nom de Pélagie.

— C'est une *maguette*[1], disait-elle. Elle est à l'affût de tout.

Pourtant, malgré ces inconvénients, j'étais heureuse d'attendre l'enfant de John-Philip. Il reviendrait, il me l'avait promis, et il nous emmènerait tous deux avec lui.

Mon merveilleux espoir fut anéanti brutalement. Peu avant la naissance de mon bébé, mon père vint un jour et m'apprit que John-Philip avait été tué. Je m'effondrai, suffoquée par le chagrin. Dans un état second de souffrance et de désespoir, je mis au monde mon enfant plus tôt que prévu. Lorsque je revins à moi, mon oncle m'annonça que mon petit garçon n'avait pas vécu.

Je crus mourir. Je demeurai longtemps dans un état d'apathie et de prostration totales. Pourtant, peu à peu, malgré moi, ma jeunesse reprit le dessus, et je me rendis compte que je continuais à vivre. Je retournai chez mon père, où je revis Flavien, qui vint en permission à l'automne. Il ignorait ma douloureuse épreuve, et, sermonnée par mon père, je ne lui dis rien. Lui, par contre, me parla de l'enfer des soldats dans les tranchées, des nombreux tués et blessés. Lorsqu'il repartit au « casse-pipes », selon son expression, je décidai de me rendre utile et de proposer mes services à l'hôpital de la ville voisine où, je le savais, étaient soignés les soldats blessés qui revenaient du front.

Je fus d'abord fille de salle, garde-malade, puis infirmière. Les soldats que nous soignions étaient mutilés, aveugles, parfois défigurés. C'était une véritable souffrance de voir tous ces hommes jeunes qui, après avoir été beaux et en parfaite santé, se retrouvaient handicapés, objets de pitié ou d'horreur. Certains ne parvenaient pas à le supporter. L'un d'eux, qui avait été amputé des deux jambes et qui

1. Curieuse.

n'avait que vingt ans, avait de violentes crises de larmes, au cours desquelles il sanglotait comme un enfant. Un autre, dont le bas du corps était resté paralysé à cause d'un éclat d'obus dans la colonne vertébrale, humilié de faire ses besoins sous lui, arracha une nuit le goutte-à-goutte qui lui permettait de rester en vie. En apprenant sa mort, je pleurai, et pourtant je parvins à comprendre sa réaction désespérée.

C'était un travail dur, physiquement et moralement. Mais, paradoxalement, il me donnait une raison de vivre. Lorsque je revêtais ma tenue blanche — la longue blouse et le foulard noué autour de la tête, dissimulant parfaitement les cheveux —, j'étais fière de faire partie de cette grande armée du dévouement qui avait pour nom l'Union des femmes de France. Je soignais les héros qui, courageusement, défendaient notre sol. Je voyais ce que la guerre avait fait d'eux — cette guerre qui m'avait pris John-Philip — et je la maudissais.

À force de côtoyer tant de blessés, je ne fus pas surprise d'apprendre que Flavien, lui aussi, avait subi le même sort. En décembre 1916, à Apremont, lors d'une attaque, il eut le pied arraché par un obus. Le chirurgien dut l'amputer à partir du genou. Lorsque Flavien put m'écrire, il m'envoya une lettre dans laquelle il m'expliquait qu'il n'était plus qu'un infirme. Dans ces conditions, ajoutait-il, il n'était plus digne de devenir mon mari et comprenait parfaitement que je refuse de l'épouser.

Mon père, qui lisait mon courrier, se mit en colère et m'ordonna :

— Réponds-lui immédiatement que rien n'est changé et que tu l'épouseras comme prévu. C'est lui qui reprendra l'étude, et ce n'est pas une jambe en moins qui l'empêchera d'être un bon notaire !

J'obéis sans répliquer. Puisque John-Philip n'était plus là, il me devenait indifférent d'épouser Flavien. Je savais qu'il ne ferait pas un mauvais mari. Il était plus âgé que moi, il m'aimait, il avait un caractère doux, aimable et patient. Mon père déclarait souvent qu'il avait toutes les qualités pour faire un excellent notaire. Et, pour moi, l'infirmité de Flavien ne constituait pas un obstacle. Je lui répondis donc que ce qui s'était produit n'enlevait rien à l'affection que j'avais pour lui.

Lorsque je le revis, il marchait à l'aide de béquilles. À un moment où nous étions seuls, il me répéta ce qu'il m'avait écrit :

— Je ne sais pas si j'ai le droit de lier ma vie à la vôtre. Regardez-moi, Yolande. Je suis mutilé, maintenant.

Gravement, je répondis :

— Moi aussi, Flavien, je suis mutilée.

Il me considéra avec surprise, ne sachant comment interpréter mes paroles. Alors je lui avouai tout. S'il voulait toujours m'épouser, il me paraissait plus honnête de ne rien lui cacher. Je racontai John-Philip, sa promesse, sa mort au combat, et mon bébé qui n'avait pas vécu. Lorsque je m'arrêtai de parler, Flavien tendit une main vers moi. À la bonté de son regard se mêlaient compassion et amour. Très simplement, il dit :

— Nous avons souffert tous les deux. Ensemble, maintenant, essayons de vivre, voulez-vous ?

Sans un mot, les larmes aux yeux, je mis ma main dans la sienne.

À la grande satisfaction de mon père, j'épousai Flavien. Notre mariage, à défaut d'être heureux, fut paisible et harmonieux. Mon mari se montrait envers moi plein de délicatesse et, au début, il n'osait pas m'imposer la vue de sa jambe amputée. Je lui expliquai qu'à l'hôpital, je m'étais habituée à voir toutes sortes de blessures. Malgré tout, il mit longtemps avant de se débarrasser de sa gêne.

Lorsque la guerre fut terminée, notre village se remit à vivre, malgré l'absence de ses jeunes gens qui ne reviendraient pas. Leur nom fut inscrit sur un monument aux morts construit à leur mémoire. Flavien fit partie des Anciens Combattants, et, chaque année, le 11 Novembre, il défila, en claudiquant sur sa jambe de bois, avec les autres, ceux qui avaient également échappé à l'affreuse tuerie.

Nous allions souvent chez ma tante Berthe, et elle me demandait si j'étais heureuse. Je ne voulais pas lui mentir, et je répondais que je n'étais pas malheureuse. Elle me disait :

— Il te faudrait un enfant, et même plusieurs.

Je ne pouvais pas lui avouer que Flavien, gêné par son amputation, n'exerçait que très rarement ses droits de mari. Il me répétait qu'il aimerait bien avoir une fille, mais qu'il ne voulait pas de fils : il refusait de donner la vie à un garçon qui, plus tard, pourrait connaître ce qu'il avait vécu dans les tranchées. Il secouait la tête, le regard hanté :

— Je ne le souhaite à personne. C'était l'enfer. C'était abominable.

Il m'en parlait peu, mais il eut, pendant longtemps, des cauchemars, qui à la longue s'espacèrent sans pourtant disparaître complètement.

Mon père, lui aussi, s'inquiétait d'un héritier pour reprendre l'étude. Mais les années passèrent sans m'apporter d'enfant. Je n'oubliais pas mon bébé — celui de John-Philip —, que je n'avais ni vu ni tenu dans mes bras. Je n'y faisais jamais allusion, mais je gardais en moi une blessure secrète et douloureuse. Une petite fille aurait certainement apaisé cette souffrance toujours présente. Mais elle ne vint jamais.

Mon père mourut en décembre 1928, et Flavien reprit l'étude. Son caractère pondéré, calme et aimable plaisait aux clients. Il engagea comme clerc un de ses neveux dans le but de lui transmettre l'étude plus tard. Guillaume était un jeune homme sérieux, capable de succéder à Flavien.

L'hiver suivant, mon oncle Norbert prit froid en allant soigner ses malades. Il était parfois appelé loin de son village, et devait faire plusieurs kilomètres dans la bise glaciale ou la neige. Il répétait qu'il était temps de remplacer sa carriole et son cheval par une automobile, et il envisageait d'acheter une Peugeot 201. Mais il n'en eut pas le temps. Une pneumonie le terrassa et il mourut, laissant ma tante Berthe seule et désemparée.

Flavien et moi, nous prîmes l'habitude d'aller passer chaque dimanche avec elle, afin de lui tenir compagnie. Au cours de mon enfance solitaire, elle avait représenté pour moi la mère que je n'avais pas eue. J'éprouvais pour elle une grande tendresse. Ayant toujours vécu dans l'ombre de son mari, elle se repliait sur elle-même. Sa seule amie était sa voisine qui, veuve comme elle, l'aidait à supporter sa solitude.

Jamais nous ne parlions, tante Berthe et moi, du bébé que j'avais eu. Mais je savais que ce souvenir restait présent dans son esprit comme dans le mien. Elle me disait parfois :

— Quand vas-tu m'annoncer la nouvelle que j'attends depuis ton mariage ? Si tu le peux, ne laisse pas ton foyer sans enfant. Je n'en ai jamais eu, et j'en ai souffert.

Un jour, je me décidai à expliquer :

— Flavien refuse d'avoir un fils. Il veut bien un enfant, à condition que ce soit une fille. Comme on ne peut pas savoir à l'avance, il dit que nous sommes très bien ainsi.

— Tu devrais insister, me conseilla-t-elle. Il se laissera peut-être convaincre.

Mais je respectais la décision de Flavien et ne cherchai jamais à le faire changer d'avis. De plus, je ne l'aimais pas suffisamment pour vouloir à tout prix un enfant de lui. Le seul enfant que j'avais eu était mort, alors qu'il était le fruit d'un amour profond. C'était avec John-Philip que j'aurais voulu en avoir d'autres. Et je me résignai à ne plus être mère.

Avec les années, au fur et à mesure que nous vieillissions, ma vie avec Flavien devint de plus en plus calme, monotone et terne. Il était pris par son travail toute la journée. Nous ne nous retrouvions que le soir et, là encore, souvent il me quittait après le repas pour aller étudier un dossier dans son bureau. Quelque temps après la mort de mon père, il exprima le désir de s'installer dans sa chambre. Je ne m'y opposai pas. Nous dormîmes ainsi chacun de notre côté, sans jamais nous retrouver. Nous vivions ensemble, nous donnions l'apparence d'un couple, mais nous n'étions même plus mari et femme.

* *
*

En 1936, Flavien décréta que l'ère des carrioles était dépassée, et décida d'acheter une automobile. Il fit l'acquisition d'une Simca Cinq. Lorsqu'il devait se déplacer pour son travail, ne pouvant conduire à cause de sa jambe de bois, il recourait aux services de son neveu Guillaume. Il parvint à me convaincre de prendre des leçons et de passer mon permis, et, après quelque réticence, je finis par accepter. Ainsi, le dimanche, je me mettais au volant de notre voiture, et nous allions jusqu'au domicile de tante Berthe. Un peu malhabile au début, je finis par prendre l'habitude et par devenir une bonne conductrice.

Je n'imaginais pas qu'une autre guerre viendrait de nouveau envahir notre vie. Lorsque Flavien ouvrait notre poste de TSF et écoutait le « journal parlé », je prêtais une oreille distraite à ses commentaires.

— Impossible ! grondait-il. Je refuse de voir ça une seconde fois. Je ne le supporterai pas.

Lorsque la guerre fut déclarée, ses cauchemars revinrent. La mine sombre, il regarda partir nos jeunes gens.

— Je les plains, soupira-t-il avec une grande tristesse.

Ce fut la « drôle de guerre », et mon mari se rasséréna un peu, tout en avouant sa surprise :

— Une guerre sans combats n'en est pas une. Cela ne va pas durer.

Tout se précipita en mai 1940, lorsque les Allemands envahirent la Belgique. Bientôt, nous apprîmes qu'ils étaient en France. Flavien se jetait sur les journaux, passait tout son temps libre à écouter les informations à la radio.

— Nos soldats vont les arrêter, disait-il, comme nous l'avons fait en 14. Combien y aura-t-il encore de tués et de blessés ?

Mais les Allemands continuèrent leur progression. Ils se rapprochaient de notre village et, contrairement à la précédente guerre au cours de laquelle nous n'avions pas été occupés, ils arrivèrent un matin, à la fin du mois de mai.

Il était très tôt. Je venais de faire le café et m'apprêtais à préparer le petit déjeuner. Je posai les bols sur la table puis descendis à la cave afin d'aller chercher le beurre dans le garde-manger. Alors que j'ouvrais la porte du petit meuble grillagé, j'entendis la voix de Flavien, déformée par la fureur et l'affolement :

— Yolande ! Ils sont là ! Ils sont là !

Il apparut en haut de l'escalier, et se mit à descendre avec agitation :

— Ils arrivent ! Les Boches ! Je viens d'en voir plusieurs ! Des motocyclistes ! Ce n'est pas possible... pas possible... Je ne veux pas voir ça...

Il continua à descendre vers moi et, dans sa précipitation, il rata une marche. À cause de sa jambe de bois, il perdit l'équilibre, bascula en avant, roula sur lui-même. Sa tête heurta brutalement le mur, et il demeura inerte sur le sol humide.

Horrifiée, je m'approchai, me penchai. Ses yeux grands ouverts étaient fixes, et gardaient encore une expression d'effroi et de révolte. Je m'accroupis, tapotai ses joues, lui secouai l'épaule :

— Flavien...

Il ne réagit pas. Tremblante, je remontai jusqu'à la cuisine, mouillai un linge avec du vinaigre, revins humecter le visage de Flavien. Mes efforts restèrent vains. Complètement affolée, je courus chez notre médecin, qui habitait un peu plus loin dans notre rue. Je ne fis même pas attention aux soldats allemands qui, effectivement, continuaient à arriver. Je ramenai avec moi le docteur Duthoix. Il descendit l'escalier de la cave, se pencha sur Flavien, écouta sa respiration, lui souleva délicatement la tête.

— Je suis désolée, Yolande. Il a été tué sur le coup. Vertèbres cervicales brisées. Il n'y a plus rien à faire.

Je n'eus pas un mot, pas un cri. La seule pensée étrange qui me traversa l'esprit fut que la mort permettait à mon pauvre Flavien d'échapper aux Allemands.

2

Je me retrouvai seule. J'essayai de me persuader que, pour Flavien, c'était mieux ainsi. Les Allemands s'installèrent en conquérants. Dans la débâcle de l'armée française, Guillaume s'était trouvé séparé de son régiment et était revenu. Démobilisé, il reprit son travail à l'étude. J'étais rassurée de le savoir dans la maison tout au long de la journée. Mais, la nuit, je prenais conscience de ma solitude et de l'absence de Flavien. Je m'apercevais qu'il me manquait. Nous avions vécu côte à côte, davantage comme des compagnons que comme des époux, mais nous nous étions toujours bien entendus. Sans lui, j'étais malheureuse.

De plus, il y avait la guerre et la présence des occupants. J'appris qu'ils réquisitionnaient des chambres pour leurs officiers. Je ne tenais pas à loger un Allemand, et je proposai à Guillaume de venir dormir dans la chambre de Flavien. Cet arrangement lui convint puisque, ainsi, il logeait sur le lieu de son travail. Et moi, je n'étais plus seule le soir ni la nuit.

Il y avait aussi les restrictions. Privée d'essence, ma voiture ne roulait plus. Je devais me rendre chez ma tante Berthe en train. Je menais une vie solitaire. Je passai ainsi les années de guerre, repliée sur moi-même, considérée dans le village comme une originale parce que je sortais peu.

Après la Libération, Guillaume épousa la jeune fille qu'il aimait. L'étude, qui me venait de mon père, m'appartenait. Je la vendis à Guillaume et j'offris au jeune couple d'habiter la maison. De mon côté, j'acceptai l'invitation de ma tante

Berthe, qui me demandait de venir vivre auprès d'elle. Sa voisine et amie venait de décéder, et elle se plaignait d'être seule.

— Unissons nos solitudes, me proposa-t-elle. Je n'ai pas d'enfant et, lorsque je mourrai, tu hériteras de ma maison. Tu es ici comme chez toi. Ta compagnie est la bienvenue.

Je m'installai chez elle, et j'occupai la chambre qui avait toujours été la mienne. De ma fenêtre, j'apercevais le coin de jardin où mon bébé mort-né avait été enterré en cachette. Sur sa tombe, tante Berthe avait planté un rosier qui, chaque année, donnait de belles fleurs blanches et parfumées. Je me promenais dans le jardin, je m'arrêtais à cet endroit, et je pensais à mon enfant perdu, au passé, à John-Philip. Lorsque, ensuite, je regagnais la maison, je surprenais le regard de ma tante posé sur moi. À ces moments-là, j'avais l'impression qu'elle hésitait, comme si elle voulait me dire quelque chose sans pouvoir s'y décider. Elle finissait par se détourner en serrant les lèvres. Je pensais qu'elle était triste de me voir ressasser tant de regrets. J'étais loin de m'attendre à l'événement qui se produisit et qui bouleversa mon existence résignée et sans joie.

* *
*

C'était un matin, au début du mois de mars. Nous venions de nous lever et je m'étais habillée pour aller, comme chaque jour, chercher à la ferme le lait pour notre petit déjeuner. Je partis tandis que ma tante finissait d'allumer le feu. Je pris mon lait, bavardai quelques instants avec Anna, la fermière, et achetai des œufs frais. Puis je revins sans me presser. La journée qui s'étendait devant moi, identique aux autres, me laissait tout mon temps.

Je poussai la porte de la maison, entrai dans la cuisine. Je ne pus retenir un cri d'effroi. Ma tante gisait près du feu, face contre terre. Autour d'elle, du café était éparpillé, et le petit moulin en bois laissait échapper le café moulu. Je posai le lait et les œufs sur la table, courus jusqu'à elle :

de quoi que ce soit. Lorsque Berthe sera réveillée, je viendrai vous aider à ouvrir le divan et à installer le lit. Si son côté gauche reste paralysé, elle ne pourra plus monter les escaliers.

— Que se passe-t-il ? Vous êtes tombée ?

Je croyais à une simple chute, mais lorsque je vis le visage de ma tante, je compris que c'était plus grave. Tout

Je la remerciai. Lorsque je me retrouvai seule, je pris conscience des problèmes qui n'allaient pas tarder à se poser, et auxquels je n'avais pas encore pensé. Il me semblait bien que j'allais retrouver auprès de ma tante le rôle de garde-malade qui avait été le mien, au cours de la guerre, auprès des soldats blessés.

Je fis appel à mon ancienne expérience, et je retrouvai vite les gestes à faire. Il fallait aider ma tante à s'habiller comme si elle avait été un tout petit enfant. Il fallait la soutenir lorsqu'elle voulait se déplacer. Elle en était humiliée. Son côté gauche paralysé ne lui permettait plus de faire grand-chose. Elle passait ses journées dans le fauteuil que Gilbert avait installé dans la cuisine, près du feu. Elle me regardait aller et venir, faire les tâches qui, jusqu'alors, avaient été les siennes. Elle parvenait à parler à peu près normalement, et elle me disait :

— Heureusement que tu es là, Yolande. Toute seule, qu'est-ce que je deviendrais ? On me placerait dans un hôpital... Au moins, grâce à toi, je peux rester chez moi.

Quelques jours passèrent ainsi, puis, un matin, en allant voir ma tante, je la trouvai particulièrement agitée. Un tic parcourait le côté mobile de son visage, et le rictus qui déformait sa bouche semblait s'être accentué. Je l'aidai à se lever, à s'habiller, à prendre son petit déjeuner. Toute la journée, assise dans son fauteuil, à sa place habituelle, elle demeura silencieuse, ne cessant de me suivre du regard. Vers le soir, alors que nous venions de souper, elle sembla hésiter, puis se décida à parler :

— J'ai quelque chose à te dire, Yolande, et il faut que je le fasse pendant qu'il est encore temps. Assieds-toi et écoute-moi.

J'obéis, intriguée. Ma tante reprit :

— J'ai entendu ce qu'a dit César, l'autre jour. Je sais qu'une autre attaque peut arriver n'importe quand, et que je peux y rester. C'est ce qui s'est produit pour ma mère. Justement, cette nuit, j'ai rêvé d'elle. Toi, tu ne l'as pas connue. Elle était intègre, droite, toujours juste. Dans mon rêve de cette nuit, elle me disait : « Ma petite fille, le temps est venu pour toi de me rejoindre, mais, avant, tu dois réparer le mal que tu as fait. » Je sais de quoi elle voulait parler. J'ai compris qu'il fallait que je te dise la vérité, et que j'implore ton pardon.

Elle se tut, haletante. Elle essuya la salive qui moussait aux commissures de ses lèvres. Puis, plus calme, elle continua :

— J'avais promis à Norbert de ne jamais rien dire. Mais Norbert n'est plus là. Et, au seuil de la mort, je ne peux plus me taire. Je ne veux pas mourir avec ce remords qui m'étouffe, et surtout, je veux réparer, en espérant qu'il n'est pas trop tard... D'autant plus que ton mariage ne t'a pas donné d'enfant... et je sais ce que c'est, j'en ai assez souffert...

Je ne comprenais rien à ce qu'elle racontait, et je pensai que sa maladie rendait sa conversation incohérente. Elle s'aperçut de mon trouble.

— Ne me regarde pas comme ça. J'ai encore toute ma tête, Dieu merci, et ce que je vais te dire n'est que l'exacte vérité. C'est ton père qui avait tout organisé. Norbert, qui avait une dette envers lui, a accepté de l'aider, et moi, j'ai obéi à Norbert. Voilà ce qui s'est passé, Yolande : lorsque ton enfant est né, pour éviter le scandale, Norbert a suivi les instructions de ton père, et il est allé déposer le bébé à l'orphelinat. Nous t'avons fait croire qu'il était mort, mais c'était faux.

Je ne compris pas tout de suite. Je crus d'abord qu'elle avait perdu l'esprit. Puis je vis les larmes sur son visage, et le sens de ses paroles parvint jusqu'à mon cerveau. Je bondis de ma chaise, je criai :

— Mais c'est odieux ! Mon enfant dans un hospice ! C'est inadmissible !... C'est... Oh, mon Dieu !

L'horreur et l'indignation me firent suffoquer. Hagarde, je regardai ma tante. Elle supplia :

— Pardonne-moi, Yolande. Je ne voulais pas, mais... il n'y avait pas d'autre solution. Le père de ton enfant venait d'être tué et...

Bouleversée, j'explosai :

— Je ne vous pardonnerai jamais ! Comment avez-vous pu faire ça ? Et je croyais que vous m'aimiez...

J'enfouis ma tête dans mes mains et me mis à sangloter. De sa main droite, ma tante me caressa doucement les cheveux :

— Il n'est peut-être pas trop tard, Yolande. Il faudra faire des recherches pour le retrouver. J'avais épinglé un papier, sur sa brassière, où je précisais son prénom, Thomas, et sa date de naissance...

Je relevai la tête, tandis qu'un faible rayon d'espoir se glissait dans ma détresse :

— Le retrouver ? Après tout ce temps ? Serait-ce possible ?

— Norbert l'a déposé à la porte de l'orphelinat, celui qui est situé à quelques kilomètres d'ici. Si tu demandes à parler au directeur, il te recevra sans doute. Tu lui expliqueras ce qui s'est passé. Tu diras la vérité : que ton enfant a été déposé là à ton insu, et que tu désires le retrouver.

Lentement, le rayon se transformait en une clarté qui grandissait. Mon enfant n'était pas mort, il vivait quelque part, loin de moi, mais il vivait !...

— Si tu le retrouves, Yolande, je pourrai mourir tranquille.

— Maintenant que je sais la vérité, dis-je avec une volonté farouche, je ferai tout pour y parvenir. Rien ne m'arrêtera. Mais quand même... terminai-je plus bas, avec douleur. Tout ce temps perdu...

— Je sais, reprit ma tante. Plus de trente années... Ton fils a eu trente ans en juin dernier. C'est un homme, maintenant. Je garde de lui le souvenir d'un nouveau-né, avec une touffe de cheveux blonds sur le haut du crâne...

— Et moi, coupai-je amèrement, je ne l'ai jamais vu.

L'indignation et le ressentiment revinrent, et je lançai à ma tante un regard accusateur :

— Comment avez-vous pu ?... demandai-je une nouvelle fois.

Une souffrance passa dans ses yeux. Avec tristesse, elle avoua :

— Le remords a empoisonné toute ma vie. Je pensais sans cesse à ce petit garçon qui vivait loin de toi, de nous, et je comptais les mois, les années. Je le voyais grandir dans mon imagination. Je me souviens d'un jour où, en allant avec Norbert à la ville, nous sommes passés devant l'orphelinat. Nous avons croisé une colonne d'orphelins qui revenaient de leur promenade, rangés par quatre, accompagnés de leurs surveillants. Ils se sont mis sur le côté de la route pour laisser la place à notre carriole, et je n'ai pas pu m'empêcher de les regarder un par un, pour voir si l'un d'eux te ressemblait. Mais ils étaient tous pareils, les cheveux ras, le visage gris, avec des grands yeux tristes... Cette vision m'a poursuivie longtemps. À partir de ce jour-là, mes cauchemars ont commencé. Je rêvais d'un petit enfant en pleurs qui appelait sa mère...

Elle tendit vers moi sa main valide :

— Yolande... Je voudrais tant que tu me pardonnes...

Je la regardai. Je vis son visage tordu par la souffrance et la maladie, je compris le remords qui la torturait. En même temps, je réalisai qu'elle aurait pu ne rien me dévoiler et mourir en emportant ce secret qu'elle était la dernière à connaître. Grâce à son aveu, tout n'était pas perdu. Un peu de reconnaissance atténua mon ressentiment. Je dis :

— Je vous pardonnerai le jour où je l'aurai retrouvé.

* *
*

Cette nuit-là, je ne parvins pas à m'endormir. Après avoir couché ma tante, je me retirai dans ma chambre. En tirant les doubles rideaux, je jetai un coup d'œil au jardin ; je devinai, dans l'ombre du crépuscule, le rosier que tante Berthe avait planté. Jusqu'à ce jour, j'avais cru que mon bébé gisait là, mort avant d'avoir vécu, alors qu'il n'en était rien. Une bouffée de colère me fit froncer les sourcils. Comment pardonner une tromperie pareille ?

L'esprit en effervescence, je me tournai et me retournai

dans mon lit en pensant à mon fils. Je l'imaginais. Ressemblait-il à son père ? Je me souvenais de John-Philip, de ses cheveux blonds, de ses yeux bleus, de sa haute taille, et de la façon dont il marchait, la tête penchée sur le côté. Une souffrance aiguë me brûla la poitrine. Je pensais à toutes ces années au cours desquelles mon enfant s'était cru abandonné. Il en avait été malheureux, sans aucun doute. Peut-être avait-il été adopté ? Dans ce cas, il appelait une autre femme « maman », il croyait peut-être qu'elle était vraiment sa mère... Une impatience fébrile accélérait les battements de mon cœur. Il fallait que je le retrouve. Tante Berthe avait raison, je devais m'adresser au directeur de l'orphelinat, et je le ferais sans tarder.

Au petit matin, je sombrai enfin dans un sommeil agité, peuplé de rêves confus. L'un de ces rêves se transforma en cauchemar. Je me promenais en tenant mon bébé dans mes bras, et soudain, on me l'arrachait. Des silhouettes s'enfuyaient, l'emportaient, et je hurlais sans parvenir à les rattraper.

Je me réveillai subitement. Il faisait grand jour. À travers les doubles rideaux, la clarté du soleil envahissait la chambre. Je jetai un coup d'œil au réveil posé sur la table de nuit : neuf heures ! Je bondis de mon lit, mis ma robe de chambre, descendis rapidement l'escalier. Ma tante devait être réveillée et attendre que je vienne l'aider à se lever. Je m'étonnai même qu'elle ne m'ait pas déjà appelée.

Lorsque j'entrai dans le salon, où elle passait désormais toutes ses nuits, je compris tout de suite qu'elle ne m'appellerait plus jamais. Couchée sur le dos, les yeux fixes et immobiles, la bouche ouverte et tordue, elle avait cessé de vivre. Je m'approchai lentement, touchai son front, ses mains. Ils étaient déjà froids.

— Ma tante... chuchotai-je.

Des larmes emplirent mes yeux. Je sortis du salon, m'habillai rapidement, courus chercher César. Il ne put que confirmer le décès.

— Une autre attaque. Elle a été foudroyante. Y a-t-il eu quelque chose de spécial, hier ? A-t-elle été contrariée ?

Je n'osai pas répondre. Une sorte de remords me donnait l'impression d'être coupable. Lorsque tante Berthe m'avait demandé de lui pardonner, je n'avais pas accepté. Ma réticence était-elle la cause de cette seconde attaque ? Je préférai penser que, libérée de son secret, elle était partie et, de nouveau, je lui fus reconnaissante de m'avoir dévoilé la vérité.

Avec Caroline, je fis la toilette de ma tante, la revêtis d'une chemise blanche, joignis ses mains sur un chapelet. Gilbert fabriqua une croix de buis, qu'il accrocha dehors, près de la porte d'entrée. Pendant deux jours, je reçus les gens du village qui venaient bénir le corps. Le troisième jour eut lieu l'enterrement. Lorsque tout fut terminé et que je me retrouvai seule, je pensai que ma vie, dorénavant, resterait axée sur un seul but : retrouver mon enfant.

Je réfléchis. Je savais où se trouvait l'orphelinat dont ma tante avait parlé. Valait-il mieux écrire au directeur et demander une entrevue, ou bien y aller sans prévenir ? Si je me présentais sans rendez-vous, le directeur pouvait refuser de me recevoir. Il était peut-être préférable d'écrire. Je pris un crayon, du papier, essayai de formuler ma demande. J'écrivis une page, raturai, recommençai, raturai encore, incapable de m'expliquer clairement. Je finis par déchirer mes feuilles et les jeter au feu. Je décidai de me rendre à l'orphelinat dès le lendemain. Écrire sous-entendait qu'il faudrait attendre une réponse, et je ne voulais plus perdre de temps.

Je préparai tout : mon manteau noir des dimanches, mon chapeau, mon sac, mes chaussures. Je me sentais impatiente et en même temps angoissée. Je passai de nouveau une nuit très agitée, entrecoupée de brefs moments de sommeil.

Je me levai tôt. Je pris mon petit déjeuner, je me lavai, je m'habillai avec soin. Puis je me mis au volant de ma Simca et me dirigeai vers l'orphelinat devant lequel j'étais passée quelquefois, sans jamais me douter un seul instant que mon enfant pouvait s'y trouver.

Je m'arrêtai devant le portail, rangeai ma voiture sur le bas-côté de la route. Je descendis, les mains tremblantes, le cœur battant. Au-delà du portail fermé, j'apercevais le toit de plusieurs bâtiments qui me parurent imposants. Une angoisse me serrait la poitrine. J'appuyai plusieurs fois sur la sonnette et j'attendis.

Après un long moment, j'entendis des pas se rapprocher. Le portail s'entrouvrit, et un homme, que je supposai être le concierge, m'interrogea :

— Qui êtes-vous ? Que voulez-vous ?

Crispant instinctivement les mains sur mon sac, je dis d'une voix que l'appréhension enrouait :

— Je désire voir le directeur.

L'homme m'évalua des pieds à la tête, parut impressionné favorablement par ma tenue et ma voiture qu'il observa avec intérêt.

— C'est à quel sujet ? demanda-t-il sur un ton plus aimable.

— C'est personnel, dis-je, de plus en plus crispée. C'est au sujet d'un enfant qui a été déposé ici... et c'est très important.

— Vous avez rendez-vous ?

— Non... mais c'est vraiment très important, répétai-je fermement.

L'homme hocha la tête.

— Entrez. Je vais voir si monsieur Margellin peut vous recevoir.

Je le suivis dans l'allée qui menait au premier bâtiment. Celui-ci, sévère, triste, d'aspect rébarbatif, semblait bien peu accueillant en dépit des arbres alignés de chaque côté de la longue allée. Mon cœur se serra. Si mon enfant avait vécu là, il n'avait pas pu être heureux.

— Attendez-moi ici. Je vais prévenir monsieur le directeur.

Le concierge m'abandonna en haut du perron et entra. Je regardai de nouveau autour de moi. L'aspect inhospitalier des lieux était accentué par le silence, un silence pesant, que je trouvai étrange en pensant aux enfants qui vivaient là. Où étaient-ils donc ? Pourquoi ne les entendait-on pas ? Une nouvelle bouffée de révolte me mit le sang aux joues : comment mon oncle Norbert avait-il pu abandonner froidement mon bébé dans un lieu pareil ?...

— Entrez. Monsieur Margellin accepte de vous recevoir.

Le concierge ouvrit la lourde porte. Je pénétrai dans un couloir sombre et imposant.

— Par ici, s'il vous plaît.

Mon guide me conduisit jusqu'à une porte close, à laquelle il frappa. Une voix forte et autoritaire cria :

— Entrez.

Le concierge s'effaça pour me laisser passer. Paralysée de crainte, j'avançai d'un pas qui se voulait ferme. Derrière le bureau, un homme brun, au regard froid et au visage sévère, se leva :

— Avancez, madame, et, je vous prie, veuillez vous asseoir. Madame ?...

Je déclinai mon nom, tout en prenant place dans l'un des fauteuils. Je serrais de toutes mes forces mon sac posé sur mes genoux et, la gorge sèche, l'esprit soudain complètement vide, je ne savais plus quoi dire.

— Vous avez demandé à me voir pour une raison précise et, selon vous, très importante ?

Les sourcils noirs se froncèrent au-dessus du regard impassible. Je me raclai la gorge, toussotai, et, d'une voix étranglée, dévoilai directement le but de ma démarche :

— Je désirerais retrouver mon fils. Il a été déposé ici, à mon insu, le jour de sa naissance, le 7 juin 1915. Son prénom est Thomas. Je le croyais mort, et je viens seulement d'apprendre la vérité, voici quelques jours. C'est pourquoi je viens vous trouver. Pouvez-vous me donner des renseignements à son sujet ?

Le silence seul me répondit. Monsieur Margellin me dévisagea pendant un instant qui me parut interminable. Puis il parut réaliser ce que je demandais et il respira longuement, comme s'il manquait d'air :

— J'ai bien peur que vous ne vous rendiez pas compte... Lorsqu'un enfant est déposé ici sans indication, il est classé dans la catégorie des enfants trouvés. À partir du moment où il fait partie de notre établissement, ses parents n'ont plus aucun droit sur lui.

Les yeux froids me considérèrent avec désapprobation. Je m'agitai, voulus m'expliquer, balbutiai :

— Mais ce n'est pas moi qui... C'est mon oncle... Il a déposé mon bébé ici, et ils m'ont fait croire qu'il était mort... Ma tante m'a avoué la vérité avant de mourir, et maintenant...

Je me tus en voyant le directeur secouer lentement la tête, et je pris subitement conscience que mon histoire pouvait lui paraître peu crédible. Les larmes aux yeux, je me mordis les lèvres. Comme si je n'avais rien dit, la voix froide reprit :

— En outre, cela s'est passé il y a plus de trente ans. Ce qui signifie que l'enfant a atteint cet âge. Depuis sa majorité, il ne fait plus partie de nos services. Nous n'avons plus aucun renseignement le concernant.

Je commençai à m'affoler :

— Mais... peut-être pourriez-vous me dire où il était avant ? S'il était dans une famille, ou placé quelque part... Je rechercherais, j'irais voir les gens, je...

De nouveau, le même signe négatif m'interrompit :

— Je ne peux rien vous dire. Il est trop tard. Nos services ne suivent pas nos pupilles après leur majorité. Mais, même si vous étiez venue avant, cela n'aurait rien changé. Nous ne dévoilons jamais le lieu de placement des pupilles. Il faut, pour cela, dans des cas vraiment exceptionnels, une décision du tuteur, prise uniquement dans l'intérêt de l'enfant. Mais, je le répète, dès que l'enfant est majeur, il ne fait plus partie de nos services, et je ne peux absolument rien faire pour vous.

Hagarde, je fixai un instant le visage froid et impassible. Je voulus refuser une aussi cruelle réalité, je protestai :

— Mais... ce n'est pas possible... Il existe bien un moyen... Ne pouvez-vous... ?

Courtois mais implacable, le directeur se leva :

— Je suis désolé. Ma réponse est irrévocable. Veuillez m'excuser, maintenant, chère madame, j'ai du travail.

Il agita une cloche posée sur le bureau. La porte s'ouvrit et le concierge entra.

— Reconduisez madame, ordonna le directeur.

Il vint jusqu'à moi, me serra la main, imperturbable devant les larmes qui emplissaient mes yeux et qui, lentement, se mettaient à couler sur mon visage. Je me détournai et suivis le concierge. Comme un automate, je parcourus la longue allée dans l'autre sens, franchis la grille, me retrouvai au volant de ma voiture. Là, enfin, la situation m'apparut dans toute sa détresse. Je me mis à sangloter, malheureuse et éperdue. Je pleurai longtemps, avant de me calmer et de pouvoir prendre le chemin du retour.

Rentrée à la maison, j'eus un nouvel accès de désespoir. Si le directeur refusait de me donner la moindre indication, comment pourrais-je retrouver mon enfant ? Il m'était impossible d'accepter une telle situation.

Je pleurai toute la journée. À un moment, Caroline vint me voir et, apitoyée, regarda mes yeux rougis :

— Vous avez de la peine, n'est-ce pas ? Vous l'aimiez beaucoup, madame Berthe ?

Je n'essayai pas de la détromper, et lui laissai croire que la mort de ma tante était la cause de mes larmes. Je ne pouvais pas lui dire la vérité.

Vers le soir, je retrouvai un peu de calme et m'obligeai à réfléchir. Une idée me vint. Flavien, pour son travail, s'était parfois trouvé en relation avec un avocat, maître Lebert. Je savais que mon mari l'appréciait beaucoup. Je décidai d'aller le voir et de lui demander conseil. Si, pour cela, il fallait lui dévoiler mon secret, je le ferais. Pour retrouver mon enfant, j'étais prête à tout.

3

Le lendemain, je me rendis chez Guillaume, pour la succession de ma tante. Comme elle l'avait dit, elle me léguait tout ce qu'elle possédait : la maison, quelques terres louées à des fermiers, et l'argent qu'elle avait placé à la banque. Après l'entretien, j'allai saluer la jeune femme de Guillaume, avec qui je bavardai quelques instants. Au moment de partir, je demandai à utiliser le téléphone. J'appelai maître Lebert et sollicitai un rendez-vous. Il accepta de me recevoir trois jours plus tard. Je le remerciai et raccrochai. Flavien avait fait installer le téléphone pour son travail, et je trouvais cette invention bien utile. La maison de ma tante n'en possédait pas, et, dans le cas présent, je le regrettais.

Je passai les jours suivants à me torturer l'esprit. J'étais décidée, pour clarifier la situation, à dire à maître Lebert toute la vérité. J'avais besoin de son aide, et il devait être mis au courant des événements tels qu'ils s'étaient produits. J'espérais beaucoup de sa compétence et de son savoir-faire.

Le matin du rendez-vous, je montai dans ma voiture et me dirigeai vers la ville où maître Lebert avait son cabinet. Je fis la route dans un état de nervosité extrême. J'avais l'adresse, mais je dus chercher le domicile de l'avocat, situé dans le centre. Je garai ma voiture, descendis, sonnai à la porte. Elle fut ouverte par une jeune fille qui me demanda si j'avais rendez-vous. Sur ma réponse affirmative, elle me fit entrer.

Je me retrouvai dans une salle d'attente. Je m'assis sur l'extrême bord d'une chaise. Je me sentais contractée. J'essayai de me détendre mais je n'y parvins pas.

Après quelques minutes, la porte s'ouvrit et maître Lebert reconduisit le client précédent. Puis il vint vers moi, l'air affable, souriant. Je le connaissais par les dires de Flavien, mais je ne l'avais jamais vu. Il avait environ mon âge — une cinquantaine d'années. Élégant, les tempes argentées, le regard intelligent, il me plut. Je le comparai mentalement au directeur de l'orphelinat, impassible et glacial. Celui-ci me semblait beaucoup plus humain, et je ressentis un élan d'espoir.

Il me fit entrer dans son bureau, m'invita à m'asseoir. En prenant place à son tour, il me scruta :

— D'après votre nom, je me suis demandé... Êtes-vous la femme de Flavien ?

Je fis un signe affirmatif, et il parut enchanté.

— Je suis ravi de vous connaître. Il arrivait à Flavien de me parler de vous, parfois. Je sais qu'il vous aimait beaucoup.

Cette entrée en matière chassa la tension qui me paralysait. Je découvrais un homme chaleureux, et je me sentis encouragée. Je dis :

— Il vous appréciait énormément, et c'est pour cette raison que je suis venue vous voir. J'ai besoin de votre aide, de vos conseils. Je me trouve dans une situation extrêmement difficile.

Il me fixa avec intérêt, le visage soudain sérieux :

— Allez-y, je vous écoute.

Je m'éclaircis la voix et, de nouveau crispée, me décidai à tout expliquer :

— Ce que je vais vous dire n'est connu de personne. Je voudrais que cela reste uniquement entre nous.

Il fit un signe de tête affirmatif, tout en gardant son expression concentrée.

— Voilà ce qui s'est passé : en juin 1915, j'ai mis au monde un petit garçon. Le père était un officier anglais. Il a été tué. J'étais une fille-mère, et, pour éviter le scandale, mon père, ainsi que mon oncle et ma tante, ont placé mon bébé dans un orphelinat, à mon insu. Ils m'ont fait croire qu'il était mort-né.

Je déglutis péniblement, tordis mes gants dans un geste nerveux. Maître Lebert, attentif et silencieux, m'écoutait.

— Je l'ai cru jusqu'à ces derniers jours. Avant de mourir, ma tante a été prise de remords. Elle m'a dévoilé la vérité. Je sais maintenant que mon enfant est vivant, quelque part, et je désire le retrouver. Je suis allée voir le directeur de l'orphelinat où il a été placé. Il a refusé de m'aider. Il dit qu'il ne peut rien faire et qu'il est trop tard. C'est pourquoi je viens vous trouver. N'y a-t-il pas une solution ?... Comprenez-moi, ce serait trop cruel de...

Ma voix s'enroua. Je levai sur maître Lebert un regard suppliant. L'air contrarié, il fronçait les sourcils et réfléchissait tout en passant une main sur son menton. Il prit, sur le côté de son bureau, un gros livre qu'il se mit à feuilleter :

— Voyons... Attendez que je vérifie quelques points... Oui, voilà...

Il consulta plusieurs pages, releva la tête :

— C'est une situation difficile, en effet. D'après ce que vous me dites, voilà ce qui s'est passé légalement. Puisque votre enfant est né en 1915, il a été placé sous le régime de la loi du 27 juin 1904. Ce qui veut dire qu'il est devenu pupille de l'Assistance. Comme il était sans famille, son tuteur était le préfet.

— Mais... il a peut-être été placé dans une famille que l'on pourrait retrouver ? Il a peut-être été adopté ?

Maître Lebert fit une moue et consulta de nouveau son livre :

— Adopté... Cela me paraît improbable. L'adoption des enfants mineurs n'était pas autorisée à l'époque. C'est la loi du 19 juin 1923 qui a permis ces adoptions, mais sous certaines conditions, et avec le consentement du conseil de famille.

— Mais il a pu être placé ? insistai-je. À partir de quatorze ans, il est certainement allé travailler quelque part. N'y a-t-il pas un moyen de savoir ?

Maître Lebert me considéra avec gravité :

— Nous ne pourrions le savoir que par l'Assistance. Ce sont eux qui ont placé l'enfant. Mais ce que vous a dit le directeur est malheureusement vrai, j'en ai peur. J'ai ici le texte d'une loi plus récente, celle du 15 avril 1943, qui dit, dans l'article 26, « le lieu de placement du pupille reste secret, sauf décision exceptionnelle du tuteur prise dans l'intérêt de l'enfant ». En réalité, cette décision exceptionnelle est rarissime, voire inexistante. Le secret est une habitude fortement ancrée. De plus, depuis sa majorité, votre fils n'a plus de tuteur. Il n'existe donc personne à qui l'on pourrait s'adresser.

Je commençai à m'affoler, je m'agitai :

— Mais... ne pourrait-on pas le retrouver, ce tuteur ? Je lui expliquerais la situation... Il comprendrait que ce n'est pas moi qui ai abandonné mon enfant ! Moi, jamais je ne l'aurais mis dans un orphelinat ! Jamais !

Mon cri résonna dans le bureau cossu, se heurta aux murs, fut étouffé par les lourdes tentures qui encadraient la fenêtre. Maître Lebert réfléchit un instant, referma le gros livre :

— Je veux bien vous aider, mais je dois être sincère avec vous et ne pas vous donner de faux espoirs. Je vais écrire à ce directeur. Mais si le secret est quelque chose d'inviolable, je n'aurai pas plus de chance que vous. Néanmoins, je vais essayer. Mais je ne vous promets pas de réussir.

Il me regarda avec une expression de désolation qui n'était pas feinte. Je balbutiai :

— Je mets tout mon espoir en vous... C'est si important pour moi... Comprenez-vous ?

— Je le comprends très bien. Je vous assure que je ferai tout ce qui est en mon pouvoir.

Je compris que je devais me contenter de cette promesse et je me levai. Maître Lebert m'imita, me reconduisit jusqu'à la porte :

— Dès que j'apprends quelque chose de nouveau, je vous préviens.

— Merci, maître. Au revoir.

Il me serra la main, et je sortis. La lourde porte d'entrée se referma derrière moi. Je descendis les marches, fis quelques pas sur le trottoir, désemparée et malheureuse.

Contrairement à mon attente, maître Lebert ne pouvait m'apporter une aide efficace. Il ne m'avait parlé que de lois, et il avait accepté bien facilement la décision du directeur de ne rien me dévoiler.

Je me rendis compte que je tremblais. Levant les yeux, j'aperçus l'église, dont les vitraux brillaient gaiement dans le soleil printanier. Une impulsion me poussa à y entrer. Le calme du lieu exercerait peut-être sur moi une action bienfaisante.

Je trempai mes doigts dans le bénitier, fis le signe de la croix. Depuis la mort de John-Philip, je n'avais plus prié. Au cours de la guerre, j'avais vu tant de souffrances chez les soldats, à l'hôpital, que je m'étais interrogée sur l'existence de Dieu. J'avançai lentement dans l'allée, et je m'arrêtai devant une statue de la Sainte Vierge tenant son enfant dans ses bras. Je la regardai longuement. Je me souvins du curé qui, dans mon enfance, nous donnait des cours de catéchisme. Une fois, il m'avait dit :

— Tu n'as plus de maman sur la terre, ma petite fille, mais tu en as une dans les cieux. Prie-la souvent, et demande-lui de te protéger toujours.

Je ne l'avais pas fait. J'avais même oublié cette phrase. Pourquoi me revenait-elle maintenant, alors que je me trouvais en pleine détresse, ne sachant vers qui me tourner ?

Je levai les yeux vers la statue, et je lui demandai, à Elle qui avait eu un fils, de m'aider à retrouver le mien. Mais, en même temps, je me rappelai le refus du directeur et les paroles de maître Lebert. Mon entreprise me parut soudain vouée à l'échec. Un désespoir brûlant m'envahit, et je me mis à pleurer.

Je me laissai tomber sur une chaise, secouée par une crise de larmes. Je sanglotai longtemps. Lorsque je me calmai enfin, je sortis un mouchoir de mon sac, m'essuyai les yeux. Je retrouvai un peu de combativité et refusai de me laisser décourager. Je continuerais à chercher mon enfant, mais j'étais consciente de me trouver dans une impasse.

Je me mouchai, me tamponnai une dernière fois les paupières avant de remettre mon mouchoir dans mon sac.

Alors que j'allais me lever pour partir, je sentis une main se poser sur mon épaule. Je me retournai. Un prêtre au visage empreint de bonté et de sollicitude se penchait vers moi :

— Notre Seigneur voit toutes les peines. Confiez-vous à Lui. Il vous aidera.

Je sentis mes lèvres trembler, et je luttai pour ne pas me remettre à pleurer.

— Je ne sais pas comment Il pourrait m'aider, dis-je avec doute. Je ne vois aucune solution à mon problème.

Des larmes, de nouveau, emplirent mes yeux. Le prêtre, sensible à ma détresse, prit place auprès de moi.

— Rien n'est impossible à Dieu, affirma-t-il avec conviction.

Il affichait une telle certitude que je ressentis le désir subit de lui expliquer ma situation, afin qu'il pût constater qu'elle était sans issue. Je lui racontai tout, y compris le refus du directeur et le peu d'espoir que m'avait laissé maître Lebert. Je terminai tristement :

— Je ne sais pas de quel côté chercher, ni à qui m'adresser. Je ne sais rien. Rien du tout. Dans un cas pareil, je me demande ce que Dieu pourra faire.

Le prêtre posa une main sur la mienne et dit avec une assurance paisible :

— Je vais vous donner Sa réponse.

Comme je l'interrogeais du regard, il eut un sourire très doux :

— Vous avez bien fait de me parler. Je peux peut-être vous aider. Avant de venir ici reprendre la cure, j'étais vicaire dans un autre village. L'un des paroissiens avait occupé, pendant de nombreuses années, les fonctions de concierge dans l'orphelinat dont vous me parlez. Il avait pris sa retraite, et il était revenu vivre dans la maison de ses parents. Peut-être pourra-t-il vous donner quelques renseignements ? Allez le voir...

J'eus l'impression qu'un rayon de soleil se glissait dans les sombres nuées qui m'enveloppaient. Avec espoir, je regardai le prêtre :

— Vous pensez qu'il accepterait de m'aider ?

— Je n'en sais rien. Je sais simplement qu'il a travaillé dans cet établissement. Peut-être a-t-il connu votre enfant ? Vous pouvez toujours aller le lui demander. Il se nomme monsieur Maurin, il habite à Orancourt. Ce n'est pas loin d'ici. Vous ne pouvez pas vous tromper, sa maison est juste en face de l'église.

Je lui pris les mains et les serrai avec effusion :

— Merci, monsieur le curé. Merci.

— Allez, mon enfant, et que Dieu vous protège.

Je sortis de l'église et consultai ma montre. Il était presque midi. Je décidai de rentrer chez moi, de dîner[1] rapidement, et d'aller ensuite rendre visite à ce monsieur Maurin dans l'après-midi.

Je mangeai très peu, la gorge nouée par l'impatience. Je fis la vaisselle, remis tout en ordre. Après avoir consulté sur une carte la route à suivre, je m'habillai de nouveau avec soin, montai dans ma petite voiture et démarrai.

Je conduisis nerveusement, me trompai une fois à un embranchement, dus revenir en arrière. Finalement, j'arrivai dans le petit village d'Orancourt. Je cherchai l'église, et me garai devant la maison qui lui faisait face. C'était une maison ancienne, aux volets peints en vert foncé. Je réajustai mon chapeau, pris mon sac à main et sortis de la voiture.

De nouveau mon cœur battait et mes mains tremblaient. J'allai jusqu'à la porte d'entrée. J'eus le temps de voir, à l'une des fenêtres de la maison voisine, le rideau se soulever et un visage de femme âgée apparaître. « Encore une *maguette* », aurait dit ma tante Berthe. Je frappai à la porte. J'attendis un moment, mais rien ne bougea. Je frappai de nouveau, de façon plus impérative et plus forte. Après une minute ou deux, des pas traînants se firent entendre, puis la porte s'ouvrit.

1. Dans le Nord, le dîner est le repas de midi, le souper celui du soir.

J'avais devant moi un vieil homme à la moustache et aux cheveux blancs. Il me considéra avec surprise :

— Madame ?... Que désirez-vous ?

— Je voudrais vous parler. Puis-je entrer ? C'est très important.

— Mais bien sûr. Je vous en prie...

Il s'effaça, et je pénétrai dans un couloir étroit. Il me guida vers une pièce attenante :

— Par ici, s'il vous plaît.

J'entrai dans une salle à manger austère, meublée d'une table et d'un haut buffet de bois sculpté. Mon hôte m'avança une chaise :

— Asseyez-vous.

Il prit place en face de moi. Je le regardai mieux. Il avait un visage aimable, des yeux doux et interrogateurs. Mise en confiance, je racontai mon histoire et parlai du curé qui m'avait conseillé de venir.

— Je ne sais pas où chercher, terminai-je. Si vous pouviez m'aider... ?

Le vieil homme passa une main sur ses yeux d'un air fatigué. Il m'avait écoutée sans m'interrompre. Il soupira :

— Vous aider... C'est vrai qu'il y a le secret...

— Mais mon cas est différent, protestai-je. Je viens de vous le dire, je n'ai pas abandonné mon enfant ! Parmi les garçons qui étaient dans cet orphelinat, ne vous souvenez-vous pas d'un Thomas ?

De nouveau il se frotta les yeux et parut chercher dans sa mémoire :

— Je ne sais plus... C'est possible... Je ne les connaissais pas tous. Je ne les voyais pas souvent non plus, juste pour leur couper les cheveux. Et puis, quand ils partaient, je ne savais pas où ils allaient. Non, vraiment, je ne sais rien...

Il me regarda, vit la déception que je ne parvenais pas à cacher.

— Je suis désolé. Je ne peux vraiment pas vous aider.

Les larmes se mirent à couler sur mes joues, et mon chagrin silencieux parut émouvoir le brave homme. Il se frappa le front du plat de la main :

— Ah mais... attendez ! J'ai une idée. Il y a monsieur Andrieux, l'instituteur. Il a pris sa retraite, lui aussi. Il vit actuellement à Hesdin. Vous pourriez aller le voir. Il se souviendra des enfants mieux que moi.

Je lui adressai un sourire tremblant, tout en prenant mon mouchoir dans mon sac :

— Merci.

— Il était davantage en contact avec eux. Il les voyait tous les jours. Mais rien ne dit qu'il pourra vous renseigner. Dès qu'ils quittaient l'orphelinat, on les perdait de vue, vous savez.

Prise d'un nouvel espoir, je ne voulus pas me laisser décourager.

— Je vais essayer. Je suis prête à sillonner toute la région pour retrouver mon fils.

Je me levai et remerciai avec reconnaissance le vieil homme. Il me reconduisit jusqu'à la porte, et je repartis tandis que, à la maison voisine, le même rideau se soulevait.

Lorsque je fus rentrée, je décidai d'aller à Hesdin dès le lendemain. J'avais obtenu une nouvelle piste à suivre, et je ne voulais pas perdre de temps.

Je passai une nuit agitée. Je dormis peu. Je revivais les événements de la journée, je revoyais maître Lebert, puis le curé, puis l'ancien concierge. Chacun d'eux, à sa façon, avait essayé de m'aider, mais le résultat restait bien aléatoire.

Je me levai tôt, revêtis de nouveau mes habits de sortie. Lorsque je me dirigeai vers ma voiture, Caroline, qui passait dans la rue, m'apostropha :

— Vous voilà bien matinale ! Depuis quelques jours, on vous voit souvent partir en voiture !

Je compris que sa remarque était une allusion pour avoir l'explication de mes déplacements. Je répondis la première chose qui me vint à l'esprit :

— Je vais chez le notaire. C'est au sujet de la succession de ma tante.

Je ne voulais pas dévoiler la vérité. Les gens me critiqueraient, sans pour autant pouvoir m'aider. Il serait temps de le faire lorsque je retrouverais mon fils, comme je l'espérais malgré tout.

Je roulai assez longtemps, dans une campagne que le printemps tout neuf nuançait de vert tendre. Je traversai des villages en pensant que dans l'un d'eux, peut-être, avait vécu mon enfant, au sein d'une famille d'adoption. La campagne était agréable et vallonnée. Je vis des pâturages agrémentés d'arbres, et, à un moment, une rivière aux berges plantées de saules et de peupliers.

Je finis par arriver à Hesdin et m'arrêtai sur la place, indécise. Je n'avais aucune indication concernant l'adresse de l'ancien instituteur et je prévoyais de me renseigner auprès des passants. Mais j'aperçus la mairie, et j'eus l'idée d'y entrer.

J'expliquai à un employé que je recherchais monsieur Andrieux et que je désirais son adresse. Il fut, lui aussi, favorablement impressionné par ma tenue et me donna le renseignement sans difficulté. Il m'expliqua même la direction à prendre, et je le remerciai chaleureusement.

Grâce à ses indications, je trouvai facilement la maison, située dans une rue calme. Elle était assez imposante, précédée d'une petite barrière peinte en blanc. Je respirai à fond et me dirigeai vers le petit portillon, que je poussai, puis vers la porte d'entrée. Je sonnai et j'attendis.

Il y eut un bruit de pas alertes et rapides, et la porte s'ouvrit sur une jeune femme au visage avenant. Elle m'adressa un regard interrogateur :

— Oui ? C'est pourquoi ?

Malgré mes efforts pour paraître détendue, je dis d'une voix étranglée :

— Je désirerais voir monsieur Andrieux.

Elle eut une exclamation désolée :

— Oh ! Mon père n'est pas là pour le moment. Il est parti passer une quinzaine de jours chez mon frère et ma belle-sœur.

Contrariée, je fronçai les sourcils et, après une hésitation, j'osai demander :

— Pourriez-vous me donner l'adresse ? Il faut que je le voie. C'est vraiment très important.

— Mais c'est loin d'ici ! À Vieux-Boucau, dans les Landes. Vous ne pouvez pas attendre son retour ? Il rentre dans une semaine. Revenez mercredi prochain, il sera là.

— Oui, bien sûr, balbutiai-je, déçue de ce contretemps. Merci, et excusez-moi de vous avoir dérangée.

— Mais pas du tout. À mercredi, donc ?

Je hochai affirmativement la tête :

— Oui, je reviendrai.

Je repartis sous son regard intrigué. Je pensai qu'il eût été plus poli de ma part de lui donner quelques précisions, mais je voulais présenter moi-même ma requête à l'instituteur. Je refis la route en sens inverse, toujours contrariée à l'idée de devoir patienter toute une semaine.

Je décidai d'occuper cette attente forcée. Je m'attaquai au nettoyage de printemps, et je passai plusieurs jours à laver toutes les pièces, à faire les vitres, à battre les tapis. Lorsque j'eus terminé, j'allai aider Gilbert au jardin. Pendant qu'il bêchait la partie réservée au potager, je désherbai les parterres de fleurs. En ratissant la terre autour du rosier que tante Berthe avait planté — m'avait-elle dit — sur la tombe de mon enfant, je repensai à la trahison dont j'avais été victime, et la même révolte vint de nouveau me secouer. Par-delà la mort, je vouais un violent ressentiment à mon père, qui avait organisé cette odieuse machination dans le seul but d'éviter un scandale qui eût nui à sa profession. Ce ressentiment s'étendait également à mon oncle et à ma tante, qui avaient apporté leur concours. Tante Berthe m'avait demandé de lui pardonner, mais je n'étais pas sûre d'y parvenir. Car, même si je retrouvais mon enfant, les trente années pendant lesquelles nous avions été privés l'un de l'autre représentaient un bonheur qui resterait perdu à jamais.

4

Le mercredi, je me remis en route dès le matin. Après le même trajet, je retrouvai la maison à la barrière blanche, et de nouveau je sonnai à la porte. Cette fois, ce fut l'instituteur lui-même qui vint m'ouvrir. C'était un homme aux cheveux gris et à l'air sévère. Il m'observa d'un regard froid, tout en m'invitant à entrer :

— Ma fille m'a prévenu de votre visite. Mais elle ne m'en a pas indiqué le motif.

Je compris le reproche que contenait cette phrase. Tandis que je m'asseyais face à lui, dans une salle à manger au décor rustique, je m'efforçais d'ignorer les yeux sévères et scrutateurs qui ne me quittaient pas. L'idée me vint qu'il avait dû être un instituteur rigide, exigeant obéissance et respect, terrorisant peut-être ses élèves.

— Eh bien, reprit-il, que puis-je pour vous ?

Avec un mélange d'espoir et de supplication, je refis mon récit, parlant de mes précédentes tentatives. Il m'écouta sans m'interrompre, et son expression restait figée, impassible. Lorsque je me tus, il laissa planer un long moment de silence entre nous. Je le regardai avec angoisse. Enfin, il répondit, toujours aussi froidement :

— Ce secret dont vous a parlé le directeur de l'orphelinat, j'y suis tenu, moi aussi, ainsi que tous ceux qui faisaient partie du personnel à cette époque. Nous n'avons pas le droit de dévoiler quoi que ce soit. Il m'est donc impossible de vous aider.

Il prévint ma protestation, leva la main :

— De plus, même si je le voulais, je ne serais pas en

mesure de le faire, car j'ignore tout de ces enfants à l'heure actuelle. Le vôtre s'appelait Thomas, dites-vous. Oui, des Thomas, j'en ai eu quelques-uns. Comme des Paul, des Pierre, des Lucien... Mais je ne sais plus rien d'eux. Je suis désolé.

Mes yeux s'emplirent de larmes. Aucune émotion ne vint troubler l'impassibilité de l'homme qui me faisait face. Il reprit, encore plus glacial :

— À mon avis, votre entreprise est vouée à l'échec, d'autant plus qu'il est beaucoup trop tard maintenant. Vous feriez mieux d'abandonner.

D'une voix étouffée par les sanglots que je refoulais, je ripostai avec indignation :

— Jamais ! Je n'abandonnerai jamais !

Il se leva, réprobateur :

— À votre guise. Mais vous perdez votre temps, c'est moi qui vous le dis.

Je compris que je n'avais plus rien à attendre de lui, et je me levai à mon tour. Il me reconduisit jusqu'à la porte d'entrée et, aveuglée par les larmes, je regagnai ma petite voiture.

Je fis la route du retour dans un état proche du désespoir. Tout en conduisant, je devais essuyer les pleurs irrépressibles qui, par moments, inondaient mon visage. Lorsque j'arrivai enfin chez moi, j'aperçus, dans la boîte aux lettres, parmi mon courrier, une longue enveloppe à l'en-tête du cabinet de maître Lebert.

Un espoir subit vint chasser mon découragement. J'entrai dans la maison, claquai la porte, et, avec impatience, j'ouvris la lettre. Avidement, je lus les quelques lignes qu'elle contenait. Mes yeux survolèrent rapidement les phrases, retenant quelques bribes : « refus du directeur... secret inviolable... profondément désolé... ». Atterrée, je me forçai à relire plus posément. Maître Lebert m'apprenait qu'il avait reçu la réponse du directeur, et que le refus de celui-ci était sans appel. Il ajoutait qu'il était désolé de ne pouvoir m'aider et que, selon les textes de loi actuels, il ne voyait pour le moment aucune autre possibilité d'agir.

Un nouvel accès de désespoir me saisit. Je me remis à pleurer, la tête dans les mains, secouée de sanglots. Il me sembla entendre des coups à la porte d'entrée, et la lointaine pensée me vint que ce devait être Caroline. Mais je ne bougeai pas. Lorsque ma crise de larmes s'apaisa, je jetai autour de moi un coup d'œil hagard. Je me levai, ôtai ma veste et mon chapeau, tamponnai à l'eau froide mes paupières rougies et gonflées. Puis je me mis à réfléchir.

Que faire ? Où trouver une solution ? Comme je l'avais dit à l'ancien instituteur, je n'abandonnerais jamais. Je cherchai désespérément des suggestions. J'allai jusqu'à envisager de me rendre dans toutes les mairies du département, afin de demander quelles étaient les familles ayant accueilli un enfant de l'Assistance. J'irais ensuite interroger ces familles. J'y passerais le reste de ma vie s'il le fallait.

Mais l'ampleur de la tâche me découragea à l'avance. J'eus une autre idée, qui était d'aller interroger de nouveau l'instituteur. Si lui ne pouvait ou ne voulait rien me dire, peut-être pourrait-il néanmoins me donner l'adresse d'une autre personne, l'un de ses anciens collègues par exemple. Bien que cette entreprise m'apparût vouée à l'échec, je décidai d'y retourner le lendemain.

Au cours de la nuit blanche qui suivit, je changeai d'avis plusieurs fois. Je n'avais pas envie de me retrouver face à l'impassibilité glacée de l'instituteur. Pourtant, s'il y avait là une infime chance de trouver une autre piste, je ne devais pas la laisser passer.

Au matin, je tournai en rond dans ma cuisine, me demandant ce qu'il fallait faire. En fin de matinée, n'y tenant plus, je me décidai. Ce fut ainsi que, pour la troisième fois, je me retrouvai devant la même maison, en train de sonner à la porte.

Je sonnai plusieurs fois. Personne ne répondit, rien ne bougea. J'insistai, attendis. Toujours rien. Je frappai, sonnai encore. Sans résultat. Probablement étaient-ils absents. Ou bien, m'ayant vue arriver, l'instituteur, peu désireux de me recevoir, ne voulait pas m'ouvrir. Je fis demi-tour et, lentement, regagnai ma voiture. À ce moment, je vis venir vers moi la jeune femme qui m'avait reçue la première fois. Elle tenait au bras un panier rempli de légumes et, en m'apercevant, elle accéléra son allure.

— Bonjour, madame, me dit-elle avec un sourire. Il y a longtemps que vous êtes là ? Excusez-moi, je suis allée au marché.

Elle était plus aimable que son père, et je me détendis un peu. Elle m'invita à entrer, et je la suivis, tandis qu'elle continuait :

— Je suppose que vous désirez voir mon père ? Il n'est pas là aujourd'hui. Il est allé passer la journée chez un ami qui est pêcheur. De temps en temps, il s'offre ainsi une partie de pêche. Il aime ça.

Elle posa son panier, m'avança une chaise, mais je refusai poliment. Elle hésita un instant, puis déclara :

— Mon père m'a rapporté votre conversation. Je suis sincèrement désolée qu'il ne puisse vous aider. Je comprends ce que vous devez ressentir, et à votre place, moi aussi, je ne reculerais devant rien pour retrouver mon fils.

Ses yeux bruns m'observaient avec gentillesse. Son intérêt paraissait sincère, et je me décidai à lui confier le but de ma démarche :

— J'avais pensé que, peut-être, votre père pourrait m'indiquer quelqu'un susceptible de m'aider, un collègue par exemple, que je pourrais aller interroger ?

Elle réfléchit un instant :

— Depuis sa retraite, il ne voit plus ses anciennes relations de travail. Il était resté en contact avec l'un de ses collègues, c'est vrai, mais celui-ci est décédé l'an dernier.

— N'y a-t-il vraiment personne ? insistai-je avec désespoir.

Les sourcils froncés, elle secoua lentement la tête :

— Non, vraiment, je ne vois pas... quoique... il y aurait peut-être monsieur Ferdinand. C'était le jardinier, si je me souviens bien. Il habite près de Saint-Pol, chez sa sœur. Nous nous étions rencontrés lors de la brocante, voici quelques années. Je pense qu'il n'a pas changé d'adresse et qu'il vit toujours là. Vous pourriez essayer d'aller le voir.

Avec gratitude, je lui pris les mains.

— Merci, dis-je. Je vais y aller sans tarder.

Elle me sourit :

— Je souhaite qu'il puisse vous renseigner.

— Merci, dis-je de nouveau. Merci infiniment.

Je sortis de la maison, un nouvel espoir au cœur. Sur la route du retour, je pris conscience de la campagne que le printemps faisait reverdir, du ciel bleu, de la clarté du soleil. Lorsque je descendis de voiture, en face de chez moi, je vis arriver Caroline. Elle tenait dans les mains un peu de persil, qu'elle me tendit :

— Du tout nouveau persil, le premier de cette année. J'ai voulu vous en apporter quelques branches.

— Je vous remercie, Caroline. C'est gentil à vous.

— Je suis venue hier, mais peut-être ne m'avez-vous pas entendue frapper ? Pourtant, vous étiez là. Je vous avais vue rentrer, et votre voiture était devant chez vous.

J'ignorai la curiosité de son regard.

— Peut-être étais-je au jardin, ou à la cave. Dans ces cas-là, on n'entend rien.

Elle hocha la tête, à moitié convaincue. Ne voulant pas subir d'autres questions, je me détournai :

— Priez le bonjour à Gilbert, et dites-lui merci de ma part pour ce nouveau persil tout tendre.

Je rentrai dans la maison, me sentant subitement impatiente. Je décidai de faire un repas rapide, et de me mettre en route en début d'après-midi.

Je consultai la carte routière et repérai le nom que m'avait donné la fille de l'instituteur. Le trajet n'était ni long ni compliqué. Avec un mélange d'espoir et d'appréhension, je repris le volant de ma voiture.

Je trouvai facilement le petit village, m'arrêtai sur la place, descendis de voiture et regardai autour de moi. J'avais l'intention d'aller me renseigner à la mairie, et d'y demander l'adresse exacte de ce monsieur Ferdinand. Je me mis à avancer, tout en regardant un groupe d'enfants qui jouaient au ballon derrière le kiosque, un peu plus loin. C'étaient des garçons de huit à dix ans, qui couraient et criaient, les joues rouges, l'air heureux. Je pensai que mon fils, au même âge, avait été un orphelin au visage gris et triste, comme ceux que tante Berthe avait rencontrés un jour sur la route. Mon cœur se serra de tendresse, de pitié, d'amour frustré. Le reste de ma vie ne suffirait pas à combler le vide affectif dont il avait souffert, me dis-je, tout en pensant aussitôt : si je parvenais à le retrouver...

D'un coup de pied vigoureux, l'un des garçons envoya le ballon dans ma direction. En venant le rechercher, il se trouva face à moi. Je le regardai. C'était un bel enfant aux cheveux bouclés et aux yeux clairs. Une impulsion subite me poussa à l'interroger :

— Dis-moi, connais-tu monsieur Ferdinand ? Il habite chez sa sœur. Sais-tu où est sa maison ?

Avec la spontanéité des enfants, il répondit immédiatement :

— Oui, c'est dans ma rue. Celle-là.

D'un geste du bras, il me montra une rue étroite et pavée, à l'extrémité de la place.

— La maison de madame Tillois est dans les dernières, celle où il y a plein de jonquilles par-devant.

— Merci, mon garçon. Tu es gentil.

— Au revoir, madame, me dit-il poliment.

Il partit en courant rejoindre ses compagnons de jeux, et je regrettai de n'avoir pas un bonbon ou une friandise à lui offrir. Je me remis au volant de ma voiture et me dirigeai vers la rue que l'enfant m'avait indiquée. Celui-ci, ainsi que ses camarades de jeu, restait immobile et observait avec intérêt ma voiture. Je lui souris et lui fis un signe de la main.

Je roulai jusqu'aux dernières maisons, et trouvai facilement celle que je cherchais grâce aux jonquilles. Elles formaient une bordure d'un jaune éclatant et d'un effet ravissant. J'arrêtai ma voiture, descendis, allai jusqu'à la porte. La même angoisse, que je commençais à connaître, revint et fit trembler le doigt avec lequel j'appuyai sur la sonnette. Un son aigu résonna, avec tant de force qu'il sembla ébranler toute la maison.

Personne ne vint répondre. De nouveau je sonnai, je frappai. J'allai jusqu'à l'une des fenêtres, frappai également à la vitre. Désorientée, je regardai autour de moi. Dans la rue, une vieille femme passait, avançant à petits pas. Elle me lança :

— Germaine ne va pas tarder. Elle est allée jusqu'au cimetière. Elle s'y rend chaque après-midi.

En même temps, son regard curieux enveloppait mon tailleur noir, mon chapeau, mes chaussures. Elle jeta également un coup d'œil à ma voiture. Toute son attitude demandait : « Qui êtes-vous, et que voulez-vous ? »

— Je vous remercie, dis-je. Je vais l'attendre.

— Elle ne va pas tarder, répéta-t-elle.

Elle passa lentement, espérant peut-être une explication. Lorsqu'elle se fut éloignée, je fis quelques pas, me retrouvai sur le côté de la maison. Il y avait là d'autres parterres, où fleurissaient jacinthes, crocus et narcisses. Sous le soleil printanier, ils offraient un spectacle coloré et joyeux. Des rosiers grimpants ornaient le mur, et, sur l'arrière de la maison, une tonnelle couverte de chèvrefeuille ombrageait une agréable terrasse. Plus loin s'étendait un grand jardin potager, et je me souvins que monsieur Ferdinand avait été jardinier. Je revins sur mes pas et me retrouvai devant la maison.

Sur le trottoir, une femme arrivait, vêtue de noir. Elle m'aperçut, se dirigea vers moi, tout en sortant une clef de son sac.

— Je suis madame Tillois. Je viens de croiser Justine. Elle m'a dit que quelqu'un voulait me voir. J'espère que vous n'avez pas attendu trop longtemps. Venez, entrez.

Elle introduisit la clef dans la serrure, ouvrit la porte, tandis que je disais :

— C'est votre frère que je viens voir. Il pourrait peut-être m'aider dans une recherche qui est pour moi très importante.

Elle suspendit son geste, me regarda :

— Mon frère ?... Mais... vous ne savez pas ?... Vous ne pourrez pas le voir, ni l'interroger. Il est décédé il y a un mois. Je reviens justement du cimetière. Chaque jour, je vais fleurir sa tombe. Il aimait tant les fleurs...

Je sentis le sang se retirer de mon visage, et un bourdonnement sourd envahit mes oreilles. Je vacillai. Avec sollicitude, elle me prit par le bras, me fit entrer, me conduisit jusqu'à une chaise sur laquelle je me laissai tomber.

— Ça va aller ? Ne bougez pas, surtout. Désirez-vous boire quelque chose ? J'ai du café prêt sur le feu. Je vais vous en verser une tasse... C'est ma faute aussi, je n'aurais pas dû vous le dire si brutalement... Vous connaissiez mon frère ?

Je secouai la tête, essayant de retrouver mes esprits.

— Non, dis-je faiblement. C'est que...

— Attendez, me conseilla-t-elle. Je vais chercher le café. Remettez-vous d'abord, vous parlerez après.

Elle me laissa pour se rendre dans sa cuisine. Lentement, mon malaise se dissipait. Mais une immense sensation de découragement m'ôtait toute énergie. Je demeurais immobile sur ma chaise, anéantie. Mon nouvel espoir se trouvait volatilisé.

Mon hôtesse revint, posa sur la table un plateau contenant deux tasses de café fumant, du sucre, quelques gâteaux secs.

— Voilà, buvez ça. Vous vous sentirez mieux après.

Je bus lentement le breuvage odorant. Lorsque je reposai ma tasse, une agréable chaleur avait chassé la faiblesse qui m'engourdissait.

— Ah, vous reprenez des couleurs ! Vous m'avez fait peur, tout à l'heure.

Je regardai la brave femme qui me faisait face, son bon visage aux cheveux gris. Je lui devais une explication. Brièvement, je résumai les faits :

— Je recherche mon fils, qui a été déposé dans un orphelinat à sa naissance par ma famille. Votre frère y occupait les fonctions de jardinier. Je voulais l'interroger, lui demander si, peut-être, il se souvenait de mon enfant... mais...

Je ne pus continuer. Elle devina ma détresse. Avec bonté, elle remarqua :

— Il aurait essayé de vous aider, ça c'est sûr. Il en parlait souvent, de ses gamins, comme il disait. Il se souvenait de certains d'entre eux. Il y en avait même deux ou trois avec qui il était resté en relations. Ils lui écrivaient. Ça lui faisait plaisir de voir qu'ils ne l'oubliaient pas.

Je me redressai subitement :

— Ces garçons... avez-vous leur adresse ? Je pourrais aller les interroger, leur demander s'ils ont connu mon fils...

Elle hocha affirmativement la tête :

— Justement, hier, j'ai rangé ses papiers. J'ai retrouvé toutes les lettres, qu'il avait gardées. Je sais qu'il y a un Didier, un Louis, un Thomas...

Je poussai un cri, sentis une chaleur subite me brûler la poitrine :

— Un Thomas ? Mais mon fils s'appelle Thomas !

Elle me regarda, vit le tremblement qui m'agitait, l'espoir fou qui se levait dans mes yeux.

— Ça alors ! Quelle coïncidence ! Attendez, je vais aller vous chercher ses lettres.

Elle sortit de la pièce, tandis que mon cœur battait furieusement dans ma poitrine. Un garçon qui s'appelait Thomas... c'était inespéré ! Je m'efforçai de me calmer, de ne pas m'illusionner. Il ne s'agissait peut-être pas de mon enfant. Mais j'allais noter son adresse, et m'y rendre dès le lendemain. Je ferais la même chose pour les autres. Une impatience difficile à contenir me mettait des fourmillements dans tout le corps.

Mon hôtesse revint, plusieurs enveloppes à la main. Elle les posa sur la table, me tendit l'une d'elles :

— Voilà le dernier envoi de Thomas. C'est une carte de vœux. Elle date de janvier.

Je la pris, lus avidement ce qui était écrit. Des souhaits de bonne année, de bonne santé. Une écriture virile, droite et ferme.

— C'est signé Thomas et Pauline, remarquai-je. Il est marié ?

— Oui, il avait annoncé son mariage dans une autre lettre, avant la guerre. Pendant l'Occupation, il n'avait plus donné de ses nouvelles. Mais l'année dernière, il a écrit, en juin, pour dire qu'il avait été prisonnier en Allemagne et qu'il était revenu. Et puis, en octobre, il a envoyé une autre lettre pour nous apprendre que sa femme attendait un enfant. Elles sont là. Vous pouvez les lire.

Elle déplia les feuilles, me les tendit. Je les parcourus rapidement, émue et tremblante à l'idée qu'il pouvait s'agir de mon fils.

— Il y a aussi les autres. Celles d'avant la guerre. Tenez.

Je les pris, les lus également. Dans l'une d'elles, datée de septembre 1936, Thomas annonçait son départ pour le service militaire. Je fis un calcul rapide : cela signifiait qu'il était né en 1915. Cette deuxième coïncidence me donna une sorte d'étourdissement. Tremblante et éperdue, j'en fis part à madame Tillois, qui me sourit :

— Si c'était le vôtre... quelle chance ce serait ! Je le souhaite de tout mon cœur.

Je n'osais pas y croire. Il était vrai que ce serait une chance merveilleuse. J'avais l'impression de vivre un rêve éveillé. Un espoir incrédule m'illuminait, m'éblouissait. Je posai les lettres, sortis un papier et un crayon de mon sac :

— Si vous le permettez, je vais noter l'adresse. Je m'y rendrai dès demain.

— Bien entendu.

Je notai soigneusement l'adresse, ainsi que les deux autres, celle de Didier et celle de Louis. Je remis le papier dans mon sac et, nantie de ces précieux renseignements, je me sentis plus forte.

— Je ne sais comment vous remercier, dis-je avec une gratitude sincère. C'est tellement important pour moi !

— Si vous le voulez bien, tenez-moi au courant de vos recherches. Et si vous retrouvez votre fils, envoyez-moi une lettre, ou, mieux encore, venez me le dire. Je serai si heureuse pour vous !

La sincérité qu'exprimait son visage m'incita à lui raconter mon histoire. Je repris tout, depuis le début, parlai de John-Philip, de la naissance de mon fils, de la tromperie dont j'avais été victime, et, pour finir, de l'aveu de ma tante. J'ajoutai que je n'avais plus qu'un seul but dans ma vie : retrouver cet enfant dont j'avais été privée si longtemps. Lorsque je terminai mon récit, madame Tillois avait les yeux pleins de larmes.

— Je comprends votre réaction, avoua-t-elle. Moi aussi, je réagirais comme vous. Je vous souhaite de réussir. C'est un tel bonheur d'être mère ! Je n'ai malheureusement pas pu le connaître. J'ai épousé Octave en juillet 14. Un mois après, il est parti à la guerre, et il a été tué, en septembre, à la bataille de la Marne. Depuis tout ce temps, je suis veuve, et seule. C'est pourquoi j'ai été heureuse d'accueillir mon frère, lorsqu'il a pris sa retraite. Et maintenant, me voici seule de nouveau...

Elle soupira, demeura silencieuse un instant. Puis elle releva la tête :

— Soyez reconnaissante à votre tante d'avoir parlé. Si elle ne l'avait pas fait, vous ignoreriez que vous avez un fils quelque part. Et si, grâce à ces lettres, je peux vous aider à le retrouver, ce sera un grand bonheur pour moi.

— Je vous tiendrai au courant, dis-je. Je vous le promets.

— Si seulement mon frère était encore là ! Il vous parlerait d'eux, il vous renseignerait mieux que moi. Et il serait content de vous aider, ça oui !

Je me levai, en réitérant mes remerciements. Mon hôtesse m'accompagna jusqu'à ma voiture et demeura sur le trottoir tandis que je démarrais. Elle me fit un signe d'adieu, et je repartis avec l'impression réconfortante d'avoir trouvé une amie.

5

À la sortie du village, je m'arrêtai un instant. Je dépliai ma carte routière, repérai le village où vivait Thomas, étudiai le trajet. Je calculai qu'il me faudrait environ une heure pour m'y rendre. Dans l'état d'excitation où je me trouvais, je me sentais incapable d'attendre jusqu'au lendemain. L'impatience me consumait.

Je dus lutter contre mon envie de rouler trop vite. Je ralentissais pour traverser les villages, mais, malgré moi, je reprenais de la vitesse dès que je me trouvais dans la campagne. Des fermiers y travaillaient, guidant leur cheval d'une main sûre et paisible. Je les regardais. Mon fils exerçait probablement le même métier, s'il s'agissait du Thomas dont j'avais obtenu l'adresse par madame Tillois.

Lorsque j'arrivai dans le petit village, je sentis mon cœur palpiter d'émotion. Je roulai lentement jusqu'à la place, où je m'arrêtai. Un vieil homme marchait, appuyé sur une canne. Je décidai de m'adresser à lui. S'il avait toujours vécu dans ce village, il devait connaître tous ses habitants.

Tout en avançant, il regardait avec intérêt ma voiture. Je descendis, allai vers lui en souriant :

— Excusez-moi... Je cherche Thomas Bernard. Pourriez-vous me dire où il habite ?

La réponse arriva, immédiate :

— Thomas ? Bien sûr. Chez Baptiste. La Cense aux alouettes. Pouvez pas vous tromper. Prenez la rue, là. C'est la dernière maison.

Je le remerciai. Sur le seuil d'une épicerie, un peu plus loin, une femme m'observait ; sur le trottoir, deux autres s'étaient arrêtées et, visiblement, s'interrogeaient sur ma présence. Je les saluai d'un signe de tête, montai dans ma voiture et repartis.

Je m'arrêtai devant la dernière maison de la rue. Dès que je sortis de la voiture, je les entendis tout de suite, avant de les voir. Je levai les yeux et en aperçus deux ou trois, dans le ciel. Je compris pourquoi cette ferme s'appelait la Cense aux alouettes. Encouragée par leur chant d'accueil si mélodieux, j'avançai et pénétrai dans la cour.

En m'apercevant, un chien se mit à aboyer. Quelques poules, qui picoraient sur le fumier, s'éloignèrent avec un gloussement effarouché. Je regardai autour de moi, vis à droite l'étable, l'écurie, au fond, la grange, et à gauche, la maison d'habitation. J'allai jusqu'à la porte. Les vitres luisaient de propreté, les rideaux éclataient de blancheur. Je m'arrêtai et frappai quelques coups timides, soudain prise d'anxiété.

— Entrez, cria une voix féminine.

J'obéis. Je pénétrai dans une pièce accueillante, où se trouvaient deux femmes, que mon arrivée surprit. La première tourna vers moi un visage ridé sous d'abondants cheveux blancs coiffés en chignon. L'autre, âgée environ d'une trentaine d'années, attendait visiblement un enfant pour les tout prochains jours. Avec un chiffon, elle essuyait des œufs, ôtant la terre et les brins de paille qui y adhéraient. Elle interrompit son travail, posa avec précaution l'œuf qu'elle tenait, l'air interrogateur :

— Madame... ?

Je m'éclaircis la gorge, dis d'une voix étranglée :

— Pardonnez-moi de venir vous déranger ainsi, sans prévenir. Mais il faut que je sache... c'est important... je dois vous demander...

La femme plus âgée vit mon agitation et m'avança une chaise :

— Voyons, asseyez-vous. Dites-nous ce que vous désirez savoir. Si nous pouvons vous renseigner, nous le ferons bien volontiers.

Je m'assis, respirai profondément, et me lançai sans m'interrompre :

— Voilà. Je suis à la recherche de mon fils. Il a été placé dans un orphelinat, dès sa naissance, par ma famille. Je n'en avais rien su. Ils m'avaient fait croire qu'il était mort. Je n'ai appris la vérité que récemment. Depuis, je le recherche. Quelqu'un m'a donné votre adresse, m'a dit qu'un Thomas habitait ici. Je viens voir si, par une chance extraordinaire, il pourrait s'agir de mon fils. Il est né le 7 juin 1915.

Il y eut un silence abasourdi. Je m'aperçus que je tremblais, et je serrai mes mains l'une contre l'autre.

Les deux femmes se regardèrent. Sur leur visage, une expression voisine de l'ahurissement fut aussitôt balayée par une joie émerveillée. La plus jeune fut la première à réagir. Elle tourna vers moi un visage à la fois stupéfait et ébloui :

— Mais c'est... Thomas est né ce jour-là, lui aussi... C'est incroyable... c'est... c'est...

Ce fut à mon tour de rester silencieuse, stupéfiée par un bonheur incrédule. À travers les battements désordonnés de mon cœur, je parvins à balbutier :

— Il est né ce jour-là ? Alors, peut-être...

Un éblouissement me fit ciller. Pendant quelques secondes, je perdis la notion du monde extérieur. Puis j'entendis l'autre femme qui disait, d'une voix altérée :

— Alors, vous seriez sa mère ?... Mais... comment est-ce possible ?...

L'éblouissement se dissipait, laissant la place à une clarté radieuse, comme une promesse de bonheur à laquelle je n'osais pas encore croire tout à fait.

— Ce serait merveilleux... murmura lentement la jeune femme. Sa mère... Il m'en a souvent parlé... Il en a tellement rêvé, dans son enfance... Il a tant souffert de ne pas la connaître...

— Eh bien, si je m'attendais à ça ! s'exclama l'autre en secouant sa tête aux cheveux blancs. Ça paraît tellement incroyable !

— Maintenant que je vous regarde mieux, reprit la jeune femme, c'est vrai que vous lui ressemblez. Ce sourire que vous avez, c'est le sien... Et lui qui est aux champs, et qui ne se doute pas du grand bonheur qui lui arrive ! Racontez-nous, donnez-nous davantage de détails. Comment a-t-il pu être ainsi séparé de vous ?

Une nouvelle fois, j'expliquai tout. Les deux femmes m'écoutaient, les yeux brillants d'émotion. Lorsque je mentionnai l'aveu de ma tante, la plus jeune eut la même réaction que madame Tillois :

— Dieu merci, elle a parlé ! Songez qu'elle aurait pu s'en aller avec son secret...

Je racontai ensuite mes récentes démarches, et comment j'avais finalement obtenu l'adresse grâce à la sœur de monsieur Ferdinand. La jeune femme fut sincèrement désolée d'apprendre le décès de ce dernier.

— Thomas lui écrivait chaque fois qu'il avait un événement à annoncer, et lui envoyait ses vœux tous les ans. Il gardait de lui un souvenir attendri. C'était la seule personne qui, à l'orphelinat, lui avait apporté de l'affection.

— Parlez-moi de lui, demandai-je. De Thomas. Depuis quand le connaissez-vous ?

La jeune femme me regarda et sourit :

— Il est arrivé chez Léon l'année de ses quatorze ans. Léon, c'était mon beau-père. Et Thomas venait directement de l'orphelinat. Au début, il n'osait pas bouger, ni parler. C'est qu'il avait été dressé, là-bas ! Petit à petit, il s'est habitué, s'est senti en confiance...

Elle parla longtemps. J'appris ainsi ce qui s'était passé, comment elle avait épousé Thomas, qu'elle décrivait comme quelqu'un de bon, de patient, de doux, quelqu'un qu'elle aimait et qui l'aimait. L'autre femme hochait la tête, de temps en temps apportait une remarque, et moi, je buvais ces propos qui me présentaient l'homme qui était mon enfant.

Un doute, malgré tout, me poussa à interroger :

— Croyez-vous vraiment qu'il puisse être mon fils ?

La jeune femme fit un signe de tête affirmatif :

— Un enfant de l'Assistance qui porte le même prénom et qui est né le même jour... Ça ne peut être que lui.

Je la regardai avec une sympathie grandissante. Elle venait de me raconter les principaux événements de sa vie : son père tué à la guerre, sa mère morte peu de temps après sa naissance, et Léon, son beau-père, qui la rudoyait et la battait... Avec tendresse, elle avait parlé de ses grands-parents, et, avec amour, de son mari, Thomas.

— Appelez-moi Pauline, termina-t-elle. Ma grand-mère, c'est Henriette, et mon grand-père, Baptiste. D'ailleurs, le voilà.

Un vieil homme traversait la cour. Il ouvrit la porte, entra tout en disant :

— Il y a une automobile, devant la maison...

Il s'interrompit en m'apercevant, ôta sa casquette, me salua :

— Madame...

Ma réponse fut couverte par la voix de Pauline, qui s'exclamait avec un enthousiasme juvénile :

— Sais-tu qui elle est, pépère Baptiste ? Tu ne devineras jamais !

— Assieds-toi d'abord, conseilla Henriette. Il y a de quoi tomber à la renverse !

Il s'assit, tandis qu'elles se mettaient à parler en même temps toutes les deux. Les yeux clairs du vieil homme allaient de l'une à l'autre, essayant de comprendre. À travers leur récit volubile, il parvint à capter l'essentiel. Je lus sur son visage la même émotion, une grande stupéfaction d'abord, puis un immense bonheur. Il se tourna vers moi :

— Sa mère !... Est-ce possible ?...

De nouveau je me présentai, résumai les faits, parlai de mes recherches. Il hocha la tête, encore incrédule :

— Ah ben ça alors ! Ça alors !... Madame...

— Appelez-moi Yolande, dis-je. C'est mon prénom.

Il nous regarda, les yeux brillants de joie.

— Thomas ne va pas tarder. D'un moment à l'autre, il sera là. Ça va lui faire un rude coup ! Il ne s'attend jamais à une surprise pareille !

Avec douceur, la jeune femme me suggéra :

— Que diriez-vous d'aller l'attendre dans l'autre pièce ? Je le préparerai à votre venue, je lui annoncerai que vous êtes là. Pour lui éviter un trop grand choc, comprenez-vous ?

Son regard, qui me souriait, ajoutait : « S'il s'agit vraiment de votre fils, ces retrouvailles vous appartiennent, à vous deux seuls, sans témoins. » J'acceptai sa suggestion avec gratitude. Elle me conduisit dans la pièce voisine, d'une démarche alourdie par son ventre volumineux.

— Votre enfant doit naître bientôt ? demandai-je.

— La naissance est prévue pour ces jours-ci. Thomas est content. Il espère avoir un fils.

— Et vous ?

— J'aimerais bien une fille. Mais si ce n'est pas le cas cette fois-ci, ce sera pour la prochaine fois. De toute façon, fille ou garçon, ce bébé sera le bienvenu. Je vous laisse, maintenant. Thomas va rentrer. Je vais aider mère Hiette à préparer le repas. Avec tout ça, nous avons pris du retard !

Elle m'adressa un sourire chaleureux, hésita un instant. J'eus l'impression qu'elle voulait céder à un élan qui la poussait vers moi. Mais elle ne l'osa pas. Elle se détourna et, de la même démarche bancale, sortit de la pièce.

Étourdie, je regardai autour de moi. Je remarquai un beau buffet de chêne sculpté, une grande horloge au tic-tac régulier et sonore, et une table dont le bois ciré luisait doucement. Je m'approchai de la fenêtre. Les nerfs noués par une attente qui devenait douloureuse, je scrutai la cour, guettant avidement le retour de Thomas.

À force de fixer la grand-porte, mes yeux brûlaient et je ne voyais plus rien. Je massai un instant mes paupières, regardai de nouveau. Mon cœur bondit et s'emballa. Un attelage entrait dans la cour.

L'homme jeune qui le conduisait fit stopper le cheval devant la grange, puis sauta sur le sol. Il s'avança vers l'animal et se mit à le dételer. Il était habillé d'un pantalon et d'une veste de toile mais, immédiatement, son allure et sa silhouette me rappelèrent une autre silhouette, que j'avais toujours vue vêtue d'un uniforme anglais : John-Philip... C'étaient la même stature, la même démarche, les mêmes gestes. Je me penchai, essayai de voir son visage. J'aperçus son profil. La même bouche mince et ferme, le même nez droit...

Une chaleur soudaine m'embrasa. Prise de faiblesse, je tirai à moi l'une des lourdes chaises, sur laquelle je me laissai tomber. Je me sentais envahie d'un bonheur qui me coupait le souffle. Il s'agissait bien de mon fils ; sa ressemblance avec John-Philip ne me laissait plus aucun doute.

Tout en demeurant assise, je regardai par la fenêtre. Thomas faisait entrer le cheval dans l'écurie. J'aperçus Pauline traverser la cour et le rejoindre. Elle entra derrière lui, et je ne les vis plus. Je supposai que, pendant qu'il s'occupait du cheval, elle allait lui parler de ma venue.

J'attendis de nouveau. Mais cette fois-ci, je n'étais plus crispée, ni angoissée. J'étais seulement impatiente, et je ressentais une sorte d'émerveillement. Je me levai et me rapprochai de la fenêtre. Après quelques minutes, je les vis sortir de l'écurie et se diriger vers la maison. Pauline parlait en montrant la pièce où je me trouvais. Thomas tourna le visage vers la fenêtre, et je reçus un nouveau coup au cœur : ses yeux clairs, eux aussi, étaient ceux de John-Philip.

Je me plaçai face à la porte. Les battements de mon cœur s'amplifiaient, résonnaient jusque dans ma gorge. Je me mis à trembler. Lorsqu'il entra, je ne pus que le regarder, incapable de faire un mouvement, paralysée d'émotion. Ses yeux clairs se posèrent tout de suite sur moi, emplis d'une lumière qui illuminait tout son visage. D'une voix sourde, il murmura :

— Pauline vient de me dire... Je n'osais pas y croire... Ma mère... Vous êtes ma mère...

Il fit quelques pas vers moi, et, d'un seul coup, le même élan nous jeta dans les bras l'un de l'autre. Je me retrouvai subitement contre lui. Il était plus grand que moi, et j'enfouis ma tête dans son épaule. J'entendis qu'il disait, de la même voix sourde :

— Ma mère... Maman... Enfin, je peux dire ce mot maintenant ! Je l'ai tant crié dans le vide ! Maman...

Je reculai la tête et, à travers mes larmes, le regardai :

— Mon enfant... Mon Thomas...

Sans honte, nous nous mîmes à pleurer ensemble, mêlant nos larmes, nos regrets, notre souffrance d'avoir été si longtemps privés l'un de l'autre, et notre incroyable bonheur d'avoir pu nous retrouver.

— Vous me raconterez, me dit-il ensuite. Je veux tout savoir. Et moi, je vous parlerai de moi, et des parents que je m'inventais, le soir, dans mon lit, à l'orphelinat...

— Je te parlerai de ton père. Il a été tué à Lorette, peu de temps avant ta naissance. Il s'appelait John-Philip Holder. Tu lui ressembles beaucoup.

De nouveau, il me serra contre lui :

— Jamais je n'aurais osé imaginer une chose pareille ! C'est un miracle !

Je contemplai avec passion son visage, levai les mains, caressai lentement ses joues. Ses cheveux blonds, drus comme des épis de blé, lui tombaient sur le front. Je trouvais instinctivement les gestes maternels que je n'avais jamais faits. Je me haussai sur la pointe des pieds, chuchotai :

— Thomas... puis-je t'embrasser ?

Il se pencha vers moi. Je posai sur sa joue plusieurs baisers tandis qu'il me serrait contre lui à m'étouffer. Lorsqu'il releva la tête, des larmes de nouveau brillaient dans ses yeux.

— Maman...

Nous nous sourîmes, unis par un amour inné et profond.

— Venez, me dit-il. Allons rejoindre les autres.

Dans la cuisine, le couvert était mis. Pauline et ses grands-parents nous regardèrent avec le même sourire heureux. Thomas, près de moi, rayonnait de bonheur.

— Il faudrait me pincer pour m'assurer que je ne rêve

pas, déclara-t-il en secouant la tête. Je n'arrive pas encore à réaliser... Comment est-ce possible ?

— Asseyez-vous, me dit Henriette. Vous allez souper avec nous.

Je jetai un coup d'œil à l'extérieur, vis le soir qui tombait.

— Mais... je ne sais... je n'aime pas rouler lorsqu'il fait noir...

— Nous n'allons pas vous laisser repartir ce soir, affirma gentiment Pauline. Vous coucherez dans la chambre de *mononc'* Georges. Nous allons refaire le lit.

Thomas appuya la proposition de sa femme :

— Bien sûr. Maintenant que j'ai retrouvé ma mère, j'entends la garder auprès de moi.

— Vous rentrerez votre voiture dans la cour pour la nuit, si vous le désirez, ajouta Baptiste.

Je ne me fis pas prier davantage et m'assis près de mon fils. Moi non plus, je ne parvenais pas complètement à réaliser. Je me sentais un peu ivre — ivre de bonheur. Pendant le repas — soupe aux légumes, pommes de terre au four et fromage blanc frais —, Thomas m'interrogea, et je parlai beaucoup. Il voulait tout savoir sur son père et, à travers mon récit, je faisais revivre John-Philip. Je me souvenais de lui comme d'un jeune homme uniquement paré de qualités, mais le tableau que je brossai ne parut pas trop idéal à Pauline.

— Je pourrais dire la même chose de Thomas, remarqua-t-elle. Il a hérité des mêmes qualités.

Je souris à la femme de mon fils. Elle était si visiblement amoureuse de lui qu'elle m'attendrissait. Je réalisai que je me trouvais bien auprès d'eux. J'avais l'impression d'être au sein de ma famille, alors que quelques heures avant je ne les connaissais pas.

— J'aime bien quand vous souriez, avoua Pauline. Vous avez vraiment le même sourire que Thomas.

Elle se leva pour débarrasser la table et, soudain, se plia en deux en tenant son ventre de ses mains. Immédiatement, sa grand-mère comprit.

— Pauline ! s'écria-t-elle. Crois-tu que le bébé ?...

— Cela se pourrait bien. Je n'ai rien dit, mais j'ai commencé à avoir des douleurs pendant le repas. Et maintenant...

Elle grimaça de nouveau. Thomas se leva brusquement, l'air affolé :

— Je vais aller prévenir Émilienne.

— Si tu veux, mon garçon, concéda Henriette. Mais les douleurs ne font que commencer. Nous avons plusieurs heures devant nous.

Thomas mit sa veste et, avant de sortir, s'approcha de sa femme. Il la regarda intensément et, du dos de la main, lui caressa doucement la joue. À cet instant, je pris conscience de l'entente qui existait entre eux et de l'amour qui les unissait.

— À tout à l'heure, Pauline, murmura-t-il. Ça ira ?

Courageusement, elle sourit, et ses yeux brillèrent :

— Bien sûr. Ne t'inquiète pas. Bientôt, nous aurons notre petit.

Il sortit, et Henriette poussa doucement sa petite-fille :

— Va t'allonger. Je vais tout préparer.

Pauline passa dans l'autre pièce, marchant avec difficulté. Avec des gestes rapides, Henriette ramassa les verres, les assiettes, les couverts.

— Je vais faire la vaisselle. Puis je ferai chauffer de l'eau. Heureusement, le linge est prêt. Le berceau aussi.

Tandis qu'elle lavait la vaisselle, je pris un torchon et, sans écouter ses protestations, me mis à essuyer. Baptiste, près du feu, fumait. Il paraissait tranquille, mais une excitation secrète se lisait dans ses yeux. Le chien, allongé à ses pieds, somnolait.

Comme nous finissions de ranger la vaisselle, Thomas revint.

— Émilienne va arriver, annonça-t-il. Elle finit de souper. Elle dit qu'elle a le temps parce que, pour un premier, le travail est toujours lent.

Henriette, qui essuyait la table, se tourna vers moi :

— C'est peut-être votre venue qui a précipité les choses.

Le choc de la surprise, vous comprenez ?... Excusez-moi, je vais aller auprès d'elle.

Elle rangea son chiffon et sortit de la pièce. Je demeurai seule avec Thomas et Baptiste. Ce dernier toussota, embarrassé :

— Avec ça, votre lit n'est pas refait. Je vais aller chercher Henriette... si vous désirez vous coucher...

Je fis un signe de dénégation :

— Pas du tout. Je suis trop énervée pour dormir. Si vous le permettez, j'attendrai près de vous.

Je regardai Thomas, et mon sourire sous-entendait : « J'ai été privée de mon fils pendant tant d'années ! J'ai tout ce temps à rattraper. »

Le chien aboya. Émilienne, la sage-femme, entra. Elle nous salua, et ses yeux se posèrent sur moi avec surprise et curiosité. Baptiste l'envoya visiter Pauline. Quelques instants après, elle réapparut et annonça, avec une calme certitude due à une longue expérience :

— Nous avons encore le temps. Je reviendrai d'ici une heure ou deux. Henriette est auprès d'elle. S'il y a quoi que ce soit d'ici là, venez me chercher.

Après son départ, pour occuper notre attente, nous nous mîmes à bavarder. Baptiste m'apprit que sa belle-fille Viviane, mariée à son fils Georges, avait mis au monde, la semaine précédente, un petit garçon.

— Ils avaient déjà une petite fille. Et maintenant, avec Pauline, je vais être arrière-grand-père. Ça ne me rajeunit pas, ça !

Il rit, et son visage se plissa de rides. Thomas se mit à m'interroger sur ma vie, et je lui parlai de moi, de mon mariage avec Flavien, qui ne m'avait pas donné d'enfant. Puis je l'interrogeai sur sa vie à l'orphelinat.

Il raconta. Il me parla de la discipline trop dure, des surveillants trop sévères, des enfants terrorisés. Il me parla de ses amis, Ladislas, puis Gennaro, qui, contrairement à lui, avaient la chance d'avoir une mère. Les larmes aux yeux, il me confia que, le soir, avant de s'endormir, il s'inventait des parents, en étouffant ses sanglots avec ses poings. Et, avec tendresse, il mentionna monsieur Ferdinand, le seul qui, au cours de toutes ces années, s'était montré bon envers lui.

Je l'écoutais, malheureuse de découvrir la souffrance que dévoilait son récit. J'eus de nouveau une pensée de rancune envers mon père, mon oncle, ma tante.

— Ils t'ont condamné à une enfance sans amour, dis-je, alors que je t'aurais tellement aimé !

— Mais maintenant, je vous ai retrouvée. Maintenant, je sais que vous ne m'aviez pas abandonné volontairement. Notre surveillant nous faisait souvent cette remarque. Et ça me faisait très mal. Quel soulagement de savoir qu'il n'en était rien !

Baptiste écoutait, ponctuant nos propos d'exclamations. Nous ne songions pas à dormir. Mon fils et moi, nous faisions connaissance.

Les heures s'écoulaient. Émilienne était revenue, s'était rendue au chevet de Pauline. À un moment, Henriette vint chercher de l'eau chaude.

— Le travail avance, nous dit-elle. Ça ne devrait plus tarder.

Elle repartit et, enthousiasmés par cette naissance toute proche, nous fîmes des projets. Une idée me vint, dont je fis part à Thomas et à Baptiste : j'allais vendre ma maison, où rien ne me retenait, et en chercher une autre dans les environs, où je viendrais habiter, afin d'être près de mon fils retrouvé. Ils m'approuvèrent chaleureusement. Thomas m'expliqua que Pauline venait de vendre la ferme de Léon. Avec l'argent, ils prévoyaient de moderniser la Cense aux alouettes, de l'agrandir, d'acheter de nouvelles terres, du matériel agricole, et même un tracteur. Baptiste écoutait et hochait la tête d'un air ravi.

Bientôt, sa tête dodelina, et il se mit à somnoler. Thomas et moi, en baissant la voix, continuâmes à parler de nous. Il me raconta ses souvenirs les plus anciens, à l'époque où il croyait faire partie d'une famille. Il se rappelait une grand-mère Catherine, qui l'appelait *min nin-nin,* et un petit garçon qu'il croyait être son frère et qui lui avait donné une toupie.

— Cette toupie, conclut-il avec un sourire amer, ils me l'ont prise, lorsque je suis arrivé à l'orphelinat, et je ne l'ai jamais revue.

À mon tour, je parlai de mon enfance, de ma vie de petite fille solitaire. Moi non plus, je n'avais pas connu ma mère, et mon père ne m'avait jamais aimée. Thomas posa une main sur les miennes et me regarda avec tendresse :

— Au fond, j'ai plus de chance que vous : ma mère, je l'ai retrouvée.

Les yeux dans les yeux, nous restâmes immobiles un instant, et je sentis le lien très fort qui, déjà, existait entre nous. Ce fut à ce moment-là que, dans le silence uniquement troublé par les ronflements de Baptiste, nous parvint un léger vagissement. Le visage de Thomas s'illumina d'un grand bonheur :

— Avez-vous entendu ? Le bébé...

Il se leva, alla jusqu'à la porte de communication, écouta. Les vagissements reprirent, devinrent plus forts. Baptiste se réveilla, ouvrit les yeux, eut un large sourire :

— Ça y est ! Il est né !

Henriette apparut, radieuse, suivie d'Émilienne.

— Thomas, tu as un garçon ! Va le voir. Il est superbe.

Thomas ne se fit pas prier et disparut. Émilienne s'assit en poussant un soupir satisfait.

— Eh bien, si toutes les naissances étaient aussi faciles que celle-là, je ne me plaindrais pas !

— Je vais faire du café, proposa Henriette. Une bonne tasse nous fera du bien.

Baptiste se leva :

— Et moi, je m'en vais faire la connaissance de mon arrière-petit-fils.

Il sortit de la pièce. Tandis que le café passait, Henriette expliqua à Émilienne la raison de ma présence. La brave femme ouvrit des yeux ahuris lorsqu'elle apprit que j'étais la mère de Thomas. Dès qu'elle eut terminé de boire sa tasse de café, elle ne s'attarda pas et s'en alla.

— On peut compter sur elle pour colporter la nouvelle,

commenta Henriette avec un sourire amusé. Bientôt, tout le village sera au courant.

Baptiste revint dans la pièce. Il avait un air ému, et sa moustache tremblait.

— Je vais aller téléphoner à Georges, et lui annoncer deux merveilleuses nouvelles : Thomas a un garçon, et il a retrouvé sa mère !

Il se tourna vers moi :

— Allez le voir, Yolande.

Le cœur battant, je traversai la grande pièce, poussai la porte de la chambre. Pauline, allongée dans le grand lit, me sourit. Thomas, assis près d'elle, était penché sur un berceau de bois verni. Je m'approchai, intimidée. Je vis un bébé emmailloté, des mains minuscules, une tête fragile recouverte d'un duvet blond. Des larmes emplirent mes yeux. Je dis avec admiration :

— Qu'il est beau !

Je le dévorai du regard, moi qui n'avais même pas eu le bonheur de voir mon bébé lorsqu'il était né. La vie, qui s'était montrée cruelle envers moi à ce moment-là, m'offrait maintenant une merveilleuse compensation. Ce nouveau bébé, je le regarderais grandir et, à travers lui, je découvrirais les joies et les bonheurs que je n'avais pas connus avec mon propre fils : le premier sourire, la première dent, les premiers pas, et les jeux, et les rires, et les câlins pleins de tendresse et de douceur...

Je me penchai sur Pauline et je l'embrassai :

— Merci, ma fille, de me faire ce merveilleux cadeau... Vous permettez que je vous appelle ma fille ?

La jeune femme me sourit avec gentillesse :

— Bien sûr. Et vous, qui êtes la mère de Thomas, vous serez la mienne aussi, n'est-ce pas ?

J'acquiesçai, fortement émue. Puis, irrésistiblement attirée par le bébé, je m'approchai de nouveau du berceau :

— J'aimerais pouvoir dire que tu lui ressemblais lorsque tu es né, Thomas. Mais je n'ai même pas eu le bonheur de te prendre dans mes bras !

Thomas se leva, vint près de moi :

— Ce bonheur, vous le connaîtrez avec mon fils, dès maintenant.

Il sortit délicatement le bébé du berceau et me le tendit. Je le pris comme un cadeau précieux, bouleversée par un immense amour. Et mes larmes se mirent à couler lorsque Thomas ajouta d'une voix grave :

— Pauline et moi, nous venons de décider qu'il porterait le prénom de mon père. Il s'appellera Jean-Philippe.

Remerciements

Je tiens à remercier ici les personnes qui m'ont apporté des renseignements pour la rédaction de ce roman.

Merci à ceux qui ont bien voulu me raconter la période qu'ils ont vécue dans un orphelinat, et notamment : Mme Raymonde Monnier-Sautereau, ainsi que MM. Charles Begou, Roger Bernard, Alain Guillaume, André Huant, Daniel Reignier et Daniel Renaudin.

Pour le service militaire du personnage de Thomas, deux ouvrages m'ont été très utiles : *Ma jeunesse confisquée* de M. Louis Barlet, et *Le Temps des uniformes* de M. Jean Vindevogel.

Je remercie l'hebdomadaire *Bonne Soirée*, ainsi que le magazine *Notre Temps*, de m'avoir aidée à trouver, en publiant une annonce, des témoignages de personnes ayant vécu dans un orphelinat.

Merci également à Mme Marie-Pierre Covin et à M. Michel Droues, directeur de l'Enfance et de la Famille pour le département du Pas-de-Calais, ainsi qu'aux services de la direction de l'Enfance du département du Nord, pour leur aide et leurs renseignements.

Et enfin, un immense merci à M. Émile Fournier-Elipot, qui a recherché pour moi de nombreux documents, notamment sur Béthune pendant la période 1940-1944.

Remerciements

Je tiens à remercier ici les personnes qui m'ont apporté des renseignements pour la rédaction de ce roman.

Merci à ceux qui ont bien voulu me raconter la période qu'ils ont vécue dans un orphelinat et notamment : Mme Raymonde Hennet-Sarrazin ainsi que MM. Charles Brocq, Roger Besseau, Alain Guillaume, André Huvet, Daniel Riquier et Daniel Renoux.

Pour le service militaire du personnage de Thomas, deux ouvrages m'ont été très utiles : *Ma jeunesse confisquée* de M. Louis Leleu, et *Le Temps des mobilisés* de M. Jean Vanhoutte.

Je remercie l'hebdomadaire *Bonne Soirée* ainsi que le magazine *Notre Temps*, de m'avoir aidée à trouver, en publiant une annonce, des témoignages de personnes ayant vécu dans un orphelinat.

Merci également à Mme Marie-Pierre Cover et à M. Michel Dupuis, directeur de l'Enfance et de la Famille pour le département du Pas-de-Calais, ainsi qu'aux services de la direction de l'Enfance du département du Nord, pour leur aide et leurs renseignements.

Et enfin un immense merci à M. Émile Fournier-Laurent qui a recherché pour moi de nombreux documents, notamment sur Béthune pendant la période 1940-1944.

Le Journal d'Olivier

Le 3 décembre 1978

Aujourd'hui, j'ai eu dix ans. Comme c'est dimanche, ce midi, papy et mamie sont venus manger avec nous. J'ai soufflé d'un seul coup les dix bougies de mon gâteau d'anniversaire. Ça porte bonheur, a dit mamie. J'ai reçu plusieurs cadeaux. Papa m'a offert un jeu d'échecs, et il a promis de m'apprendre à jouer. Lui-même, il est très fort. Maman m'a offert plusieurs livres des *Six Compagnons*. Elle sait que je me passionne pour leurs aventures, et c'est un cadeau qui m'a fait très plaisir. J'aime bien leur chien Kafi ; grâce à son flair extraordinaire et à son intelligence, il les aide à résoudre bien des énigmes.

Mamie, elle, a pensé à acheter le dernier album d'Astérix pour ma collection de bandes dessinées. J'aime aussi beaucoup tous ces personnages gaulois. Obélix, le gros, qui ne pense qu'à manger et à taper sur les Romains, m'amuse toujours. Et là aussi, il y a un chien : Idéfix. Il n'est pas aussi intelligent que Kafi, mais il est mignon et gentil.

Coralie adore dessiner, et elle a fait pour moi un superbe dessin qu'elle m'a tendu avec un grand sourire. Elle n'a que cinq ans et elle donne des dessins à tous les gens qu'elle aime. Elle avait représenté, sur une grande feuille, une famille dans un jardin ; c'était nous : papa, maman, papy et mamie, Coralie sur une balançoire, et moi, derrière elle, en train de la pousser. C'était beau et coloré. Je l'ai remerciée et embrassée.

Elle a été contente quand je lui ai dit que son dessin était beau. C'est ma petite sœur et je l'aime bien, mais je la trouve parfois collante. En ce moment, elle me suit partout et elle imite tout ce que je fais. Maman dit que c'est parce que je suis son grand frère et qu'elle m'admire, mais moi, ça m'agace. Et puis, elle est pleurnicheuse, comme toutes les filles. Dès que quelque chose ne lui convient pas, elle se met à pleurer pour obtenir ce qu'elle veut. C'est bien féminin, comme dit papy. Là aussi, quand elle fait ça, elle m'agace.

J'en viens maintenant au cadeau qui est pour moi le plus important. C'est papy qui me l'a offert. C'est un grand cahier superbe, avec une couverture cartonnée et de grandes pages blanches, qui se ferme par un cadenas. J'ai décidé d'en faire mon « carnet de bord », et de noter dedans tout ce qui arrive d'important. Je l'ai dit à papy, qui a répondu que ce serait un excellent entraînement en vue du métier que je veux faire plus tard.

Je le confie à mon tout nouveau cahier : je veux être journaliste. D'abord, j'adore écrire, raconter les événements de tous les jours. À l'école, je suis toujours premier en rédaction. Et puis, tout m'intéresse. Papy dit que c'est très bien, et que, pour réussir dans ce métier, il faut de la curiosité, du talent, de l'intelligence, et que j'y arriverai. Mais il ajoute qu'il faut aussi travailler. Ça ne me fait pas peur. Papa dit souvent que je suis un bûcheur.

Il y a même autre chose, que je n'ai encore dit à personne : lorsque j'aurai réussi dans mon métier de journaliste, je me lancerai dans l'écriture de romans policiers. Mais ça, ce sera pour après.

Il est tard maintenant, et je vais me coucher. Maman veut que l'on se couche tôt, Coralie et moi, surtout quand il y a école le lendemain. Je vais donc fermer mon carnet, mettre le cadenas, et cacher la clef dans un endroit connu de moi seul. J'ai déjà rangé, sur l'étagère au-dessus de mon lit, les livres des *Six Compagnons* et l'album d'Astérix. Ma collection augmente. Bientôt, je les posséderai tous.

Le 4 décembre 1978

Cet après-midi, après l'école, maman nous a envoyés, Coralie et moi, porter à madame Loison, notre voisine, un morceau de mon gâteau d'anniversaire. Elle a été très contente, m'a embrassé et m'a offert une boîte de bonbons. Bien sûr, elle a posé plein de questions et elle a voulu savoir ce que j'avais eu comme cadeaux. Ça, c'est son grand défaut : elle est très curieuse et elle veut toujours tout savoir.

Elle se sert de sa curiosité pour critiquer et dire du mal de tout le monde. Papa ne l'aime pas. Il l'a surnommée « madame Poison ». C'est vrai qu'elle est toujours derrière sa fenêtre, en train d'observer tout ce qu'on fait. Dès qu'on sort de la maison, elle bondit hors de chez elle et nous interroge :

— Alors, on profite du beau temps pour aller faire un petit tour ?

Papa dit que c'est une allusion pour savoir où nous allons, et il ne lui dit rien. S'il s'agit de Coralie et de moi, là, elle le demande carrément :

— Bonjour, les enfants ! Où allez-vous comme ça ?

On est bien obligés de lui répondre. Après tout, si on va chez papy et mamie, ou bien faire des courses, ce n'est pas un secret, et je veux bien le lui dire. Maman prend parfois sa défense :

— Elle vit seule, et elle n'a que ça à faire. Ça l'occupe.

— Alors, répond papa, qu'elle s'occupe plus intelligemment. Qu'elle lise, qu'elle fasse des mots fléchés, ou qu'elle apprenne à jouer aux échecs !

Ça me fait penser que je vais bientôt apprendre. Papa m'a promis de commencer les premières leçons pendant les vacances de Noël. C'est bientôt !

Le 6 décembre 1978

Les mercredis, comme il n'y a pas d'école, Coralie et moi, on va passer l'après-midi chez papy et mamie. Ils ont une maison à la sortie du village, avec un grand jardin. Souvent, mamie et Coralie, dans la cuisine, font un gâteau, tandis que papy et moi, nous jouons au Scrabble, nous faisons des mots fléchés, enfin bref, nous nous occupons intellectuellement, pour reprendre l'expression de papy.

Comme c'est la Saint-Nicolas, mamie a dit à Coralie qu'elles allaient faire mon gâteau préféré, au chocolat et aux noisettes.

Papy et moi, on a commencé une partie de Scrabble. Mais on n'a pas pu la terminer, parce qu'un de ses amis est arrivé. Il s'appelle Robert, et je le connais bien. Il travaille à Usinor-Denain, l'usine où papy a travaillé lui aussi. Ils se sont mis à discuter, et moi je les ai écoutés. Ils ont parlé d'un sujet qui, en ce moment, les contrarie beaucoup : le gouvernement a annoncé la suppression de trois mille emplois à Usinor-Denain.

— C'est une honte ! a répété une fois de plus papy. Ils veulent la fin de notre usine ! Une usine qui existe depuis plus d'un siècle !

— Toi, tu as pris ta retraite l'an dernier, a dit Robert, et au fond tu as de la chance. Ils t'ont permis de faire toute ta carrière normalement, comme c'était le cas pour nos pères, nos grands-pères. Mais moi, j'ai encore cinq ans à faire. Et c'est encore plus grave pour ceux qui sont plus jeunes. Vont-ils se trouver sans travail ?

— C'est grave, a constaté papy. Très grave.

Ils ont continué à parler de lutte à mener, de manifestations à organiser. Robert s'occupe du syndicat CGT, et papy m'a montré les tracts qu'il distribue contre la fermeture des hauts-fourneaux. Je les ai écoutés et j'ai pensé que, plus tard, ce serait ça aussi mon métier de journaliste : aller sur place, faire parler les gens de leurs problèmes, afin de le faire savoir à tout le monde.

Mamie ensuite est venue me chercher. Le gâteau était cuit.

Coralie et moi, nous en avons mangé une grosse part, et nous avons rapporté le reste à la maison. Ça a été notre dessert de ce soir. Papa a dit à maman :

— Je n'apprécie pas toujours ta mère, mais il faut lui reconnaître au moins ça : elle fait des gâteaux délicieux.

Coralie a voulu défendre notre mamie et elle a dit de sa voix claire :

— Moi, je l'aime bien, mamie.

Je n'ai pas voulu répondre, mais je sais bien pourquoi Coralie aime mamie. C'est surtout parce qu'elle lui passe tous ses caprices.

Le 8 décembre 1978

Ce soir, pendant le repas, papa a raconté qu'un de ses collègues avait eu un malaise. Papa est architecte, et il a un bureau en ville, avec deux collègues. Il parle parfois d'eux. L'un s'appelle Jeanson, l'autre Martelle. C'est celui-là qui s'est trouvé mal d'un seul coup.

— Il était assis à son bureau, expliquait papa, et soudain il est tombé. Jeanson savait qu'une nouvelle doctoresse s'était installée pas loin. Il a couru jusque-là et il l'a ramenée. Elle est jeune, mais elle a été très bien. Heureusement, il s'agissait d'un malaise sans gravité. Elle nous a rassurés. J'ai été soulagé. Ça fait des années que je travaille avec Martelle, et nous nous entendons bien.

Papa a attendu quelques instants, puis il a ajouté :

— En plus, cette jolie et gentille doctoresse n'a pas voulu qu'on la paie. Elle a dit en riant : « C'est un service entre voisins. » Alors, pour la remercier, je l'ai invitée à prendre un verre après mon travail. On a parlé. Elle vient de s'installer et elle ne connaît pas encore beaucoup de monde. Mais elle est si gentille que les malades ne vont pas tarder à venir la voir !

Maman a essayé de plaisanter :

— En tout cas, ne tombe pas malade dans le seul but de te faire soigner par elle !

— Hé ! Ce ne serait pas désagréable ! a dit papa.

Coralie, comme d'habitude, a mis son grain de sel :

— Moi, je n'aime pas les médecins.

— Mais cette doctoresse est très gentille, a répété papa.

Coralie a secoué la tête, pas convaincue du tout :

— Elle fait semblant, et pis après, elle donne des piqûres à ceux qui sont malades !

Il faut dire que, l'hiver dernier, Coralie a eu une grosse bronchite, et comme elle hurlait dès qu'on lui mettait un cataplasme, notre médecin lui a prescrit des piqûres. Elle en a gardé un très mauvais souvenir, et depuis, dès qu'on parle de médecin, elle pense tout de suite aux piqûres.

En fait, lorsque j'avais son âge, moi non plus je n'aimais pas les médecins. Je me souviens que, lorsque le nôtre venait à la maison, même si c'était pour quelqu'un d'autre que moi, j'allais me cacher derrière le divan du salon pour qu'il ne me trouve pas.

Le 9 décembre 1978

Comme tous les jours, en sortant de l'école, je suis allé chercher Coralie à l'école maternelle. Nous sommes revenus ensemble à la maison. Quelquefois, mon copain Tony nous accompagne. Aujourd'hui, il n'était pas là. En arrivant dans notre rue, j'ai aperçu Mme Poison (je l'appelle comme papa) sur le trottoir, devant chez elle. Elle observait, en plissant les yeux à sa manière curieuse, une voiture rouge garée juste en face. Elle m'a interrogé :

— Olivier, sais-tu à qui appartient cette voiture ? Je ne l'ai jamais vue dans notre rue.

J'ai dit que je ne savais pas. J'ai ajouté :

— C'est peut-être des gens qui sont venus rendre visite aux voisins d'en face.

— Mais non. C'était un homme, je l'ai vu. Un grand blond. Il est parti vers le coin de la rue et il a tourné à droite. Je me demande bien où il allait.

Elle s'est remise à regarder la voiture rouge comme si celle-ci allait lui répondre. J'ai entraîné Coralie jusque chez nous. Mme Poison, le nez sur la voiture, ne nous a même pas vus partir. J'ai pensé qu'elle allait supposer plein de choses concernant le grand blond qu'elle avait aperçu : pourquoi se garait-il ici s'il allait dans une autre rue ? Peut-être pour aller voir une femme sans se faire repérer ? Et, dans ce cas, qui était cette femme ? Ça, c'est le genre de cancans que notre voisine adore.

La voiture est restée là tout l'après-midi, et Mme Poison a interrogé tous les gens qui passaient. Papa, une fois de plus, a critiqué notre voisine et sa « fichue curiosité ». Moi, je n'étais pas surpris. Dès qu'il se passe quelque chose d'inhabituel dans la rue, elle veut savoir à quoi ça correspond. D'ailleurs, elle veut toujours tout savoir. Et surtout sur nous, les voisins.

Parfois, elle attire Coralie chez elle, sous prétexte de lui donner un bonbon, et elle lui pose des tas de questions. Je pense que, plus tard, dans un de mes romans policiers, je placerai une personne comme elle. À cause de sa curiosité, elle sera la seule à avoir aperçu l'assassin. Et celui-ci, pour l'empêcher de parler, s'empressera de la tuer. Ce qui donnera raison au proverbe que papa répète souvent : « La curiosité est un vilain défaut. »

Le 13 décembre 1978

Comme mercredi dernier, papy n'a pas voulu jouer avec moi cet après-midi. Son ami Robert était là, et ils parlaient de la décision du gouvernement : cinq mille emplois vont disparaître à Denain-Usinor.

— Bon sang de bonsoir ! répétait sans arrêt papy. On ne peut pas laisser faire ça !

Robert a expliqué que, le matin même, les employés de l'usine sont allés protester devant les bureaux de la direction.

— On était tous là, on était des milliers. Moi, j'étais en bleu de travail. Il y avait les ingénieurs en costume, les employés en blouse grise, les fondeurs avec leur tenue d'amiante. Tous, on y était tous.

Sur la table, papy a étalé *La Voix du Nord*. J'ai vu le titre : « Le Nord sinistré ». Robert, lui, a apporté *Nord-Matin*. J'ai lu : « Sidérurgie : le coup de grâce ».

— Il faut qu'on se batte, a continué Robert. Tous les syndicats se sont unis.

J'ai pensé aux articles que je ferais, plus tard, lorsque je serais journaliste. Et puis, j'ai pensé à mon copain Tony. Son père, lui aussi, travaille à Usinor-Denain.

Le 14 décembre 1978

On ne parle que de ça tout partout. Tony, ce matin, m'a expliqué que, dans sa famille, non seulement ils sont en colère, mais, en plus, ils sont inquiets. Il a appris le sens des mots licenciement et mutation. Il me les a expliqués. Son père sera-t-il licencié, ou bien sera-t-il muté ailleurs, dans une autre usine, à Dunkerque ou à Montataire, par exemple ?

— Dans ce cas, il faudra déménager. Maman pleure et se désole, mamie aussi. Papa dit qu'il pourra encore se montrer content s'il garde son travail, même ailleurs.

J'ai répété les paroles de Robert : les syndicats sont décidés à lutter, et la décision du gouvernement ne sera peut-être pas appliquée.

— Moi, je suis comme maman, a ajouté Tony. Ça ne me plairait pas de partir. Mais mon frère Guillaume dit que ça serait peut-être bien aussi ailleurs. Lui, il aime changer et voyager.

J'ai dit :

— Moi non plus, Tony, je n'aimerais pas que tu t'en ailles.

Et c'est vrai. Tony, c'est mon copain, mon ami. Depuis la classe de CP, on est ensemble. Cette année, on est en CM2, et on pensait bien aller tous les deux en 6e au CES l'an prochain, et continuer encore ensemble nos études secondaires. Et maintenant, on va peut-être se trouver séparés. Ça me contrarie. Je ne veux pas perdre mon ami.

Le 18 décembre 1978

Depuis deux jours, papa est enrhumé. Il tousse, il éternue, il se mouche le nez sans arrêt. Hier et avant-hier soir, maman lui a fait un grog sucré avec du miel. Mais ce soir, papa est rentré avec un sachet rempli de médicaments : du sirop, des gouttes à mettre dans le nez, des pastilles à sucer, des comprimés à avaler, et même des suppositoires. Il a posé le sac sur la table, et il a dit :

— Je suis passé par la pharmacie. J'ai tout ça à prendre.

— Tu es allé voir le docteur Derbin ? a demandé maman.

Le docteur Derbin est notre médecin. Il habite sur la place, juste en face de l'église, et tous les habitants du village sont ses clients. Nous aussi. Mais papa a répondu :

— Non. En sortant de mon travail, j'avais tellement mal à la tête que je suis tout de suite allé voir Martine.

J'ai vu que maman avait un air surpris. Elle a répété sans comprendre :

— Martine ?

— Mais oui, a dit papa, tu sais bien. La doctoresse qui a soigné Martelle, l'autre jour.

Là, maman a froncé les sourcils :

— Ah ? Et tu l'appelles Martine ?

Papa a éternué, s'est mouché, et a répondu :

— Oui, on est devenus des amis.

Sur le visage de maman, j'ai reconnu l'air qu'elle prend lorsque quelque chose ne lui plaît pas. Elle a simplement remarqué :

— Espérons que le docteur Derbin ne l'apprendra pas.

— Si tu ne lui répètes pas, a dit papa, il ne le saura pas. Et puis, je suis libre de m'adresser à qui je veux.

Maman n'a plus rien dit. Mais j'ai bien vu qu'elle était contrariée.

Le 21 décembre 1978

Lorsque je suis revenu de l'école avec Coralie, papy était à la maison. Il lisait le journal à voix haute et, en même temps, il s'adressait à maman, qui préparait le repas :

— Tu te rends compte, Josiane ? Hier après-midi, la manifestation a rassemblé 25 000 personnes dans Denain. Elles ont défilé pendant deux heures dans les rues. Robert y était. Il portait un panneau « Usinor doit vivre ».

Coralie et moi, on lui a dit bonjour et on l'a embrassé. Papy ne nous a même pas demandé si on avait été sages à l'école et si on avait bien travaillé. Il a continué à lire le journal, puis il a dit :

— Je suis avec eux, même si je ne descends plus dans la rue. Mais je l'ai fait. Je me souviens que, en 1948, on avait dû se battre aussi. Maintenant, c'est encore plus grave. C'est la vie de notre usine qui est en jeu.

J'ai dit à papy :

— Le papa de Tony y était aussi. Tony me l'a dit ce matin. Il voudrait bien que l'usine ne ferme pas. Il ne veut pas partir. Et moi non plus, je ne veux pas.

Papy a poussé un gros soupir :

— C'est le souhait de tout le monde, fiston. Espérons qu'il sera réalisé. C'est bientôt Noël ; c'est le moment de faire un vœu.

Coralie, qui veut toujours qu'on s'intéresse à elle, a grimpé sur les genoux de papy.

— Moi, j'ai demandé au Père Noël une poupée Barbie. Tu crois qu'il va me l'apporter ? Ma copine Cathy en a une.

Papy a caressé les cheveux de Coralie. Il nous a regardés, maman et moi, et il a encore poussé un soupir :

— Quelle chance de croire au Père Noël ! J'aimerais bien, moi aussi...

Maman a fait signe à papy de se taire. À cause de Coralie, il faut faire comme si le Père Noël existait vraiment. Moi, je n'y crois plus. Mais elle, si. Maintenant, je trouve ça bête, cette histoire de Père Noël. Mais, quand j'avais cinq ans comme Coralie, j'aimais bien trouver mon cadeau devant la cheminée du salon, le matin, en pensant qu'un bonhomme à barbe blanche était venu me l'apporter pendant la nuit.

Le 25 décembre 1978

Aujourd'hui, c'était Noël. Dès qu'on s'est levés, ce matin, Coralie et moi, on a tout de suite couru jusqu'au salon. Là, près du sapin, devant la cheminée, il y avait nos jouets : un jeu Cluedo pour moi, et pour Coralie, sa poupée Barbie. Et, pour chacun de nous, une panoplie : Spiderman pour moi, et Candy pour Coralie. Ma petite sœur était très contente. Elle a voulu faire admirer sa Barbie à tout le monde. C'est Barbie superstar, en robe longue, avec des bijoux. Elle est très belle. Moi, j'ai regardé mon Cluedo. C'est un jeu où il faut rechercher un assassin. J'étais très content aussi. Même quand on ne croit plus au Père Noël, c'est bien agréable d'avoir des cadeaux.

Papy et mamie sont venus manger avec nous. Ils ont apporté les cadeaux que le père Noël avait apportés chez eux (ils ont dit ça pour Coralie !). Mamie m'a donné un livre-disque de *Peter et Elliott le dragon*, raconté par Philippe Noiret, et Papy, avec un clin d'œil, m'a offert un appareil Kodak, le « vrai appareil pour futur grand reporter », comme il était indiqué. Ça m'a beaucoup plu. Je l'ai tout de suite mis autour de mon cou, grâce au cordon prévu pour ça.

Coralie a eu une autre poupée Barbie. Elle en a poussé des cris de joie. C'était Barbie « cavalière », avec un superbe cheval, et une tenue d'équitation qu'elle nous a fait admirer : pantalon blanc, chemise rouge, bombe noire, et même une cravache. La poupée a des pouces articulés pour tenir les rênes du cheval.

— C'est incroyable, ce qu'on fait maintenant ! a dit mamie.

Avec mon nouvel appareil, j'ai pris des photos de toute la famille pendant le repas. C'était un repas de fête : des huîtres, du saumon, de la dinde aux marrons, et pour dessert une bûche glacée. À un moment, papy a voulu parler de son usine qui allait peut-être fermer. Il en parle sans arrêt en ce moment. Mais maman lui a dit que, au moins le jour de Noël, il pourrait laisser ce problème sur le côté. Papy a répondu que ça n'empêcherait pas que le problème serait toujours là, et il n'était pas content, je l'ai bien vu.

Dans l'après-midi, Coralie a joué avec ses poupées Barbie, et j'ai joué au Cluedo avec papy et papa. Le docteur Lenoir était assassiné, et il y avait six suspects et six armes du crime. On a fini par trouver l'assassin, et on était contents parce qu'on ne s'était pas trompés. Il faut que je sache mener une enquête pour plus tard, quand j'écrirai des romans policiers.

Le 30 décembre 1978

Papa a commencé à m'apprendre à jouer aux échecs. C'est assez compliqué. Mais il dit que je suis un garçon intelligent et que j'y arriverai. Je l'espère. Quand je saurai bien jouer, je le battrai.

En ce moment, c'est les vacances de Noël, et ce qu'il y a de bien, c'est qu'on peut se coucher plus tard que d'habitude, puisque le lendemain il n'y a pas d'école et qu'on peut dormir plus longtemps. Alors j'en profite pour lire dans mon lit. Papa et maman regardent la télé. Ce soir il y a un *Numéro un* spécial avec Michel Sardou, que maman aime bien. Elle adore les émissions de variétés, surtout celles de Guy Lux. Papa, lui, préfère les *Dossiers de l'écran*, et aussi *Apostrophes*. Moi, j'aime bien les *Muppets*, et le jeu *Des chiffres et des lettres*. Coralie, elle, en est encore aux émissions enfantines et aux dessins animés. Son personnage préféré, c'est Colargol.

Parmi les livres que j'ai eus à Noël, il y a *Les Six Compagnons et l'homme au gant*. Je vais le commencer ce soir. J'aime bien Kafi, mais j'apprécie aussi Corget. Je le trouve intelligent et débrouillard, et je suis toujours d'accord avec ce qu'il décide. À sa place, dans la même situation, je ferais la même chose !

Le 1er janvier 1979

Comme chaque année, on est allés chez papy et mamie leur dire « bonne année, bonne santé ». Coralie et moi, on a eu nos étrennes. On a souhaité plein de choses pour cette nouvelle année qui arrive. Papy, bien sûr, a souhaité que son usine ne ferme pas. Mamie a dit que le plus important, c'est d'avoir une bonne santé. Maman aussi. Coralie a dit qu'elle voulait plein de jouets et de bonbons. Ça ne m'étonne pas d'elle ! Moi, j'ai dit que je voulais qu'elle me laisse tranquille et qu'elle arrête de me suivre tout partout. En ce moment, elle le fait moins. Hier, elle voulait qu'on joue ensemble avec sa poupée Barbie. Comme si c'était un jeu de garçon ! Je lui ai dit non, et elle a pleurniché. Elle est allée se plaindre à maman, qui a dû jouer avec elle pour la consoler.

Quand on est revenus à la maison, maman nous a emmenés, Coralie et moi, chez madame Poison pour lui souhaiter une bonne année. Papa n'a pas voulu venir.

— Je le lui dirai un de ces jours quand je la verrai. Ça ne saurait tarder : elle pointe son nez dès que je sors de la maison !

Maman n'a pas insisté, parce qu'elle sait que papa n'aime pas notre voisine. Quand on est arrivés chez elle, elle était toute seule devant sa télévision. Comme dit maman, il faut être gentil avec elle, parce que son mari est mort et que ses enfants sont loin d'ici. Elle a été contente de nous voir, elle a offert des biscuits, et elle nous a donné nos étrennes, à Coralie et à moi.

On a parlé un peu avec elle. C'est-à-dire qu'elle nous a interrogés, et on a répondu. Comme d'habitude, elle voulait tout savoir. Après, on est revenus à la maison. J'ai couru en avant. Maman marchait derrière avec Coralie. En entrant dans la cuisine, j'ai entendu que papa téléphonait dans la salle de séjour. Il était en train de dire :

— Encore tous mes vœux pour cette année, Martine. Du fond du cœur.

Coralie est arrivée en courant et en criant, et il a raccroché. Maman, qui la suivait, a demandé :

— Tu téléphonais, mon chéri ? À qui donc ?

Papa a répondu, sans la regarder :

— C'était Martelle qui appelait. Il voulait me présenter ses vœux.

Maman a dit, surprise :

— Il te voit demain. Il ne pouvait pas attendre jusque-là ?

— Il a sans doute trouvé que c'était plus gentil de le faire aujourd'hui, a répondu papa.

Moi, je n'ai rien dit. J'ai compris que papa mentait, et qu'il avait téléphoné en cachette à une Martine. Je m'en souviens, c'est le prénom de la doctoresse qu'il aime bien. Ça ne m'a pas plu. Papa, je l'admire, je le trouve grand, beau et fort, intelligent aussi. Je veux qu'il soit sans défaut comme les héros des livres que je lis. Il nous apprend, à Coralie et à moi, qu'il ne faut jamais mentir, car tôt ou tard, la vérité finit par nous rattraper. C'est lui qui le dit. Et puis, là, il a menti à maman, et en plus, en téléphonant à cette Martine, il a agi en cachette, ce qu'il nous défend de faire aussi.

Alors, je ne comprends pas. Je ne vais pas le dire à maman, car ça va la contrarier. Je l'écris dans mon carnet de bord, et je n'en parlerai pas. Après tout, ce sont des histoires de grandes personnes.

Le 6 janvier 1979

Cet après-midi, Coralie n'a pas arrêté de me suivre partout et de m'embêter. J'avais sorti mon jeu d'échecs, parce que papa devait continuer ses leçons. Mais il a dit qu'il avait beaucoup de travail en retard, et il est parti pour son bureau. Souvent, le samedi, il n'y va pas et il reste à la maison. J'étais triste, et je me suis occupé en plaçant les personnages sur l'échiquier, en attendant toujours que papa revienne, mais il ne revenait pas. Coralie, qui n'arrêtait pas de tourner autour de moi, a demandé :

— Apprends-moi, Olivier. Qu'est-ce que c'est, ça ?

Elle a pris un personnage au hasard. C'était le roi. J'ai voulu lui dire de ne pas toucher à mon jeu et de me laisser tranquille, mais maman a dit :

— Allons, Olivier, sois gentil. Ça l'occupera et, pendant ce temps, elle sera sage.

Mais je n'en avais pas envie. J'ai dit :

— Elle est trop petite. Elle ne comprendra pas.

— C'est pas vrai ! a crié Coralie. Je suis pas trop petite !

J'ai vu qu'elle allait se mettre à pleurnicher. J'ai répondu :

— Eh bien, on va voir ça !

J'ai pris les personnages un par un, je les ai montrés en expliquant leur nom : le roi, la reine, le fou, la tour... Je croyais qu'elle en aurait marre tout de suite, mais pas du tout. Elle a tout écouté, elle a regardé chaque pion un par un. Elle les a répétés après moi, et avec moi elle les a replacés sur l'échiquier. Pour voir si elle avait retenu quelque chose, j'en ai pris un :

— C'est quoi, celui-là ?

Elle l'a observé, et elle a dit :

— C'est la reine.

C'était vrai. J'en ai pris deux ou trois autres, en lui demandant à chaque fois ce que c'était. Elle a toujours bien répondu. Je n'en revenais pas. Maman a dit :

— C'est bien, Coralie. Tu as un don d'observation qui est excellent. Et une très bonne mémoire.

Coralie était contente, bien sûr. Elle adore les compliments. Moi, j'étais plutôt surpris. Jusqu'ici, je trouvais que ma petite sœur était embêtante et pleurnicheuse. Et là, je venais de me rendre compte qu'elle était aussi intelligente. Ça m'a fait plaisir.

Le 10 janvier 1979

Coralie, maman et moi, on est allés au supermarché faire des courses cet après-midi. Coralie aime bien faire des courses parce qu'elle se précipite tout de suite dans le rayon des bonbons, et elle embête maman tout le temps pour qu'elle accepte d'en acheter. Bien sûr, maman finit par dire oui. Moi, je ne suis pas contre, parce que après, Coralie ouvre le paquet et le partage avec moi. Ça, c'est une qualité de ma petite sœur : elle n'est pas égoïste, elle aime bien partager.

Quand on est revenus à la maison, au moment où maman a arrêté la voiture devant le portail, madame Poison est sortie de chez elle. Je suis descendu de l'auto pour aller ouvrir le portail, et pendant ce temps-là, madame Poison est venue vers maman, qui était restée au volant :

— Bonjour, madame Dormont ! Bonjour les enfants ! On est allés faire des courses ? On n'a pas eu trop froid ?

Et elle s'est mise à parler, de n'importe quoi, de son autre voisin qui avait perdu son chat, d'une de ses cousines qui habite en ville, et puis elle a dit :

— Justement, ma cousine, elle a vu votre mari avec une jeune femme, samedi.

Elle a regardé maman pour voir sa réaction. Maman a eu le même air que l'autre fois, celui qu'elle a quand Coralie ou moi on dit quelque chose qui ne lui plaît pas. Mais elle a répondu calmement :

— Oui, il s'agit de Martine. C'est une amie.

Les yeux de madame Poison se sont mis à luire :

— Une amie ? Qui est-ce ? Que fait-elle ?

— Elle est médecin, a répondu maman assez sèchement.

À ce moment, les voisins d'en face sont sortis de chez eux en voiture. Madame Poison les a salués et, en plissant les yeux, elle les a regardés partir, essayant sans doute de deviner où ils allaient. Maman en a profité pour dire :

— Au revoir, madame Loison.

Et elle a rentré la voiture dans la cour, puis dans le garage.

Nous l'avons aidée à ranger les achats. Puis, comme on avait eu froid, maman nous a fait un chocolat chaud pour notre goûter. Mais elle ne disait rien, et elle avait toujours son air contrarié.

Moi, je repensais au jour où papa avait téléphoné à Martine en cachette. À cause d'elle, il avait menti. Et puis, il se promenait avec elle en ville, et maman ne le savait pas. Elle venait de l'apprendre par madame Poison.

Samedi dernier, papa était allé à son bureau. Il n'était pas resté avec nous, il ne m'avait pas donné ma leçon d'échecs. Et c'était samedi qu'on l'avait vu en ville avec cette Martine. Au lieu d'être ici, avec nous, il était allé se promener avec elle. Ça m'a contrarié aussi.

Le 21 janvier 1979

J'ai été malade. J'ai eu la grippe, et j'ai dû rester au lit et manquer l'école. Tony m'a apporté les leçons et les devoirs à faire, et quand je n'ai plus eu de fièvre, j'ai travaillé pour ne pas être en retard. Maman m'a soigné, et mamie et papy sont venus me voir tous les jours. Et Coralie m'a laissé tranquille, parce que maman l'a empêchée de venir m'embêter.

Maintenant, je suis guéri, et demain je pourrai retourner à l'école. J'ai demandé à papa si on pouvait reprendre les leçons d'échecs, mais il m'a dit que pour le moment il n'a pas le temps. Il rentre de plus en plus tard tous les soirs, et le samedi aussi il va travailler. Enfin, il nous dit qu'il va à son bureau. Mais peut-être qu'il va se promener avec Martine.

Justement, hier soir, je ne dormais pas, et j'ai entendu maman en parler. Au début, je ne comprenais pas tout, mais au bout d'un moment, maman s'est mise à parler plus fort, et elle disait :

— Elle est donc si importante pour toi ?

Je n'ai pas entendu ce que papa a répondu. Maman a dit, toujours aussi fort :

— Ça veut dire quoi, ça ? Tu ne nous aimes plus, les enfants et moi ?

Papa a pris la voix qu'il a quand Coralie l'agace :

— Ça n'a rien à voir. Je vous aime toujours autant. Martine, c'est quelque chose en plus, qui n'enlève rien à l'amour que j'ai pour toi.

Alors maman a crié :

— Et tu crois que je vais supporter ça longtemps ?

— Chut ! a dit papa. Pas si fort ! Tu vas réveiller les enfants.

À partir de là, je n'ai plus compris ce qu'ils disaient. Ils ont parlé encore longtemps, et j'entendais leurs voix, mais je ne sais pas ce qu'ils ont dit. Et après, je me suis endormi.

Ça ne me plaît pas que papa s'occupe de cette Martine. Il nous laisse tomber, il ne nous parle plus comme avant, et quand je lui demande de jouer aux échecs, il me répond toujours qu'il n'a pas le temps. Avant, il était plus souvent à la maison, et il avait toujours le temps de s'occuper de nous. C'était beaucoup mieux.

Le 27 janvier 1979

À l'école, ce matin, Tony m'a raconté que tous les ouvriers d'Usinor ont manifesté hier à Denain. Son père y était, avec son casque de fondeur. Ils ont envahi la perception, ils ont jeté des papiers par les fenêtres et ils les ont brûlés dans la rue. Mais après, les CRS sont arrivés, et il a failli y avoir de la bagarre. J'aurais bien voulu être là pour raconter tout ça, comme je le ferai quand je serai journaliste. Les CRS avaient des casques, des matraques, des boucliers. Tony dit que son père, avec les autres, les a insultés, puis ils ont chanté *La Marseillaise* et *L'Internationale*.

— Après, a raconté Tony, les CRS sont partis, et les manifestants aussi. Quand papa est rentré à la maison, il était très en colère.

Cet après-midi, on est allés chez papy et mamie, et papy aussi était en colère. Il a dit :

— La prochaine fois, j'irai avec eux.

— Allons, a dit mamie, tu es en retraite maintenant. Reste en dehors de tout ça.

Papy a donné un coup de poing sur la table :

— Bon sang de bonsoir ! J'ai travaillé dans cette usine toute ma vie, et avant moi mon père, et avant lui mon grand-père. Et si on avait un fils, il serait menacé de licenciement comme des milliers d'autres. Tu crois que je peux rester indifférent ?

Mamie n'a pas répondu. Elle est allée dans la cuisine pour faire un gâteau avec Coralie, comme chaque mercredi. Papy et moi, on a fait une partie de Scrabble. Mais il avait la tête ailleurs, et ça m'a arrangé, parce que j'ai gagné.

Le 30 janvier 1979

Ce soir, juste avant d'aller me coucher, j'ai un peu parlé avec papa. Maman était avec Coralie dans sa chambre, en train de lui lire une histoire pour l'endormir. Moi, je venais de me brosser les dents, et je suis allé dire bonsoir à papa qui regardait la télé dans le salon.

D'abord, il ne m'a pas entendu arriver et il ne m'a pas vu. Ce n'était pas à cause de la télé, il ne regardait même pas l'écran. Il regardait droit devant lui, avec un air de penser à autre chose. J'ai dit :

— Je viens te dire bonsoir, papa. Je vais me coucher.

Il a sursauté, et il s'est tourné vers moi.

— Ah oui, c'est ça. Bonsoir, Olivier. Dors bien.

Je l'ai embrassé, et il s'est remis à regarder droit devant lui. Alors, d'un seul coup, j'ai pensé à mon papa d'avant, celui qui parlait avec moi, qui jouait avec moi, qui s'occupait de moi. J'ai pensé aussi que l'autre jour, il avait menti. Alors, au lieu de sortir du salon, j'ai demandé :

— Papa, c'est vrai qu'il ne faut jamais mentir ?

Il m'a regardé. Il avait l'air étonné. Il a passé une main dans ses cheveux et il a dit :

— Oui, bien sûr. Enfin, en principe. Parce qu'il y a quelquefois des cas où le mensonge est pardonnable.

J'ai demandé :

— Quand, par exemple ?

Papa a eu un air embêté. Il a répondu :

— Eh bien, par exemple, pour éviter de faire de la peine à quelqu'un. Tu vois ?

Moi, je pensais à Martine, et j'aurais bien aimé en parler. Mais je n'ai pas osé. Papa a continué :

— Tu comprendras ça plus tard, Olivier, quand tu seras plus grand. Pour le moment, va te coucher. Il est l'heure.

J'ai obéi, et maintenant, je réfléchis. Je me dis que papa a menti pour ne pas faire de la peine à maman. Mais ça n'empêche pas qu'il a agi en cachette. Et ça non plus, ce n'est pas bien.

Le 4 février 1979

Mamie a eu cinquante-neuf ans aujourd'hui. Elle nous a invités à un repas d'anniversaire, avec un gâteau et des bougies. On lui a offert un cadeau. Maman avait acheté un foulard en soie. Coralie avait fait un dessin, et moi un poème. J'aime bien écrire, et je fais quelquefois des poèmes. J'avais fini le mien par « Je t'aime, mamie chérie », et mamie a été très contente. Elle m'a embrassé, et elle a embrassé aussi Coralie, en disant que c'était vraiment des très beaux cadeaux.

Après le repas, on est revenus à la maison. On a regardé la télévision, puis on a soupé, et puis Coralie et moi on a été se coucher. Au bout d'un moment, j'ai entendu papa et maman discuter comme l'autre jour. Ils étaient dans le salon, et ma chambre est juste à côté. Je n'entendais pas bien ce qu'ils disaient, alors j'ai ouvert ma porte pour pouvoir écouter. Maman était en train de dire :

— Ça me fait trop mal. Je ne peux plus le supporter. Tu es là, avec nous, mais ton esprit est avec elle. Je l'ai bien vu, encore aujourd'hui. À un moment, tu n'as même pas entendu que papa te parlait. Je n'en peux plus, Christophe.

Papa a répondu quelque chose, mais il parlait moins fort et je n'ai pas compris. Et puis maman a dit :

— Si tu as tant que ça envie d'être avec elle, va la rejoindre. Je t'aime trop pour te retenir malgré toi. Et surtout, je ne veux pas de ta pitié.

Maman avoue elle-même qu'elle est orgueilleuse. Elle dit que c'est parce qu'elle est Lion. Papa, lui, est Balance. Une Balance, dit papy, c'est équilibré, mais quand il y a un choix à faire, c'est « entre les deux mon cœur balance ».

Papa a dû poser une question sur Coralie et moi, et maman a répondu :

— Pas de problème. Je leur dirai que tu es en voyage pour ton travail. L'an dernier, tu es bien allé aux États-Unis.

C'était vrai, je me souvenais que papa nous avait ramené des cadeaux. J'avais eu un T-shirt et un chapeau de cowboy.

Après, je n'ai plus bien entendu. J'ai fini par refermer ma porte et écrire mon « journal de bord ». J'ai eu envie d'aller dire à papa que, moi, je ne veux pas qu'il parte. Et je veux qu'il s'occupe de moi comme avant. Je ne comprends pas pourquoi maman lui a dit de partir. Les grandes personnes, c'est quelquefois bien compliqué.

Le 6 février 1979

Papa est parti. Ça fait deux jours qu'il n'est plus chez nous. Hier, maman nous a annoncé, à Coralie et à moi, que papa a dû s'en aller en Amérique pour son travail, comme l'année dernière.

Coralie, tout de suite, a dit :

— Ça, c'est bien ! Il va encore me rapporter un cadeau ?

— Si tu es sage, a répondu maman.

Moi, je n'ai rien dit, parce que je savais que ce n'était pas vrai. Après papa, c'était maman maintenant qui mentait.

— Il va nous envoyer des cartes postales ? a encore demandé Coralie.

— Peut-être, a dit maman. S'il a le temps. Sinon, il téléphonera.

Là, j'ai quand même posé une question :

— Il est parti pour combien de temps ?

Maman s'est tournée de l'autre côté pour dire avec une voix bizarre :

— Ça dépendra de son travail.

Je me suis senti à la fois triste et en colère. En colère contre eux deux, papa et maman, qui nous mentaient. Et triste parce que papa nous avait laissés pour aller rejoindre cette Martine. Dans ma classe, il y a un garçon qui s'appelle Antoine. L'année dernière, son papa est parti avec une autre femme. Il n'est jamais revenu, et les parents d'Antoine ont fini par divorcer. J'ai pensé que ça serait peut-être la même chose pour nous, et j'ai eu envie de pleurer. Moi, je veux que papa revienne.

Le 7 février 1979

On est allés chez papy et mamie cet après-midi. Maman est venue avec nous. Je vois bien qu'elle est triste. Elle est toujours en train de s'essuyer les yeux comme si elle pleurait en cachette. À un moment, Robert, l'ami de papy, est arrivé, et ils se sont mis à discuter. Robert dit que si les syndicats continuent la lutte, l'usine ne sera peut-être pas fermée. Coralie, elle, regardait les dessins animés. Moi, j'ai voulu rejoindre maman et mamie dans la cuisine, et en approchant, je les ai entendues qui parlaient de papa. Je suis resté dans le couloir et j'ai écouté.

— Tu as eu tort de réagir comme ça, disait mamie.

— Je ne pouvais plus le supporter, a répondu maman. Il me parlait à peine, il pensait sans arrêt à elle. Et puis, j'espérais qu'il m'aimait encore et qu'il ne partirait pas. Et s'il ne m'aime plus... je ne suis pas du genre à retenir quelqu'un contre sa volonté, tu me connais.

— Peut-être, a dit mamie. Mais maintenant qu'il est parti, tu crois que c'est mieux ? Et s'il ne revient pas ?

Là, j'ai entendu un bruit bizarre, et j'ai compris que maman pleurait. Je suis rentré dans la cuisine, et elle s'est tournée de l'autre côté en s'essuyant les yeux. Mamie m'a dit :

— Va chercher Coralie, Olivier. Il est l'heure de goûter.

J'ai regardé maman. J'étais malheureux. Elle avait les yeux tout rouges, et j'ai eu envie de pleurer aussi. Après, on a goûté, mais je n'avais pas faim. Coralie se régalait avec son gâteau, et j'aurais bien voulu être comme elle et ne rien savoir.

Le 10 février 1979

Cet après-midi, je suis arrivé dans la cuisine et maman était assise à la table. Elle épluchait des pommes parce qu'elle voulait nous faire de la compote, et en même temps elle pleurait. Elle a essayé de se cacher en baissant la tête. On n'était que tous les deux, Coralie regardait les dessins animés dans le salon. J'ai senti quelque chose qui me serrait à la gorge et dans la poitrine, ça me fait ça à chaque fois que je vois maman pleurer. Je n'ai pas pu m'en empêcher. Je suis allé jusqu'à elle, je l'ai embrassée, et j'ai dit :

— Ne pleure pas. On est là, Coralie et moi. On t'aime bien.

Maman s'est remise à pleurer, et plus elle essayait de s'arrêter, plus elle pleurait. Elle m'a dit :

— Ce n'est rien, Olivier. Ça va passer.

Alors, d'un seul coup, j'ai eu envie de lui avouer que je savais tout. Et je l'ai fait. J'ai dit que je les avais entendus, papa et elle, et que je savais qu'il n'était pas aux États-Unis. Maman a eu un air affolé :

— Mon Dieu, Olivier ! Surtout n'en parle pas à Coralie ! Ni à personne d'autre !

J'ai dit que non, bien sûr, je n'en parlerais pas. Maman a essuyé ses yeux et elle m'a regardé :

— Tu es un grand garçon, Olivier. Je te fais confiance.

Elle semblait un peu consolée, et moi, je me suis senti tout fier.

Le 13 février 1979

Hier soir, papa a téléphoné. Il a parlé à maman, puis à moi et à Coralie. Il nous a demandé si on était sages, et Coralie a crié dans l'appareil qu'elle voulait un cadeau. Puis il a encore parlé avec maman, et après, maman a pleuré une fois de plus.

Ce matin, alors qu'on sortait de la maison pour aller à l'école, madame Poison, qui balayait son trottoir, nous a arrêtés :

— Alors, votre papa, il est encore en Amérique ? Il vous a écrit ?

Maman a raconté à tout le monde la même histoire : papa est aux États-Unis pour son travail. Coralie a dit :

— Non, mais il a téléphoné hier. Et il va nous rapporter des cadeaux !

— Il revient quand ?

J'ai répété ce que maman avait dit l'autre jour :

— Ça dépendra de son travail.

Puis j'ai pris Coralie par la main et je l'ai emmenée. La curiosité de madame Poison est bien embêtante.

Le 15 février 1979

Jusqu'ici, il n'y avait que maman à savoir la vérité, avec papy et mamie, et moi. Mais, maintenant, madame Poison aussi est au courant. Hier, j'étais en train de lire dans ma chambre. De ma fenêtre, on voit la rue, et madame Poison balayait son trottoir. Elle le fait tous les jours, ça lui donne l'occasion d'arrêter les gens qui passent et de bavarder avec eux. Madame Rancart, qui habite plus loin dans notre rue, est passée, et madame Poison a parlé avec elle. En même temps, elle lançait des regards vers notre maison, et j'ai deviné qu'elle parlait de nous. J'ai tendu l'oreille, et j'ai compris des bouts de phrases :

— ... parti en Amérique... mais ce n'est pas vrai... ma cousine l'a vu dimanche, en ville, avec cette jeune femme...

Elle a baissé la voix, mais elle a continué à parler en regardant toujours notre maison. Heureusement, maman et Coralie étaient dans la cuisine et ne pouvaient pas entendre. Mais moi je n'étais pas content, parce que madame Poison, maintenant, est au courant, et elle va le raconter à tout le monde.

Le 17 février 1979

Il y a eu une grande manifestation, hier, à Valenciennes, et papy y est allé. Il n'a pas écouté mamie qui voulait l'empêcher. Il nous a raconté qu'ils ont défilé dans les rues pendant deux heures.

— C'est pour défendre l'avenir de notre région, et c'est très important. Il n'y avait pas que le personnel d'Usinor. Il y avait aussi des médecins, des dentistes, des commerçants, des mineurs, et même des avocats avec leur robe ! Ça prouve vraiment que tout le monde est concerné.

— Et tu crois que ça changera quelque chose ? a demandé mamie.

— Mais bon sang de bonsoir ! a crié papy. Si on t'écoutait, on accepterait tout les yeux fermés. Et ça, on ne peut pas l'accepter.

Papy m'a donné un poème de Jules Mousseron qui s'appelle *Les Enfants de Denain*. Il m'a expliqué que ce poète, connu dans toute la région, avait baptisé Denain *la ville feumière* [1], à cause de la fumée des usines.

— Tiens, Olivier, lis-le, et même apprends-le. Moi, je le savais par cœur.

Je l'ai lu plusieurs fois. Ça parle des enfants de Denain

1. « Feumière » en patois du Nord signifie « fumée ».

qui ont le travail pour parrain et la gaieté pour marraine. Ça finit par : *Admirez chaque soir / Les lueurs des usines / Écoutez des machines / La chanson du devoir.*

Papy a dit, avec un grand soupir triste :

— Si ça continue, d'ici peu, on n'admirera et on n'écoutera plus rien.

Le 23 février 1979

En ce moment, c'est les vacances, et on va chez papy et mamie tous les jours. Cet après-midi, en revenant, on a rencontré Antoine, qui est dans ma classe et qui est mon copain aussi. Il venait d'acheter des nouvelles billes et il me les a montrées. Coralie a voulu les voir et elle les a trouvées jolies, surtout une rose avec des reflets nacrés. Elle a demandé :

— Je peux l'avoir ?

Antoine n'a pas voulu. Il a repris ses billes et il a dit à Coralie :

— C'est pas des jeux de fille.

Coralie, bien sûr, n'était pas contente. Elle veut toujours qu'on fasse tous ses caprices. Elle a répondu :

— Moi aussi j'en aurai, des billes, et des plus belles. Mon papa est en Amérique, et je vais lui demander qu'il m'en rapporte tout plein.

— Ça m'étonnerait, a dit Antoine. Ton papa n'est même pas en Amérique. Tout le monde sait qu'il est parti avec une autre femme. Il va faire comme le mien. Il ne reviendra pas, et tu le verras seulement pendant les vacances.

Coralie a tapé du pied. Elle a crié :

— C'est pas vrai ! Mon papa va revenir ! Et il va me rapporter des cadeaux !

J'ai vu qu'Antoine allait répondre et je lui ai fait signe de se taire. J'ai dit :

— Au revoir, Antoine.

Et j'ai emmené Coralie en marchant vite. Elle a levé la tête et elle m'a demandé :

— C'est pas vrai, ce qu'il a dit, Antoine ?

J'aurais dû penser qu'elle était trop petite pour savoir la vérité, et j'aurais dû lui mentir. Quelquefois, m'avait dit papa, on peut faire un mensonge pour ne pas faire de peine à quelqu'un. Mais je n'ai pas réfléchi. J'ai répondu :

— Si, c'est vrai.

Coralie a eu, d'un seul coup, une petite figure toute blanche. Moi, elle m'a cru, parce que justement je ne lui mens jamais. Elle a dit :

— Alors, papa, il va pas revenir ?

Là aussi, j'ai répondu ce que je pensais vraiment :

— Je n'en sais rien, Coralie. J'espère que si.

Elle n'a plus rien dit. Elle a marché en baissant la tête, et tout le reste de l'après-midi, elle est restée sans parler, si bien que maman a fini par croire qu'elle était malade. C'est vrai que Coralie, ça ne lui ressemble pas de se taire.

En écrivant mon journal de bord, je me sens coupable de lui avoir dit la vérité. Mais peut-être que demain elle n'y pensera plus. Après tout, elle est trop petite pour comprendre.

Le 25 février 1979

Ça fait plusieurs nuits que Coralie a des cauchemars. Elle se réveille en criant et en pleurant. Maman va dans sa chambre et reste à côté d'elle pour qu'elle se rendorme. Cette nuit-ci, comme j'étais réveillé, je me suis levé pour aller aux toilettes. En passant devant la chambre de ma petite sœur, je suis entré. Maman était en train de changer les draps du lit, et elle avait mis un pyjama propre à Coralie.

— Tiens, Olivier, m'a dit maman en me donnant les draps sales. Va les mettre dans la salle de bains.

D'abord, j'ai cru que Coralie avait vomi. Et puis, je me suis rendu compte qu'elle avait fait pipi dans son lit. J'ai été étonné. Ça fait longtemps que Coralie ne fait plus pipi au lit.

Maman m'a recommandé de ne pas le dire, surtout à madame Poison, parce qu'elle irait le répéter à tout le monde. Alors, je lui ai raconté ce qu'avait dit Antoine l'autre jour. Maman a poussé un gros soupir et elle a dit qu'à son avis, Coralie est traumatisée parce que papa est parti.

Je ne me doutais pas que Coralie aimait papa à ce point-là. Pourtant, il est le seul à ne jamais obéir à ses caprices. C'est peut-être pour ça, après tout.

Le 27 février 1979

Papa a téléphoné pour demander de nos nouvelles. Coralie lui a parlé, et elle a demandé tout de suite :

— Tu vas revenir ?

Je n'ai pas entendu ce qu'a dit papa, c'était maman qui avait l'écouteur. Mais Coralie a répondu :

— Je suis sage. Demande à maman. Alors, tu vas revenir quand ? Bientôt ?

Là encore, je n'ai pas entendu la réponse. Après, je l'ai demandée à Coralie. Elle m'a dit, avec un air pas content :

— Papa a répété qu'il fallait être sage, et qu'il peut pas revenir tout de suite parce qu'il a beaucoup de travail.

Quand il nous téléphone, papa fait semblant d'être en Amérique, mais nous, maintenant, on sait que ce n'est pas vrai. Après ce qu'Antoine nous a dit, on a peur qu'il ne revienne pas. Mon jeu d'échecs reste là, personne ne peut m'apprendre. Maman ne sait pas jouer, papy et mamie non plus.

Le 1er mars 1979

Aujourd'hui c'était la rentrée. Quand je suis arrivé dans la cour de l'école, Tony m'a dit tout de suite :

— C'est vrai que ton père est parti avec une autre femme ? J'ai entendu maman qui en parlait avec papa.

Ça, c'est madame Poison. Elle a dû le dire à tout le

monde, et maintenant tout le monde est au courant. J'ai répondu à Tony qu'on était malheureux, Coralie et moi, et aussi maman, et qu'on voudrait bien que papa revienne à la maison. J'ai ajouté que, d'après Antoine, mes parents allaient divorcer comme les siens. Tony a essayé de me remonter le moral :

— Pas forcément, Olivier. Ma sœur Aurélie m'a raconté une histoire qu'elle a lue, et où le papa qui est parti revient.

Tony a deux sœurs. Aurélie, la plus grande, a quinze ans. Le livre qu'elle a lu, c'est un roman de Gilbert Cesbron qui s'appelle : *C'est Mozart qu'on assassine*. Maman l'avait acheté, il y a plusieurs années, et il est dans la bibliothèque du salon. J'ai pensé que je pourrais le lire, moi aussi, et si ça finit bien, ça me donnera de l'espoir. Peut-être que, pour nous aussi, ça finira bien.

Maman continue à pleurer en cachette, et Coralie fait encore pipi au lit. J'ai entendu maman dire à mamie que, si ça continue, elle va aller voir le médecin. Mamie a répondu que le remède, à son avis, était tout simplement le retour de papa. Et maman a encore pleuré.

Le 6 mars 1979

Papy est venu, et il a parlé de son usine. Tout le monde espère qu'elle ne sera pas fermée, mais hier, à la télé, Raymond Barre était l'invité de l'émission *Cartes sur table*, et il a annoncé que la décision du gouvernement ne changerait pas.

Papy a dit que des manifestations sont prévues pour protester, et qu'il va y aller. Maman l'a écouté sans répondre. Elle n'a pas essayé, comme mamie, de l'empêcher. Elle est toujours triste en ce moment. Et moi, je sais bien ce qu'il faudrait pour qu'elle ne pleure plus.

Alors qu'on venait de souper, papa a téléphoné. Il a demandé de nos nouvelles. Il fait toujours semblant d'être en Amérique, et il a encore dit qu'il ne sait pas quand il va revenir. Coralie lui avait tout de suite posé la question. Il nous a répété qu'il fallait être sage. Quand ça a été mon tour de parler, et qu'il m'a dit : « Ça va, mon grand ? », la boule dans ma gorge, celle qui vient chaque fois que je vois maman pleurer, est arrivée. J'ai répondu :

— Reviens, papa. On est tristes sans toi.

Il y a eu un silence. Et puis papa a dit :

— Je vous aime bien, tous les trois. Je vous embrasse très fort.

Mais il n'a pas dit qu'il allait revenir. Et puis, s'il nous aime bien, pourquoi est-il parti ?

Le 8 mars 1979

Il y eu des manifestations à Denain, hier et aujourd'hui. Papy y est allé, avec son ami Robert et les autres. Il y a eu des bagarres avec les CRS, et des blessés. Mamie a eu peur. Elle a dit à papy :

— Tu aurais pu être blessé aussi !

Papy est à la fois en colère et malheureux. Il dit que malgré leur lutte, les ouvriers ne seront pas entendus.

— Ça m'a fait mal de voir la ville dans cet état. Des barricades, des voitures brûlées, des vitrines cassées. Heureusement, les CRS sont partis. Il n'y aura peut-être plus de bagarre. On les a insultés, et on a salué leur départ en chantant *L'Internationale.*

— À ton âge ! a protesté mamie. Laisse ça aux jeunes.

J'ai cru que papy allait crier « Bon sang de bonsoir ! », comme il le fait toujours. Mais il a simplement poussé un gros soupir, et il a dit :

— C'est bien triste. Ce ne sont pas leurs mesures et leurs primes de départ qui arrangeront les choses. Voir mourir mon usine, comme ça, volontairement, alors qu'elle pourrait encore vivre... c'est bien triste, oui.

Tony m'a dit la même chose. Son père était avec les manifestants, et il a lancé des pierres et des boulons sur les CRS.

— On sera sans doute obligés de déménager si papa est

nommé ailleurs. Maman est contrariée, et mamie pleure parce qu'elle ne veut pas qu'on parte loin d'elle.

Son papa ne les a pas quittés, mais ils sont quand même embêtés par un autre problème. Et nous, on est tristes quand on voit notre maman ou notre mamie qui pleure et qu'on ne peut rien faire. On s'est regardés tous les deux. On était malheureux.

Le 11 mars 1979

Coralie continue à faire pipi au lit. Elle aussi, elle est malheureuse. Elle ne joue même plus avec ses poupées Barbie. Elle n'arrête pas de demander quand papa va revenir. Hier, en rentrant de l'école, on a vu madame Poison sur le trottoir. Bien sûr, elle est venue vers nous, et elle nous a interrogés :

— Alors, les enfants ? Ça va ? Et votre papa ? Toujours en Amérique ? Il va bientôt revenir ?

Elle nous observait avec son air curieux, et ça m'a agacé. J'ai répondu :

— Oui, bientôt.

Et je suis passé très vite en tirant Coralie par la main. Ma petite sœur m'a demandé :

— C'est vrai, Olivier ? Papa va revenir bientôt ?

Elle me regardait avec plein d'espoir dans les yeux. J'ai dit :

— Je voudrais bien, Coralie.

— Moi aussi, je voudrais bien, a répété Coralie.

On le voudrait tous les trois, maman, Coralie et moi. Et aussi papy et mamie, parce qu'ils sont tristes de voir maman pleurer.

Le 15 mars 1979

L'autre jour, j'ai pris dans le salon *C'est Mozart qu'on assassine*, et je l'ai lu, tous les soirs, dans ma chambre. Je viens de le finir. C'est l'histoire d'un petit garçon qui s'appelle Martin. Son papa est parti vivre avec une autre femme, comme le nôtre. Mais la différence avec nous, c'est que Martin se retrouve tout seul, parce que sa maman tombe malade et doit être soignée dans une maison de repos. Alors il est placé chez une nourrice, puis chez son grand-père, puis chez son parrain. Il est malheureux, et il veut être chez lui, comme avant, avec son papa et sa maman. À la fin, il va trouver la femme qui a pris son père, et elle comprend le mal qu'elle a fait. Et ça finit bien, parce que la dernière scène, c'est le petit garçon qui est dans sa chambre et qui va jusqu'à la chambre de ses parents. Il les voit tous les deux qui dorment dans le grand lit, et il est content.

J'ai pensé : « Il a de la chance, lui, son papa est revenu. » Et puis, tout de suite après, j'ai eu une idée : ce que Martin fait dans le livre, je pourrais le faire, moi aussi. J'irais trouver cette Martine qui nous a pris papa, je lui expliquerais qu'on est malheureux, que maman pleure et que Coralie refait pipi au lit. Peut-être qu'elle comprendra, et peut-être, comme la Marion de l'histoire, qu'elle dira à papa de revenir avec nous.

Le 21 mars 1979

Ça fait plusieurs jours que je réfléchis à mon idée, et je fais comme les Six Compagnons quand ils préparent une entreprise : je mets au point tous les détails. Je ne veux pas en parler à maman parce que, si ça ne marche pas, ça lui aura donné de l'espoir pour rien, et elle sera encore plus malheureuse après.

Comme tous les mercredis, Coralie et moi, on est allés chez papy et mamie. J'ai profité d'un moment où Coralie était avec mamie dans la cuisine. Papy et moi, on était seuls dans le salon. Alors j'ai parlé de mon idée. J'ai tout expliqué, j'ai dit que j'avais lu le livre de Gilbert Cesbron, et j'ai demandé à papy son avis. Papy et moi, on s'entend bien. Il discute avec moi comme si j'étais une grande personne, et il ne se moque jamais de moi quand je dis que je serai journaliste plus tard. Au contraire, il m'encourage.

Il m'a regardé par-dessus ses lunettes et il a dit :

— Ça n'est pas une mauvaise idée, Olivier. C'est même une bonne idée.

Je lui ai fait promettre le secret, et je lui ai expliqué mon plan. Je ferais semblant d'aller à l'école, je déposerais Coralie à l'école maternelle, et je prendrais le bus pour Valenciennes. J'aurais besoin d'un mot d'excuse pour l'école, et papy a dit qu'il le ferait sans problème. Et il irait rechercher Coralie au cas où je ne serais pas revenu pour cinq heures. Mais je compte bien être rentré, d'autant plus qu'il faut que mon absence passe inaperçue.

— Je vais me renseigner, a dit papy. Je sais que cette jeune femme s'appelle Martine Fernoux. Je téléphonerai pour demander les horaires des consultations.

Papy et moi, on s'est regardés, et nos yeux disaient la même chose : pourvu que ça marche !

Le 24 mars 1979

Cet après-midi, Robert était chez papy et mamie quand je suis arrivé. Il parlait de la marche sur Paris qui a eu lieu hier, organisée par la CGT. Des milliers de personnes du Nord, du Pas-de-Calais, des Ardennes, de la Loire et de la région parisienne sont allées défiler dans la capitale, où elles se sont rendues par bus ou par trains spéciaux.

— Un gigantesque défilé, répétait Robert. Ça a duré trois heures. Quel monde ! Nous avons reçu beaucoup de marques de sympathie de la part des Parisiens.

Après son départ, mamie a secoué la tête :

— Pauvre Robert ! Il continue à espérer contre toute espérance.

— Il ne veut pas abandonner la lutte, a dit papy, et il a raison.

On a attendu d'être seuls, papy et moi. Il a chuchoté :

— J'ai téléphoné. Les consultations ont lieu tous les

après-midi, à partir de treize heures trente. J'ai regardé l'horaire des bus. Il y en a un à quatorze heures cinq sur la place. Tu le prendras après avoir conduit Coralie à l'école. Je t'ai fait aussi un mot d'excuse pour ta maîtresse.

Il m'a tendu une feuille, qui disait que je devais manquer la classe à cause d'un rendez-vous chez le dentiste. J'ai plié la feuille et je l'ai mise dans la poche de mon blouson. Après, on a choisi un jour de la semaine prochaine. Papy a trouvé que jeudi, ce serait bien. J'ai dit que j'étais d'accord. Et puis, mamy est revenue dans la pièce, alors on a parlé d'autre chose.

Le 28 mars 1979

Coralie fait de plus en plus de caprices. On avait demandé pour elle, avec des points Nesquik, un poster « Apprenez à reconnaître les papillons », pour décorer sa chambre. On l'a reçu ce matin. Elle ne l'a même pas regardé, et elle a dit qu'elle n'en voulait plus. Elle veut toujours tout, et quand on le lui donne pour lui faire plaisir, ça ne l'intéresse plus.

Comme elle ne voulait plus du poster, je l'ai emmené pour le mettre dans ma chambre. Mais Coralie a piqué une crise et s'est mise à pleurer en disant que c'était son poster à elle. J'ai failli me mettre en colère. Je lui ai rendu le poster et je l'ai laissée avec maman, qui a essayé de la consoler.

Cet après-midi, mamie est venue. Je l'ai entendue qui parlait avec maman.

— Tu comprends, disait maman, je lui ai dit de partir, et à ce moment-là je le pensais vraiment. J'étais furieuse. Mais maintenant, je le regrette. Coralie est malheureuse, Olivier aussi, sans parler de moi...

Mamie a posé une question que je n'ai pas entendue, mais maman a répondu :

— Il nous téléphone, oui, mais il ne parle jamais de son retour. Pour les enfants, il fait croire qu'il est en Amérique. Je n'ose pas lui demander ses intentions. Imaginer qu'il nous quitterait pour cette femme... Ça me fait peur. Il répète qu'il nous aime toujours. Je ne sais plus quoi croire.

J'ai pensé que mon projet devenait nécessaire. J'en ai parlé avec papy. C'est demain que je vais voir Martine. Papy a posé une main sur mon épaule :

— Tu es un garçon plein de ressources, Olivier. Intelligent et sensible. Je suis fier de toi, fiston.

Pendant ce temps, Coralie avait fait un dessin. Elle me l'a apporté. Il nous représente tous les quatre. On est dans la campagne, et papa marche sur la route en tenant Coralie sur ses épaules, ce qu'elle adore. Maman est en train de cueillir un bouquet de fleurs des champs. Et moi, je les prends en photo avec mon Kodak Reporter. Coralie a même pensé à dessiner le cordon autour de mon cou. Je lui ai dit que c'était un beau dessin, et j'ai demandé si je pouvais le garder. Elle est toujours contente quand on aime bien ses dessins. C'est la seule chose qui l'intéresse encore en ce moment. Ça et les dessins animés à la télévision. Elle a dit :

— Je l'ai fait pour toi, Olivier.

Je l'ai remerciée, et j'ai emporté la feuille dans ma chambre. Ce soir, j'ai écrit, au-dessous du dessin, en grosses lettres : REVIENS, PAPA ! Et demain, je l'emmènerai avec moi.

Le 29 mars 1979

Comme prévu, j'ai mis mon projet à execution aujourd'hui. Ce matin, j'ai donné mon mot d'excuse à la maîtresse. En début d'après-midi, j'ai conduit Coralie à l'école, et j'ai pris le bus sur la place. En achetant mon billet, j'ai demandé au chauffeur de me dire à quel moment je devrais descendre. J'avais le nom de la rue et le numéro.

Le bus s'est arrêté un peu avant l'immeuble où papa travaille. J'ai reconnu les lieux, parce que j'étais déjà venu, une fois, avec papa. Je suis descendu, j'ai marché en me repérant aux numéros. C'était dans le sens opposé au bureau de papa, ce qui fait que je n'ai pas été obligé de passer devant son immeuble. Tant mieux, car je ne voulais pas qu'il me voie.

J'ai vite trouvé le numéro que je cherchais. Il y avait une plaque : « Docteur Martine Fernoux ». En dessous, il était indiqué : « Entrez sans sonner ». J'ai poussé la porte et je me suis trouvé dans un couloir. Devant moi, j'ai vu un autre panneau : « Salle d'attente ». Mon cœur s'est mis à battre plus vite. Je crois que j'avais un peu peur.

J'ai pensé aux Six Compagnons, et à Corget qui n'hésite jamais, une fois qu'il a pris une décision. Je suis donc entré dans la salle d'attente. J'ai été soulagé de voir qu'il n'y avait que deux personnes : une femme qui feuilletait une revue et un vieux monsieur qui regardait droit devant lui, sans bouger. J'ai dit bonjour, je me suis assis, et j'ai attendu.

Au bout de quelques minutes, la doctoresse est venue reconduire le patient précédent, et elle a fait entrer le suivant. Je l'ai regardée. Elle avait une blouse blanche, mais je ne l'ai pas trouvée impressionnante. Elle était blonde, souriante, avec un air gentil. J'ai pensé que si c'était elle qui me soignait, au lieu du docteur Derbin, je ne me serais pas caché derrière le canapé du salon.

J'ai continué à attendre. Le vieux monsieur est sorti. C'était au tour de la jeune femme. Pendant ce temps, deux autres personnes sont entrées et se sont installées. Je me sentais crispé, mais je me répétais qu'il ne fallait pas avoir peur.

Lorsque mon tour est arrivé, je me suis levé. La doctoresse m'a regardé avec un air surpris :

— Tu es tout seul ? Si tu es malade, tu dois revenir avec ton papa ou ta maman.

— Je ne suis pas malade. Je m'appelle Olivier Dormont.

Elle a compris tout de suite. Son sourire a disparu.

— Tu es le fils de Christophe ?

— Oui. Je suis venu parce que... il faut que je vous parle.

Elle a lancé un regard aux deux personnes qui attendaient, et elle a vu que l'une d'elles nous observait avec curiosité. Elle s'est subitement décidée :

— Puisque tu es là, entre donc.

Je l'ai suivie dans son bureau. Elle a refermé la porte, m'a dit de m'asseoir, s'est assise à son tour.

Alors je me suis mis à parler. J'ai tout raconté. J'ai dit que Coralie refaisait pipi au lit depuis que papa était parti, et qu'elle demandait sans arrêt quand il reviendrait. J'ai dit que maman pleurait. J'ai dit que j'étais malheureux, moi aussi, et que papa nous manquait à tous les trois. J'ai même ajouté que j'avais lu le livre de Gilbert Cesbron, dans lequel Marion, à la fin, renvoie le papa de Martin chez lui. Et j'ai demandé :

— S'il vous plaît, est-ce que vous voulez bien faire la même chose, et dire à papa de revenir chez nous ?

J'ai sorti le dessin de Coralie de ma poche, je l'ai déplié, et je l'ai mis sur le bureau :

— Vous voudrez bien lui donner ce dessin ? C'est de la part de Coralie et moi.

Elle a regardé le dessin. Elle ne disait plus rien. Elle avait un air sérieux, grave. Elle a poussé un gros soupir.

— Tu as bien fait de venir me trouver. Christophe et moi, ça a été un coup de foudre. Mais je savais que notre histoire n'était pas faite pour durer. Je savais qu'il avait une femme et deux enfants... Je m'efforçais de ne pas y penser, de ne voir que nous deux, mais je savais bien que ce n'était pas possible. S'il était libre, ce serait lui l'homme de ma vie... Mais il n'est pas libre.

Elle a passé une main sur son front. Elle avait un air malheureux. Moi, je ne disais rien. Je l'avais écoutée sans bouger. Elle faisait comme papy, elle me parlait comme à une grande personne, et ça me plaisait. Elle a encore soupiré :

— Cette situation qui vous rend malheureux, ta sœur et toi, c'est à cause de moi, c'est vrai. Il faut qu'elle cesse. J'y ai déjà pensé. Ma grand-mère me disait toujours : « On ne peut rien construire sur le malheur des autres. » Par moments, je me sens coupable. Un médecin est fait pour guérir, pour sauver, et non pour détruire. Et je suis médecin avant tout.

Elle m'a regardé, et elle a continué, très sérieusement :

— J'ai une possibilité de partir avec Médecins sans

frontières. J'avais l'intention de le faire, un jour ou l'autre. Ta venue ne fera que précipiter mon projet. Christophe et moi, ce sera fini. On ne se verra plus.

J'ai dit, très vite :

— Alors, papa va revenir ?

— Oui, ne t'inquiète pas. Je lui parlerai.

J'ai encore demandé :

— Il va revenir quand ?

Elle m'a souri tristement :

— Laisse-lui encore quelques jours. Mais bientôt, il sera là, je te le promets.

Puis elle s'est levée. Moi aussi. Elle s'est approchée de moi, elle a posé une main sur mes cheveux :

— Tu es un grand garçon pour ton âge, et responsable. C'est bien. Je sais que Christophe est fier de toi.

Elle m'a encore souri, et son sourire tremblait. À ce moment-là, j'ai compris papa. Moi aussi, j'étais sous le charme. Je me suis mis sur la pointe des pieds, et j'ai fait quelque chose que je n'avouerai jamais à personne, et surtout pas à maman. J'ai déposé un baiser sur sa joue, très vite, et j'ai dit tout bas :

— Merci.

Je suis reparti avec l'impression de marcher sur des nuages. Je suis sorti, j'ai retrouvé l'arrêt du bus, et en même temps je n'arrivais pas à réaliser que mon entreprise avait réussi. Papa allait revenir à la maison. C'était vraiment formidable !

Je suis allé rechercher Coralie à l'école et on est rentrés comme d'habitude.

À partir de maintenant, je vais guetter le retour de papa tous les jours, en espérant qu'il reviendra le plus vite possible. Tout sera de nouveau comme avant. Maman ne pleurera plus. Coralie ne fera plus pipi au lit. Et moi, je pourrai recommencer à apprendre à jouer aux échecs.

Le 2 avril 1979

J'attends le retour de papa. Tous les soirs, j'espère qu'il va revenir, qu'il va rentrer de son travail. Hier, il a téléphoné. Coralie a demandé :

— Tu reviens quand ?

Et il a dit :

— Bientôt, Coralie. Sois sage en attendant.

Alors, elle aussi, elle s'impatiente.

Je n'ai pas parlé de mon « entreprise » à Tony, mais, ce matin, je lui ai dit que papa avait annoncé, au téléphone, qu'il allait bientôt revenir. Il a été content pour moi. Il m'a expliqué que son papa, à lui, allait certainement être muté à Dunkerque ou à Montataire.

— Papa et maman sont désolés parce qu'ils vont devoir vendre la maison. Et là-bas, on sera peut-être en appartement. On ne sait pas si on pourra garder notre labrador, et moi je ne veux pas me séparer de ma tortue.

Tony a appelé sa tortue Caroline, comme celle de Boule et Bill. Elle vit dans son jardin. C'est vrai qu'en appartement, elle sera peut-être malheureuse.

— Et puis, a continué Tony, il y a mamie. Depuis que papy n'est plus là, elle vit toute seule. Elle pleure parce qu'elle ne nous verra plus, elle dit qu'elle n'a plus que nous. Mais papa lui répond qu'on ne peut pas faire autrement, et qu'il pourra se montrer content s'il a encore du travail.

J'étais désolé. J'ai demandé :

— Alors, c'est vrai ? Tu vas partir ?

— C'est pratiquement sûr, a dit Tony.

J'ai vu qu'il était triste, lui aussi. J'ai pensé que s'il s'en allait, j'allais perdre mon ami. Mais j'ai pensé aussi, pour me consoler, que je préférais que ce soit Tony qui parte plutôt que papa.

Le 3 avril 1979

Ça y est ! Papa est revenu ! Il faut que je l'écrive sans attendre. Ça s'est passé il y a à peine cinq minutes. C'est Coralie qui va être contente ! Pour le moment, elle est partie faire des courses avec mamie. Moi, je faisais mes devoirs dans ma chambre, et maman était dans la cuisine.

De ma fenêtre, on voit la rue. J'ai vu la voiture de papa arriver, ralentir, et s'arrêter devant le portail. Il est descendu pour l'ouvrir et madame Poison, bien sûr, est sortie de chez elle. Elle a dit quelque chose à papa, mais il lui a à peine répondu. Il a rentré l'auto, et j'ai pensé que maman, dans la cuisine, avait dû l'entendre.

Je suis sorti de ma chambre, et je suis allé dans le couloir. Justement, papa était à la porte, et maman sortait de la cuisine. Elle a avancé vers papa, qui s'est arrêté. Il se sont regardés. Moi, je n'osais plus bouger.

— Je suis revenu, a dit papa. Avec Martine, c'est fini.

Maman a ouvert tout grand la porte et elle a reculé en disant :

— Entre.

Papa a fait un pas en avant et il a refermé la porte. Il s'est penché vers maman, et j'ai vu qu'elle pleurait. Il a dit, avec une voix enrouée :

— Pardonne-moi, Josiane. Je vais tâcher de ne plus te faire pleurer... jamais.

Il a pris le visage de maman dans ses mains, et il a embrassé les larmes sur ses joues. Elle s'est accrochée à lui, et ils sont restés comme ça, sans bouger.

Alors j'ai fait demi-tour, et je suis reparti dans ma chambre sur la pointe des pieds.

FIN

Cet ouvrage a été achevé d'imprimer
sur Roto-Page
par l'Imprimerie Floch
à Mayenne
pour le compte de France Loisirs
en janvier 2000

Cet ouvrage est imprimé
sur du papier sans bois et sans acide.

N° d'édition : 32878. N° d'impression : 47753
Dépôt légal : février 2000

Imprimé en France